The Fire

播火者

Katherine Neville

〔美〕凯瑟琳·内维尔 著　辛红娟 译

人民文学出版社

著作权合同登记：图字 01-2011-6579 号

Katherine Neville
The Fire

Copyright © Katherine Neville, 2008
This edition arranged with Writers House Inc
Through Andrew Nurnberg Associates International Limited
Simplified Chinese edition Copyright © 2012
Shanghai 99 Culture Consulting Co.,Ltd.
All rights reserved.

图书在版编目（CIP）数据
播火者／（美）内维尔著；辛红娟译．—北京：
人民文学出版社，2012.6
ISBN 978-7-02-009132-4

Ⅰ.①播… Ⅱ.①内…②辛… Ⅲ.①长篇小说—美国—现代 Ⅳ.①I712.45
中国版本图书馆 CIP 数据核字（2012）第 060003 号

特约策划：吴文娟　李建云
责任编辑：吴继珍
封面设计：高静芳

出版发行	人民文学出版社	
社　　址	北京市朝内大街 166 号	
邮政编码	100705	
网　　址	http://www.rw-cn.com	
印　　制	宁波市大港印务有限公司	
经　　销	全国新华书店等	
字　　数	363 千字	
开　　本	890×1240 毫米　1/32	
印　　张	15.25	
插　　页	2	
版　　次	2012 年 6 月北京第 1 版	
印　　次	2012 年 6 月第 1 次印刷	
书　　号	978-7-02-009132-4	
定　　价	39.00 元	

THE FIRE

Katherine Neville

公元七八二年,查理曼大帝从巴塞罗那的摩尔王伊本·阿拉比处收到一份精美绝伦的礼物———一副用金银打造、镶满珠宝的象棋,即今所称"蒙特格朗象棋"。据传,这副象棋内含一股邪恶的神秘力量,所有对权力抱有野心的人,无不处心积虑想要得到它。为了防止发生这种情形,蒙特格朗棋被埋藏了将近一千年。

一七九〇年,法国大革命爆发前夕,象棋被从巴斯克比利牛斯山区的蒙特格朗修道院挖出,随后,棋子被分散送往世界各地。

这一举动引发了新的致命棋局,世界至今仍面临着被付之一炬的威胁……

终 局

> 下象棋的唯一目的，就是要证明自己强于对手。最重要、最彻底的优势，在于意志上的优势。我的意思是说，你必须摧毁对手，彻底将他摧毁。
>
> ——国际象棋世界冠军、特级大师加里·卡斯帕罗夫

俄罗斯，扎戈尔斯克修道院
一九九三年秋

索拉林紧紧抓着女儿戴手套的小手，父女俩脚底下的雪发出嘎扎嘎扎的响声，嘴里呼出的热气化成团团银雾——他们正穿过扎戈尔斯克高墙环伺的庄园、俄罗斯拉多涅兹的守护神圣谢尔吉耶夫的圣三一修道院。索拉林跟女儿把能找到的衣物，外加厚厚的羊毛围巾、哥萨克毛皮帽和厚大衣全包到身上，裹得严严实实。本该是温润如春的季节，却竟然遇到寒潮来袭，寒风彻骨。

他为什么要带女儿来俄罗斯，回到这片埋藏着伤痛回忆的土地？在斯大林统治时期，在那个死亡之夜，你以为孩提时代的他没有亲眼目

睹家毁人亡吗？他被丢进乔治亚共和国一家孤儿院，之所以能够熬过那里的严厉管教，和少年先锋营凄惨漫长的岁月，只不过是因为他们发现这个叫亚历山大·索拉林的男孩非常会下象棋。

妻子凯特央求他别冒险带他们的孩子来这里，她坚持说，俄罗斯太危险，况且索拉林自己也已二十年没有回过家乡。然而，令她最害怕的从来都不是俄罗斯这块土地，而是棋局——那场让他们两人付出惨痛代价、不止一次差点毁了他们人生的棋局。

索拉林来这里，是为了象棋比赛，一场非常关键的棋赛。这是为期一周的象棋比赛的终局。索拉林知道，这场终局突然移到远离城中心的地点举办，并不是好兆头。

扎戈尔斯克是俄罗斯最古老的修道院，仍然沿用苏联时期的旧称。俄罗斯人在圣谢尔吉耶夫的庇佑下，击退了蒙古游牧民族的入侵，因此，中世纪以来的六百年间，各大修道院形成一圈堡垒，护卫着莫斯科。眼下的莫斯科，比以往更加繁荣昌盛。博物馆与教堂里堆满旷世圣像和镶嵌着宝石的圣物匣，财库里堆满黄金。虽然财富给教会带来优势，却也因此令莫斯科教会成为众矢之的。

悲惨阴暗的苏维埃帝国轰然垮台，俄罗斯在短短两年时间里经历了开放、重整和混乱。莫斯科东正教会像浴火重生的凤凰一般再度崛起，人人把"追寻上帝"这句中世纪的古话挂在嘴上，莫斯科周边所有的天主教堂、基督教堂和新教教堂都被赋予新的生命，金碧辉煌、光鲜亮丽。

扎戈尔斯克庄园虽然位于距离莫斯科六十公里的郊区谢尔吉耶夫镇，却全部是粉刷一新的宏伟建筑。建筑物的塔楼和洋葱形圆顶上涂着蓝色、青紫色和绿色的油漆，艳丽非凡，如珠宝般熠熠生辉。索拉林心想，这就好比七十五年的压抑再也封藏不住，猛然间炸出五彩缤纷的颜色。可他也知道,这些堡垒的围墙之内,黑暗依旧。

尽管外表改变了,但其内部的黑暗,索拉林再熟悉不过。似乎是为了证明这一判断的真实性,高高的胸墙和里层围墙上面,每隔几码便站着一名警卫,个个穿着高领黑皮夹克、戴反光太阳镜,臂下绑枪,手持无线对讲机。这种人不管在哪个时代都是一副德性,当年如影随形紧跟苏联顶尖象棋大师索拉林的克格勃便是如此。

索拉林知道,这里的警卫就是恶名昭彰的特务机关、全俄罗斯称之为"莫斯科黑手党僧侣"的成员。据传,俄罗斯教会跟不满现状的克格勃分子、红军以及其他"民族主义者"组织暗中结成一个无恶不作的同盟。事实上,这正是索拉林最担心的一点,因为今天的赛事就是由扎戈尔斯克僧侣安排的。

父女俩走过圣灵教堂,穿过庭院,向比赛地点圣器室走去。索拉林低头看向女儿亚历桑德拉——小榭,她的小手紧紧抓着他的大手。小榭抬头对他微笑,碧绿的眼眸充满自信。看着美丽的女儿,索拉林的心都快要碎了。他和凯特何德何能,竟孕育出如此美妙的生命!

索拉林以前从来不知道恐惧,他不知真正的恐惧为何物,可当有了自己的孩子之后,他就懂了。此时此刻,他努力不去想那些站在墙垣上虎视眈眈地俯望着他们的荷枪警卫。他知道,他正带着自己的孩子走入虎穴,每当想到这一点,他的心就揪成一团,但他知道棋赛已如箭在弦上,不得不发。

象棋是女儿的一切。没有象棋,小榭就像鱼儿离开了水。也许这得怪他,因为小榭得了他的遗传基因。尽管所有人都反对,她妈妈表现得尤其激烈,可索拉林知道,这场比赛一定是幼年小榭此生最重要的比赛。

熬过整整一周的酷寒、风霜雨雪,和黑面包、红茶、燕麦粥这些令人难以下咽的赛场食物,小榭依然斗志昂扬,她似乎完全不在意棋盘以外的东西。整整一个星期,她像斯达汉诺夫运动①参与者一样地下棋,一分接着一分,一盘接着一盘;像砌砖工人似的一块一块往上垒着砖。整整一个星期,她只输了一盘棋。但父女俩都知道,小榭一定不能再输了。

他必须带小榭来这里,别无选择。只有今天在扎戈尔斯克修道院举行的这场终局才能决定女儿的未来。她必须得赢了今天在扎戈尔斯克的这场终局比赛。他们都知道,只有赢得这场比赛,不满十二岁的亚历桑德拉·榭·索拉林才能成为象棋史上最年轻的特级大师。

小榭从父亲手中抽出小手,将脸上的围巾扯开,说道:"爸爸,别担心,这次我会打败他的。"

小榭所指的"他",是来自乌克兰的少年象棋怪才瓦坦·艾佐夫,仅比小榭年长一岁,是这次比赛中唯一击败过她的棋手。其实,他并没有真正击败小榭,小榭是输给了自己。

在对抗小艾佐夫时,小榭使出她最钟爱的一着棋——王翼印度防御,索拉林知道,因为这招能让英勇的黑马(她父亲兼教练时常扮演的角色)领先其他棋子,展开进攻。小榭冒险牺牲黑后,取得优势,引发观众席一阵骚动。索拉林的这位小斗士似乎无所畏惧,打算使出杀手锏,一举拿下小艾佐夫。但结果大大出乎意料。

有一个专有名词叫"象棋盲点",每位棋手在象棋生涯中都会经历到,他们更愿意称之为"愚蠢的错误"——错判形势,忽略显而易见的危

---

① 苏联早期以斯达汉诺夫命名的社会主义竞赛的群众运动,特点是社会主义竞赛与新技术相联系。

险。索拉林很小的时候也经历过一次这样的盲点,那感觉就如同坠入一口深井,不停翻滚掉落,万劫不复。

在小榭的比赛生涯中,也就只出现过一次象棋盲点。但是,索拉林知道,类似这样的错误若是犯上两次就太多了,今天绝对不能再发生。

♟

索拉林和小榭到达举行比赛的圣器室前,意外地遭遇人墙:一群衣衫褴褛、头顶巴布什卡头巾的邋遢妇女,在雪地里排成长龙,等待参加每天的追思礼拜。这里是著名的圣三一教堂骨灰堂,即埋藏圣谢尔吉耶夫骸骨的地方。这些可怜的人约莫有五六十名,她们一边仰望教堂外墙上挂着的救世主肖像,一边不停地划着东正教圣号,充满狂热的激情。

妇人们在大雪飘飞中低声祈祷,像高墙上那些荷枪实弹的警卫一样,形成一道密不透风的屏障。她们按照苏联的老传统,挤挤挨挨,不让任何人插空穿过,而索拉林想赶紧绕过这群人。

索拉林加快步伐,急欲绕过"长龙"。越过这些妇人的头顶,他瞥见艺术博物馆的正门,再过去就是他们参加比赛的圣器室和财库。

博物馆正门口悬挂着一条色彩缤纷的巨型横幅,上面有一幅画,并且用古斯拉夫语和英语手写体写着"苏联帕列赫艺术七十五年作品展"。

帕列赫艺术是一种亮漆画,常以童话故事和农村生活为题材。长期以来,亮漆画是苏联唯一可以接受的原始或称"迷信艺术"。俄罗斯所有东西上都装饰着亮漆画,从迷你型纸盒到先锋营的墙壁。索拉林和其他五十名男孩曾经在先锋营里待过十二年,专门练习象棋防御和进攻。由于那段时间接触不到故事书、卡通或电影,帕列赫亮漆画描绘的古老故事便成了索拉林小时候唯一的梦幻王国。

索拉林很熟悉横幅上的这幅作品,这画非常有名,似乎在提醒他某样重要的东西。索拉林一边仔细琢磨这幅画,一边与小榭绕过狂热祈祷的妇人们。

作品取材于俄国最著名的民间童话《火鸟》①。火鸟的故事有很多个版本,曾经激发出无数伟大的艺术、文学和音乐作品,从普希金到斯特拉文斯基,概莫能外。横幅上的这幅作品,画的是伊凡王子彻夜躲在沙皇父亲的花园中,当终于看见金光闪闪的火鸟在吃父亲的金苹果后企图抓住它时,却被它飞走了,只抓住一根具有神奇魔力的羽毛。

先锋营里挂的就是这幅亚历山大·科图欣的名画。科图欣是二十世纪三十年代的第一代帕列赫艺术家,据说他的画作中隐藏了一些国家审查机构无法识别、而大字不识一个的农民却能看懂的密讯。索拉林暗暗想道,不知道这个几十年前的密讯到底隐藏着什么含义,传递给

---

① 俄罗斯民间童话,其精彩内容催生各种形式的俄罗斯艺术,其中最著名的包括大诗人普希金的长篇童话诗《小驼马》,和西方现代派音乐重要人物斯特拉文斯基谱写的芭蕾舞剧《火鸟》。

了什么人。

索拉林和小榭终于走到队伍尽头,他们绕过队伍,朝圣器室方向走去。突然,一位头顶巴布什卡头巾、身穿旧毛衣、手拎锡桶的驼背老妇人离开队伍,从他们身边快速走过,边走边急切地划着圣号。老妇人撞到小榭身上,连忙鞠躬道歉,接着继续穿过庭院。

老妇人离开后,索拉林发觉小榭在用力拉他的手。他低头看见女儿从口袋中掏出一张小小的浮雕纹卡片,像是帕列赫艺术展的门票或入场券,上面印的画跟横幅上的一样。

"哪里来的?"索拉林问道,但他心里似乎已经知道了答案。他望向老妇人离去的方向,但她已经消失在公园深处。

"刚才那位老婆婆放到我口袋里的。"小榭说。

索拉林再度低头看时,女儿已经将卡片翻了过来。他一把抢过纸卡,只见卡片背面的伊斯兰教八角星图案中贴着一张飞鸟的插画,下面印着三个俄文单词。

опа́сно бере́чься пожа́р

看到这几个单词,索拉林只觉全身的血液直冲脑门。他迅速抬头朝老妇人离开的方向看去,而她已消失无踪。突然,索拉林看见远处城堡围墙外,有个身影闪了一下:老妇人从树林里现身,倏地又消失在离索拉林一百步开外的沙皇行宫尽头拐角的地方。

老妇再次消失前,扭头望着索拉林的方向,原本打算要跟过去的索拉林大为震惊,停在原地。即使隔着这样的距离,他仍然能够认出那对蓝灰色的眼睛,以及头巾下露出的一小束银灰色发丝。她可不是什么老婆婆,而是一位美丽绝伦、神秘无比的女子。

更重要的是,他熟悉那张面容。那是一张他曾经以为此生再也见不到的脸孔。

她就这样突然消失了。

他听到自己的声音在说"不可能"。

怎么可能?人死不能复生。即便死而复生,时隔五十年,看起来也应该不一样。

"爸爸,你认识那位老婆婆吗?"小榭悄声问道,生怕被别人听见。

索拉林单腿跪在女儿身旁的雪地里,紧紧抱着她,将脸埋在女儿的围巾里。他感觉自己要哭出来了。

"有一刹那,觉得她很面熟,"他对小榭说,"可我确信不认识她。"

他将女儿搂得更紧了,似乎要把她挤出水来。这些年,他从没有对女儿撒过谎,可此刻他又能怎么跟女儿说呢?

"老婆婆卡片上写的是什么?"小榭附在他耳边低声问,"有飞鸟的那张卡片?"

"第一个单词是'危险'的意思。"索拉林对女儿说,并努力使自己镇定下来。

天哪,他都在想些什么呀?这只不过是一个星期以来压力大、饭菜恶劣、气候寒冷造成的幻觉。他必须要坚强起来。索拉林站起身,双手压在女儿的双肩上说:"这里唯一的危险,大概是你忘记练棋吧!"说完,他对小榭笑笑,但小榭没有笑。

"那另外两个单词呢?"她问。

"另外两个单词,"他告诉女儿说,"我想,是指图片上的火鸟或凤凰。"索拉林顿了顿,看着女儿。"在英文里是'慎防火'的意思。"他深深吸了一口气,说道,"咱们进去吧,把那个乌克兰小子杀个落花流水!"

他们踏进谢尔吉耶夫教堂圣器室的那一刻,索拉林就觉得有什么地方不对劲。墙壁寒冷潮湿,跟这个所谓"温润如春"的季节里的所有其他东西一样令人压抑。他想起老妇人的警示。它想要表达什么意思?

这次棋赛的承办人塔拉·彼得罗相,是位春风得意的新兴资本家。他身穿昂贵的意大利西装,像打发赏钱似的递了一大捆卢布给一名拿着一大串钥匙开门的瘦僧侣。据说,彼得罗相是靠在自己的几家高档餐厅和夜总会进行非法交易起的家。俄语中有个专门的说法叫"blat"(拉关系),可以用来形容他的做法。

那些武装警卫早已进入圣器室内厅,或伺伏在圣器室的各个地方,或明目张胆地倚在墙上,当然不只是为了进来取暖。姑且不论别的,这处低矮且不显眼的地方,正是修道院的财库所在地。

圣器室地上四处摆放着亮灯玻璃展示柜,柜中陈列着这座中古教堂的黄金珠宝。索拉林暗想,如此珠光宝气,一定很难专心下棋吧。小瓦坦·艾佐夫已经到了,坐在棋盘旁边,乌黑的大眼睛看着他们进入房间。小榭离开父亲,过去跟他打招呼。索拉林不止一次地想道:真想看看小榭在棋盘上痛杀那个傲慢的臭小子的场景。

他无法挥去脑中那句警示。那女人想说什么？危险？慎防火？他永远不会忘记那张面容。那张面容来自他最深沉的梦境、他的梦魇和他最深的恐惧。

突然，索拉林看到一样东西，就在房间那头的玻璃展示柜中。

索拉林梦游般地穿过宽阔的圣器室，站在那儿俯视着巨大的玻璃展柜。

展柜中有一尊雕像，同样是他以为再也不会见到的东西———一件跟刚才外面所见的那位女子同样危险、同样不可思议的东西。这东西被埋藏了很久，埋藏在一个遥远的地方，然而，此刻竟摆在他面前。

那是一尊缀满珠宝的沉重黄金雕像，人像穿着长袍坐在一顶轿子里面，轿帘被拉到一旁。

"是黑后。"索拉林身旁响起一个低低的声音。低下头，他看见瓦坦·艾佐夫漆黑的眼睛和蓬松的头发。

"最近才挖掘出来的，"男孩继续说，"从圣彼得堡一家寺院的地窖里。同时挖掘出来的还有谢里曼[①]的特洛伊宝藏。他们说，这东西以前曾经属于查理曼大帝，也许是从法国大革命之后就被埋藏起来了。后来可能到了凯瑟琳大帝手中。这是雕像被挖掘出来后，首次向公众展示。"瓦坦顿了顿说，"专门为这场比赛展示的。"

索拉林吓得脑中一片空白。接下来的话他一句也没有听进去。他们必须马上离开。因为，这枚棋子原本是属于他们的，是他们发掘后埋藏起来的最重要的一枚棋子。二十年前，他们将这枚棋子埋在万里之外，此刻怎么可能在俄罗斯现身呢？

[①] 即海因里希·谢里曼(1822—1890)，德国考古学家，希腊古典时代以前远古文化发掘与研究的开拓者。

危险，慎防火？索拉林必须马上离开这个地方，出去透透气。他必须马上带小榭逃离这里，让比赛见鬼去吧。凯特一直以来的坚持都是对的，可他还是看不透整个局——棋盘上的整体布局。

索拉林客气地朝瓦坦·艾佐夫点点头，然后几个大步快速穿过房间，拉起小榭的手，向门口走去。

"爸爸，"小榭不解地问，"我们要去哪儿？"

"去见那位老婆婆，"他含糊地说，"那位给你纸卡的老婆婆。"

"可比赛怎么办呢？"

比赛开始时，小榭如果不在现场，就会被取消比赛资格，父女俩长期以来的努力也将付诸东流。可他早该料到这一点。他攥着女儿的手，向外走去。

索拉林站在圣器室台阶顶端，看见女人就站在公园那边。她站在大门口，望着索拉林，眼里充满关爱和理解。索拉林果然没有认错人。可当女人抬眼望向胸墙时，脸色骤变，充满恐惧。

索拉林顺着她的目光，看见一名卫兵站在高高的胸墙上，手里端着枪。索拉林想也没想，一把将小榭挡到身后，扭过头望着那女人。

"母亲！"他叫道。

接下来，他看到的便是自己脑中的火焰。

第一部
白 化

每一次精神转化都要经历一次死亡,一次"向死而生"。……炼金术士着手进行衍变["白变"或"白化"]的实际操作之前,产生的最重要的物质是灰烬……

——蒂图斯·布尔克哈特①《炼金术》

必须在自己的火焰中烧毁自己,先变成灰烬,然后才能获得新生!

——弗里德里希·尼采《查拉图斯特拉如是说》
(考夫曼译英文版)

① 蒂图斯·布尔克哈特(1818—1897),瑞士历史学家,致力于文化艺术史研究,强调研究文化艺术对了解人类历史的重要作用。主要著作为《文艺复兴时期的意大利文化》。

白　陆

> 信赖真主，同时拴住你的骆驼。
>
> ——苏非派箴言

阿尔巴尼亚，约阿尼纳
一八二二年一月

　　阿里帕夏①的后宫，女仆穿行在沼泽地冰雪覆盖的人行桥上，突然，她们听到连声尖叫。

　　帕夏十二岁的小女儿海黛，紧紧抓住靠她最近的那名女仆的手。护送海黛的三名女仆都不满十五岁，她们同时看向茫茫黑暗之中，吓得不敢说话、不敢喘气。巨大的旁博蒂斯湖对面，除了岸边星星点点闪烁着的火把，什么也看不见。

　　尖叫声越来越急遽、越来越刺耳，嘶哑，伴着阵阵喘息，像林中野兽对吼的声音。可这些并不是猎食动物的叫声，而是被围困的人发出的

---

① 伊斯兰教国家高级官吏称谓，又译"巴夏"、"帕沙"。

嚎叫——充满恐惧的男人的吼叫声,在湖面上空回荡。

一只茶隼扑棱着翅膀冷不防地从簌簌发抖的姑娘们面前的枯蒲草中飞起,无声地扇动翅膀,在黎明前的微光中搜寻猎物。嚎叫声和火把光突然消失,似乎被浓雾吞噬了,黑洞洞的湖水静静地泛着银光——这种寂静比刚才消失的嚎叫声更令人毛骨悚然。

难道已经开始?

浮木桥上,只有周围茂盛的水草可以藏身,三名女仆和她们的小主子不知该如何是好:回到小岛上的后宫去,还是继续前行,穿过沼泽到达岸边的公共澡堂?她们接到紧急命令,必须赶在黎明前将帕夏的女儿护送到那里,如有违抗,严惩不贷。有人会等候在公共澡堂附近接应她们,然后借着夜色的掩护,骑马把海黛送到她父亲那里。

帕夏从来没有下达过不容违背的命令。海黛的装束非常适合长途旅行:厚厚的开司米羊毛裤加毛皮靴。她的三名女仆僵立在桥上,不知该如何做。她们又冷又怕,停在原处。尽管十二年来衣食无忧,可海黛知道,这些无知的乡下姑娘更愿意回到温暖、安全的后宫,跟其他男女佣人和妃嫔待在一起,而不愿待在这个黑暗、冰冷、暗藏杀机的湖面上。说实话,她自己又何尝不是这样想呢?

海黛暗暗祈祷,希望能够知道那些瘆人的嚎叫声意味着什么。

仿佛要回应她内心的请求似的,透过清晨湖面上升起的迷雾,她看见像灯塔一样的火把映衬着帕夏的雄伟宫殿,光滑的湖面上倒映着锯齿形的白色花岗岩墙面和高耸的塔尖,在雾中时隐时现,恍如水面上升起的钢铁城堡。宫殿只是位于六英里湖面入口处的卡斯特罗城堡的一部分,城堡能够抵御一万大兵的入侵,奥斯曼土耳其帝国的铁骑围攻两年尚未拿下,足以证明城堡固若金汤。

同样固若金汤的还有这片崎岖的山地什奇帕里亚,又称"老鹰之乡"。在这片坚不可摧的蛮荒土地上,生活着一个野蛮、不可征服的民族,自称"托斯卡"(本地语意即"粗糙的")。这片土地由火山喷发后的粗糙浮石形成。因岛上地形崎岖,环岛山峰终年冰雪覆盖,故土耳其人和希腊人称之为"阿尔巴尼亚"——白陆。岛上的居民是欧洲东南部最古老的人种,仍然说着当地的古语——喀迈拉语,这种语言比伊利里亚语、马其顿语或希腊语都古老,世界上没有任何其他地方的人能听懂。

这些人中最野蛮、最神勇的人,当数海黛的父亲、红头发的阿里帕夏。帕夏十四岁就被当地人尊称为"亚尔斯兰",意即"狮子"。那时,他跟随母亲和她手下的人马,在世仇拼杀中为死去的父亲报了仇,收复特比兰城。自此,他开始一生的征战,取得难以计数的胜利。

现在,将近七十年后,阿里·特比兰、鲁米利亚知事、约阿尼纳帕夏,已经拥有了对阿尔及尔的海上霸权,占领了一直到曾经隶属威尼西亚王国的帕尔加的所有海滨城市。他所向无敌,在幅员辽阔的奥斯曼帝国,是君士坦丁堡的苏丹之下最有权力的人。他的权力实在太大了,问题就出在这里。

几个星期以来,阿里帕夏及其一批随员,包括十二名贴身侍从和他最宠爱的妻子、海黛的母亲瓦希莉姬,被扣押在偌大的湖心修道院中。帕夏在等待君士坦丁堡的马哈茂德二世的赦令。苏丹的赦令八天前就该到了。现在,唯一能够保住帕夏性命的就是固若金汤的钢铁城堡。城堡由六门英国迫击炮和两万磅法国炸药防守,帕夏曾经放出风去说,如果等不来苏丹承诺的赦令,他将毁掉这座城堡,将所有宝藏连同城中所有的人一起炸毁。

海黛知道,一定是因为这件事,帕夏才命人乘着夜色将她送到他自己身边。父亲需要她,她立誓克服心头所有的恐惧。

突然,一片死寂之中,海黛和女仆听到一声响。响声不大,但却足以令人魂飞魄散。声音就在近旁,来自离她们仅数米之遥的高高的草丛。

是船桨划动湖水的声音。

姑娘们不约而同屏住呼吸,盯着发出声响的地方,她们几乎能够摸得到那地方。

透过银白色的浓雾,依稀可以分辨出有三艘大艇从她们身边划过。只能模模糊糊看见长划艇上划桨手的身影,每条船上大约十到十二人,总共三十多人,这些身影有节奏地前后摆动着。

海黛心生恐惧,意识到这些船准是去那个地方。过了沼泽地,巨湖中央只有一个地方。这些船和划桨手要去修道院所在地松木岛,阿里帕夏一行被扣押的地方。

她意识到必须立刻赶到公共澡堂,必须立刻到达岸边,帕夏的骑士正等着她。她明白了刚才那些瘆人的嚎叫声意味着什么,明白随后的死寂和火把意味着什么。那是在警告那些等待黎明的人,那些在湖对面岛上等待的人。他们一定是冒着生命危险点燃了火把,发出了警告;他们要提醒她的父亲。

这一切意味着不响一枪,固若金汤的钢铁城堡就被攻占了;因为敌军偷袭或被人出卖,坚守了两年的阿尔巴尼亚勇士半夜里被击败了。

海黛知道,那些从她们身旁划过的船不是普通船只。

那些是土耳其人的船只。

有人背叛了她父亲阿里帕夏。

♟

穆罕默德·埃芬迪站在松木岛圣庞塔莱翁修道院塔楼高处的黑暗之中,他手里拿着小望远镜,心急如焚地等待黎明的第一道曙光,浑身战栗不已。

穆罕默德·埃芬迪总能知道下一个黎明将会带来什么,如此心急如焚对于他来说确实反常。他能够无比精确地预见未来。事实上,他对事情的预见通常不谬毫厘。这是因为,穆罕默德·埃芬迪不仅是阿里帕夏行政事务方面的首席大臣,同时还是帕夏的高级占星家。穆罕默德·埃芬迪对任何演习或战斗的预测,从没错过。

昨天夜里没有星星,也没有月亮,他也不需要靠这些东西来预测。过去的这几个星期以来,预兆已经无比明显。眼下,他还需要一些时间来解释这些征兆。可是为什么会这样?他不停地追问自己。再说了,一切都很正常,不是吗?预言的一切即将过去。

十二个人都在这里,不是吗?所有人,不仅将军、谢赫(圣徒之师)到了,甚至连大巴巴①也被人用担架从病榻上抬着翻越品都斯山脉,赶来见证这一时刻。为了这一时刻,人们从哈里发阿马地和哈伦·拉希德的时代至今,已等待了一千多年。所有该到的人都到了,预兆也指向这一刻,怎么可能还会出错呢?

帕夏军队的首领阿塔纳西·瓦亚将军静静地站在埃芬迪身旁,将军以其高明的战术,牵制苏丹马哈茂德二世的部队长达两年之久。

瓦亚在山口部署海盗和山贼驻守,抵御外来入侵。接着,他部署阿里帕夏最精良的阿尔巴尼亚帕里卡兵展开法兰克游击战术,进行破坏活动。去年斋戒月②月底,苏丹马哈茂德二世的军官在约阿尼纳白色清真寺进行拜兰节③祷告时,瓦亚命帕里卡兵炮轰清真寺,将奥斯曼帝

---

① 阿拉伯语中为"祖先"或"祖师"的意思,也指"圣人"。
② 又译拉玛丹月,伊斯兰历第九个月,在十二个月中最为神圣。
③ 指斋戒月结束后的开斋节(小拜兰节)或七十天后的大拜兰节。

国的军官和清真寺一道化为灰烬。但瓦亚真正的军事天才,都用在对付苏丹的亲卫部队禁卫军上了。

君士坦丁堡托普卡珀宫内的奥斯曼苏丹们日趋腐败堕落,他们通过向周边基督教教区实行定期征募儿童的制度以蓄养部队,基督教区村庄里每年有五分之一的男孩被带走,送到君士坦丁堡,让他们改信伊斯兰教,编入苏丹的军队。尽管《古兰经》禁止强迫人信奉伊斯兰教,禁止伊斯兰教徒买卖奴隶,征募儿童的制度却依然推行了五百多年。

这些男孩和他们的后代,以及后代的后代,发展成为一支人数众多、桀骜不驯的武装力量,就连君士坦丁堡的高门①也常常拿他们没办法。这些禁卫军,不参加作战的时候,会肆无忌惮地在都城里干着烧杀抢掠的勾当,甚至不惮将苏丹赶下王位。苏丹马哈茂德二世的两位先人就是被禁卫军赶下台的,所以他决定要终止这一切。

然而,马哈茂德二世的阴谋在这片白陆上遭到破坏,因此他才决定派军队翻山越岭来围困这片土地长达两年之久,在卡斯特罗城堡外随时伺机轰炸钢铁城堡。这能够解释禁卫军为什么一直没能取胜、一直没能摧毁城堡的原因。也正是这样,才会让首席大臣穆罕默德·埃芬迪和他的战友们今晚多了那么一点点信心。此刻,在黎明前的夜色中,他们站在圣庞塔莱翁修道院塔楼高处瞭望。

五百年来,地球上,唯一令所向无敌的禁卫军真正敬奉的,就是十三世纪苏非苦行贝克塔什教派的创始人贝克塔什·卫力的故事。圣徒贝克塔什是禁卫军信奉的大圣者,是他们的守护神。

说实话,苏丹也正是因为这一点才忌惮这支军队,也正因如此,苏丹决定从国家其他地方调集雇佣军来这儿跟禁卫军共同参战。

---

① 代指土耳其宫廷。

禁卫军已经成为帝国的真正威胁。他们像宗教狂热分子一样,拥有宣誓效忠的神秘咒语。更糟糕的是,他们只宣誓效忠于他们的圣者,而并不宣誓效忠于奥斯曼帝国或关在金角湾上的金笼里的苏丹。

我以真主的名义起誓……(禁卫军誓词开篇)
我们尊崇古远。我们承认一统。我们愿为此献出生命。我们有大先知。神秘圣人之初,我们早已皈依。我们在圣火中破茧而出。我们是云游世间的托钵僧。我们人数众多,我们剪刈不绝,我们之外无人可识。
十二阿訇十二道,我们一一都数到。三朝、头七、四十日,先知智慧全洞悉,阿里之大善者,我们的大圣人,苏丹之王者——圣者贝克塔什·卫力……

得悉当今世界最伟大的贝克塔什教领袖尊长大巴巴今晚会翻山越岭来到这里,穆罕默德·埃芬迪和瓦亚将军大大松了一口气。尊长大巴巴将亲临他们等待已久的时刻。只有巴巴才知道真正的玄秘和这些兆头所预示的涵义。

尽管已有种种预兆,可似乎还是有什么地方不对劲。

修道院塔楼的黑暗中,首席大臣埃芬迪转向瓦亚将军,告诉他:"这个征兆我看不透。"

"你是说,星相中的东西?"瓦亚将军问道,"我的朋友,你可是跟我们说星相方面不会出问题的,所以我们一直严格遵循你的星相指令行事。你平常总说,思考,意即'顺着星星';灾难,意即'违背星星'!"

"而且,"将军继续说道,"即使你的预测完全错了——万一卡斯特罗城堡连同堡内数百万珠宝和千万桶炸药被毁,你知道,包括帕夏在内,我们可都是贝克塔什教徒!他们也许会任命苏丹的人当领袖,但他们不敢摧毁我们,只要帕夏手中掌握着他们觊觎的'钥匙',他们就不会动这个念头。别忘了,我们还有撤退战术!"

穆罕默德·埃芬迪把小望远镜递给将军,说道:"我不是怕自己解释不了这个星相,而是只怕已经出事了。一直没有爆炸,天快亮了,湖对面烧起一小堆篝火,像座灯塔。"

"亚尔斯兰"阿里帕夏,约阿尼纳之狮,在修道院房间冰冷的瓷砖地板上踱来踱去。他一生从来没有如此恐惧过——当然,不是为他自己。他没有想过自己会怎样,毕竟,土耳其人已经等在湖对面,他非常了解他们的卑鄙手段。

是的,他知道将会发生什么事情——就像他的两个傻儿子那样,他的脑袋也会被钉在长矛上。兄弟俩就是因为轻信苏丹,才遭遇那般下场。他的脑袋会被包在盐中,经过长途海运送到君士坦丁堡,用来警告那些权力过于膨胀的帕夏。他的脑袋,会像儿子们的脑袋一样,被挂在铁叉上,悬挂于托普卡珀宫门之上,起到恐吓其他企图叛乱的异教分子的作用。

可他并不是异教分子。虽然他妻子信奉基督教,可他绝不是异教徒。他为心爱的瓦希莉姬感到恐惧,为他的小海黛感到害怕。他连想都不敢想,如果他死了,她们会怎样。他宠爱他的妻子和女儿,那些土耳其人知道该怎么利用她们来折磨他,甚至在他死后。

他记起和瓦希莉姬相识的那天,那简直是个传奇。那个时候,瓦希莉姬就是海黛现在这个年纪——十二岁。很多年前的那一天,帕夏骑着装饰华丽的阿尔巴尼亚牡马在她家乡巡行,身边簇拥着身形魁梧、长头发、灰眼睛的山地帕里卡兵。他们穿着色彩艳丽的绣花马甲,身披羊皮斗篷,腰带上别着短剑和枪,他们是奉了奥斯曼高门之命来惩办那个村庄的。

时年六十四岁的帕夏,英姿飒爽,手执红宝石半月刀,背上挎着那支点缀着珍珠母的闻名遐迩的镶银火枪,那是拿破仑皇帝赠送给他的礼物。就是那一天(已经十七年了吗?),小瓦希莉姬恳求帕夏,饶了她和家人的性命。他收养了她,把她带回约阿尼纳。

她在他的宫殿中快乐地成长。他的院子里到处都是大理石喷泉;园子里绿树成荫,栽满悬铃木、橘子树、石榴树、柠檬树和无花果树;奢华的房间里满是哥白林挂毯、塞夫勒瓷器和威尼斯枝形吊灯。他把瓦希莉姬当女儿养大,给予她比他任何一个孩子更多的关爱。瓦希莉姬十八岁的时候,怀了海黛,阿里帕夏娶了她。他从没有后悔这一决定——直到今天。

但是今天,他必须要说出真相。

瓦莎,瓦莎,他怎么能犯这样的错误?也许只有年龄才能解释清楚这个问题。他多大岁数了?连他自己都记不清。八十多了?他那狮子般辉煌的年代已经过去,他活不了多少时间了。他很清楚这一点。太迟了,谁也救不了他,救不了他心爱的妻子。

但还有一样东西,一样比生命更重要的东西,绝对不能落入土耳其人手中。正因为如此,巴巴才会翻山越岭也要赶到这里。

也因此,阿里帕夏才会派那个男孩去公共澡堂接海黛。征募儿童制度要求每年征募五个基督教男孩来扩充禁卫军,小男孩考瑞就是被征募来的。

但考瑞不是基督徒,他生来就是伊斯兰教徒。事实上,穆罕默德·埃芬迪说,考瑞可能就是其中的一个兆头,也许正是他们完成这个艰难而危险的任务的唯一依靠。

　　阿里帕夏只能祈求真主安拉保佑，但愿一切都还来得及。

♟

　　考瑞心中充满恐慌，也暗暗祈祷，希望还来得及。

　　他用鞭子使劲抽打黑骏马，沿着黑乎乎的湖岸一路向前疾驰，海黛从身后紧紧抱住他。考瑞的任务就是乘着夜色，尽可能神不知鬼不觉地将她带到小岛上。

　　当帕夏的小女儿和惊魂未定的女仆在公共澡堂告诉考瑞，土耳其人的船已经驶过湖面时，他顿时把事先得到的警告全部抛到脑后。他明白，不管他当时接到的任务是什么，此刻他都顾不上了。

　　姑娘们告诉他，入侵者行进的速度很慢，尽量不发出声响。考瑞知道，土耳其船只还有四英里多的水程才能到达小岛。沿湖畔骑马到达考瑞拴船的灯芯草丛，可以节省一半的时间——他们此刻需要的就是时间。

　　考瑞必须赶在土耳其人前面赶回修道院，给阿里帕夏报信。

♟

　　宽大的修道院厨房尽头，圣餐锅下方的欧卡炉中炭火烧得正旺。右边的圣坛上，燃着十二支蜡烛，正中间燃着圣烛。进入房间的人，只能一步跨过圣门槛，不允许踩在门槛上。

　　房间中央，奥斯曼帝国最有权力的统治者阿里帕夏，直挺挺地趴在冰冷的石头地板上，脸埋在祷告垫里。在他身前，什米米大巴巴坐在一堆垫子中间，多年前他曾是帕夏的引路人，更一直是全世界贝克塔什教徒的精神先导。巴巴面容清瘦，皱纹密布，像一枚棕色干浆果的脸上却因多年追随大道而闪耀着智慧的光芒；据说什米米巴巴已有一百多岁，巴巴裹在教袍里取暖，坐在祷告垫上，像天边飘落的一片枯叶。他戴着传统的十二褶头巾，据说这是五百年前圣徒贝克塔什·卫力在教义中指定的装束。巴巴左手拿着桑树做成的祭祀法杖，法杖顶部镶嵌着十二门徒圣石；右手放在匍匐在地的帕夏头上。

巴巴环视房中跪在他身旁的人：瓦亚将军、首席大臣埃芬迪、瓦希莉姬、士兵、谢赫、贝克塔什苏非派修士，还有几名希腊东正教僧人，这几名僧人是帕夏的朋友，也是瓦希莉姬的精神先导，同时也是他们在岛上这几个星期的主人。

另一边坐着小男孩考瑞和帕夏的女儿海黛，他们带来的消息促使巴巴赶紧召集这次会议。考瑞和海黛已经脱掉沾满泥巴的斗篷，跟其他人一样，洗礼净身完毕才来到大巴巴身旁的圣坛。

巴巴把手从阿里帕夏头上拿开，完成祷告。帕夏站起身，躬身亲吻巴巴教袍的褶子，然后，跟着其他人一起跪在大圣者身旁，围成圆圈。每个人都明白处境之严峻，紧张地听着什米米巴巴下一句重要的话。

巴巴开口说道："世间有众多玄妙，玄妙之中孕着玄妙。"

这是最著名的先导教义，不仅是先导或导师必须掌握的法则，也是每个普通人经由通往存在的"四道门"获得引导必须要掌握的法则。

但考瑞大为不解。土耳其人离小岛只有一眨眼的距离，他不知道人们在这个时候怎么还能想这些东西。考瑞偷偷瞟一眼旁边的海黛。

突然，巴巴似乎读懂了他的这些想法，咯咯笑起来。围成圆圈的那些人抬起头，很惊讶，但还有更令人惊讶的事情：巴巴将桑树法杖撑在祷告垫中，努力支撑着站起来。阿里帕夏跳起来冲过去打算搀扶这位年事已高的领路人，但老人一把将他推开。

"也许你在想，为什么异教徒和豺狼已经到了门口，我们还能像现在这样谈论玄妙！"他大声说道，"此刻，天亮之前，我们只谈论一个秘密。长期以来,阿里帕夏一直替我们保守着这个秘密。正是这个秘密将我们的帕夏置于目前的困境,正是这个秘密引来了这群豺狼。我有责任告诉你们这个秘密是什么——告诉你们为什么在座的各位都必须不惜任何代价守卫这个秘密。尽管从今天开始,这间屋子里的人将会有各自不同的命运,有人可能会战死疆场,也有人可能会被土耳其人俘虏,面临生不如死的境遇。但在屋里,只有一个人能够拯救这个秘密。多亏了我们的小勇士考瑞,她及时地赶到这里来了。"

巴巴朝海黛微笑着点点头,其他人都转过头来看着她,所有人,除了她母亲瓦希莉姬——她正看着对面的阿里帕夏,表情混杂着爱、惶恐和恐惧。

"我有件事要跟你们说,"什米米巴巴继续说道,"这是一个被流传、守护了几个世纪的秘密。这个秘密由引路人一代一代往下传,我是这根长长传递链上的最后一个引路人。我必须快速、简短地讲一下这个故事,必须赶在苏丹的刽子手到来之前讲完。你们必须明白我们为之作战之物的重要性,明白为什么一定要保护这个秘密,甚至不惜献出生命的原因。

"你们都知道穆罕默德的名言,很多贝克塔什教堂门槛上方都刻着这些名言——写给真主安拉的话:

我是隐秘珍宝,祈望来日被人识,

我曾创制万物,只为一朝人人知。

"我即将告诉你们的故事,牵涉到另一个隐秘的珍宝,一个被寻找了近千年的珍宝,价值连城而又极具危险性。长期以来,只有引路人知道这一珍宝的来历和它的意义。现在,我把这些告诉你们。"

房内每个人都点点头,他们明白,巴巴将要告诉他们的事情非常重要,明白巴巴正是为了这个才来到这里。他们默默地看着老人从头上取下十二褶头巾,放在枕垫上,接着又脱下羊皮斗篷。巴巴站在祷告垫中间,穿着羊毛长衫,倚着桑树法杖,开始讲述故事……

领路人的故事

回教纪元一三八年(基督教历法公元七五五年),巴格达附近的库发城住着一位伟大的苏非教数学家兼科学家贾比尔·伊本·哈伊扬。

贾比尔在库发生活了很多年,在此期间,他写下许多科学论著,其中包括《平衡书》,该书确立了贾比尔作为伊斯兰教"炼金术之父"的巨大声望。

鲜为人知的是,我们这位朋友贾比尔还是另一位库发城居民贾法尔·萨迪格的虔诚门徒。先知穆罕默德、他的女儿法蒂玛和家族直系成员去世后,贾法尔·萨迪格成为伊斯兰教什叶派的第六位伊玛目①。

那个时候的什叶教派跟现在一样,不承认哈里发组建的逊尼教派,他们认为那些人是先知的朋友、同伴或亲戚,却算不上先知的后代。

先知去世后的几百年间,库发城一直坚持不懈地跟逊尼王朝进行抗争。此际,两代逊尼王朝已经征服世界上的大部分地方。

尽管附近巴格达城的哈里发都属逊尼教派,贾比尔却公然毫无顾忌地将他的炼金术论著《平衡书》献给他的引路人、

---

① 穆斯林做礼拜时的领拜人,又称为带拜人、众人礼拜的领导者。

第六位伊玛目贾法尔·萨迪格。有人说,他这种行为很愚蠢。更有甚者,贾比尔还在《平衡书》的"题献词"中说,他只是萨迪格智慧的代言人,萨迪格本人已经从先导那里学到解读《古兰经》要义的所有神学阐释学。

在那个时代的正统教派眼中,单只这一项宣言就足以毁掉贾比尔。但十年之后,公元七六五年,发生了一件更为危险的事情:第六位伊玛目贾法尔·萨迪格去世。贾比尔,作为知名科学家,被宣召到巴格达皇宫,担任宫廷药剂师。他先是在阿尔·曼苏尔哈里发手下,后来又为曼苏尔哈里发的继任者阿尔·麦迪和哈伦·拉希德效命,故而在《一千零一夜》中留下声名。

保守的逊尼哈里发最拿手的就是,收集并毁掉所有向人揭示教法不同涵义,认为先知话语或《古兰经》可能还有其他神秘意义或阐释的书籍。

作为一名科学家和苏非教徒,贾比尔·伊本·哈伊扬从到达巴格达的那一刻起,就生活在恐惧之中。他担心一旦自己死去,将无法保护并传播这些玄秘知识,这些知识就会失传。他绞尽脑汁企图寻找永恒的解决办法,寻找一种传递这一古老智慧的可靠方式,既不能被不谙此道的人轻易破解,也不能轻易被毁坏。

著名科学家很快找到了一种最神秘、最出人意料的方式来解决这一问题。

阿尔·曼苏尔哈里发最喜欢一项娱乐方式,那是一个世纪前伊斯兰教徒征服波斯时带回阿拉伯的东西,那就是象棋游戏。

阿尔·曼苏尔命这位著名炼金术士打造一副象棋棋具，要求他用炼金术生成的特有金属和化合物制作，并装饰以只有内行才能看得懂的宝石和标志。

这道命令简直就像加百利大天使①送给贾比尔的礼物——如此一来，他既可以满足哈里发的要求，又能够在哈里发本人的眼皮底下传递古老而又隐秘的智慧。

这副象棋在千百名熟练工匠的帮助下，花费了十年时间制造，最终于回教纪元一五八年（公元纪年七七五年）完工，在拜兰节上进献给哈里发。此时，激发出这一灵感的伊玛目已经去世十年了。

这副象棋精美绝伦：棋盘边长一米，棋格由散发着微光的亚光金银制成，每一个格子都镶嵌着宝石，有的宝石有鹌鹑蛋那么大。巴格达皇宫阿巴斯王朝所有在场的人都被眼前的奇迹惊呆了。但是，他们并不知道，他们的宫廷炼金术士在其中嵌入了一个巨大的秘密，一个能够流传至今的秘密。

贾比尔在象棋中置入众多玄秘，其中包括神圣数字32和28。

32代表波斯字母总数，贾比尔将这些字母嵌入32个金银棋子中。28代表阿拉伯字母总数，这些字母被嵌入棋盘外围的28个棋格中。这只是"炼金术之父"所用众多玄机中的两种，以便向后代传递古老的智慧。每一条类似的线索都代表解开这个巨大秘密的一把钥匙。

贾比尔给这件天工之作起了个名字——"灵修之道"，意

---

① 《圣经》中的七大天使之一，帮助上帝传送好消息给人类的使者。

即通往玄秘之道的钥匙。

讲完故事，巴巴显得非常疲倦，但他仍然笔直地挺立着。

"我所说的这副象棋至今仍然存在。阿尔·曼苏尔哈里发不久就意识到象棋中蕴藏了某种神秘力量，因为围绕象棋发生了很多战争，有些就发生在巴格达阿巴斯王宫内部。随后的二十年，象棋数度易手——不过说来话就长了。象棋内的秘密最终得到保护，象棋被埋藏了一千年。

"后来，在三十年前的法国大革命前夕，象棋突然出现在巴斯克比利牛斯山区。现在，棋子已经散落到世界各地，象棋的秘密被暴露出来。孩子们，我们的任务是要将这副旷世之作交到合适的人手中，交给当属之人，交给能够解开这个秘密的人。象棋是为我们苏非教徒设计的，我们是火焰的守护者。"

阿里帕夏站起身，搀扶着巴巴坐回厚厚的垫子上。

"巴巴的故事说完了，他也累了。"帕夏说完，向小海黛和坐在她旁边的考瑞伸出双手。两个孩子站到巴巴面前，巴巴示意他们跪下，接着向两个孩子头上吹气，一口接着一口，"呼——呼——呼——"，为他们施行气息祈祝。

"在贾比尔时代，"巴巴说，"那些从事炼金术研究的人，自称为'吹制工'或'烧炭工'，因为吹制和烧炭是神圣的炼金艺术中非常神秘的工序。现在的很多炼金术术语就是这样来的。我们将通过秘密途径，将你们送到在另一片土地上的朋友那里，他们也是烧炭工。但眼下，时间就是一切，我们有件珍贵的东西要给你们带上，一件阿里帕夏保护了三十年的东西——"

上面传来喊叫声。那里是派人防守的修道院上层房间,瓦亚将军和士兵们迅速向门边的楼梯冲去。

"但现在看来,"巴巴说,"没有时间了。"

帕夏急忙把手伸到袍子里面,递给巴巴一块硕大的、像黑炭一样的东西。巴巴将东西递给海黛,对着他的年轻使徒考瑞说道:"这栋楼外面有一条暗道,穿过暗道可以到小船附近,也许你们会被人发现,但他们可能不会抓小孩子。你们沿着专用通道翻过大山,到达海边,有条大船会在那里等候你们。按照我给你们提供的路线向北航行,你们会找到一个人,他能够带你们到保护你们的人那里去。那个人是帕夏的故交,只要把那个只有他一人能懂的秘密符码告诉他,他就会相信你们的。"

"秘密符码是什么?"考瑞问道。他急着要动身,因为已从地面传来巨大的敲打声和木头碎裂的声音。

但帕夏打断了他的话,他把瓦希莉姬拉到身旁,一只胳膊护住她的肩膀,瓦希莉姬眼中满含泪水。

"海黛必须告诉这个人她的真实身份。"帕夏告诉他们。

"我的真实身份?"海黛不解地看着她的父母。

瓦希莉姬这才开口讲话,神情极为痛苦,两只手攥住女儿的双手,海黛手里仍然抓着那大炭块似的东西。

"我的孩子,"她对海黛说道,"多年来,我们一直守护着这个秘密,可现在,正如巴巴所说,这是我们唯一的希望,也是你的唯一希望。"她停下来,哽咽难言,帕夏只好再次插话。

"瓦莎的意思是说,宝贝,我不是你的亲生父亲。"看见海黛脸上流露出惊恐之色,帕夏赶紧接着说,"我娶你母亲是出自我对她深深的爱,像爱自己的女儿那样,论年龄,我该是她的长辈。我们结婚的时候,瓦莎已经怀了你——她与另外一个男人的孩子。他不可能娶她,现在也依然不能娶她。我认识这个男人。我爱他,信任他,你母亲是如此,巴巴也是如此。我们一致决定守护这个秘密,不到万不得已,绝不公开这个秘密。"

考瑞用力抓住看似要昏厥的海黛的胳膊。

"你的亲生父亲拥有财富和权力,"帕夏继续说道,"他会保护你,也会保护你带去交给他的东西。"

海黛心头纠缠着极为复杂的感情。帕夏不是她的父亲?怎么可能?她想尖叫,想撕扯自己的头发,大哭——可她的母亲,掩面哭泣,不停摇着头。

"帕夏说的没错,你必须走。"瓦希莉姬对女儿说,"再这样耽搁下去,你就会性命难保——除了这个男孩,其他任何人跟你一起走都太危险。"

"但如果帕夏不是——那谁是我的父亲?他在哪里?我们要带给他的这个东西是什么?"海黛心中升腾起的那股怒气,帮助她恢复了说话的力气。

"你父亲是一位伟大的英国贵族,"瓦希莉姬说,"我很了解他,我爱他。在你出生之前,他跟我们一起住在约阿尼纳。"

她说不下去,帕夏只好接着说:"巴巴刚才说了,他是我们的朋友,是我们跟其他朋友之间的联络人。他住在威尼斯运河上。几天后,你就会坐船到他那里。你很容易就能找到他的宅邸,他就是乔治·戈登·拜伦勋爵。

"你把手里拿的这个东西交给他,如有必要,他一定会用自己的性命去保护。外面裹着炭,但里面是贾比尔·伊本·哈伊扬制作的'灵修之道象棋'中的一枚棋子。这枚棋子是解开玄秘之道的真正钥匙,我们现在称之为黑后。"

黑　陆

除非事先注定,命运常常站在勇敢者一边。

——《贝奥武甫》①

科罗拉多州,梅萨维德
二〇〇三年春

我还没到家,就觉得有什么东西不对劲。非常不对劲,尽管表面上看来一切完美无瑕。

陡斜、弯曲的车道覆盖着厚厚的积雪,车道两旁种着一棵棵高大的科罗拉多蓝叶云杉树。盖满枝头的白雪,闪烁如晨曦中的玫瑰晶。山顶的车道渐平渐宽,成了停车处,我把租来的路虎车停到屋前。

蓝灰色的烟雾,自木屋中央青苔石砌成的烟囱中袅袅升起。空气中弥漫着浓郁的松烟味,这表明,过了这么久之后,我虽然不可能受到

---

① 英国古代史诗,公元五世纪开始口头传诵,约八世纪成书,颂扬勇士贝奥武甫与怪物格伦德尔搏斗的事迹。

热烈欢迎,但至少有人在等我回家。

似乎是为了证实这一点,我看见母亲的敞篷货车和吉普车并排停放在停车场边上的老马厩中。不过,我很纳闷,车道上积雪未铲,也没清出可通行的小道,如果有人在等我,是不是应该先清出一条小道?

现在,我终于回来,回到这个唯一被我称为家的地方,你准认为我可以彻底放松了,然而,我却有一种不祥的感觉,挥之不去。

我们家的木屋始建于上个世纪同一时期,是邻近部落的人为我高曾祖母修建的,她是山里的拓荒先驱。屋子仿照印第安人草屋或蒸疗棚屋的样式,选用手工开采的岩石和大树干搭建而成,高大,呈八角形,各个主要方向都开了多格窗,像一方建筑用的巨大罗盘。

家族里的女性多少都在这里住过一段时间,包括母亲和我。我到底是怎么了?为什么每次来这里都有一种末日来临的感觉?当然,我知道原因,母亲也知道,可我们谁也不提那件事。因此,我离家远行,母亲能够理解,她从来都不会像其他母亲那样,坚持要我常回家看看。

直到今天。

可说实在的,我今天来也算不上是受邀而来,倒更像是被母亲传唤。母亲趁我上班的时间,给我华盛顿住处的电话上留了一个暗藏玄机的留言。

她在留言中说,邀请我参加她的生日聚会。问题就出在这里。

要知道,母亲没有生日,她从来不过生日。

我并不是说,她担心青春不再、美人迟暮,或想要隐瞒年龄——事实上,她每年都变得比以往更加年轻。

奇怪的是,她甚至不想让任何外人知道她生日的具体时间。

这件事,加上其他一些癖好,比如,她过去十年一直在山顶过着与世隔绝的生活,自从……我们绝口不提的那件事情发生后。太多的事情,让人认为母亲凯瑟琳·维利斯是个十足的大怪人。

目前,还有另外一个问题困扰着我,我一直联系不上母亲,想问问她怎么突然愿意见人了。她既不接电话,也不回复我给她留在祖屋电话上的留言。她留给我的备用号码显然不正确——少了最后几个数字。

第一直觉告诉我,一定是出了什么大事。于是,我休了几天假,买了张机票,赶上飞往科罗拉多州科特斯市的最后一趟航班。我心情紧张,在机场租走最后一部车子。

此刻,我坐在车里,让引擎继续开着,环视周围绝美的风景。我已经四年多没有回过家了。每次回来,重新见到这里的景色,都令我叹为观止。

我下车踏入及膝深的雪里,一任引擎继续开着。

从科罗拉多高原一万四千英尺高的山顶上,可以看见粉色晨光中的三英里高峰翻腾如浪。在今天这种晴朗的日子,能一直望到金星山——戴纳族称之为"黑山",是亚当和夏娃创造的四座圣山之一。

这座山连同东面的布兰卡山(白山)、南面的泰勒山(蓝山)和西面的旧金山岭(黄山)一起标示出"戴纳族之乡"的四个角。纳瓦霍人自称"戴纳族"。

四座山之间的连线相交于我所站的这座高原:"四角地"。这里是美国唯一一处四个州交汇的地方——科罗拉多州、犹他州、新墨西哥州和亚利桑那州。四个州在此交汇,恰好形成一个十字。

早在地图绘制之前,过往行人无不把这里看作圣地。如果母亲想举办我出生二十二年来的第一场生日聚会,我能理解她为什么要选择这个地方。不管她在国外或其他地方生活过多少年,她都跟家族里的所有女性一样,早已经跟这片土地融为一体。

我隐约知道,我们与这片土地的关系非同寻常。这也是母亲一条奇怪的电话留言就能将我带回这里的原因。

我还知道其他一些不为人知的事情。我知道她坚持要我今天来这里的原因。因为,今天,四月四日,正是母亲凯特·维利斯的生日。

我把钥匙从引擎上拔下来,从汽车后座抓起匆匆打包的行李袋,费力地穿过积雪,来到百年老屋门前。前门由两块从古树上砍下来的高达十英尺的巨型松心木板制成,门上刻着浮雕,左边是一只金雕,右边是一头身体直立、面目狰狞的母熊,猛禽与猛兽均作势欲扑。

浮雕虽已自然老化,玻璃眼珠和利爪却依旧栩栩如生。二十世纪初期,人们喜欢一些有趣的小机关,古屋门上的这些浮雕就是典型的例子:如果你去拉熊掌,母熊的嘴巴就会张开,露出可怕、逼真的牙齿;你要敢于把手塞进它嘴里,才能扭动装在熊嘴里的老式门铃,让屋里的人听见。

我拉了熊掌,拧了门铃,等在门边。可是过了很久,也没有人应门。屋里肯定有人,烟囱还在冒烟呢。依照我的经验,要烧旺那炉火,得花好几个小时看火和搬木柴。不过我们家这座可以塞进直径五十英寸原木的火炉,可以连烧数日而不灭。

我突然意识到自己的处境:经过数千英里的飞行和舟车劳顿,独自一人站在山顶的积雪中,想要进自己家的门,急切地想知道家里有没有人,偏偏却没有自己家的钥匙。

另一个选择似乎也好不到哪儿去,我得涉过几英亩的雪地,从窗口向里面窥望,万一到时候身上弄得更湿,仍然进不去呢?万一我进去了,里面却没有人呢?屋子附近看不出任何车痕或滑雪的痕迹,甚至连一只鹿的踪迹都看不到。

只有一个办法：从口袋里掏出手机，拨打母亲木屋的电话。电话铃响了六声后，她的电话录音机启动，我顿时松了一口气，也许她会在录音里告诉我她的去处。可当电话录音传来，我的心再次沉落。

"请拨打以下号码找我……"接着她报出留在我华盛顿住处电话中的号码——还是没有最后几个数字！我站在门前，浑身又湿又冷，心里又乱又急。接下来该怎么办？

突然，我想到了一种游戏。

我最敬爱的伯父斯拉瓦，举世闻名的技术专家与作家拉迪斯劳斯·尼姆，是我孩提时代最好的朋友。虽然已经有很多年没见过他了，但我心中仍把他当成至交。斯拉瓦讨厌用电话，死都不愿意在家里安装电话，绝对不装电话。可是，斯拉瓦伯父酷爱猜谜，还写过几部相关题材的著作。记得小时候，要是有谁收到斯拉瓦的留言，而且还留下联系电话，大家都知道那不是真正的电话号码，而是某种加过密的讯息，他就在一旁偷着乐。

但是，母亲似乎不会用这种方式跟我联系。首先，她连破解这样的讯息都不擅长；再者，如果性命攸关，她更不可能发明加密讯息。

斯拉瓦替她操刀的可能性更低。据我所知，她已经很多年没跟伯父说过话了，自从……我们绝口不提的那件事情发生后。

可我就确信这是一条密讯。

我立刻跳回路虎车中，发动引擎。当务之急是破解密码，找到母亲的下落。这一选择无疑胜过破门闯入一栋空无一人的古屋，或飞回华盛顿，置母亲于不顾。

我再次拨打母亲的录音电话：草草记下母亲留在那里的谁都听得清楚的电话号码。我暗自祈祷，如果她真遇到大麻烦，而又只想跟我联系,我无论如何都得抢先破解这个谜才好。

"可以拨打 615-263-94 找我……"母亲在留言中说。

我颤抖着把号码写到便笺簿上。

只有八个数字。长途电话号码应该有十个数字。就像斯拉瓦伯父的数字密码一样,我怀疑这组数字跟电话没有关系。本应有十个数的号码却少了最后两个数字,讯息就藏在那两个数字里。

我花了十分钟才解出来,用的时间可比跟伯父联手长多了。伯父行为诡异,但无比风趣。如果把这一串数字两两分开(提示:因为我们少了最后两个数字),就成了:61-52-63-94。

我很快发现,如果把这些数字颠倒过来,就是两位的平方数,即4、5、6、7与自身相乘所得的积:16-25-36-49。

以此类推,这个序列中所缺的下一个数字应该是8。因此,数字序列所缺的最后两位数应该是8的平方数64。当然,在母亲留下的数字序列中,应该把这个数字倒置,答案就是46。但是,不应该是这样。

我和母亲都知道,"64"对我而言有另外一重意义。"64"是象棋棋盘上棋格的总数,因为每边有八个棋格。

总而言之,那是我们绝口不提的事情。

倔强而又古怪的母亲从来都不愿意提及象棋,甚至不允许在家里摆放象棋。自从父亲去世(另一件我们绝口不提的事情),我就被禁止下象棋了。可象棋是我所掌握的唯一一项技能,是唯一一样使我跟周围世界发生联系的事物。十二岁那年,我被强制患上自闭症。

母亲竭尽所能地反对我下象棋。我从来都无法理解她的逻辑(如果算得上逻辑的话),母亲心里总认为,象棋会给我带来像父亲那样的危险。

可此刻,她让我回来参加她的生日聚会,又给我留下暗藏密码的讯息,似乎想要重新将我拉回到棋局中。

♟

我算了一下时间:想清楚如何进屋,我花了二十分钟。由于没有熄灭引擎,这足足耗费了我一加仑汽油。

至此,稍有些头脑的人想必都已经猜出,那些两位数字的组合同样也是转向锁的密码。但房子上面没有锁,唯一的锁在马厩中,是一个带锁的箱子,汽车钥匙都放在那里。

我是不是太笨了?

我关上路虎车引擎,涉过厚厚的积雪,走向马厩。太棒了,"咔嗒咔嗒"几声,锁栓落下来,带锁的箱子门打开了,屋门钥匙拴在链子上。回到祖屋前,我花了好一会儿工夫才想起钥匙该插进鹰的左爪子。祖屋大门"吱呀"一声开了。

我在进门处锈迹斑斑的老烧烤架上刮了刮靴子上的雪泥,推开沉重的祖屋大门,随手用力关上。晨光中,一阵雪花被我簌簌震落。

祖屋进门处有一道忏悔室大小的过厅,挡住外面的寒风。就着过厅微弱的光线,我脱下湿乎乎的靴子,套上冷冻食品储藏柜上放着的羊皮毛绒短靴。挂好羽绒服,我打开内厅门,走进巨大的八角屋。屋子中央有一根大原木在熊熊燃烧,屋子里暖洋洋的。

八角屋宽约一百英尺,高三十英尺。炉灶位于屋子中央,上方安装着一个挂满水壶的铜护罩,套在青苔石烟囱上,确保把烟引入空中。如果没有四处摆放的大件家具,老屋简直就是一顶印第安人的圆锥形帐篷。母亲讨厌那些可以坐上去的家具,可屋里还是摆着黑檀木三角钢琴、餐边柜、各式书桌、阅览桌、旋转书柜和一张没有启用过的台球桌。

楼上向外伸出一个八角形阳台,阳台旁的小房间可以住人,有时甚至还可以在里面洗澡。

明亮的光线从低矮的窗户射进来,照在桃花心木家具上,光柱里飞舞着灰尘。玫瑰色的晨光从天花板上洒下,照在阳台图腾柱上色彩斑斓的动物头像上,有熊、狼、鹰、牡鹿、野牛、山羊、美洲狮和公羊。站在高处向下望,高约二十英尺的图腾柱,宛若飘浮在无垠的时空中。一切都似乎冻结在时间的长河中。只听见火炉中燃烧的原木偶尔发出的毕剥声。

我沿一个个屋角从一扇扇窗前走过,看向外面的大雪:除了我的脚印,四处不见任何踪迹。我爬上旋梯,仔细察看每一个小房间:找不到一丝痕迹。

怎么会出这样的事?

我母亲凯特·维利斯似乎人间蒸发了!

一阵刺耳的电话铃声打破周围的寂静。我冲下陡峭的旋梯,赶在铃声结束前从母亲的英式战地桌上抓起听筒。

"我的上帝,亲爱的,你到底是怎么想的,要选择这么荒凉的地方?"听筒里传来一个沙哑的声音,略带英国口音。我非常熟悉打电话的人。"还有,你到底在哪儿?我们开车绕这片大荒原都转悠好几天了!"她顿了顿,似乎在跟旁边的什么人说话。

"是莉莉姨妈吗?"我问。

没错,是我的象棋启蒙教练、莉莉·拉德姨妈,她是当今象棋界顶尖特级大师之一,曾经是母亲最好的朋友,但已经很多年没有联系。她怎么会突然打电话来?开车绕着……这到底是怎么一回事?

"亚历桑德拉?"莉莉迟疑了一下问道,"我还以为是你母亲呢。你怎么会在那里?我以为你跟她……关系还僵着呢。"

"我们和解了。"我简单地说道,不想抖开那些陈年旧事。"可妈妈这会儿好像不在家里。你的具体方位在哪里?"

"她不在那里？开什么玩笑！"莉莉气呼呼地说，"我大老远从伦敦赶来见她。她坚持要我来！说是要弄什么生日聚会。天知道是什么意思！至于我的具体方位，天知道！我车上的卫星定位系统一直显示着波加托利——果真是个名副其实的地狱①。我们一连几个小时都没看到什么像样的文明地标。"

"你真的来美国了？在波加托利？"难以置信。"波加托利是一个滑雪胜地，离这里不到一小时。"这也太不可思议了，顶尖美籍英国女象棋冠军竟然从伦敦到科罗拉多的波加托利来参加生日聚会。"妈妈什么时候邀请你的？"

"不是什么邀请，是命令。"莉莉说，"她给我的手机发了条没法回复的信息。"她顿了顿，接着说，"你知道，亚历桑德拉，我非常喜欢你母亲，但我不能接受——"

"我也不能。"我说，"先别谈这个了。你怎么知道如何找到她？"

"我压根就不知道！天哪，我根本不知道！我的车停在一个小镇的路旁，这里比地狱好不了多少，没吃没喝的。不喝上一斤伏特加，我的司机拒绝往前开；狗也不知道跑到哪个雪丘后头追猎物去了……而且，还有，我整整一个星期都无法用电话联系上你妈妈，摩萨德②在南美抓门格勒③也没这么难！"

她越说越激动，我只好打断她。

"好了，莉莉姨妈，"我告诉她，"我会把你接这儿来的。至于吃的，你知道我会做。这里有大量的罐头食品，还有司机要的伏特加。如果

---

① 波加托利是美国科罗拉多州南部一滑雪胜地，单词本身有"涤罪"与"炼狱"之意。
② 以色列情报部门，其行动范围遍及世界任何一个角落。
③ 即约瑟夫·门格勒(1911—1979)，德国纳粹党卫队军官，奥斯维辛集中营"医师"，人称"死亡天使"。二战结束后，门格勒为躲避抓捕，一直秘密生活在南美，大部分时间在巴西。

你愿意,这里也有地方给他住。我离得远,去接你的话得等很长时间。但如果你把卫星定位坐标告诉我,我就让一位住在附近的朋友护送你到祖屋来。"

"不管派谁来,都感谢他。"莉莉姨妈说,可一丁点儿感激都听不出来。

"是个女孩,"我说,"她叫凯伊,半小时后到。"我记下莉莉的车牌号,给凯伊的简易机场留了言,安排她去接莉莉姨妈。凯伊是我儿时最要好的朋友,她要是知道我阔别多年之后,没有一丝预兆地突然回到这里,一定会大吃一惊。

挂电话的时候,我突然看见对面有样东西刚才没发现。为了随时可以弹琴,母亲的三角钢琴琴盖一向是打开着的,现在却合上了。琴盖上面放着一张纸,纸上压着一个黑色的圆形物体。走近一看,顿时,一股血液直冲脑门。

压在纸上的显然是台球桌上的八号球①,用金属钥匙圈环住,以防滚落地上。纸条显然是母亲留的,除了她,没有谁会留这么简单的暗码。没有人帮忙,她编暗码肯定花费了不少工夫。

只见纸条用大写字母写着:

  WASHINGTON

  LUXURY CAR

  VIRGIN ISLES

  ELVIS LIVES

  AS ABOVE, SO BELOW

"ELVIS"这一行很简单,那是我母亲的姓"Velis"的两种不同拼写

---

① 美式普尔台球中的八号为黑色球。

方式,证明留条的是她本人。这一点非常重要。剩下的部分要令人费解得多,倒并非因为暗码难解。

"WASHINGTON",当然是"DC"①的代称;"LUXURY CAR"代表"LX";"VIRGIN ISLES"首字母缩写为"VI"。这些显然是罗马数列,值分别为:

D=500

C=100

L=50

X=10

V=5

I=1

所有数值相加,和为"666",即《圣经·启示录》中邪兽的编号②。

我不担心那只"邪兽",祖屋四周有众多动物图腾保护我们。可我第一次切切实实地为母亲感到担心。她为什么要用这种老掉牙的把戏引起我的注意?还有压在纸上面的那个东西,又是一个标准隐语——"在八号球之后"③,她究竟是什么意思?

那个古老的炼金术偈语"如其在上,如其在下",又该如何解释?

灵光乍现,我登时明白过来。我把八号球和纸条挪开,放到键盘上方的琴谱架上,掀开钢琴盖板,由于没把支架架起,我差点被琴盖砸到。

在钢琴里面,我看见原以为只要母亲在世,她房子里便永远不会看到的东西——

---

① 指美国首都华盛顿特区(Washington DC),当地人习惯称"DC"。
② 据《圣经·启示录》记载,"666"是魔鬼的数字,据说冒犯上帝的怪物给所有屈服于它的人的右手或脑门打上"666"的记号,这记号既是怪物的名字,又是它们一伙的数目。
③ "在八号球之后"是美国俚语,源自凯利弹子游戏,代指"处于不利的地位,处于困境中"。

043

一副象棋。

不只是一副象棋,而是一副摆好局的象棋、正在对弈的棋局。一些棋子已经被从中盘移开,分别放在两旁的琴弦上——或黑或白。

一眼发现黑后不见了。快速向台球桌望去——天哪,天哪!失踪的黑后赫然放在八号球的位置上。

那种感觉像是被卷入了漩涡,我开始有了置身棋局的感觉。天哪,我太怀念这一切了!我怎么可能忘得了?我的症状压根不是人们常说的中毒,我是被注入了生命的活力。

我忘记了已经出局的棋子,也不再去想八号球后面的棋子。棋盘上的这种局势,令我回忆起所有的棋招。我忘记了下落不明的母亲,忘记了在波加托利迷路的莉莉姨妈、她的司机、她的狗和她的车子,忘记了这些年因没能按照自己的意志生活而付出的所有牺牲;我忘记了一切,眼前唯有这盘棋——钢琴中藏着的这个玄机。

当我重新复原这局棋的下法时,晨光透过高高的玻璃窗照了进来,我也渐渐恢复了所有的记忆,心中不禁充满对于这盘棋的恐惧。十年来,我一遍遍在心中回放着这场棋局,试问我又如何能够止住对它的恐惧?

我非常熟悉这场棋局。

正是这场棋局,夺走了我父亲的生命。

炉膛深处

> 莫扎特：如何翻译 Confutatus Maledictum 二词？
> 萨列里①："顺从灾祸之焰。"
> 莫扎特：你相信吗？
> 萨列里：相信什么？
> 莫扎特：火焰永不熄灭，永远将你炙烤。
> 萨列里：噢，是啊……
> ——彼得·谢弗《莫扎特传》

炉膛深处，大原木上火花迸溅。我坐在青苔石壁炉台面上，茫然地盯着下面。我精神恍惚，努力想要忘掉那一切。

可我怎么忘得掉？

十年了，整整过去十年了。十年来，我一直认为自己已成功压制、掩饰，甚至埋藏起那份几乎将我埋葬的感觉、出事前一刻袭上我心头的感觉。在掉进冰窖的前一刻，你还认为自己拥有人生，拥有未来和希望；你会想象着用你朋友凯伊的话来说"世界向你敞开"；你还想象着世

---

① 即安东尼奥·萨列里(1750—1825)，意大利作曲家，与莫扎特过从甚密。

界的大门永远不会关上——

可突然,你就看见了端着枪的手。事情发生了,一切都完了。"现在"永远消失,只有过去和未来。只有"后来"……后来怎样呢?

这是我们绝口不提的事情。这是我从来都不去想的事情。可是,现在母亲凯特失踪了,她在心爱的钢琴架中留下充满死亡气息的讯息,我明白背后隐含的意思分明是:你必须要想那件事。

可问题是,想到年仅十一岁的自己身处寒冷艰险的异国土地,站在冰冷坚硬的大理石台阶上,你作何感想?想到自己困陷在远离莫斯科的俄罗斯寺院石墙内,所有熟悉的人都在万里之遥,你作何感想?想到父亲被狙击手的子弹击中,你作何感想?想到那颗击中父亲的子弹原本是射向自己的,你作何感想?想到你母亲一直认为那颗是射向你的子弹,你作何感想?

当你充满恐惧地看着自己的父亲倒在血泊中,血浸透周围的雪地,与脏兮兮的雪地融为一体,你作何感想?当父亲的身体躺在冰冷的台阶上,生命的迹象一点点消失,而他戴着手套的大手依然紧紧抓着自己戴着手套的小手,你作何感想?

那件事情的真相是:十年前的那天,在俄罗斯冰冷的石阶上,失去未来和生命的,不只是父亲一个人。事实上,失去未来与生命的,还有我。年仅十一岁的我,被象棋的职业性危险猝不及防地击中。

现在,我不得不承认,促使我最终放弃象棋的真正原因,并不是父亲的死或母亲的恐惧,真正原因是——

算了,面对现实吧!

真相是,我不需要真相。真相是,我无法面对现在这样的自省。每每回顾过去,哪怕只是瞬间的回顾,都会令我肾上腺素分泌加速。真相是:父亲死了,母亲失踪了,有人在钢琴中设了一个棋局,而所有的一切都证明跟我大有干系。

我知道,那里摆放着的蓄势待发的致命棋局,并非兵和其他棋子的简单组合,那是一场棋赛,是棋赛的终局,那场杀死父亲的棋赛终局。

今天,这局棋的神秘出现不管意味着什么,都给我带来永恒的酸楚回忆。十年前,在莫斯科,要是我赢得这局棋,俄罗斯锦标赛冠军就是我的了。我就会晋级,就会如父亲所愿,成为历史上最年幼的象棋特级大师,从而实现父亲的夙愿。

要是我赢了莫斯科的这局比赛,我们就不用去扎戈尔斯克参加那个最后一轮的"加时赛"——那场比赛,由于"悲惨的境况"而压根就没有举行。

它今天的现身显然在传达着某种信息,跟我母亲的其他线索一样,我知道我必须赶在其他人之前破解这个讯息。

至少有一点我非常清楚:不管这个讯息是什么,绝对不会是棋局。

♟

我深深吸了一口气,从壁炉边站起身,脑袋差点撞到挂在那里的铜水壶,于是一把扯下它,丢到旁边的餐具柜上。我走到三角钢琴边,拉开钢琴坐垫拉链,把琴弦上所有的棋子和兵连同棋盘一起倒入坐垫套中,然后把钢琴盖架成通常放置的状态,拉上鼓鼓囊囊的坐垫套,塞进餐具柜。

差点把那枚"失踪"的黑后给忘了。我从三角形台球架上抓起黑后,接着把八号球放回原来的位置。垒成金字塔形的彩球似乎在提醒什么,可我一时也想不起具体会是什么事情。黑后底座上的圆毡片明明粘得非常牢固,我却觉得这枚棋子似乎比其他棋子略重一些,也许是我的心理作用。想到莉莉姨妈跟她的司机和汪汪乱叫的狗随时会到,我便将黑后和母亲留的"暗码"字条塞进口袋,快步走向桌前,在电话铃响第三声的时候抓起电话。

"你居然对我保密!"传来儿时好友诺克米斯·凯伊轻快的声音。

我顿时浑身放松下来。尽管多年没有联系,但凯伊依旧是唯一能够为我目前的困境指点迷津的人。似乎从不会有什么事情能让凯伊发怒。她像布雷尔兔①一样,总能够用机灵、俏皮的超然方式解决问题。此刻,我希望她能够再支高招,帮我渡过眼下的暴风骤雨。正因为如此,我才会请她去帮我把莉莉姨妈接到祖屋。

"你在哪里?"我问凯伊,"收到我的信息了吗?"

"你从没说过你有个姨妈。"凯伊算是回答了我的问题,"她好年轻啊!我在公路边找到她的时候,旁边有只不知什么血统的狗和一大堆高档行李袋,雪堆里停着一辆令詹姆斯·邦德怦然心动的豪华车,至少值二十五万。不消说,还有那位比她年轻不少的'伴侣',看上去,他在利多②海滨穿皮泳装消闲一星期花的钱就不会低于那个价。"

"你是指莉莉的司机吗?"我吃惊地问。

"现在人们是这么称呼'伴侣'的吗?"凯伊大笑。

"是个舞男?我觉得莉莉不是那样的人。"我说。

我姨妈从前是雇过不少司机,但个个都古板得不得了,这个听起来却怎么也不像。更何况,我从小认识的莉莉·拉德一直很注意她作为象棋女王的国际形象,她不会浪费时间、精力和金钱养男朋友。不过,我承认,关于莉莉其他部分的描述——车、狗和行李,跟她本人都非常吻合。

---

① 北美切罗基族口传文学中树立的一只调皮捣蛋而又机灵无比的动物形象,布雷尔兔以自己的智慧对抗权势阶层,扭转不合理的社会习俗。
② 意大利威尼斯附近一座小岛,游览胜地。

"相信我,准没错,"凯伊以她一贯的自信说道,"这家伙太性感了,似乎连鼻孔里都冒着迷人的烟。'凡有烟处必有火',你姨妈看起来可真像一匹'身也劳累,心也憔悴'的老马啊。①"

除了爱用俚语和习语,凯伊最大的爱好就是谈论重金属音乐和各种座驾。

"埋在雪堆里的那部车,"凯伊垂涎欲滴地对我说,"是部征服,限量版阿斯顿·马丁旗舰车。"她开始如数家珍地说开了该款车的数量、重量、传动装置、阀门,然后突然打住,因为她意识到了自己的谈话对象是谁。总而言之,简直是无与伦比,接着她又心有不甘地补充说:"那家伙时速达到一百九十英里!那马力简直能把奥菲莉娅从这儿拖到中国去!"

凯伊说的奥菲莉娅水獭,是她最心爱的林地飞机,也是她野外工作时唯一信赖的交通工具。我了解凯伊,若是不及时加以制止,她能够接连几个小时地谈论马力;我得让她赶紧回到正题上来。

"他们那班人马和车都在什么地方?"我赶紧插话问道,"我刚才跟莉莉通话的时候,她说要来参加一个聚会,离现在恐怕有一个小时了。她现在在哪里?"

"他们肚子饿了。我带来的人在雪堆里挖车,你姨妈跟她的同伴到'金矿脉'进补去了。"凯伊说道。

"金矿脉"是路边不远处的一家餐馆,主要经营各种野味,我很熟悉那里。餐厅墙上挂着许多牛角、鹿角和其他骨头制品,在餐馆里走,若不当心,就会跟在潘普洛纳②与公牛赛跑一样危险。

---

① 此处"凡有烟处必有火"和"身也劳累,心也憔悴"既是美国俚语,也是两首著名的黑重金属乐曲名。

② 西班牙北部城市。

我的忍耐终于到了极点，不快地说："尽快把她送这里来。"

"我一小时内把他们送到。"凯伊向我保证，"他们正在给狗喂水，自己也喝得差不多了。不过车子出状况了，得运回丹佛维修。我在餐馆前台，他们还在吃，亲密无间，边喝伏特加边聊着呢。"凯伊在电话里大笑起来。

"有这么好笑吗？"听她还在那里贫嘴，我愤愤然问道。

从不喝酒的莉莉，为什么上午十点要灌点那玩意儿？那个司机又是怎么回事？老实说，如果车毁损得真有那么严重，他的司机生涯也干不长久了。不得不承认，我无法想象我那位雍容华贵、下象棋的姨妈，穿着异域风情服装，坐在装饰着花生壳和啤酒的"金矿脉野味店"，伸出因职业需要而把指甲修剪得整整齐齐的双手，吃着店里最叫座的油焖负鼠、烤响尾蛇和落基山生蚝（科罗拉多人对油炸牛鞭的委婉称呼）的样子，那情景确实令人难以想象。

"我简直不明白！"凯伊似乎读懂了我的心思，低声说，"我并不想冒犯你姨妈——可那家伙太惹火了，就像意大利电影明星。他进来的时候，餐馆里的服务员和顾客都立刻噤声，那女招待到现在还流着口水呢。他跟你姨妈一样穿着毛皮大衣，剪裁得体的衣服上镶着金边。那家伙简直是女人杀手。冒昧地问一下，你觉得他喜欢你姨妈什么地方？"

"我猜你说得没错，"我笑了一下，"他喜欢她的钱。"见凯伊没作声，我补上一句，"五千万。"

在她的啧啧声中，我挂断了电话。

♟

我相信自己很可能比其他任何人更了解莉莉·拉德这位怪人。虽然年龄相差很大,我们之间却有着很多共同的地方。我之所以能够结缘象棋,全仰莉莉一人之功。我只有三岁的时候,莉莉发现了我的象棋天赋,并不顾我母亲的不满、生气和坚决反对,最终说服父亲和伯父开发我的象棋潜能。

正是源于跟莉莉的这层关系,我才会在电话里对凯伊如此不满。莉莉早已退出象棋界,尽管已多年没有见到她,但我却很难接受一个一直以来像姐姐、母亲和教练的人突然变得如此低俗,跟小白脸厮混在一起。不,肯定弄错了,莉莉不是这种人。

莉莉·拉德一直被人们誉为象棋界的伊丽莎白·泰勒。她虽然身材性感,身着皮草服饰,装扮得珠光宝气,花钱如流水,凡此种种表现均令人反感,但却正是她,单枪匹马地掀起了职业象棋界的一股风潮,是她,扭转了七十年代鲍比·菲舍尔①告别棋坛后苏联选手独霸天下的局面。

但莉莉绝非仅仅服饰华丽、浪得虚名。人们趋之若鹜地去看她的比赛,并不仅仅是为了去看她的火爆身材。三十年前,在棋坛生涯鼎盛时期,莉莉姨妈的 ELO 等级分②就已经直逼匈牙利象棋天才波尔加姐妹。在那段时间里,莉莉最好的朋友和教练,即我的父亲亚历山大·索拉林,训练她出色的防御能力,使她成为光照象棋王国长达二十年之久的明星。

我父亲去世后,莉莉回到她从前的象棋教练莫迪凯·拉德那里。莫迪凯是莉莉的祖父,也是她在这世上唯一的亲人,他是一位出色的象

---

① 鲍比·菲舍尔(1943—2008),国际象棋史上的风云人物,一九七二年击败苏联棋坛高手斯帕斯基获得世界冠军,被美国人视为国家英雄。
② ELO 等级,由美国物理学家埃罗博士创立,为应用于国际象棋选手积分的模型。

棋鉴定专家、古代象棋艺术史学家。

后来,莉莉五十岁生日那天早上,笼罩在她象棋世界之上的这些光芒突然离奇消失。

据说,莉莉生日那天早上,她要赶赴祖父的早餐约会,但动身迟了一点。司机开着豪华大轿车从公寓里接了她,驶上中央公园南路,接着沿西点公路,熟练地在早上拥堵的车流中穿行。刚驶过运河大街,他们就看见头顶上空有一架飞机撞上了纽约第一高楼。

千万辆汽车陡然停下,交通瘫痪,所有驾车的人都盯着那股长长的羽状黑烟像巨大的黑鸟尾翼一样升腾,成为无言的预兆。

豪华轿车后座的莉莉惊恐万状,慌忙打开车载电视看新闻,可却收不到一个频道。一切都静止了,她要疯掉了。

她的祖父在那栋大楼顶上。他们约好九点钟在一家"世界之窗"餐厅见面。莫迪凯有一份特别的礼物要送给莉莉,在她五十岁生日——二〇〇一年九月十一日这一特殊的日子里,他想向他唯一的后人透露一件重要的事情。

从某种意义上说,我和莉莉都是孤儿。我们都失去了最亲的亲人,失去了为培养我们的象棋水平付出最大努力的亲人。我从没有问过莉莉,为什么在祖父去世的那个星期她就关闭了中央公园南路的大寓所,为什么如她后来在信中告诉我的那样,只带了一件简单行李动身去了英国。虽然莉莉对英国没什么感情,但那儿是她的出生地,她已经故去的母亲是英国人,因此她具有双重国籍。她压根无法面对纽约。从那以后,我就几乎没有了她的音讯,直到今天。

但此刻,我知道,我唯一迫切想见到的人是莉莉·拉德。也许只有她认识我们生活中所有的棋手,也许只有她才能破解我母亲失踪之谜,也许只有她才能解开那些似乎跟我父亲去世有关的含有暗码的留言。

♟

一声电话铃响。

好一会儿,我才回过神来,意识到这次不是桌上的电话,而是我裤袋里的手机在响。我很吃惊,在科罗拉多州这个偏远的小地方,手机居然还能接收到信号。事实上,我只把这个手机号码告诉过有限的几个人。

我从口袋中掏出电话,看到手机屏幕上显示来电者是"鲁道夫·布加仑"。鲁道夫是我在华盛顿特区的老板,他刚到他那著名的素达尔餐厅,却发现按规定本该值夜班的员工居然溜号了。

不过,凭良心说,要是事先请求老板批准的话,也许永远都请不到假。鲁道夫是个工作狂,认为大家都该跟他一样。他希望所有员工都能够每周工作七天,每天工作二十四小时,因为"炉火随时需要添炭"。他说这句话时口音厚重得连砍肉刀都砍不透。

可我此刻没有心情理会鲁道夫的愤怒,所以,一直等到显示屏上跳出语音信箱提示,听他的电话录音:

"你好,奈斯卡多·吉奥多!"

奈斯卡多·吉奥多是鲁道夫用他家乡的巴斯克语给我起的绰号,意即"小灰姑娘";他把我的工作比喻成火鸟:往炉火中添炭的人。

"你居然半夜溜号!我早上来的时候,发现西妮娜在替你顶班!我希望她不会生……那什么?鸡蛋?如果她出了什么差错,你要负责处理!你招呼都不打一声就溜了——去参加什么生日会——西妮娜是这么跟我说的。算你有本事。但是,你必须在周一之前回到火炉旁,重新生火。忘恩负义的东西!请你摸着良心问问自己是怎么得到这份工作的:是我把你从 CIA 救出来的!"

鲁道夫挂断了电话。他一生气、一激动,就冒出一口典型的巴斯克语加西班牙语、加法语的混合语。了解了鲁道夫的多语种表达方式,他的话听起来也不是那么怪异。

鲁道夫说的那位在我离开期间可能会生蛋的"西妮娜"("天鹅"),是我的同事莉达。同性恋者莉达很乐意替我顶班,如果我需要,她会一直顶替到我回去。

说到照料素达尔餐厅著名的木头大火炉("素达尔"在巴斯克语中是"火炉"的意思),装扮入时的莉达也毫不逊色,她熟知该在什么时候挥动简陋的炭铲添炭。她宁愿用在鸡尾酒时光①当招待的工作替换我周五晚上的大夜班,因为那些听着吵闹的爵士乐,大把挥霍小费的"K 街一族"②总爱向她献殷勤。

至于鲁道夫谈到的"良心"问题,他"救我出来"的 CIA 并不是美国政府的中央情报局,而是纽约州乡下一家培训厨师的机构——美国烹饪研究院③,那是唯一一个因考试不合格而把我扫地出门的地方。中学毕业后,我在那里待了六个月,什么也没学会。任何大学里都没有我想学的东西,斯拉瓦伯父觉得我应该在除象棋之外唯一会做的事情方面谋份职业。在我很小的时候,他亲自教过我烹饪。

---

① 又称"快乐时光",下班后为避开交通高峰,很多人选择到附近的小餐馆、小酒吧打发时间,具体指每天下午五点到七点这一时段。
② 华盛顿 K 街常被称作美国政治体系的第四分部,是深深嵌入美国政治肌体的游说集团集中地。因此,每当政治圈谈到说客时,总将他们称为"K 街一族"。
③ 美国烹饪学院前身,原名英文原文是 Culinary Institute of America,缩写为 CIA,与美国中央情报局的缩写相同。

我很快发现，美国烹饪研究院的气氛跟纳粹突击队似的，只有无穷无尽的会计学和管理学课程、死记硬背海量术语，学不到什么技巧性的东西。我心情沮丧地退了学，内心充满了挫折感。斯拉瓦竭力怂恿我找了一份薪水微薄的学徒工作，于是我进入这家世界上唯一以使用平炉烹煮闻名的四星级饭店，在这里，所有餐式均用炭火、木柴火烧制而成，而我不能早退、逃班、休息，也不能闲聊。

现在，五年的合同已经快满四年了。回首过去，我却不得不承认，尽管住在首都的中心地区，我却过着完全与世隔绝的生活，跟住在科罗拉多山区的母亲一样与世隔绝。

造成这种情况的原因说来很简单：我跟奴隶主一般的鲁道夫·布加仑先生签了"卖身契"。鲁道夫是饭店的承办人，我的老板、师傅和房东。四年来，鲁道夫无时无刻不在发号施令，我完全没有时间用以社交活动。

伯父千方百计想用素达尔餐厅的全天候工作拴住我，事实上，这种工作恰恰弥补了因父亲去世，我放弃象棋后所缺失的那一套模式——练习、压力、计时。每周准备并侍弄整整一个星期烹饪要用的炉火，需要像照料小婴儿或照看一群小动物那样勤勉，连眼睛都不能眨一下。

如果镜子能够显示我不眨眼的本领，我还必须承认，过去四年的工作，除了练习、压力、计时、勤勉和纪律以外，还教会我很多其他东西。日复一日地留心观察火焰和灰烬，使得我能够娴熟地掌控火苗的高度、热度和力度；与火打交道教会了我看东西的新方式。多亏鲁道夫刚才发的一通脾气，使我看到了一些新东西：母亲可能还给我留下了其他线索，一个我进门就该注意到的线索。

火。在目前这种情况下，怎么还会生一炉火呢？

我蹲到火炉旁，细细打量炉膛中的原木；炉膛中熊熊燃烧着一根直径三十多英寸的风干白松木,这种木头比阔叶树树干烧得快。我母亲从小在山区长大,深谙生火的诀窍,她怎么可能会生这么一炉欠考虑的炉火?没有旁人帮忙搬木柴,她又怎么可能生得起这炉火?

我来这里差不多有一个钟头了,没人往炉中添柴,没人用风箱或吹火棍松动灰烬,可炉火却依旧烧得很旺,火苗高达六英寸——表明这火已经烧了三个小时。从火苗的燃烧情形来看,一定是有人在炉边侍弄一个多小时,等到火势稳定才离开的。

我看了看手表。这意味着我母亲离开祖屋的时间比我刚开始估计得还要晚,也许就在我到达这里前半个小时。可真要是这样的话——她去了哪里?她一个人吗?如果她(或他们)从门或者窗户离开这里,雪地里除了我的脚印,为什么一点痕迹都没留下?

这些毫无头绪的线索想得我头都痛了,脑子里乱成一团。突然,脑中又想起另一件可怕的事情:老板鲁道夫·布加仑怎么会知道我离开是为了参加生日聚会?母亲一生不愿意任何人提及她的生日,因此我并没有告诉任何人离开的原因,也没告诉任何人我去哪里,包括鲁道夫留言中说的"小天鹅"莉达。不管如何的扑朔迷离,我知道这里一定藏着一条解开母亲失踪之谜的线索。还有一个地方我没有检查过。

我把手插进口袋,掏出从台球桌上找到的木制黑后,用拇指指甲刮开象棋底座上的毛毡。黑后的中空部分,塞着一个硬邦邦的东西,扯出来后发现是片小硬纸板。我把小纸板拿到窗前,就着窗前的光线打开,看见上面赫然印着的三个单词,我差一点晕过去。

опáсно берéчься пожáр

旁边是褪了色的、模糊不清的凤凰,跟我在扎戈尔斯克那个凄惨、可怕的日子里见到的一模一样。我还记得,那时候也是在口袋里发现这张纸卡的:那只鸟想要振翅腾空,却被一只八角星笼住。

我简直无法呼吸。还没来得及理出一丝头绪,压根还没来得及弄明白这到底是怎么一回事,就听见外面传来汽车喇叭的响声。

　　我向窗外看去,只见凯伊的丰田车正慢慢驶入白雪皑皑的停车坪,在我车后停下。凯伊走出驾驶座,一个身穿皮草的男人跟着从后座出来,他伸手扶出同样穿着皮草的莉莉姨妈,接着,他们三个径直朝前门走来。

　　我慌忙把纸卡连同黑后一起塞回口袋中,快步向过厅走去,这时,外门已经被推开了。开口寒暄前,我越过两位女士,快速看向莉莉姨妈的"男伴"。

　　他一边向屋里走来,一边抖落毛领上的雪花。与我的目光相遇时,他微微一笑,那是一种冷笑,一种充满危险的笑。

　　我登时明白过来:站在我面前的,出现在我母亲山间隐居之地的这个男人,就是害死我父亲的人。无垠的时空中,似乎只剩下我们两个人。

　　他就是那个赢得终局的男孩:瓦坦·艾佐夫。

黑白之间

在棋盘的方寸之间,黑子、白子的象征意义高下立判:白子代表光明,黑子代表黑暗……每一枚棋子都为道义而战,为人类的正义与邪恶而战,是两种不同形式的"圣战",即先知穆罕默德所言"最小的圣战"和"最大的圣战"……

在圣战中,每一位战士都可能会认为自己是战胜黑暗的光明使者。故而,这些象征又有着如下的启示:对于某一个人而言的"道",很有可能会成为另一个人眼中的"恶"。

——蒂图斯·布尔克哈特《棋子的象征意义》

黑白之间,万物不堪。

——保罗·西蒙《柯达彩色胶卷》①

时间停顿,我脑中一片空白。

我死死盯着瓦坦·艾佐夫的眼睛,那双深紫、近乎黑色的眼睛活像

---

① 柯达彩色胶卷是全球首款在商业上取得成功的彩色胶片。著名歌手保罗·西蒙在一九七三年的歌曲《柯达彩色胶卷》中唱道:"它们给我们亮丽的色彩,为我们带来夏天的绿色,让你觉得全世界充满阳光。"

无底深渊,一如当年隔着棋盘望着我的目光。十一岁的我不曾惧怕过他的目光,可为什么此刻竟会感到恐惧?

我能感觉到自己在向下跌落——伴随着眩晕,跌入一口深不可测的枯井,就像多年前在棋赛中走错那步棋时的可怕感觉。当时,我猛然醒悟自己做错了什么,而父亲在对面望着我,我感到内心跌入无底深渊,不停向下坠落、坠落,就像那个插翅飞向太阳的男孩①一样。

瓦坦·艾佐夫站在过厅,越过莉莉和诺克米斯的头上方,和从前一样一眨不眨地看着我。他还是那样的旁若无人,仿佛这世界上只有我们两个,仿佛置身一场只有我们两个人的贴面舞会,中间横亘着黑白格子棋盘。当时是一盘什么棋局?现在又是什么棋局?

"还真是人们常说的,"诺克米斯打破沉默,把头朝艾佐夫和莉莉点了一点,大声说道,"政治搭档,异梦同床。"②

诺克米斯踢掉靴子,扯下羽绒服,摘下帽子,瀑布似的黑发垂到腰际。她穿着袜子大步穿过过厅,"扑通"一声坐在炉前地板上,冲我狡黠一笑,问道:"像不像美国海军陆战队箴言?"

"应征者多,入选者寥寥?"我打趣地问道。我知道我的这位好友对箴言情有独钟。跟她玩这种箴言游戏,我还是头一回反应如此迅敏。可她一定能够从我脸上看出情况不妙。

"不对,"诺克米斯扬起眉毛说,"我们寻找义海雄风③。"

莉莉踏进屋中,问:"你们俩到底在说什么?"她脱得只剩下紧身滑

---

① 古希腊神话中,建筑师代达罗斯和儿子伊卡洛斯用蜡和羽毛制作了翅膀,后来儿子不听父亲的忠告,靠近了炽热的太阳,结果粘住羽毛的蜡熔化,羽翅燃烧,伊卡洛斯因而坠入了大海。
② 该句系与马克·吐温合作《镀金时代》的美国著名作家查尔斯·沃纳(1829—1900)的名言,意即:政治让同床异梦者走到一起。
③ 此处指军队法庭片《义海雄风》,又译《军官与魔鬼》(*A Few Good Men*)。

雪服,曲线毕露。

"与敌为友。"我说,意指艾佐夫。随后我抓住莉莉的胳膊,把她拉到一边,压低声音问道:"你难道忘记过去了吗？你怎么可以把他带来？再说,他年轻得足以当你儿子！"

"特级大师艾佐夫是我的被保护人。"莉莉不满地说。

"现在,人们是这么称呼的吗？"我引用凯伊早些时候的话。

简直不可能。我和莉莉都知道艾佐夫的 ELO 等级分比她最辉煌时期都高出两百分。

"他是特级大师？"凯伊问,"什么方面的特级大师？"

由于母亲禁止在家里提及任何跟象棋有关的词汇,我没回答她。莉莉却不管这一套,说出一番令我更加始料不及的话。

"请不要责怪我把艾佐夫带到这里来,"她朗声说道,"要知道——是你母亲邀请他来的！我只不过让他搭了我的车而已。"

我还没回过神来,一只湿乎乎的小动物便窜进屋里。它有四英尺高,脑袋上戴着湿淋淋的紫红色头绳。讨厌的小东西纵身一跃,跳入莉莉的臂弯中,用粉红色的舌头舔她粉脸。

莉莉姨妈捋着那小东西身上的毛说:"我亲爱的莎莎,你跟亚历桑德拉还不认识呢！她肯定愿意抱你一会儿,对吗？"没容我反对,她就把那浑身扭动的小东西塞给我。

"恐怕我得找句台词来描述一下这幅场景。"看着这场人狗闹剧,凯伊戏谑地说。

"'虎生犹可近,人熟不堪亲。①'怎么样？"我挖苦说。但我真不该开口说话:狗扭动着试图将舌头伸进我嘴里,我厌恶地将它丢给莉莉。

---

① 俚语,意即"过分亲密就会有所侮慢"。

我们三个正乱成一团的时候,我的死对头瓦坦·艾佐夫也脱去毛皮大衣,走进房间。他穿一身黑,黑色的高翻领毛衣搭配黑色窄腿裤,颈上戴一条款式简单的金项链,价值不菲,绝对超出任何象棋比赛奖金。他一边打量着祖屋的图腾和偌大的房间,一边用手挠挠乱蓬蓬的鬈发。

我当然明白为什么他一出现,就差点造成"金矿脉餐馆"一度停业的原因。显然,在过去的十年中,我的这位对手不仅在棋界成就非凡,外形也相当有影响力。凯伊可能会说,一个人的美不在于外表,而在于他的行为。不过,他的光鲜外表在我这里可吃不开,尤其是在目前这种情形下。母亲究竟为什么会邀请他?他上一次出现在我们的生活中,不仅迫使我结束象棋生涯,也导致父亲遇害。

瓦坦·艾佐夫穿过房间,径直朝火炉旁我站的地方走来,我想逃也来不及了。

"这房子很棒。"他说,带着点乌克兰口音。他从小就是这种声音,一种让人有不祥之感的声音。他看着射进天窗的玫瑰色光线,说:"我从没有见过这样的房子。前门上的那些石雕、那些动物正看着我们呢。这是谁建的?"

诺克米斯告诉他,这地方人人都知道这栋祖屋的故事。

"这栋房子是个传奇,"她说,"这是戴纳族和霍皮族最后一次合作——也可能是唯一的一次合作。这两个民族一直因各自蓄养的牛群和油田发生圈地战争。但他们共同出力,为亚历桑德拉的先人建了这栋房子,他们说她是第一位英国女医生。"

"我母亲的曾祖母,"我补充说,"据大家所说,她是位了不起的人物。她出生在一辆大篷车上,留在这里研究本地草药制造业。"

莉莉冲我翻翻眼睛,似乎是说,说实话,也不过是研究了本地的致幻蘑菇。

"简直不可思议,"我姨妈插话说,"凯特怎么能够在这里待这么多年?景色美是一回事,可她拿什么消闲呢?"她抱着莎莎在屋里走来走去,莎莎在她怀里扭来扭去。莉莉一边说着,一边用涂着鲜红指甲油的手指头在布满灰尘的家具上抹出一道指印。"我指的是那些重要问题:最近的美容院在哪里?谁来收取需要清洗的衣物?"

"更不用说所谓的厨房在哪里。"我指着火炉附和说,"母亲没有做好招待客人的准备。"这一切都使得这个生日聚会无比蹊跷。

"我从没有见过你母亲,"艾佐夫说,"虽然,我非常景仰你的父亲。但实话告诉你,当她邀请我来这里住的时候,我感到无比荣幸——"

"住在这里?"我差点呛得说不出话来。

"凯特坚持要我们住在家里,"莉莉证实说,"她说这里有足够的房间供大家住,而且附近也没有什么像样的酒店。"

很不幸,这两点说的都是事实。可还有一个问题——莉莉也同时反应过来。

"看来凯特外出还没有回来,这不像她的风格,"她说,"毕竟,我们是放下所有的事情赶来这里的。她有没有留下只言片语,说明为什么邀请我们过来,自己却又离开了?"

"没什么明显的线索。"我含糊其辞地回答。我还能说什么呢?

谢天谢地,艾佐夫进门前,我居然想到把那盘致命棋局藏到坐垫套中。但是,母亲留在钢琴上的信笺和里面藏着纸卡的黑后,还搁在我口袋里正烫手呢。我脑子里的疑惑越来越多。

为什么那张小纸牌会突然出现在这里?据我所知,只有我跟父亲十年前在万里之遥的地方见过它。父亲在扎戈尔斯克去世后,我沉浸在巨大的惊恸中,几乎从没想过那位举止怪异的婆婆和她在赛前塞给我的纸牌。后来,我认为那纸卡失踪了,跟那婆婆一样失踪了,直到此刻。

得尽快把瓦坦·艾佐夫支开,越快越好,我好向姨妈讨教一下这些问题。可我还没想个辙出来,就看见莉莉在那张巨大的英式战地桌前站定,接着把莎莎放在地上,自己用手摸着一条从电话机引到桌旁小洞里的电线,用力去拉抽屉,却没能拽开。

"那些讨厌的抽屉总是很难拉开。"我站在房间这头告诉她说。但我心里再次揪成一团:这么明显的东西,我怎么早没想到?抽屉里放着母亲的老式电话应答机!莉莉用开信刀撬开抽屉,我走过去。我当然不愿意让这些人听母亲的私人录音磁带,但正如凯伊所说,要饭的哪能挑肥拣瘦?

莉莉抬头瞟我一眼,按下播放键,瓦坦·艾佐夫和诺克米斯一起围到桌子旁边。

有两条是我在华盛顿打给她的电话录音留言,还有几条是莉莉姨妈的留言,无非是抱怨大老远赶到我母亲在山区隐居的"荒原"来。听到另一位受邀参加生日会的人留的言,我顿生不快。非常不幸,我太熟悉那个声音了。

"我最亲爱的凯瑟琳——"传来罗丝玛丽·利文斯顿做作的、带着上流社会腔调的声音。那声音掺着磁带的杂音,听起来比平时更令人不舒服。罗丝玛丽是离我们最近的邻居,两家之间隔着五千英亩。

"真是太遗憾了,不能参加你的盛大晚会!"罗丝玛丽嗲声嗲气地说,"我和巴斯尔要外出。但赛吉很乐意去,她还会带节目去为大家助兴!此外,咱们的新邻居要我转告,他会去。再会啦!"

比起乏味、专横的亿万富翁巴斯尔·利文斯顿和他那位趋炎附势的太太罗丝玛丽,跟他们那位颐气指使的女儿赛吉在一起更加让人受不了。赛吉是位舞场皇后,前"活力乐团"主席;从语法学校到高中,她足足折磨了我六年。罗丝玛丽所说的"为大家助兴",最是赛吉的拿手好戏。

可如果聚会原定在晚上举行,而不是在下午的话,至少她到来之前我们还能稍微喘口气。

我真弄不明白,母亲为什么会邀请利文斯顿一家。要知道,母亲向来极为不耻利文斯顿丧心病狂四处敛财的行径。

一句话,作为早期投机资本家,巴斯尔运作敛他人之财的 OPM 管理模式①,购入科罗拉多高原大片土地,投资石油开采。他甚至买进那些被当地各个印第安部落争相奉为圣地的土地,印第安部落曾为之发动凯伊提到过的那些圈地战争。

至于邀请罗丝玛丽提到的"新邻居",母亲到底是怎么想的?母亲从不与本地人来往。这个生日聚会越来越像爱丽丝在仙境中的那场疯狂茶会了;旁边的茶杯底下随时会爬出不知什么东西来。

下一条留言是一个带有德国口音的陌生男子的声音,这条留言再次加剧了我的恐惧。

留言人说:"请原谅,我的英语不太好,我希望你能够明白我的全部意思。我是你的老朋友,维也纳的维特根斯坦教授。听说你过生日,我非常意外。你什么时候开始计划的?我希望你能够收到我为这一重要日子准备的礼物。收到后请立刻打开邮包,以免损毁。最大的损失是很遗憾不能亲自前往,主要是因为即将出席在印度举行的国王象棋赛……"

---

① 商业管理行业术语,指全面的、全方位的、全过程的、精确细致的管理,其中 O 代表 overall(全方位的),P 代表 process(过程)与 particular(精确细致的),M 代指 managment(管理)。文中借指利文斯顿聚敛他人之财,即 Other People's Money。

我再次有种危险迫近的感觉，按下暂停键，抬头看着莉莉。幸运的是，她好像完全不明白其中的玄奥。我却一下就听出这里面的好几个悬疑关键词，当然，最明显的就是"象棋"。

至于神秘的"维也纳的维特根斯坦教授"，我不知道母亲花多长时间才弄明白，也不知道莉莉要多长时间才会猜出来。且不管口音的问题，我是花了足足十二秒钟才明白他的"全部意思"，也明白了留言人的真实身份。

真正的路德维希·冯·维特根斯坦是杰出的维也纳哲学家，五十多年前就去世了。他因那部深奥的《逻辑哲学论》而广为人知。可跟这条留言相关的是维特根斯坦所撰写的两篇文章。他把两篇晦涩难懂、未公开发表的文章留给在英国剑桥大学的学生。这些文稿保存在纸质封面的笔记本中，一本棕色封面，另一本蓝色封面，因此被后世称为《棕色笔记本》和《蓝色笔记本》。文章的主题是语言游戏。

当然，我和莉莉都熟悉一位酷爱这些语言游戏的人，此人还曾出版过一两本逻辑哲学论著，其中一本就是关于维特根斯坦的这些著作的。最关键的是，他天生具有这一特质：一只眼睛棕色，一只眼睛蓝色。他就是我的伯父：拉迪斯劳斯·尼姆博士。

我知道，一位从不用电话的伯父用假嗓子留下言辞简洁的留言，一定暗藏着某些机密讯息，某些可能只有我母亲才能够懂的讯息。也许正是这些讯息促使她在客人到来之前离开祖屋。

但如果讯息如此令人不安或令人感到危险，她为什么留在应答机上，没有消除掉呢？更有甚者，尼姆为什么会提到我母亲厌恶的象棋，一种她丝毫不懂的游戏？除了这些线索，别的还能有什么意思呢？这留言似乎不仅仅是留给母亲，而且也是留给我的。

我未及深想，莉莉又按下应答机播放键，我听到了想要的答案：

"但是,当你点燃蛋糕蜡烛时,"传来尼姆带着维也纳方言的声音,"也是时候把燃着的火柴交给其他人了。凤凰再次从灰烬中飞起,小心,以免烧伤……"

哔哔!磁带终!破旧的应答机里传来刺耳的吱嘎声。

感谢上帝,再听下去,我会受不了的。

没错,伯父酷爱"语言游戏",这些巧妙嵌入的密码,如"损失"、"国王象棋比赛"、"印度"、"防御"……天哪,这条留言与今天这里的情形紧密相连。误会他的意思一定会导致无可挽回的、致命的一着棋。我知道,我必须赶在瓦坦·艾佐夫或其他任何人有机会明白这些关系之前,毁掉这盘磁带,而艾佐夫就站在我旁边。

我从应答机中扯出磁带,走到火炉旁,将磁带丢进火中。看着聚酯薄膜和磁带盒在大火中燃烧,我眼睑后头一热,传来一阵火辣辣的刺痛,眼前似乎燃起了熊熊大火。

我紧紧闭上眼睛,想要理清思路。

我在俄罗斯的最后一局比赛——几个小时前,母亲在钢琴里面留给我的那个可怕棋局,就是象棋界尽人皆知的"王翼印度防御"的一种变体。十年前,由于我过早走险棋而输掉了那场比赛。我并不清楚那一着棋可能导致的后果,我压根不该走那一着险棋。

那场比赛中我走的是一着什么险棋?我牺牲了自己的黑后。

毫无疑问,十年前,不管是谁、是什么事情真正导致父亲去世,总之,父亲的遇害多少与我在比赛中牺牲黑后有关。现在,这个讯息又回来攫住了我们。此时此刻,有些事情开始变得像棋盘上的黑白棋格一样分明。

我母亲目前的处境非常危险,也许像父亲十年前的处境一样危险,而她已经把点燃的火柴传给了我。

烧炭工

像其他所有社党一样,烧炭党或烧炭工组织,可以追溯到远古时代……许多山地国家兴起了类似社党,他们崇尚习见的神秘主义。他们彼此忠诚,忠于组织,因此,意大利人常说"以烧炭党的名义起誓"……为了避免被误以为是犯罪团伙,他们以伐木、烧炭为生……他们之间通过符号、手势和语言相识别。

——查尔斯·威廉·海克索恩《历代各国秘密社党》

在意大利的所有秘密社党中,没有哪个组织有烧炭党那样广泛的政治目的。十九世纪二十年代初,他们并不仅限于意大利一国,在波兰、法国和德国都设有分会。据他们自己说,"烧炭工"的历史最初起源于苏格兰。

——阿肯·达拉尔《秘密社党史》

我虽然只有一半苏格兰血统,却是个地道的苏格兰人。

——拜伦勋爵《唐璜》(第十章)

意大利，维亚雷焦市

一八二二年八月十五日

　　时值三伏酷暑天，在托斯卡纳的骄阳下，上午十点钟左右，布满鹅卵石、荒无人烟的利古里亚海滩热得就像一口大煎锅，足以烤熟面包；远处的厄尔巴岛、卡普拉亚岛和高格纳小岛，活像海上升起的幻影。

　　群山环绕的月牙形海滩中央，聚集了一小群人，他们的坐骑受不了灼热的沙地，被留在附近的大树底下。

　　乔治·戈登·拜伦勋爵独自在离一众人马很远的地方等候，他坐在巨大的黑岩上，海浪拍打着岩石，他的侧影与身后波光粼粼的海面形成鲜明对比，构成一幅被很多作品固化了的浪漫肖像。可实际上，他那条藏在衣服下的先天残疾的腿，今天早上痛得令他几乎无法从车子上下来。拜伦苍白的皮肤遮在阔边草帽下，人们因他皮肤苍白，戏称他为"阿尔巴"①。

　　拜伦怏怏不乐地坐在那里，密切关注着海滩边的一举一动。拜伦的"玻利瓦尔号"停在海湾，船长罗伯特在巡查手下一帮人的准备工作。他们生起一堆巨大的篝火，拜伦的侍从武官爱德华·约翰·特列劳尼②放了只铁笼子，把火堆变成一个大火炉。特列劳尼外表粗犷帅气，肌肤黝黑，容易冲动，被大家称作"海盗"。

　　护卫他们的六名卢卡③士兵，把尸体从被海水冲上来时匆匆扒成

---

① 意大利地名，作为普通名词时意为"白质"或"银白"。
② 爱德华·约翰·特列劳尼（1792—1881），英国作家、冒险家，与雪莱和拜伦等过从甚密。
③ 自古罗马时期完好保存下来的一座小城市，曾为意大利第二大独立城市。

的临时坟墓中挖出来。尸体已无人形：面部肌肉已经被鱼吃得精光，尸身腐烂，呈吓人的靛青色。由于那件大家熟悉的短夹克和口袋里的诗集，身份鉴定工作已经完成。

此刻，他们把尸体放进炉笼中，放在从岸边捡来的干燥的香脂树树枝和浮木上。拜伦接到指示，任何类似的尸体挖掘工作都必须要安排这些士兵，以确保按照正确程序焚烧尸体，从而预防美国沿海地区正在流行的黄热病。

拜伦看着特列劳尼往尸体上浇洒红酒、盐和油。荒凉的天空中，熊熊火焰直冲云霄。一只鸥鸟在火焰上方盘旋，士兵们挥舞着衬衫，大声喊叫着，想要把它驱走。

灼热的沙滩，加上熊熊的火焰，拜伦周围的一切变得不真实起来——由于盐的作用，火焰变成一种奇怪、诡异的颜色，空气震颤起来。他觉得非常难受。可出于一个只有他自己知道的原因，他此刻不能离开。

拜伦盯着火焰，无比厌恶地看着尸体在高温下烧焦并炸开，脑袋贴着赤红的铁笼杆条，像在汽锅里那样发出吱吱啵啵的烧烤声。他想，这就像一具屠宰后的羊的尸体。此情此景令人无比反胃、恶心。他最挚爱的朋友的尸体在他眼皮底下化作一堆炙热的白灰。

这就是死亡。

拜伦痛苦地想，从某种意义上说，我们都死了。珀西·雪莱一生饮尽死亡的黑暗激情，难道不是吗？

在过去六年的共同游历生涯中，两位著名诗人的命运已经紧紧交织在一起。出于各自不同的原因，他们于同年同月离开英国到瑞士生活，开始自我放逐。后来，他们又一起去了威尼斯，两年前，拜伦离开那里，移居到位于比萨附近的宅邸——雪莱在去世前数小时刚刚从这里离开。自从他们逃离阿尔比恩①,就常常身陷生死之地,多次感觉到死亡气息的迫近。

六年前,雪莱带着他的现任妻子、年仅十六岁的玛丽·戈德温逃往欧洲大陆时,他的第一任夫人哈莉特自杀身亡。这对恋人逃走后,跟暴虐的继母一起留在伦敦的玛丽的同母异父胞妹芬妮又自杀了。继这次打击之后,珀西和玛丽的小儿子威廉死去;就在去年二月,雪莱的好朋友、诗坛偶像"阿多尼"——年轻的约翰·济慈,因肺病死于罗马。②

拜伦本人至今仍频频被死亡缠绕,几个月前,他与玛丽·雪莱的继妹克莱尔的"私生女"、年仅五岁的阿列格拉死去。雪莱溺水身亡之前几个星期,曾跟拜伦讲过他的幻觉,说他看见拜伦死去的小女儿从大海里向他招手,邀他跟她一起到海波下面。眼下,可怜的雪莱已遭遇可怕的结局:先是溺水身亡,后遭烈火焚烧。

尽管天气炎热难耐,但一想起朋友去世前的几个小时,拜伦就感到浑身发冷。

七月八日下午很晚的时候,雪莱离开拜伦位于比萨附近的兰弗朗奇宅邸,赶回停在海岸边的"阿里尔号"小船,不顾所有人的劝阻,在暴风雨来临前驶入茫茫大海腹地。为什么?拜伦暗想。除非被人追杀。可是被什么人追杀?为什么要追杀他?

直到今天早上,拜伦才理出头绪。电光火石间,拜伦突然发现一个他本该早就知道的事实:珀西·雪莱的离奇溺水身亡绝不是个意外;他的死,肯定跟船上的某样东西有关,或者跟船上的什么人有关。拜伦相

---

① 阿尔比恩为英格兰或大不列颠的雅称,常用于诗歌中。
② 济慈英年早逝,雪莱作《阿多尼》挽悼故友,将济慈比作"一颗露珠培养出来的鲜花",说他"与大自然合一",是"美的一部分"。

信,"阿里尔号"从大海深处打捞上来后,一定会发现被三桅小帆船或别的大船撞击过的痕迹。他也猜测,对方想要在船上搜寻什么东西,但一定还没有得逞。

因为,今天早上拜伦才意识到,从不相信永生的珀西·雪莱,很可能通过自己的死亡向他传递了最后一条讯息。

拜伦转向海面,趁其他人专注于大火之际,小心谨慎地摸出他设法保存在背包里的一小卷东西:雪莱保存的约翰·济慈去世前不久在罗马刊发的最后几首诗的抄本。

这本浸透水的小册子是在雪莱身上找到的,雪莱把它塞在那件短小、不合身的学生夹克的口袋里。小册子翻在雪莱最喜欢的那首诗——济慈的《海伯利安的陨落》处,诗中记载了传说中泰坦神与以宙斯为首的一众新神进行激烈争斗的故事。众所周知,经过神话中的那次著名战争之后,只有泰坦神的后代、太阳神海伯利安活了下来。

拜伦从不喜欢这首诗,而济慈本人似乎都没兴趣写完这首诗。拜伦觉得,珀西一直设法将这些诗带在身上,至死都不分开,一定有着特殊意味。他画出其中的一节诗句,一定事出有因。

> 被海伯利安追赶;
> 阿农身后战袍燃烧,
> 一声大吼……
> 他踏火而翔……

在这首未完成的诗作末尾,太阳神似乎将自己燃成一团火球,像凤凰一样升腾而去;就像可怜的珀西,焚祭于火堆之上。

最重要的是,这本小册子被发现的时候,其他任何人都没有注意到,雪莱在济慈停笔的地方接上笔,在那页纸边上仔细画了个记号——一种里面刻着东西的阴刻。由于长时间在海水里浸泡,墨迹严重脱落,但拜伦相信,只要仔细查看,一定能够辨识出来。因此,他今天上午才会随身带到这里来。

拜伦把这页纸从小册子中撕下来,把书卷重新放回包中,他要仔细研究他的朋友在书页边上画的小图章。雪莱画了一个三角形,里面有三个小圆(或小球),涂着三种不同颜色。

也是机缘巧合,拜伦非常熟悉这些颜色。首先,这是他母亲的苏格兰家族纹章的颜色,家族历史可以追溯到诺曼征服之前。虽然这种出生际遇没能改变拜伦勋爵滞留意大利的境况,他却非常自豪地在他的大马车上印上这几种颜色;他的马车仿照的就是被废黜后离世的法国皇帝拿破仑·波拿巴座驾的款式。拜伦比任何人都清楚,这几种颜色具有非凡的神秘意义。

雪莱在三角形中画的三个小球分别被涂成黑色、蓝色和红色。黑色代表炭,意即"信仰";蓝色代表烟,意即"希望";红色代表火焰,意即"美德"——三种颜色合在一起,代表"火的循环"。此外,像这样把三者置入"火"的通用标识三角形内,意指圣约翰在《启示录》中所预言的被火毁灭的旧世界和即将到来的新世界。

这个等边三角形内置三色球的标志,也是一个秘密组织的徽章。这一组织在意大利的分部,力图发动《启示录》中所昭示的那场革命。他们自称"烧炭党",又称"烧炭工组织"。

长达二十五年的法国大革命之后,恐怖和征服几乎使得整个欧洲分崩离析。比起关于战争的传言,另一种谣传更令人心惊。传说说:将会有一场自内而外的运动,将推翻所有外在的统治和压迫。

过去两年来,乔治·戈登·拜伦勋爵跟他的威尼斯情妇特蕾莎·

古奇奥尼伯爵夫人生活在一起。特蕾莎年龄不到拜伦的一半，由于背叛了丈夫，跟她的兄弟、表兄和父亲一起被驱逐出威尼斯。

这三个人就是臭名昭著的干巴集团，当时的报纸杂志称他们为"干巴党"，是那个誓死对抗所有暴政的黑化党的高级成员。去年狂欢节，他们试图将奥地利统治者从意大利北部驱逐出去，但行动失败。结果，干巴集团接连遭到三个意大利城市的驱逐；拜伦跟随他们前往每一处新据点。

因此，拜伦现在所有的对外联络、会晤或书信往来，时刻都会被人盘查并报告给意大利三个地方的长官，即北部的奥地利哈布斯堡王朝、南部的西班牙波旁王朝和中部的教皇国梵蒂冈。

拜伦勋爵是"美国人"组织的秘密领袖，该组织是最受欢迎的烧炭党民粹分支。拜伦曾独力出资购买枪支弹药，援助新近流产的烧炭党起义。

他为他的朋友阿里帕夏提供新型秘密武器——连发枪，帮助他抵制土耳其人入侵。拜伦专门为帕夏设计了这种枪，供他在美国使用。

眼下，拜伦正在资助一个力主将奥斯曼土耳其人逐出希腊的秘密组织互济会。

那些帝制暴君对拜伦勋爵恨之入骨，将他视为不共戴天的敌人。那些当权者知道，这些起义最需要的正是像他这样的推动者，他富甲一方，必要时完全有能力解囊相助。

过去的一年里，这三个地方的起义均遭到无情的镇压与扼杀。实际上，七个月前阿里帕夏遇害后，就有传言说他的尸体被埋在两个不同的地方：身体埋在约阿尼纳，头颅埋在君士坦丁堡。七个月过去了，他为什么这么久——直到今天早上，才明白过来？

阿里帕夏去世快七个月了，仍然没有任何消息，任何征兆……起初，他还以为计划有变。毕竟，阿里生活在约阿尼纳的两年中发生了很多变故。帕夏曾再三保证，如果遭遇危险，一定会让他的特勤部设法找到拜伦。帕夏的特勤部是迄今为止最强大、分布最广的情报组织。

如果这一点行不通，帕夏肯定会与钢铁城堡内的一切同归于尽，包括那些财宝、随从，甚至包括他挚爱的、美丽的瓦希莉姬，一定不会让任何东西落入土耳其人手中。

可现在，阿里帕夏死了，所有的情报都证明钢铁城堡完全沦陷。拜伦派人多方打听瓦希莉姬或其他那些被带到君士坦丁堡的人的命运，却一点消息也没有。拜伦也没有收到那个本该送来给他的、由他和烧炭党保护的东西。

珀西的诗集似乎是唯一的线索。如果拜伦理解得没错，就说明珀西所画的三角形中只隐含了一半信息，另外一半信息藏在诗中：珀西在济慈的《海伯利安的陨落》中作了标记的那一部分。两部分线索联系在一起，就是：

老太阳神将被更危险的火焰——永恒之火——毁灭。

拜伦立刻明白，如果真是这样，自己目前的处境最危险。他必须马上采取行动。如果阿里帕夏没能践行诺言就死去了，如果没有他最亲近的人——瓦希莉姬、他的精神先导、特勤部以及贝克塔什领袖等人幸存的消息，如果珀西·雪莱从拜伦的比萨宅邸离开后被人追杀而致遭遇海上风暴罹难的话，所有这些只能说明一件事情：每个人都相信棋子已经抵达原定目的地，相信棋子现在就在拜伦手中。除了从约阿尼纳逃出来的人，每个人都会这么认为。

失踪的那枚黑后现在怎么样了？

拜伦需要离开此处，好好思考，需要赶在其他人登上装着珀西骨灰的船之前部署计划——也许已经来不及了。

拜伦手中紧紧攥着那张藏有密讯的纸，恢复了一贯的冷漠神情。他站起身，一瘸一拐地艰难走过炙热的砂石地，朝正在拨弄火堆的特列劳尼走去。白色的火舌摇曳,灰烬飘飞,高大、黧黑的"伦敦海盗"被映得越发黝黑。拜伦不动声色地将手中攥绉的纸团丢入火中,浑身战栗不已。他看着纸片烧尽,才转身跟其他人说话。

"将来别拿这套对待我,"他说,"让我的尸骨腐烂掉。我承认,对死亡诗人的这种异教徒式的做法令我不舒服,我需要到海水中去洗净脑中的这幅恐怖画面。"

他重又走回海岸边,冲罗伯特船长快速点点头,提醒他按照他们先前的约定到船上见面。拜伦把阔边帽丢到一旁,脱掉衬衫,纵身跳入大海,一下一下地用力搏击着海浪。上午九点多,海水已如血液般温热,太阳炙烤着"阿尔巴"白皙的肌肤。他知道,游到"玻利瓦尔号"船边不足一英里,这段距离对曾经游过达达尼尔海峡的他而言算不了什么,但足够让他理清思路,思考下一步的计划。他一下一下有节奏地划动臂膀,咸咸的海水击打着他的肩膀,帮助他平复激动的情绪。他的思绪总是回到一件事情上来,他左思右想,只能想出一个人,她可能就是珀西·雪莱的讯息所暗示的那位掌握阿里帕夏失踪珍宝的重要线索的人。拜伦没有见过她的面,但她的名望他早已有所耳闻。

她具有意大利血统,是一位富有的寡妇。拜伦知道,与她的财富相比,自己的那点财产算不了什么。她曾名震全世界,目前在罗马过着半隐居生活。据说,她年轻时曾勇敢地骑在马背上,为驱逐外国侵略者、解放民族而战。现在,拜伦和烧炭党成员正在从事着同样的事业。

然而,这位女性不仅亲自投身于自由事业并作出巨大贡献,还是世界上最后一位"泰坦神"的母亲。济慈曾经这样描述道:她的儿子是一位帝国统治者,在位时间虽然短暂,却威震整个欧洲,临了迅速陨落。(珀西·雪莱也是如此。)然而最终,这个女人的儿子只不过促动了君主政体在欧洲的复辟。差不多一年以前,他死了,死于痛苦和不为世人所了解。

拜伦感到太阳烤得皮肤灼痛，便奋力击水，靠近船身。如果他猜得没错，他已经没有多少时间来实施计划了。

要是这位罗马寡妇的儿子还活着，今天——八月十五日，他的生日，整个欧洲都会为他庆祝；在他去世之前的十五年里，年年如此。拜伦觉得，这真是个莫大的讽刺。

拜伦勋爵认为有可能掌握着阿里帕夏失踪的黑后线索的女人，就是拿破仑的母亲：莱蒂齐亚·拉莫利诺·波拿巴。

罗马，里努契尼宅邸
一八二二年九月八日

> 如今，这里(意大利)只有零星的火山喷发，但大地被灼烤，空气酷热……人们心中酝酿着大暴动，没有人知道将来会怎样……"帝王时代"正灰飞烟灭。将要血流成河，泪雨纷飞；但人民最终会取得胜利。我虽然活不到那一天，可我能够预见。
> ——拜伦勋爵

虽然天气温暖和煦，梅尔夫人却命人把宅邸里的所有火炉都烧上，所有房间的蜡烛都点燃。昂贵的奥比松挂毯被映得通红，卡诺瓦[①]为她那些知名儿女雕塑的塑像被擦拭得一尘不染；仆人们穿上漂亮的绿天鹅绒镶金制服。她的兄弟，枢机主教约瑟夫·费什很快会从附近的法孔尼埃里宅邸赶来，帮助她迎接宾客。每年这一天，她都会在家中招

[①] 即安东尼奥·卡诺瓦(1757—1822)，意大利雕塑家，新古典主义的代表人物。

待客人。今天是圣历中的重要日子——圣母诞辰,梅尔夫人曾发誓永远不会轻忽这一天,永远都会尊崇这一天。

自从她对圣母起誓后,五十多年来,她一直循守着这个仪式。而且,她最疼爱的儿子也出生在圣母升天日。当时,年仅十八岁的莱蒂齐亚已经痛失两个孩子,这个羸弱的小生命突然早产来到世间。所以,那一天,她对圣母起誓,她将永远尊崇她的生日,她将向圣母奉献自己的孩子。

尽管莱蒂齐亚想给孩子取名"卡洛-玛丽",但孩子的父亲坚持要用一个无名埃及烈士的名字为新生儿取名"尼波斯"。莱蒂齐亚因此决定,给她所有的女儿取教名"玛丽亚":玛丽亚·安娜,即后来的托斯卡纳女大公爵爱丽莎;玛丽亚·波拉,即波格塞公主波利娜;玛丽亚·安诺兹塔,即后来的那不勒斯皇后卡罗琳。女儿们尊称她为梅尔夫人,意即"母后"。

圣母赐予这些姑娘健康和美貌,而她们的兄弟拿破仑,则给予她们财富与权力。但所有这些都不长久,这些馈赠仿佛她故乡科西嘉岛上空的雾霭一样散去。

此刻,梅尔夫人穿梭在布满鲜花、点燃蜡烛的罗马宅邸的各个房间之间。她知道,这一切也不会长久。梅尔夫人心里忐忑不安,她知道在此后很长一段时间里她将不再能够举行像今天这样的仪式了。她年纪大了,几乎已是孑然一身,家人不是死了就是失散了。她穿着丧服,住在一个陌生的环境里,身边只剩下恍如过眼云烟般的财富、领地和回忆。

但是,其中某个记忆时常又会突然缠绕住她。

今天早上,莱蒂齐亚刚刚收到一封来自她多年没见、没联系的人的亲笔信。三十年前,莱蒂齐亚和家人离开蛮荒的科西嘉山区,后来在整个波拿巴帝国期间,她再也没有联系过这个人。在此之前,莱蒂齐亚一直认为,写信的这个人已经死了。

莱蒂齐亚从黑色丧服底下的紧身胸衣中抽出这封信,读了起来。

今天上午收到信后,她已经看过不下二十遍。信上没有签名,但她不会弄错。这封信用古老的提非纳文字写成,也就是撒哈拉沙漠腹地的图阿雷格柏柏尔人用于书写的塔玛舍克语。与她母亲家族有联系的人中,只有一个人会使用这种密码文字。

梅尔夫人就是因为这个原因,才会这么着急派人去请她的枢机主教弟弟,要他在其他客人到来之前赶来这里,并让他把最近回到罗马的另一位玛丽亚一起带来。非常形势之下,只有这两个人能够帮得上莱蒂齐亚。

莱蒂齐亚非常清楚,如果这位他们称作"游隼"的人真能死而复生,她本人会被安排去做什么事情。

尽管房内炉火的温度很高,可当莱蒂齐亚再次阅读那封带有预言性质的信函时,却再度感到彻骨的寒意。

火鸟飞升,八之复生。

撒哈拉沙漠,塔西里阿杰尔[①]
一八二二年秋分日

> 我们永生不朽,不会遗忘,
> 我们永恒不息,过去之于我们,
> 犹如未来之于现在。
>
> ——拜伦勋爵《曼弗雷德》

---

① 横贯撒哈拉沙漠的岩石山脉,蕴藏着一万五千余幅新石器时代的岩画和雕刻作品,是世界上最重要的史前岩洞艺术群之一。

夏洛站在高高的岩石台地上，俯瞰一望无际的红色沙漠。微风中，白色带帽斗篷像巨鸟的翅膀在身旁翻飞。他长长的头发随风飞舞，与面前绵延不绝的古铜色砂石同样颜色。世界上的其他任何地方都找不出这种颜色的沙漠：血红色，生命的颜色。

这片荒凉之地，位于撒哈拉沙漠深处的悬崖之上，只有野山羊和鹰出没。以前这里并不是这个样子。在他身后的塔西里悬崖上，有着五千年前的岩画和雕刻作品，分别呈深赭色、黄褐色、焦茶色和白色。这些岩画讲述着沙漠的故事和那些于洪荒之中曾经在这里生活过的人们的故事，构成一部生生不息的发展演变史。

这里是他的出生地，阿拉伯人称之为"瓦塔尔"，即"故乡"。他还在襁褓之中时就离开了这里。这里是我生命开始的地方，夏洛暗想。他生在棋局之中。一旦他解开那个秘密，这里就可能会成为棋局结束的地方。因此，他才回到这片原始荒凉之地，回到这个阳光炽热却暗含玄机的地方，希望能够解开谜团。

沙漠中的柏柏尔人相信，他正是那个能够揭示真相的人。他的出生早已被预言。柏柏尔人传说在他出生前，有一个蓝眼睛、红头发的孩子，拥有一种先见之明。夏洛闭上眼睛，嗅着周围的气息，砂石、盐和朱砂的味道唤起他最初的记忆。

他早产来到这个世上——浑身通红，尖声哭叫。他的母亲，年仅十六岁的米勒儿，为保护一个危险的秘密，孤身一人逃离位于巴斯克比利牛斯山区的修道院，穿越两个大洲，来到沙漠深处。他们称她为"塔伊布"，也就是与男人只有一夜情便怀上孩子的女人。夏洛出生在塔西里的岩顶上，为他接生的是一位脸上蒙着靛蓝色面纱的柏柏尔王子，他就是阿哈加尔高原神圣部落的"青面人"、沙漠"游隼"沙希恩，被选中担任先知的父亲、教父和引路人。

夏洛极目远眺面前一望无际的沙漠,多少个世纪以来,红色的沙土无声无息地移动,宛如会呼吸的生命体;沙土似乎就是他身体的一部分,沙土抹去所有的记忆……

唯独抹不去他的记忆。夏洛具有惊人的记忆力,甚至包括对那些尚未发生之事的记忆。小时候,人们都叫他"小先知"。他能够预言帝国的兴起与衰落,伟大人物如拿破仑或俄国沙皇亚历山大大帝的未来,还有他只见过一次面的亲生父亲查理-莫里斯·德·塔列朗亲王的未来。

夏洛对于未来的记忆就像长流不息的清泉。他能够预见未来,虽然他也许不可能去改变什么。当然,这种伟大的特异功能也可能是件坏事。

对他而言,世界就像一盘棋局,牵一发而动全身,但同时也会揭示变幻莫测的无形策略,令人欲罢不能。在他看来,过去与未来,就像棋局、岩画和永恒的砂石一样恒在。

正如预言所示,夏洛在高大岩壁上雕刻的女神"白后"的注视下来到人间。古往今来,世界各地文化中都有关于她的故事。她像一个复仇女神,赫然立在他面前的陡峭石岩上。图阿雷格人称她"三重女神卡尔",意即"战车御者"。

据说,是她在夜空撒满亮晶晶的星辰,是她率先在这里启动了棋局。夏洛漂洋过海来到这里,只为一睹她的容颜。他们说,只有她能够向神的选民揭示棋局背后的奥秘。

♛

天还没亮,夏洛醒了,掀掉盖在身上抵御夜间寒气的耶拉巴斗篷。一定出了大事了,但他又说不清到底发生了什么事。

历经四天的艰难跋涉,他才从下面的山谷到达这里。他知道,这里很安全。可他心里坚信,一定有什么地方不对劲。

他从临时栖身的地方站起来,向远处望去。东边朝向麦加的方向,天际出现一抹微红,太阳即将升起。光线仍然很暗,他无法看清周围的情形。万籁俱寂。突然,一个声音从几米开外的地方响起。先是轻轻走在沙砾上的脚步声,接着是人的呼吸声。

他异常恐惧,不敢妄动,不敢挪步。

"艾尔-凯姆,是我。"传来一个低低的声音,其实,周围数里内不会有人听到。

只有一个人会称他"艾尔-凯姆"(先知)。"沙希恩!"夏洛失声叫道。一双有力的大手紧紧攥住了他的手腕,这双手属于那个对他来说既是父亲、母亲,又是兄长和精神先导的人。

"你是怎么找到我的?"夏洛问。为什么沙希恩要冒着生命危险穿过海洋和沙漠?为什么他要连夜穿过险象环生的大峡谷?为什么他要赶在天亮之前到达这里? 一定是发生了十万火急的事情,他才会如此不畏艰难险阻地赶到这里。

但更重要的是:夏洛怎么没能预见到这一切?

太阳跳出地平线,给远处翻滚的沙丘抹上一层温暖的红晕。沙希恩的手仍然紧紧攥着夏洛的手,生怕一松手人就不见了。过了好大一会儿,他放开夏洛,揭开靛青色的面纱。

就着玫瑰色的晨光,夏洛第一次看见沙希恩遍布皱纹、游隼一样的面庞。沙希恩脸上的神情令他无比恐惧。在他二十九年的人生中,在任何情况下,夏洛均从未见过他的精神先导流露任何表情,更没有见过此刻沙希恩脸上写着的表情——正是这种痛苦的表情,令他恐惧万分。

夏洛怎么还是不能看透呢?

沙希恩挣扎着说:"我的儿子……"他哽咽得说不出话来。

虽然夏洛一直把沙希恩当父亲看待,但这位老人却是第一次如此称呼他。

"艾尔-凯姆,"沙希恩接着说道,"不到万不得已,我不会要求你使用真主安拉赐给你的特异禀赋、那种先见之明的禀赋。现在情况万分危急,我被迫乘船离开法国。极为珍贵的东西很可能已经落入坏人手中,那件东西我也是几个月前才听说的……"

夏洛被恐惧攫住,他知道沙希恩如此急迫地赶到沙漠来见他,情况一定非常严重。但沙希恩接下来的话更让他震惊。

"那件东西关系到我的儿子。"他说。

"你的……儿子?"夏洛喃喃问道,唯恐自己听错了。

"是的,我有个儿子,我非常爱他。"沙希恩告诉夏洛,"跟你一样,他生来被选中承担一份特殊使命。他很小的时候,就被教化加入一个秘密组织。他的训教已基本完成,比预计时间要早,他现在还只有十四岁。六个月前,我们接到消息说出了大事,他那个组织的最高领袖派给我儿子一项重要使命,要他帮助渡过危机。可是我儿子似乎没有到达预定目的地。"

"什么使命?他的预定目的地在哪里?"夏洛问道。但他恐惧地意识到,他第一次需要问这样的问题。为什么自己没能预先知道这些问题的答案呢?

"我儿子和他的一个同伴共同执行这次任务,他们原定要到威尼斯。"沙希恩答道,奇怪地看着夏洛,似乎心里也在问同样的问题:夏洛怎么会不知道呢?

"我们非常担心,我儿子考瑞和他的同伴可能是遭人绑架了。"沙希恩顿了顿,接着说道,"我听说,他们身上带着一枚重要的蒙特格朗棋。"

王翼印度防御

通常说来,〔王翼印度防御〕是所有印度防御中最复杂、最有趣的一种……从理论上说,白方位置更自由,因此应当占有优势,但黑方位置更稳定且后方更充实,因此,顽强的棋手能用这种防御创造奇迹。

——弗雷德·雷恩菲尔德《象棋开局大全之王翼印度防御》

黑方会……允许白方形成一个强大的中心兵局势后出击。还有其他一些特点,诸如黑棋长易位,形成黑棋王翼进攻。

——爱德华·R.布雷斯《图解象棋历史之王翼印度防御》

木头碎裂的声音打破屋内的沉默,我站在火炉旁,看见房间那头的莉莉切断母亲的电话应答机,从抽屉里扯出一堆绝缘套管电线,扯得满桌子都是。凯伊和瓦坦站在旁边,看着她用一把尖尖的开信刀撬开桌子抽屉。听声音就知道,她已经把桌子给毁了。

"你在做什么?"我的声音里不无戒备,"这可是一张百年老桌子!"

"我也不愿意毁坏一张货真价实的英国殖民时期的战利品,这张桌子对你们来说一定非常重要,"我姨妈说道,"可是,你母亲和我曾经在类似这样关着的抽屉里找到一些无价之宝。她一定知道,类似这样的东西会引起我的注意。"她继续不甘心地砍着抽屉。

"那张战地桌轻薄易碎,放不了什么有价值的东西。"我说。那张桌子不过是一只很轻的箱子,安装着抽屉和可以折叠的桌腿——英国军官穿越开伯尔山口到克什米尔的崎岖山地时,骡背上常常驮着这样的桌子。"而且,自从我记事以来,那抽屉就一直是被固定住的。"

"那么,现在就是该把它打开的时候了。"莉莉坚持说道。

"我同意。"凯伊一边随声附和,一边抓起桌上的石头纸镇递给莉莉。"要知道,人们常说,'迟做总比不做好'。"

莉莉抓过石头纸镇,用力砸向抽屉,我听到木头开裂的声音,但抽屉还是没有拉开。

莎莎受到这些声音和喧嚣的感染,疯狂地叫个不停,在每个人的腿边窜来窜去。它的叫声像是一群耗子四处乱窜。我一把抓起莎莎夹到胳膊底下,强制它噤声。

"让我来?"瓦坦客气地问过莉莉后从她手中接过工具。

他将开信刀插入桌子和抽屉之间,用纸镇锤敲,将抽屉的木板底座敲松。莉莉猛地一拉把手,抽屉被扯了出来。

瓦坦双手捧住被撬坏的抽屉,仔细研究抽屉的侧边和底座;凯伊则在地板上,使劲把手伸到抽屉洞深处,在里面摸寻。

"里面什么东西也没摸着。"凯伊说,跪着往后退了退。"但我的胳膊够不到头。"

"让我来。"瓦坦依然是那句话。他把抽屉放下,蹲在凯伊身边,把手伸进抽屉洞里。他在里面摸寻了很长时间,后来抽出手,抬头面无表情地看着我们;我们三人站在那里,充满期待。

"我也没找到什么。"瓦坦说着站起身,掸掸衣袖上的灰尘。

也许是我多虑,也可能是神经过敏,我总觉得他的话不可信。莉莉说得没错,那里可能藏着东西。虽说这些战地桌必须很轻,以方便运输,但也得非常牢固才行。几十年来,它们一直被用来存放来自总部、作战部队和间谍的作战部署、作战计划和密码文件。

我再次把莎莎丢给莉莉,猛地拽开战地桌的另一只抽屉,从里面翻找出一直放在那儿的手电筒,接着推开瓦坦和凯伊,俯下身用手电筒去照桌子内部的各个角落。瓦坦说的是实话:里面确实没有东西。可是,为什么抽屉一直被固定了这么多年呢?

我端起瓦坦放在地上的烂抽屉,仔细查看。尽管没有发现什么地方不对劲,我还是把桌上的电话应答机和工具推到一旁,将抽屉放在桌子上,同时抽出另一只抽屉,清空里面所有的东西。我把两只抽屉并排放在一起对比,发现破损抽屉后部的挡板似乎比另一只的略高一些。

我看了莉莉一眼,她正抱着扭个不停的莎莎。莉莉朝我点点头,似乎在说她早就知道会是这样。我转过身子,面向瓦坦·艾佐夫说:"这儿似乎有个暗格。"

"我知道,"他轻声说,"我刚才就注意到了。但我认为自己最好不要提这件事。"他的语气仍然很客气,但脸上浮现一丝冷笑——一种类似警告的微笑。

"不提这件事?"我难以置信地反问。

"正如你所说,这抽屉已经——你是说固定住很长时间了?我们不知道那里藏着什么,"他说,语气里不无嘲讽。"也许是价值连城的东西,比如克里米亚战争中留下来的作战计划什么的。"

这事也并非完全不靠谱,我父亲确实在苏联的克里米亚地区长大,不过可能性不大,这张桌子不是他的。尽管我和其他人一样想要知道暗格中藏着什么,可我却无法忍受瓦坦·艾佐夫冰冷的目光和他那种自以为是的逻辑,于是抬腿向门口走去。

"你去哪儿?"身后响起瓦坦的声音,像子弹一样尖锐。

"去拿钢锯。"我甩出一句话,头也不回地继续向外走。我知道,不管怎样,我都不能用莉莉那种蛮干的方法。即便里面的东西跟母亲无关,暗格里也可能藏着易碎或贵重的东西。

瓦坦迅速穿过房间,悄无声息地突然出现在我身旁,一把抓住我的胳膊,把我推进过厅。进了小房间后,他用力关上内门,身子靠在门上,堵住了唯一的出口。

我们俩挤在食品柜和衣帽架之间的狭小空间里,衣帽架上挂满皮草和羽绒服。我的头发擦着墙壁,产生静电。瓦坦紧紧抓着我的两只胳膊,不容我反抗。

"亚历桑德拉,你必须要听我说,这事至关重要。"他压低了声音说,语速很快,生怕被外面的人听见。"我知道一些你需要了解的事情,很重要的事情。现在,在你出去打开任何橱柜或抽屉之前,我们必须谈一谈。"

"我们没什么好谈的。"我猛然说道,声音尖锐得连我自己都吃了一惊。我挣脱他的手,说:"我不知道你来这里到底做什么,我不知道母亲为什么竟然会邀请你——"

"我知道她为什么邀请我,"瓦坦打断我的话,"尽管我从没有跟她说过话——她不需要说我也能知道。她想要了解情况,你也一样。我是那天唯一在场的外人,也是唯一能够提供线索的人。"

我不需要问他的"在场"是指什么,也不需要问他所说的"那天"是什么时候。可他接下来的话,却令我猝不及防。

"小榭,"他说,"难道你还不明白?我们必须谈一谈你父亲被害的事情。"

我感到自己被人一拳击中腹部,几乎窒息。我退出棋坛有十年了,在此期间,没有任何人称我"小榭"——这是父亲对我的昵称"爱丽榭"的简称。此刻,听着这个称呼,加上"你父亲被害的事情",我登时无力防御。

那正是我们绝不谈论的事情、我从来不敢细想的事情。被压抑多年的往事一股脑儿地向我扑来,充斥着这个狭小、令人窒息的过厅,带着可恶的乌克兰式冷静,我下意识地矢口否认。

"他被害?"我假装难以置信地摇摇头,想要清醒一下头脑。"可当时,俄罗斯当局认定我父亲的死是个意外,说房顶的卫兵以为有人从财库带着值钱的东西潜逃,才误杀了他。"

瓦坦·艾佐夫突然转过身,乌黑的眼睛直勾勾地盯着我。眼中散发出一种奇特的紫色光芒,像一团熊熊燃烧的火焰。

"也许,你父亲的确从财库带走了非常有价值的东西。"他慢慢说道,似乎刚刚想清楚一招曾被疏忽的妙着。"也许你父亲是带着他当时才了解到价值的东西离开财库的。可是,亚历桑德拉,不管当时发生了什么事情,我敢断定,你母亲一定认为,十年前你父亲的死与两周前发生在伦敦的塔拉·彼得罗相暗杀事件有关。因此,她才会让你、我和莉莉·拉德大老远赶到这个偏僻又荒凉的地方。"

"塔拉·彼得罗相!"我大声叫出来,瓦坦迅速看看内门,示意我小声点。

塔拉·彼得罗相是十年前主办那次俄罗斯象棋比赛的蒙古富商!那天,他就在扎戈尔斯克。关于他,我所知道的仅此而已。此刻,瓦坦·艾佐夫——管他是不是个傲慢的混蛋,突然攫住我的全部注意力。

"塔拉·彼得罗相怎么死的?"我问,"为什么?他在伦敦干什么?"

"他在那里组织一场由世界各国特级象棋大师参加的大型象棋展示赛。"瓦坦说着扬扬眉毛,似乎认定我早该知道这事。"几年前,彼得罗相在俄罗斯创办的腐败资本家寡头集团与其他团伙被当局一锅端掉,他席卷了一大笔钱逃到英国。但他并没能完全逃脱。就在两个星期前,人们发现彼得罗相死在伦敦梅菲尔高级住宅区豪华酒店的床上。据说是被人下了毒,那是俄罗斯人百试不爽的办法。彼得罗相常常在公开场合反对斯洛维基组织,但那帮人势力范围很广,对于他们想要令其噤声的人——"

见我似乎不明白"斯洛维基"这个词,瓦坦说,"在俄语中,这个词的意思是'权力寡头'。是苏联解体后,由其国家安全局克格勃蜕变而来的一个组织。现在,人们称之为'联邦安全局'。他们的成员、所使用的方法跟旧组织毫无二致,只不过换了个名称而已。他们的权力比克格勃更大,自成一个独立王国,未假任何外部控制。我相信,这些斯洛维基,就是导致你父亲被害的罪魁祸首。而那个开枪杀死你父亲的卫兵一定是他们的成员。"

他的话简直令人匪夷所思。袖口抹有毒药的克格勃枪手?!我感到脊背上再次冒起一股寒意。现在回想起来,正是塔拉·彼得罗相将我们最后一场比赛的场地改在莫斯科城外的扎戈尔斯克。他现在遭人暗杀了,也就越发证实母亲这些年来的恐惧并非空穴来风。更不用说她的失踪和她留下的那些指向最后一场比赛的线索。也许,一直以来,她怀疑得并不错。凯伊准会说,"生性多疑,并不意味着麻烦不会缠身。"

但还有一些事情我需要知道,一些看似无厘头的事情。

"你刚才说的是什么意思?"我问瓦坦,"你说我父亲可能的确从财库带走了非常有价值的东西?什么是只有他才懂得其价值的东西?"

瓦坦高深莫测地笑了笑,似乎我刚刚通过了某种重要秘密测试。

"我也是刚才,"他坦言,"你提到有关你父亲遇害事件的'官方'说辞时才想到的。我想,很可能那天早上,你父亲离开那栋楼时,就随身携带了极具价值的东西,一件别人无法看见但却直觉感到在你父亲手中的东西。"见我一脸的大惑不解,瓦坦又说,"我怀疑他那天早上离开大楼时,带走了某种讯息。"

"讯息?"我反驳道,"什么样的讯息这么有价值,会让人想要杀他?"

"不管是什么讯息,"他对我说,"肯定是一件他不能够告诉任何人的事情。"

"假定我父亲确实得到你刚才所说的某件危险东西的讯息,可他怎么可能到达扎戈尔斯克财库那么一会儿时间就发现?而你自己也知道,我们进大楼没几分钟,"我说,"在那段时间里,我父亲没跟任何人说话,又怎么可能得到那样的讯息?"

"也许他是没跟任何人说话,"他表示赞同,"但有人跟他说过话。"

我长期以来压抑在心底的关于那天早上的画面,浮现在脑海中。那天早上,在财库里,父亲离开我一会儿,走到房间对面看一个大玻璃展柜。接着,有个人走过去,到他身旁——

"跟我父亲说过话的人是你!"我脱口叫道。

这一次,瓦坦没有示意我小声,他点头表示承认。

"没错。"他说,"你父亲看那个大展柜的时候,我走过去站在他旁边。玻璃柜中,陈列着一个镶满宝石的黄金棋子。我告诉他那是新近才从圣彼得堡一家寺院地窖里,跟谢里曼的特洛伊宝藏一同挖掘出来的。据说,那枚棋子以前曾经属于查理曼大帝,后来可能落入了凯瑟琳大帝之手。我告诉你父亲,那枚棋子被送到扎戈尔斯克,专为那场决赛而展示。正在那时,你父亲突然转身走开,走过去牵起你的手,你们一起离开了那个地方。"

我们逃到财库外面的楼梯平台上,父亲就是在那里遇害的。

瓦坦紧紧盯着我,我努力不表露这些年来深深压抑着的痛苦,遗憾的是,却怎么都无法克制。可我还有些事情不明白。

"可我还是不明白,"我对瓦坦说,"似乎每个人,包括你在内,都知道这枚旷世棋子以及它的历史,为什么还会有人想要杀我父亲,防止他传递危险讯息呢?"

刚一问出口,瓦坦就告诉了我答案。

"因为那枚棋子对他而言肯定有不同于其他人的意义。"瓦坦兴奋起来,"不管你父亲看到那枚棋子时想到了什么,他的反应肯定是那些密切观察他的人所未曾预料到的,在比赛时展示那枚棋子的用意也就在于此。尽管他们可能猜不到你父亲发现了什么,但他们必须要阻止他把消息传递给那些可能懂得的人!"

棋子和兵已经集结在棋盘中央。瓦坦似乎突然意识到了什么,我却依然拨不开眼前的层层迷雾。

"母亲一直认为,父亲绝非死于意外。"我告诉瓦坦,但并没有跟他说,母亲一直认为那颗子弹原本是射向我的。"她一直认为,父亲的死跟象棋有关。可如果真如你所说,我父亲的死与塔拉·彼得罗相之死有关联,那又怎么跟扎戈尔斯克的那枚棋子联系在一起?"

"我也说不清楚,但两者之间肯定有关联。"瓦坦告诉我,"我仍然记得,那天早上你父亲盯着玻璃展柜中那枚棋子时的表情,他似乎根本就没有听见我在说什么。他转身离开时,压根就不像一个在考虑象棋比赛的人。"

"他看起来像什么?"我急忙问道。

瓦坦看着我,似乎想要理清头绪。"我觉得,他像是受了惊吓,"他说,"不单是惊吓。是恐惧,但他很快掩饰住这种情绪,以免被我发现。"

"恐惧?"

在扎戈尔斯克财库里只待了那么一会儿,有什么东西会让父亲受到如此惊吓?可瓦坦接下来的话,让我活像掉进了冰窟窿。

"我也说不清,"瓦坦承认,"除非玻璃展柜中的那枚黑后对你父亲而言,有着不同寻常的意义。"

瓦坦打开过厅门,我们走入八角祖屋。我不能告诉他黑后对我而言意味着什么。我知道,如果他所言非虚,母亲的失踪很可能与父亲和彼得罗的死有关。我们可能都会有危险。没走几步,我猛地停下脚步:刚才一直专注于听瓦坦讲话,竟完全忘记了莉莉和凯伊的存在。

她们俩坐在战地桌前的地板上,面前放着空空的抽屉;莎莎在旁边的波斯地毯上流着口水。莉莉跟凯伊在悄悄说着什么,看到我们进来,立刻双双站起来。莉莉手里抓着一个尖尖的、像不锈钢指甲锉刀一样的东西,地上到处都是碎木屑。

"时间不等人,"凯伊晃着一张皱巴巴的发黄的纸说,"你们俩躲在那儿互诉衷肠的时候,瞧瞧我们找到什么了。"

我们走近时,莉莉严肃地看着我,清澈的灰眼睛里射出奇怪的眼神,似乎在警告我。

"你看看可以,"她出声警告,"但不准碰。别一冲动再给丢到火里了。如果我没猜错的话,我们在抽屉里发现的东西极为珍贵。你母亲若是在场,一定能够证明。事实上,我怀疑,这份文件很可能就是她不在这里的原因。"

凯伊小心地打开那张薄薄的纸,举在我们面前。

我和瓦坦凑过去仔细看。近看之下，是一块又旧又脏的纤维织物，年代久远，硬得像张羊皮纸，上面画有一幅铁锈色的图画，织物四处滴有暗红色的血污，但图案依稀可辨。是一幅六十四格的棋盘，每一格均画着一个奇怪而又神秘的符号。我一点也不理解这些符号代表什么。

但莉莉的话启发了我们。

"我不知道你母亲什么时候，又是如何弄到这张图的，"她说，"但如果我怀疑得不错，这块布是差不多三十年前失踪的那个悬谜的第三块，也是最后一块。"

"什么悬谜？"我大感不解地问。

莉莉问："你听说过蒙特格朗棋的故事吗？"

莉莉说，她要给我们讲一个故事，但为了能够在其他客人到来之前讲完，她要求我在她结束之前不要提问，不要打扰或打断她。她还对我们说，她不能坐在地板或石壁上讲完这么长的故事。可祖屋里乱糟糟的，连一把像样的椅子也找不到。

凯伊和瓦坦上下往返旋梯多趟，搬运靠垫、长软椅和长凳，总算把莉莉和莎莎安顿在火炉旁的一大堆软垫中。凯伊坐在钢琴凳上，瓦坦则坐在旁边的一张书房专用高脚凳上，听莉莉讲故事。

我一边听，一边忙着张罗自己最拿手的烹饪。不管什么时候，烹饪总能帮助我理清思路，况且至少其他客人来时也能有东西填肚子。我看着铜壶低悬在火炉上，里面煮着我从食品柜里搜罗出来的冻干食品——青葱、芹菜、胡萝卜、鸡油菌和牛肉丁，外加肉汤、高度红酒、伍斯特郡辣酱油、柠檬汁、白兰地酒、欧芹、月桂叶和百里香，一道在锅里咕嘟嘟冒泡泡，最终煮成亚历桑德拉秘制勃艮第红酒炖牛肉。

眼下,我内心又何尝不是同样的备受煎熬?我承认,这一上午受的惊吓足以让我消化到吃晚饭的时候。莉莉的故事更是我所始料不及的。

莉莉告诉我:"差不多三十年前,我们都向你母亲郑重起过誓,发誓绝不再提及那场棋局。可现在,发现了这幅图,我明白我必须告诉你们那个故事。我想,这也是你母亲的安排。不然,她不会把那么重要的东西塞在这个封住的抽屉里面。虽然,我不知道她今天为什么会邀请那么多人来,但若非跟棋局有关,她绝不会在她生日这样的特殊日子邀请任何人。"

"棋局?"瓦坦抢先问道。

知道母亲不愿意过生日可能跟象棋有关,我感到很吃惊,可仍然认为,如果是三十年前的事情,就不可能是杀害父亲的那一场棋局。突然,我似乎意识到了什么。

"不管你发誓保密的那盘棋局是什么,"我对莉莉说,"那是否就是母亲一直反对我下象棋的原因?"

我突然意识到,家族直系成员之外鲜有人知道我曾经是象棋高手,更没有人知道家族内部为此产生的旷日持久的分歧。凯伊扬了扬眉毛,努力显得不那么吃惊。

"亚历桑德拉,"莉莉说,"这些年,你一直都误会你母亲的意思了。但这不能怪你。我深感歉疚,我们所有人——拉迪斯劳斯·尼姆和我,甚至你父亲,一致认为最好不要让你知道这件事情。我们真心希望,只要我们把这些棋子埋藏起来,埋藏到一个任何人都找不到的地方,只要对方的成员被摧毁,棋局就会结束,很长一段时间、也许永远,都不会再启动。你出生后,我们很快发现你在象棋方面的天赋和热情,事情已经过去了很多年,我们都认为让你下棋应该安全了,只有你母亲不这么认为。"

莉莉接着几近自言自语地柔声说道:"凯特担心的并不是象棋这种游戏,而是另一个棋局:那盘毁了我全家、杀死你父亲的棋局,那是一盘超乎想象、危险异常的棋局。"

"可那是一盘什么样的棋局?"我问,"你们埋藏起来的是什么棋子?"

"一盘古老的棋局,"莉莉告诉我,"一盘关于旷世奇珍美索不达米亚象棋的棋局。那副象棋曾经属于查理曼大帝,据说象棋被施了咒语,具有极其危险的魔力。"

瓦坦站在我身旁,紧紧抓着我的胳膊肘。我再次感到心底深处的某样东西被触动。

可莉莉的故事还没有讲完,她接着讲下去:"棋子和棋盘在比利牛斯山一座城堡中埋藏了一千年,那城堡就是后来的蒙特格朗修道院。法国大革命的时候,那副蒙特格朗象棋被修女们挖出来,为了安全起见,棋子被分散到世界各地。之后,失踪了差不多两百年。人们相信,这副棋重新聚在一起会释放出一种无法控制的自然之力,能够决定文明的起源与终结,因此很多人费尽心思想要找到这些棋子。"

"可最终,"莉莉说,"三十二枚棋子中只有二十六枚聚集在一起,连同那块绣着宝石的棋盘布。还有六枚棋子和棋盘仍然下落不明。"

莉莉停下来,挨个儿看着我们,最后,灰色的眼眸久久地落在我身上。

"两百年后,最终重组蒙特格朗棋以击败对方的艰巨任务,重新阐释蒙特格朗棋力量的任务,落到了你母亲肩上。三十年前的那个时候,我们都认为这盘棋局终于结束了。"

"我母亲?"我惊讶得说不出话来。

莉莉点点头："今天，凯特的失踪只能说明一件事情，我接到她电话留言邀请的那一刻就猜到了。把我们大家邀请到棋局中盘，似乎只是第一步。如果我没猜错的话：棋局重新启动了。"

"如果真的存在过这样的棋局，如果棋局真有那么危险，"我反驳道，"她又怎么会如你所说的那样冒险启动棋局，邀请我们到这里来？"

"她别无选择，"莉莉说，"在所有的象棋比赛中，白方先走棋，黑方只能还击。也许，你母亲留在这里让我们发现的那个久已失传的悬谜的第三部分，就是她的一着棋。也许，我们能够发现更多关于她的战略战术的线索——"

"可母亲一生从来不下棋！她讨厌象棋！"我一字一顿地说。

"亚历桑德拉，"莉莉说，"今天——凯特的生日，四月四日——是棋局历史上一个非常重要的日子。你母亲就是黑后。"

莉莉的故事从三十年前她跟我母亲一起出席的一场象棋比赛说起。在那次比赛上，她跟我母亲第一次遇见我父亲亚历山大·索拉林。中场休息时，我父亲的对手突然离奇死去，后来证实是被人谋杀。这桩看似无关的事件——象棋赛中的死亡事件，却猛然将我母亲和莉莉卷入棋局的漩涡。

好几个小时，我们三人静静地坐在那里，听莉莉讲述那个漫长而复杂的故事。我仅将故事大意记录如下：

特级象棋大师的故事

大都市俱乐部的那场象棋比赛之后一个月，凯特·维利斯离开纽约,启程去北非启动公司酝酿已久的一个咨询项目。几个月后,我的祖父兼象棋教练莫迪凯,派我去阿尔及尔跟她会合。

我和凯特都不了解我们置身其中的这场极为危险的游戏,但很快发现,我们只是其中的卒子。莫迪凯是一位有长期经验的棋手,他知道,凯特已被选中承担高级使命,而在具体实施环节中,她可能会需要我的帮助。

在阿尔及尔的卡斯巴赫区,我和凯特遇到一位神秘的隐居人——阿尔及利亚荷兰领事遗孀、我祖父的朋友敏妮·伦斯拉丝。她是黑桃皇后。她给了我们一本法国大革命时期一位修女留下的日记,其中记载着蒙特格朗棋的故事以及这位名叫米勒尔的修女在棋局中所扮演的角色。后来证明,米勒尔的日记对于了解棋局的特点无比重要。

敏妮·伦斯拉丝要求我和凯特深入沙漠腹地,到塔西里山区找回她埋藏在那里的八枚棋子。我们勇敢地战胜撒哈拉沙漠的风沙,摆脱秘密警察的追踪,战胜强劲对手"大山之王"、一位名叫艾尔-马拉德的阿拉伯人。我们很快发现,他就是白方的王。最后,我们在塔西里一个有蝙蝠防守的岩洞里找到了敏妮藏在那里的棋子,并从碎石中挖出了八枚棋子。

我永远也忘不了第一眼见到那些神秘棋子时的情景。一个王和一个后、几个兵、一匹马、一匹骆驼,全都用特殊的黄金和白银制成,镶嵌着未经切割的宝石,如彩虹般绚烂,给人一种极不真实的感觉。

历经千辛万苦,我们终于带回那些棋子。当我们到达离阿尔及尔不远的一个港口时,却被那些依然在四处搜寻我们的邪恶势力抓住了。艾尔-马拉德和他的手下绑架了我,后来多亏你母亲带着援兵来营救,她用装着棋子的挎包击中艾尔-马拉德的头部,我们才得以逃脱,将包中的棋子送到卡斯巴赫区的敏妮·伦斯拉丝手中。但我们的历险远没有结束。

凯特、亚历山大·索拉林和我一起乘船离开阿尔及尔,遇上可怕的热带风暴西洛可风①,差点把我们的小船劈成两半。我们滞留在一个小岛上长达数月之久,修补毁损的小船,同时阅读了米勒尔修女的日记,从而解开了蒙特格朗棋的一些秘密。船修好以后,我们三人穿越大西洋,抵达纽约。

我们原以为把所有的坏人都甩在阿尔及利亚了,可事实并非如此。一群坏人早已等在那里,其中就包括我母亲和我舅舅!另外六枚棋子藏在我们家公寓里那只一直打不开的抽屉里。白方一败涂地,我们截获了另外六枚棋子。

我们一起去了曼哈顿戴蒙德区我祖父家,一行人有凯特·维利斯、亚历山大·索拉林、拉迪斯劳斯·尼姆,我们都是黑方的成员。只有一个人没有到场,就是敏妮·伦斯拉丝本人,她是黑后。

敏妮退出了棋局,但她给凯特留下了临别礼物:米勒尔日记的最后几页,其中揭示了这副神奇的蒙特格朗棋的秘密——一道公式。如果能够解开这道公式,就不仅仅是创造或毁灭人类文明这么简单了,它能够改造能量、物质,和其他许许多多的东西。

事实上,米勒尔的日记中说,她曾经在法国东南部的格勒

---

① 发源于撒哈拉沙漠的干燥多尘的热风,吹过意大利南部、西西里以及地中海诸岛。

诺布尔,跟著名物理学家傅里叶一起尝试解开那道公式。她说,经过近三十年的努力,他们于一八三〇年终于获得成功。她拥有过半数以上的棋子,包括十七枚棋子,连同那块绣着图案、曾经蒙盖棋盘的布。镶嵌宝石的棋盘被凯瑟琳大帝切割成四块,埋藏在俄罗斯。但当时被囚禁在俄罗斯的蒙特格朗修道院院长,后来根据记忆,用自己的鲜血在长袍前襟的衬里上,偷偷画了一幅棋盘图。那幅棋盘图也在米勒手中。

尽管米勒只有十七枚棋子,但加上从对手那里得来的棋子和埋在别处多年的棋子,我们当时手中已经掌握了二十六枚棋子,和蒙盖棋盘的布。尽管会很危险,但也许能够解开公式,毕竟我们只缺了六枚棋子和那张棋盘。可凯特坚持认为,只要把那些棋子永远埋在没有人找得到的地方,就可以彻底终止这盘危险棋局。

可今天看来,我相信,我们已经发现她错了。

莉莉讲完这个故事的时候,看上去非常疲倦,她站起身去看莎莎,发现它在那堆枕垫中间睡着了,就像一只湿乎乎的袜子。莉莉穿过房间,走到桌子旁,那上面放着沾满泥土、画着棋盘图的布。我们知道,这幅画是将近二百年前,一位修道院院长用自己的鲜血画成的。莉莉用手指轻轻摩挲着那些奇怪的图案。

房间里洋溢着浓郁的红酒炖牛肉香气,不时能够听见原木燃烧发出的毕剥声。很长一段时间,屋里谁也不说话。

最后,瓦坦打破了沉默。

"天哪,"他低声说道,"这盘棋局令你们付出的代价太大了。很难想象真有这样的棋局,也无法想象这样的棋局又重新启动了。可有一点我不明白:如果你说的都是真的,如果这副象棋真有这么危险,如果亚历桑德拉的母亲已经拥有这么多枚棋子,如果棋局再次启动,白方先走棋,但谁也不知道哪些人是棋手——她今天邀请这么多人来这里,又能够得到什么呢?你知道她说过的那道公式是什么吗?"

凯伊用一种奇怪的表情看着我,似乎她已经知道答案了。

"我想,答案可能就摆在我们面前。"这是凯伊听完故事后第一次开口说话,我们都转过去望着坐在钢琴旁边的她。

"或者,至少,正在煮我们的晚餐,"她笑着说,"我不太了解象棋,可我非常了解卡路里。"

"卡路里?"莉莉吃惊地问,"就是能够吃的那种?"

"并不存在一种叫卡路里的东西。"我纠正她说。我想,我明白凯伊说的是什么。

"很抱歉,我不这么认为,"莉莉拍拍自己的腰说道,"我可是积攒了不少那些不存在的'东西'。"

"我不明白你们在说什么,"瓦坦插进来说,"我们刚才在谈论一场致命的危险棋局,可现在却要谈论吃的东西了吗?"

"卡路里不是吃的东西,"我说,"是一种热量计算单位。我想,凯伊很可能已经解决了一个重要问题。我母亲知道,诺克米斯·凯伊是我在这里唯一的一个朋友,她也知道一旦我遇到问题,凯伊会是我头一个、也是唯一一个能够求助的人。凯伊的工作是测定卡路里。她飞往偏远地区,研究从间歇泉到火山的所有东西的热能问题。我想,凯伊说的没错。这就是母亲为什么要生这一炉火的原因:这里有一条非常明显的、关于卡路里的线索。"

"抱歉,"莉莉看起来疲惫不堪,她兀自走开,毫不理会凯伊。"我需要解决一下自己的热能问题。你们俩到底想说什么?"

瓦坦一脸茫然。

"我想说的是,母亲是在原木下面,或者说,她曾经去过原木下面。"我告诉他们,"她一定在几个月前就把木头放在这里的活动支架上了。这样一来,一旦准备停当,她就可以沿着地板下面的石头通风井出去,从下面点燃炉火。我想,通风井应该可以通向山下的岩洞。"

"那不是一个浮士德式的出口①吗?"莉莉说,"跟蒙特格朗棋或这盘棋局有什么关系?"

"跟那些毫无关系,"我说,"这些跟棋局无关——关键问题就在这里,你难道还不明白吗?"

"是跟公式有关。"凯伊微笑着指出。毕竟,这是她的专业领域。"要知道,你跟我们说修女米勒尔在格勒诺布尔市跟让-巴普蒂斯·约瑟夫·傅里叶一起研究过公式,而这位傅里叶还是《热的解析理论》一书的作者。"

两位杰出的特级象棋大师像两尊雕塑一般坐在那里,茫然地看着我们,我觉得有必要跟他们解释一下。

"母亲并非把我们邀请来这里之后,就置之不理了。她所采用的正是象棋比赛中最聪明的一着防御。"我告诉他们,"莉莉刚才也说了,从母亲邀请我们到这里,把那块布放在莉莉可能找得到的地方开始,她就已经走棋了。"

我停下来,看着凯伊的眼睛,她说得太正确了——现在该煮饭菜了,母亲留下的线索似乎都已经一一落实。

---

① 浮士德在作品中最终逃脱魔鬼之手,获得了拯救。浮士德式的出口,意即通往安全之地、获得拯救的出口。

"母亲邀我们前来,"我说,"是因为她想让我们把棋子聚集起来,解开蒙特格朗棋公式。"

"你知道那公式是什么吗?"凯伊问了瓦坦刚才问过的问题。

"是的,从某种意义上说——尽管我自己从不相信,"莉莉说,"亚历桑德拉的父母亲和她伯父似乎相信真有那么一道公式。相信你们从我刚才的讲述中也已经了解,敏妮·伦斯拉丝相信真有这道公式。她说,因为两百年前的这道公式,她决定退出棋局。她还说,她其实就是那个解开长生不老术公式的修女米勒尔·德·雷米。"

火风鼎

五十卦:火风鼎

火风鼎,意思是像木柴燃烧一样创造和使用符号。通过炊煮,使之气韵充盈……如此,醒明耳目,得以瞧见不可视之物。

——斯提芬·卡赫《周易:中国的经典、变化的启示》

我把棋盘图藏进钢琴中,盖上琴盖,等大家理清思路后再取出来。凯伊和瓦坦去车上卸行李,莉莉抱着莎莎到外面雪地里去了。我留在房里继续准备晚餐,也借机仔细想一想目前的情形。

我扒松炉膛里的灰,在大原木下塞了一些碎木柴,然后搅动勃艮第红酒炖牛肉,火炉上方悬着的铜壶里咕嘟嘟溅出了不少汤汁,于是又往锅里添了一些勃艮第葡萄酒和高汤,加以稀释。

我的思维也高速运转,但不仅没能理清脑中的思绪,反而成了黏结在锅底的块状物。听完莉莉的故事和结局,我脑中有太多的东西需要消化,每一个新想法都只会激发更多的问题。

比如,如果真有那么一个两百年前某个修女解出的长生不老术公式,那么为什么继我父母之后,没有人能够解出呢?虽然莉莉说她从不相信这个故事,可她说其他人都相信确有其事。斯拉瓦伯父和我父母都是专业科学家,如果他们的团队能够聚集那么多枚棋子,那么为什么要把棋子藏起来,而不试着亲自去解开那道公式呢?

从莉莉讲述的故事看来,似乎没有人知道蒙特格朗棋子都被埋在什么地方,是谁埋的。我母亲是黑后,她是四个人中唯一知道将棋子分给哪些人去埋藏的人。而我父亲,凭着惊人的象棋记忆力,是唯一获准知道每一枚棋子埋藏地的人。可现在,父亲死了,母亲失踪,所有线索中断,很可能再也无法找到那些棋子。

由此又引发我的下一个问题:如果母亲真想让我们在三十年后解开这道公式,如果她真像这些线索显示的那样将火把传递给了我,那她为什么会把所有棋子都藏起来,让任何人都找不到呢?她为什么不留下一张地图呢?

地图。

从另一方面来说,母亲可能留下了地图,我暗想,留在那张棋盘图和我已经解开的其他线索里。我用手碰了碰仍然躺在口袋里的那枚黑后。太多的线索都指向这枚棋子,尤其是莉莉的故事。她一定把这些都联系起来了。可又是怎么联系的呢?我知道,还得问莉莉一个重要的——

听见过厅传来重重的脚步声和说话声,我急忙把汤勺挂到头顶上方的钩子上,过去帮忙搬运行李。可我立刻后悔了。

莉莉从雪地中抱回莎莎,可却进不来。凯伊电话中曾提到我姨妈的一堆高档行李,真是一点也没夸张,她的箱子堆得到处都是,连内门都被堵上了。真不知道他们是怎么把这些东西塞进那辆小小的阿斯顿·马丁的?

"玛丽皇后[①],你是怎么把这些东西从伦敦弄过来的?"凯伊问莉莉。

---

① 指法国国王路易十六的皇后玛丽·安托瓦内特,以骄奢享乐著称,奢侈无度,有"赤字夫人"之称。

"有的箱子上不了旋梯,"我告诉他们,"但堆在这里也不是个办法。"

瓦坦和凯伊一致认为,只需要把莉莉认为最重要的东西拖到楼上去。他们把那些体积过大的行李包移到我指定的地方——台球桌底下,这样就不会有人踢到行李了。

他们刚把第一批东西拖离过厅,我就爬过那堆箱包,把莉莉和莎莎拉进来,关上外面的门。

"莉莉姨妈,"我说,"你告诉我们说,只有父亲知道每一枚棋子具体的埋藏地,可是,我们眼下已经知道其中的一些情况:你知道你埋藏的那些棋子,斯拉瓦伯父知道他埋藏的那些棋子。如果最后能够记起你们这一方缺少的棋子,那么我们只要再弄清楚我父母藏起来的是哪些棋子就可以了。"

"只分了两枚棋子让我去埋藏,"莉莉坦言,"其他三人那里共有二十四枚,但只有你母亲知道是不是每人平均分得八枚。至于失踪的那六枚棋子,时间过去那么多年了,我不确信我所提供的信息是否完全准确。我记得我们少了四枚白棋——两个银兵、一个马和白王,两枚黑棋——一个金兵和一个象。"

我呆在那里,不确信自己是否听准确了。

"就是说……母亲手中所有的棋子,也就是你们埋藏起来的所有棋子中只少了那六枚?"我问。

如果瓦坦没有撒谎,一定有一枚棋子从他们三十年前的埋藏地失踪了。他看见过那枚棋子,在扎戈尔斯克,跟我父亲一起,不是吗?

瓦坦和凯伊正要从祖屋尽头的旋梯上走下来,我等不及了——我必须马上弄清楚。

"你们这一方手中有黑后吗?"我问莉莉姨妈。

"有啊。根据米勒尔日记的记载,黑后是所有棋子中威力最大的一枚,"莉莉说,"蒙特格朗修道院院长亲自把这枚棋子带到俄罗斯,她还同时带去被分割成几块的棋盘。黑后落入凯瑟琳大帝手中,女皇去世后,被她的儿子保罗夺走。最终,凯瑟琳大帝的孙子——亚历山大皇帝将棋子交给了米勒尔,我和凯特在敏妮埋藏棋子的塔西里岩洞里,找到了那枚黑后。"

"你确定吗?"我低声问道,目前的情形令我心里越发没底。

"我怎么可能会忘记呢?那岩洞里有那么多蝙蝠!"莉莉说,"我可能记不清那些失踪的棋子,但我亲手拿过黑后。这枚棋子非常重要,我相信你母亲一定亲自将这枚棋子埋藏起来了。"

我的太阳穴又开始隐隐作痛,胃也开始痉挛,而凯伊和瓦坦此时正好走过来拖箱包。

"你看起来简直像大白天撞见鬼了。"凯伊奇怪地看了我一眼说。

她说得没错,我确实遇见了鬼魂——在扎戈尔斯克死去的父亲的鬼魂。我简直怀疑到了极点。关于黑后,瓦坦和莉莉两人中间一定有一个人弄错了。这也是母亲留下的讯息吗?有一点我非常肯定,那就是,我口袋里的黑后不是"八号球后面"唯一的黑后。

我正想着这些,耳际突然传来前门的刺耳门铃声,像消防车似的。瓦坦惊恐地抬起头:有客人冒着被门上熊图腾咬掉手的危险,把手伸进熊胃里,正在死命拧动我们家那设计独特的门铃。

莎莎闻声歇斯底里地叫起来,莉莉把它带进了屋。

我挪开几只行李包,踮着脚尖从鹰图腾的玻璃眼珠向外看,只见门旁站着一群人,都穿着毛皮带帽大衣。尽管看不清他们的脸,但他们的身份很容易识别。看见雪地里我的车子旁停放着一辆宝马车,我的心顿时往下一沉:运动款个性车牌上赫然写着"赛吉"的字样。

瓦坦站在我身后,低声问道:"你认识他们?"

跟我们不熟悉的人似乎也不会来这里。

"真想忘掉我曾经认识这个人的事实。"我低声对他说,"但她似乎也接到了邀请。"

赛吉·利文斯顿可不愿在人家门口空等,尤其是还带了那么一帮随从。我无奈地叹了口气,打开房门,却发现令我更加不快的事情。

"哦,天哪,植物学俱乐部!"凯伊先我一步叫了出来。

她是指利文斯顿一家用植物取名的习惯,什么紫苏、迷迭香和鼠尾草①,他们这一家子,凯伊常常嘲弄说,"如果再多生几个孩子,一定会叫'欧芹'、'百里香'什么的"。

可我长这么大,从来都不觉得他们是开得起玩笑的人。如今母亲邀请他们前来,更是令我百思不得其解。

"亲爱的! 好久不见啦!"罗丝玛丽头一个冲进狭小的过厅,大声嚷道。

赛吉的妈妈戴着运动型太阳镜,裹着华丽的带帽猞猁毛披风,比我印象中的更年轻。她把我裹进她那堆濒临绝迹的动物毛皮中,象征性地在我两颊亲了亲。

她身后跟着我的死对头——她的女儿赛吉,一头灰金色的头发梳得纹丝不乱。由于我们家过厅空间有限,站不下几个人,赛吉的爸爸巴斯尔跟另一个男人只能暂时待在门外。那人无疑就是我们的"新邻居",他是一个身形粗犷、皮肤黝黑的家伙,穿着牛仔裤、羊皮夹克和牛仔靴,戴着一顶手工磨砂斯泰森毡帽②。跟长着银白连鬓胡子、傲慢的

---

① 此处指利文斯顿一家的名字:巴斯尔的名字"Basil"意即"紫苏","罗丝玛丽"名字 Rosemary,意即"迷迭香",赛吉名为"Sage",意即"鼠尾草"。
② 美国西部牛仔戴的阔边高顶毡帽。

巴斯尔和打扮入时的利文斯顿女眷们在一起,我们这位新邻居显得多少有些不搭调。

"不准备让我们进去吗?"赛吉笑着问道。这是我们分开多年后的第一次见面。

赛吉看见她母亲身后内门边上的凯伊,挑起精心修饰过的眉毛,对她也在这里似乎大感吃惊。出于种种原因,诺克米斯·凯伊跟赛吉·利文斯顿素来关系紧张。

似乎没有人准备脱去湿衣服,也没有人准备把我介绍给那位新邻居。瓦坦挤出这堵"毛皮"人墙,跨过一堆行李,上前跟罗丝玛丽打招呼,热情得超乎寻常,简直不像一名棋手。

"请让我帮您脱去湿衣服。"瓦坦柔声说道,我总觉得那声音很阴险。在这种情况下,我想那声音也许意味着暧昧吧。

收藏高档服饰和有品位的男人一直是赛吉的最爱。她风情万种地望着瓦坦,那眼神足以令一头公象酥倒在地。瓦坦似乎并不关心,却也主动提出为她拿衣服。介绍他们认识后,我挤出这个暧昧横生的三人组合空间,走过去跟外面的两位男士打招呼。我跟巴斯尔握了握手,招呼说:"我还以为你跟罗丝玛丽外出,来不了呢。"

"我们改变计划了。"巴斯尔笑着应道,"怎么也不能错过你母亲的第一次公开生日聚会啊!"

他怎么会知道这是第一次?

"很抱歉,我们似乎来早了。"巴斯尔的同伴看着堆满行李和衣服的通道说。

他声音温和、沙哑,比巴斯尔年轻多了,约莫三十五六岁。他扯下皮手套夹到腋下,双手握住我的手。由于辛苦劳作的关系,他的手掌强劲有力,长满老茧。

"我是你们的新邻居加仑·马奇,"他自我介绍说,"你母亲说服我买下了天空农场。你一定是亚历桑德拉。真高兴凯特今天邀请了我,让我能够认识你。她跟我说了很多关于你的事情。"

可她压根没跟我提起过你,我心中暗自说道。

我简单地谢过他,转身去帮助清理出一条方便进出的通道。

事情变得越来越扑朔迷离了。我很了解天空农场。太了解了,简直无法相信会有人愿意买下那块地。天空农场是这一带最后一块,也是唯一一块私营土地。面积两万多英亩,售价高达一千五百万美元,位于印第安人保留地、国家森林公园和我们家土地之间的山顶地带。在树带界线之上,净是些光秃秃的岩石,没有水源,空气稀薄,种不了庄稼,甚至连草也长不出。几十年来,那片土地一直无人问津,当地人称之为'幽灵农场'。现在,能够买得起这块地的人一定是想将那里开发成滑雪场或开采矿藏。而我母亲绝不会喜欢跟这样的人为邻,更不会邀请他来参加她的生日聚会。

加仑·马奇先生的话需要好好调查一番,但现在不行。既然无法回避,我只能邀请巴斯尔和加仑进屋。我带着两位男士,挤挤搡搡穿过过厅,经过瓦坦·艾佐夫和两位撒娇发嗲的利文斯顿女士身旁时,我顺手抓起几只行李袋,交给凯伊塞到台球桌底下,接着进屋继续搅动壶里炖的汤。

刚一进屋,就迎面碰上莉莉。

"你怎么认识那些人?他们怎么会来这里?"她压低声音问道。

"他们受到了邀请。"我告诉她,不知道如何回答她的第二个问题。"他们是我们的邻居利文斯顿一家。我本来以为只有他们的女儿赛吉会来,你也听到那电话留言了。他们本来是东部的有钱人,搬来这里好多年了。离这儿不远处,科罗拉多高原上的红土地农场是他们家的。"

"他们家的东西远不止那一点。"莉莉压低声音说。

巴斯尔·利文斯顿恰好过来准备加入我们的谈话,我正准备介绍他认识莉莉,利文斯顿却出人意料地对莉莉行了吻手礼。当他直起身时,棱角分明的脸像戴上了面具,看不出一丝表情。

"你好,巴斯尔,"莉莉说,"是什么风把你从伦敦吹到这里来了?你瞧,我和瓦坦是临时决定离开的。噢,快告诉我,你的同事塔拉·彼得罗相去世后,你还会继续组织象棋比赛吗?"

封闭性布局

　　　　此类布局中,大量彼此相连的兵力阻碍着局面,双方子力
　　开展缓慢,往往形成封闭中心,战斗含蓄迂回,全局的整体计
　　划性强而且隐蔽,几乎没有兑子的机会。
　　　　　　　　　　　　——爱德华·R.布雷斯《图解象棋词典》

　　山区日落得早,所有客人和行李都进屋后,最后一丝光线从天窗射下,在地上投射出动物雕像的魅影。

　　加仑·马奇一见到凯伊,就似乎完全被她迷住了,四处跟着她,殷勤备至地帮忙打开八角祖屋各处的灯,将新床单铺到台球桌上,接着在台球桌四周摆放椅凳。

　　莉莉跟新来的客人解释说,我母亲因临时家庭变故没能在场,实际上也确实如此。莉莉谎称凯特在电话里嘱托她向各位致歉,希望她外出期间,我们玩得开心。

　　由于红酒杯数量不够,瓦坦便用茶杯装餐具柜托盘上的伏特加酒,用咖啡杯装红酒。几口酒下肚,围坐在桌边的所有人似乎开始有些放松。

　　这么多人入局,情况显然不容乐观。凯伊、莉莉和瓦坦、利文斯顿

一家三口、加仑·马奇和我,总共八个人。当举起杂色纷呈的杯子为缺席的女主人祝酒时,大家似乎都有些不自在。

表面看来,在场的所有人拥有一个共同点,即接到我母亲的邀请。但多年下象棋的经验令我清楚地知道,表象常常具有欺骗性。

比如,巴斯尔·利文斯顿就他在伦敦象棋比赛中的身份对莉莉闪烁其辞,难免令人心生疑窦。他说,他只是一个不过问业务的合伙人,是投资方,几乎不认识已故象棋赛组织者塔拉·彼得罗相。

但巴斯尔似乎跟莉莉与瓦坦·艾佐夫相当熟络。他跟他们有多熟?怎么会这么巧,两星期前塔拉·彼得罗相遇害那天,包括罗丝玛丽·利文斯顿在内的他们四个人都在梅菲尔酒店?

"你喜欢象棋吗?"瓦坦问紧紧挨坐在他身旁的赛吉·利文斯顿。

赛吉摇摇头,正要回答,我赶紧跳起来说要给大家添饭菜。事实上,这一群人中除了瓦坦和莉莉,没有人知道我曾经是象棋小皇后,也没有人知道我为什么退出棋坛。

我绕着临时餐桌,给每个人添加煮土豆、小豌豆和勃艮第红酒炖牛肉。这么做的好处在于,绕桌子走动可以让我听见每个人的谈话,观察每个人的表情,而不会让人把注意力转移到自己身上。

在目前这种情况下,我也必须这么做,毕竟是我母亲邀请他们今天来这里的。这也许是我观察其他七个人的唯一一个好机会。如果瓦坦没有说错的话,在座的某一位应该跟我母亲失踪、父亲遇害或塔拉·彼得罗相之死有关。

"这么说,是你赞助了那些象棋赛啰?"加仑·马奇问坐在对面的巴斯尔,"这个爱好非同一般,你一定喜欢象棋。"

这个话题有意思,我一边想着一边用长柄勺给巴斯尔装汤。

"谈不上喜欢,"他说,"是彼得罗相负责安排比赛。我是通过我在华盛顿特区的风险投资公司认识他的。我们在世界各地投资各种商业。柏林墙倒塌之前,我们帮助前铁幕成员——像彼得罗相这样的企业家——重新发家。俄罗斯政治经济重建时期,他经营连锁餐馆和俱乐部。我想,他只是把象棋当作一个广告噱头。普京政府镇压他们称之为'寡头政治集团'的违法资本家时,我们帮助他把资金转移到西方,如此而已。"

巴斯尔说着咬了一口勃艮第红酒炖牛肉,我走过去给赛吉添盘。

"你的意思是说,"莉莉面无表情地说,"导致彼得罗相遇害的,并非因为他对象棋感兴趣,而是因为他对风险投资有兴趣?"

"警方说那些谣传毫无根据,"巴斯尔回击道,丝毫不理会她话中有话。"官方报道说,彼得罗相死于心力衰竭。可是,你也了解英国媒体的那套阴谋论,"他啜了口红酒,接着说道,"黛安娜王妃死后,他们不也是盘问个没完没了吗?"

听他提及"官方报道",瓦坦悄悄瞟了我一眼。我能猜到他在想什么。我给他又加了些豌豆后走到莉莉身旁,这时加仑·马奇恰好插话进来。

"你说你公司总部在华盛顿特区?"他问巴斯尔,"那离你工作的地方不是太远了吗?就算去伦敦或俄罗斯也不近啊。"

巴斯尔毫不谦虚地笑笑:"有些业务已经经营得非常顺利,不需要费心打理。我们去伦敦购物或听戏途中时常经过华盛顿。我妻子罗丝玛丽因工作需要经常会去首都,而我本人喜欢待在红土地农场,当个农场主。"

珠光宝气的罗丝玛丽·利文斯顿看了丈夫一眼,朝对面的加仑·马奇莞尔一笑:"你知道人们怎么议论经营农场赚的小钱吧?"见加仑满脸困惑,她接着说,"花血本,赚小钱。"

大家礼节性地笑笑,低头吃东西,或和邻座聊天。我坐回凯伊身边,给自己添了些吃的。但我知道罗丝玛丽并不是在开玩笑,巴斯尔·利文斯顿的产业和他在商界的影响力,简直是这一带的传奇。

这一点了解我还是有的。总的说来,巴斯尔跟我父母或凯伊工作的领域大致相同:能源领域。唯一的区别就在于:巴斯尔是在开采他们研究并保护的领域。

比方说,利文斯顿家的红土地农场占据了科罗拉多高原上四万英亩的土地,并不仅仅用于蓄养牲畜或供本州商界及政府首脑娱乐;红土地农场还位于世界上最大最著名的工业铀矿区。

在离我的河滨住所不远处的华盛顿特区,巴斯尔有栋大厦,养着他的一帮K街政客,那些人推动对北极石油期货投资者施行税收优惠的法令或对耗油量大的运动型多功能车主实行税额优惠的法令,这些无一不令我母亲愤怒。

令人疑窦丛生的不仅是在场的这些人,更可疑的是母亲发出邀请的日期。如果我没记错,那天正是巴斯尔的"同事"、十年前致我父亲遇害的象棋赛发起人塔拉·彼得罗相在伦敦去世的时间。

我环视桌旁母亲邀请来的客人:赛吉·利文斯顿与瓦坦·艾佐夫谈得正欢,加仑·马奇正专注于听凯伊说话,罗丝玛丽·利文斯顿与丈夫说着悄悄话,莉莉·拉德正往膝上的莎莎嘴里喂红酒牛肉块。

如果真如莉莉所言,一场更大规模、更危险的棋局即将启动,然而我却仍然无法将棋局中的兵和其他棋子区分开来。桌边的这些人更像在下一盘暗棋,不知道对方是谁,每个人都不公开自己的走法。我知道,现在该剪除一些旁枝末节,尽快找到新的切入点。猛然间,我知道该从哪里入手了。

今天在座的八位,只有一位不在我母亲的邀请之列。是我自己邀请来的——母亲当然知道我会邀请她来。她就是我十二岁之后最要好,也是唯一的一个朋友。我知道,这无疑是个双关暗示——她将提供解开这个谜团的钥匙①。

父亲去世那年,我十二岁。

圣诞节放假期间,母亲将我从纽约的学校里带走,丢进科罗拉多州落基山区的一家学校,远离所有熟悉的人和物。

我被禁止下象棋,甚至不允许提及"象棋"二字。

到新学校的第一天,一个扎着金色马尾辫的傲慢女孩在甬道上拦住了我,问道:"你是新来的,你在原来的学校受欢迎吗?"边说边观察我的反应。

我长到十二岁,无论在学校还是在前赴世界各地参加象棋比赛的旅途中,从没有人问过这个问题。我不确定该如何回答。

"我不知道。"我告诉对方,"你说的受欢迎是什么意思?"

有那么一下子,她似乎跟我一样被问住了。

"受欢迎的意思是,"她最终说道,"其他学生想让你喜欢他们。你怎么做,他们就怎么做;你怎么穿,他们也怎么穿。你要他们干什么他们就干什么,因为他们想加入你的团体。"

"你是说,我的团队?"我问,心里非常纳闷。

我咬住嘴唇:我不能提象棋。

可我从六岁开始就参加象棋比赛。我没有团体,我唯一的"团队"就是我的那些成人教练,比如父亲或那些陪练。当时想来,如果我拿这

---

① 凯伊的名字 Key 在英文中同时还有"钥匙"与"关键"等意思。

个问题去问曼哈顿中城区公立学校的同学,他们一定会觉得我脑子进水了。

"你的团队?看来你是搞运动的,而且看上去常常获胜,因此你一定非常受欢迎。我叫赛吉·利文斯顿,是这所学校里最受欢迎的女孩,你可以成为我的新朋友。"

甬道里的这次邂逅,成为我们关系的至高点,从那以后,我们的关系急转直下。关系急剧恶化的催化剂在于:我出人意料地跟诺克米斯·凯伊交上朋友。

赛吉忙于四处打网球的时候,凯伊教会我骑无鞍阿帕卢萨马,告诉我什么时候可以去夏季滑雪场滑雪。同在樱桃湾乡村俱乐部跟赛吉那些丹佛精英派混在一起相比,母亲更倾向于让我跟凯伊骑马或滑雪。

赛吉的父亲巴斯尔的财富,堪比克罗伊斯[①]。她母亲罗丝玛丽是丹佛和华盛顿特区的社交宠儿。赛吉要风得风,要雨得雨,可却有一个梦想无法实现,那就是成为美国革命女儿会(DAR)的正式会员。"美国革命女儿会",顾名思义,是由美国革命英雄的后代组成,总部设在华盛顿特区,包括宪政厅在内的整整一个街区,离白宫仅一步之遥。自成立起一个多世纪以来,该组织在华盛顿特区的社会影响力远远超过五月花号移民后裔或其他精英人物社团。

问题偏偏就出在这里,令赛吉·利文斯顿一想到诺克米斯·凯伊就浑身不自在。凯伊靠在酒店和度假胜地干零工赚钱供自己读书,为此她干过服务员,也当过护林员;罗丝玛丽·利文斯顿和巴斯尔·利文斯顿则频频出入华盛顿高级社交场所,他们是好几家知名公众机构的赞助人。

---

① 吕底亚王国的末代国王(前595—前546),王国在他统治期间相当繁荣昌盛。

而凯伊本人就算得上一家公众机构——遗憾的是,这个地方很少有人知道这家机构:凯伊的母亲是有着阿尔冈昆部落和易洛魁部落血统的波瓦坦人后裔,属于真正意义上的"美国初民";她父亲来自华盛顿的名门望族,是美国国歌《星条旗永不落》的作者弗朗西斯·斯科特·凯伊的后人。

如果凯伊去首都的话,美国革命女儿会成员一定会用红毯铺地,一直铺过桥,到刻着她先人姓名的小公园里迎接她;利文斯顿家的女人则无法享受这份殊荣。巧的是,那桥和公园都在离我住所不远的地方。

华盛顿特区。

我不知道脑海中怎么会突然闪过这个地方。肯定不仅仅是因为这个"双关凯伊"。整个事件似乎都指向那里:巴斯尔在华盛顿内环地区生意兴隆;罗丝玛丽是华盛顿社交名媛;赛吉在华盛顿遭遇宗谱成见;我遵从伯父斯拉瓦之命在华盛顿居住多年,而据莉莉说,我伯父本人就是棋局中的关键人物——这一切太令人匪夷所思。

可是,如果母亲想把我的注意力引到华盛顿特区,她为什么又邀请我们大家到科罗拉多来?这两地之间有什么联系吗?我想,只有一个地方能够解决这些困惑。

鉴于母亲玩猜字游戏的水平比较蹩脚,我很自然地认定,她的每一条线索都指向某样具体的东西,比如来自俄罗斯的纸卡或者摆在钢琴中的棋局。

但我的这种假设也可能不对。

我从桌边告退,走到火炉旁翻动炉中的火。我的一只手用拨火棍拨动火苗,另一只手则插进口袋摸摸黑后和卷折在里面的纸卡。

根据目前的发现——棋子、纸卡、古代棋盘图和我所了解的情况,我已经知道有两枚黑后,而且一场更大的棋局已经启动,这将是一场非常危险的棋局。

我把今天早上发生的事情,在脑中细细梳理了一遍——

少了两位数字的错误电话号码。

指引我发现钢琴中暗藏棋局的悬谜。

台球架上偷梁换柱的黑后。

黑后中隐藏着我在俄罗斯比赛时的纸卡。

我们在母亲书桌里发现的古代棋盘图。

这些线索都跟我母亲本人一样直接而又明了。可我非常肯定,这些线索一定另有所指!

当然,我已经想到了。

啊,天哪,我怎么会这么蠢?我小时候不就非常擅长猜这一类的谜吗?我想尖叫、跺脚,想撕扯自己的头发,但就目前这种情形而言,一桌子人坐在那里,这么做显然太出格。

可不就是我进门之前遇到的第一个谜吗,"电话号码"中少的两位数字"6"和"4"?

"64"不仅是象棋棋格的总数,也是母亲藏放家里钥匙的那个密码箱序列号的最后两位数字。

棋盘提供钥匙!

就像红海分开,我豁然看见一条通向棋局中心的秘道。如果第一条讯息蕴含不止一层含义,那么我确信其他的讯息也同样不止一层含义。

我也确信,虽然母亲邀请的客人看起来很矛盾,其实多少都有些关联。但会是什么样的关联?趁着其他人还围坐在桌边,我需要马上弄清楚这一点。

我悄悄走到火炉的另一边，借着铜罩的遮挡，从口袋中抽出母亲亲笔写的唯一一条留言。

> WASHINGTON
> LUXURY CAR
> VIRGIN ISLES
> ELVIS LIVES
> AS ABOVE, SO BELOW

第一行赫然写着华盛顿特区。所以，也许正如棋盘提供线索找到房门钥匙一样，这个密码很可能会是解开其他谜团的关键。我绞尽脑汁竭力思索，可对于 LUXURY CAR 和 VIRGIN ISLES 这两条线索却始终理不出一点头绪。我知道，最上面三条线索即 DC、LX 和 VI 加起来是 666，即《圣经·启示录》中记载的邪兽编号。我于是又仔细看了一遍，看到下面一行，嘿，太棒了！

> ELVIS LIVES

我母亲的名字"Velis"，变动字母顺序可以变成另外两个单词："evils"和"veils"。《圣经·启示录》或《新约圣经》中说，野兽出现的地方，正是圣约翰透露世界末日之事的地方。而我自从开始识字，就知道《启示录》与来自我母亲名字的另外两种拼写方式有关联——"天启"意即"揭开盖子"；"启示"，意即"揭开面纱"。

最后一行——AS ABOVE, SO BELOW，是个关键。如果我没猜错，这一行跟钢琴中藏着的棋局没有多少关系。这只是一个巧妙的计策，想要提醒我注意，而事实上这一招已经起到作用了。

显然，如果我没那么武断地否定母亲设置暗码的能力，也许一眼就可以看出这些。这一点确实能够解释母亲为什么会邀我们来科罗拉多。母亲要我到落基山巅一个叫"四角地"的地方去。四角地位于四座山的中心腹地,早期纳瓦霍人认定世界就诞生在这里,他们认为,世界就是一个宇宙棋盘。

将每一条线索联系在一起,意思就是——
　　棋盘提供钥匙,
　　揭开魔鬼的面纱。
　　如其在上,如其在下。

假如真如母亲的讯息里所暗示的那样,棋盘提供揭开面纱的钥匙,那么,我怀疑我在这个高原之地发现的任何东西,比如那张古代棋盘图,一定跟"在下"的真正棋盘有关系。

据我所知,历史上只有一个城市特意设计成棋盘那样方方正正的形状,就是我称为家乡的那座城市。

棋局的下一着肯定会在那里。

面　纱

> 不能提及之事,可否书写?
> 不能泄露之事,可否公开?
> 不能断言之事,可否言说?
>
> ——朱利安大帝《大地母神的赞诗》①

摩洛哥,非斯城,达尔-迈克兹王宫后宫
一八二二年冬至日

　　海黛扯紧面纱,疾步穿过宽大的后宫内庭,护送她的是两名从未见过面的魁伟太监。她和宫中其他人一起,天还没亮就被宫廷卫队管事从睡梦中叫醒,管事要求他们所有人以最快的速度穿好衣服,做好从宫中撤离的准备。

　　卫队管事把海黛单独叫到一旁,要她立刻到后宫与王宫之间的外

---

① 君士坦丁王朝的罗马皇帝(361—363年在位),师承新柏拉图主义,崇信神秘仪典,其代表性希腊文著作《大地母神的赞诗》词汇华美,喜用希腊哲学典故。

庭等候召见。

女眷们弄明白这一吓人命令的原委之后,自然免不了一番哭闹。先知穆罕默德的后代、苏丹穆莱·苏莱曼新近死于中风,他的侄儿阿布杜尔-拉哈曼继位后肯定会在王宫中设立自己的后宫,蓄养自己的朝臣。众所周知,类似这样的王位交替常常会伴随大量流血事件,甚或大规模杀戮,以彻底消除前朝留存下来的威胁。

温暖的后宫中,妃嫔、婢妾和太监已经穿戴停当,散发着熟悉的玫瑰、薰衣草、蜜和薄荷的混合香味的后宫,对于他们大多数人而言,曾是唯一的家。这一会儿工夫,他们中的多数人已经恐惧地猜到,这一令人震惊的变故将会给他们带来什么样的命运。不管是什么,他们几乎没有希望。

海黛是被抓来的,跟皇室没有丝毫关系,不用猜也能知道等待她的将会是什么样的命运。为什么后宫所有人中,唯独她被宣召到外庭?这只能意味着一件事情:他们可能已经知道了她的真实身份;更糟的是,他们可能已经解开了黑炭块之谜。十一个月前,她随身带着的黑炭块被他们发现,收缴给了苏丹。

此刻,海黛跟着一个彪形大汉经过热水喷泉旁边。为了防止水塘中的鱼冻死,整个冬天,喷泉里一直喷着热水。庭院四周,白色摩尔式柱廊上装饰的金银丝回纹,一如六百年前那般清晰可见,据说是因为最初使用的石膏中掺入了基督教奴隶的骨粉。在这个生死攸关的时刻,海黛希望等在她面前的不会是这样的命运。因为紧张和莫名的恐惧,她的心脏突突跳个不停。

海黛在这里当了快一年的女仆,混迹在苏丹的太监和奴隶群中,过着一种类似囚禁的生活。达尔-迈克兹王宫占地两百英亩,富丽堂皇,宫内分布着园林、池塘、清真寺、兵营、后宫和公共澡堂。王宫的这一翼,露天庭院和花园连接着房间和浴室,能够容纳一千名妃嫔和无以计数的仆佣。

身处露天庭院,海黛却感到一种难以名状的窒息。此前与几百人一起被关在这个与世隔绝的后宫里,四周铁栏防守,她又独处一间,但她却从未感到孤单。

她还有考瑞。考瑞是她在这个世界上唯一的保护人和朋友,也是唯一一个可能发现她被囚禁在这个内陆城堡的人。他们搭乘的船只遭到围困,被拖入港口,考瑞和船上的所有人都被奴隶贩子抓走了;她依然清晰地记得当时的恐怖情形。

他们的船沿亚得里亚海岸行驶,快要抵达威尼斯时,绕珀里尼港环行。(珀里尼在英文中是"大火"的意思。)港口矗立着一座古罗马时代的石灯塔,提醒过往船只避开岩礁。臭名昭著的珀里尼海盗余孽依然猖獗地在那里进行罪恶贸易:将欧洲奴隶当作"白色黄金"卖到伊斯兰教国家。

从斯洛文尼亚海盗登船那一刻开始,海黛和考瑞就意识到身处的危险情势。他们心里非常清楚,这一突然变故将会给他们带来无法想象的可怕后果。

为数不多的几名船员和两名小乘客的随身物品肯定会被抢走,人被带到奴隶市场卖掉。海黛这样的女孩常会被卖去给人当老婆或卖到妓院里;但像考瑞这样的男孩,命运可能更惨:奴隶主会把他们赶到沙漠里,用刀子阉割,再埋到炙烫的砂子下面止血。假如有幸活下来,命运就会极大地改观,会被以高价卖入土耳其帝国当后宫护卫,或被卖到教皇国接受训练,成为男乐师。

希望有一个,那就是,经过英国、美国和法国长达几十年的轰炸,非洲巴巴里海岸已然终止此类非法交易。五年前,根据协议,八万名欧洲奴隶被从北非边境释放，结束奴隶生涯，地中海通道终于恢复正常海上贸易。

但还有一个地方接受被掳获的人质，那就是唯一没有被奥斯曼帝国，或基督教欧洲控制的地中海国家苏丹摩洛哥王国。摩洛哥与世隔绝，首都非斯远离海岸线，坐落在里夫山和阿特拉斯山之间，过去三十年来一直处于苏丹穆莱·苏莱曼的专制统治之下。

被囚禁在苏丹的后宫中当了十一个月的奴隶，海黛已经非常了解苏丹的律法，但条条法令都令她心惊肉跳。

尽管苏丹本人是先知的后代，但他早年接受了伊斯兰教逊尼派的革新思想，深受阿拉伯人穆罕默德·伊本·阿卜杜勒·瓦哈卜的影响。瓦哈卜狂热分子帮助阿拉伯统治者伊本·沙特一举夺回被土耳其奥斯曼帝国占领的阿拉伯土地。

尽管这次胜利为时不长，但瓦哈卜狂热分子点燃了苏丹穆莱·苏莱曼心中的怒火，他无情地彻底肃清宗庙，切断与破败没落的土耳其，以及命运多舛的无神论法国革命帝国的贸易往来，镇压什叶派教徒的圣者崇拜，废除苏非教兄弟会组织。

事实上，穆莱·苏莱曼在位三十年间，只有一个民族他无法控制或镇压，那就是大山那边信仰苏非教的柏柏尔人。

这也是海黛被囚禁在此的日子里最害怕的事情。经过今天早上这番折腾，她更是害怕到了极点。她为考瑞担心，不管他现在何处，如果被人发现他既是苏非教徒又是柏柏尔人，他的命运就不仅仅是被阉割或卖掉这么简单了，他们会杀死他。

海黛一直小心谨慎地守护着阿里帕夏交付的秘密，但此刻已经明白自己不可能活着看到外面的世界。她再也没有机会去找寻从她手中被抢走的黑后的下落，再也不能出去找到黑后，将它交到合适的人手中。

尽管海黛心中感到无比绝望,她还是紧紧裹住面纱,跟着护卫穿过长长的露天通道,走向外庭。她有个挥之不去的念头,过去的十一个月,这个念头时时刻刻在她脑中萦绕。

当他们的船被带到摩洛哥海岸,即将登上摩洛哥国土之时,她和考瑞意识到他们也许要永远地分开了。考瑞告诉她,紧要关头,摩洛哥只有一个人帮得了他们,他是什米米巴巴非常敬重的一位通道圣人,是位苏非教隐士,被尊称为"山老"。他们俩约定,不管是谁侥幸逃脱,都要去找到这个人。

趁这会儿获准来到露天处所的工夫,海黛暗暗祈祷自己能够迅速想出办法并采取行动,否则,真的就一切都完了。

阿特拉斯山区

太阳落到远处积雪覆盖的泽尔温山巅时,沙希恩和夏洛终于来到山尽头最后一道斜坡上。他们冒着严寒穿越沙漠,花了三个月时间才走完从撒哈拉沙漠腹地的塔西里到特尔姆森的这段艰难旅程。在沙漠里,为了适应前方卡比利亚的寒冬气候和崎岖山路,他们用骆驼跟当地人换了马。卡比利亚位于阿特拉斯山巅,是卡比尔柏柏尔人的家园。

夏洛跟沙希恩一样,蒙着图阿雷格柏柏尔人的靛青面纱。阿拉伯人因为这面纱称他们为"蒙面人",希腊人则因为他们白皙皮肤上的淡青色而称他们为"青面人"。沙希恩是凯尔·雷拉的图阿雷格柏柏尔贵族,这个部落千百年来一直控制着穿越广袤的撒哈拉沙漠的道路,并负责维护。他们挖水井,维护牧场,蓄养牲畜,提供军事保护。

在远古时代，图阿雷格柏柏尔人深受沙漠居民、商人和朝圣者的爱戴。

无论在山区还是在沙漠，面纱都使沙希恩和夏洛不仅免受恶劣气候侵袭，还能使他们得到阿拉伯人称为"柏柏尔人"的阿玛兹人的保护。

在穿越多处无人居住之地的千里旅途中，夏洛和沙希恩得到阿玛兹人诸多帮助。阿玛兹人不仅为他们提供饲料、更换坐骑，还为他们提供讯息，使得他们能够改变既定向北到达海边的路线，而改向西面的山区进发。

沙希恩的儿子和同伴只可能被带到一个地方——摩洛哥，那里也只有一个人帮得了他们，那就是被人们尊为"山老"的苏非教大圣者，他们要是能够找到他就好了。

断崖之上，夏洛扯住马缰，在沙希恩身旁停下来。他们俩解开靛青色的面纱，叠好放进鞍囊。非斯城近在眼前，行事一定要谨慎，以免被人察觉。在沙漠和山区为他们提供保护的面纱，在越过高高的阿特拉斯山进入逊尼教派土地时，却可能给他们带来巨大的危险。

夏洛和沙希恩眺望着群山环抱的辽阔山谷，这片神奇的土地位于小溪、瀑布、山泉、河流等水流汇集地的中央，有成群的鸟儿在谷地上空低徊，这在这一带极为罕见。他们下方的城中，大片瓷砖屋顶掩映在苍翠的绿色之中，映着冬日的阳光，宛若一座湮没在时间洪荒之中的城市——事实确实如此。

那里就是被先知后人沙里夫视为圣地的非斯城。伊斯兰教派三个分支都将非斯视为圣地，对什叶教派而言尤甚。这里的山上建着先知穆罕默德之女法蒂玛的曾孙易德里斯的坟茔。易德里斯是一千多年前的先知家族中第一位到达西方马格里布的人,马格里布是一片美丽的土地,同时也是一座被邪恶预言的城市。

"塔马塞特的卡比尔语中有一条谚语,"沙希恩说,"水即是生命。水讲述着非斯城的悠悠历史,非斯城本身就是一处圣泉。从古至今,水流冲刷出数不清的岩洞,洞中藏着古代的秘密,也是藏匿我们所要寻找之物的绝佳地方。"他停下来,不经意地加上一句,"我敢肯定,我的儿子就在这里。"

沙希恩和夏洛准备在非斯城上方的一处露天岩洞里过夜。他们俩并排坐在火堆旁,沙希恩把象征凯尔·雷拉乐鼓部落贵族身份的塔拉克权杖放在一边,脱掉图阿雷格柏柏尔人交叉拤在胸前的羊皮流苏肩带。他们捕了只野兔,烤熟了当晚餐。

整个旅行途中,他们俩都绝口不提一件事情,但此刻,那话题却像流沙一样,随时可能汩汩而出。

夏洛知道,他并没有完全失去那种天赋,只是不能像从前那样得心应手了。穿越沙漠时,他经常能感到洞识力像带帽斗篷边上的碎布片那样频频向他飘来,那些时候,他就能够告诉沙希恩,集市里哪些人值得信赖,哪些人很贪婪,哪个人要养活老婆孩子,哪些人别有企图,这些对他来说不难,他生来就有这种先知之明。

可是对于他们眼下的这项艰险任务,这有限的预见力又有什么用呢? 涉及到要寻找沙希恩的儿子,这种洞见力就似乎蒙上了一层东西。他并非什么都看不见,只是更像一种幻觉,就像在明知没有水源的地方,却看见沙漠中摇曳的棕榈林。每当涉及小男孩考瑞,夏洛就会看见一个模模糊糊的幻象,他当然知道那不是真的。

此刻，映着闪烁不定的火光，望着身旁正在用力嚼食鞍囊中的饲料的马，沙希恩开口了。

"你有没有想过，为什么图阿雷格柏柏尔人中，只有男人要戴靛青面纱，而女人却不用？"他问夏洛道，"我们的面纱传统比伊斯兰教还要古老，阿拉伯人最初来到我们这片土地时，对此感到非常惊讶。有人认为我们戴面纱是为了防护沙漠里的风沙，还有人认为是为了挡住邪恶之眼；但面纱在我们乐鼓部落的历史上，却有着非同寻常的意义——古时候，面纱意味着邪恶之嘴。"

"邪恶之嘴？"

"指的是古代玄秘：'那些禁止说出口的事情。'从古至今，每一片土地、每一种文化中都有这样一些禁止说出来的玄秘，"沙希恩说，"然而，在一些秘密组织中，这些玄秘可以通过鼓声进行交流。"

夏洛从沙希恩那里了解到，图阿雷格部落又称为乐鼓部落，源自女性先祖。乐鼓部落首领通常由女性担任；首领掌管部落圣鼓，传说拥有神秘的力量。

图阿雷格部落跟奥斯曼帝国的苏非禁卫军一样，千百年来一直沿用神秘鼓语进行远程信号传递。鼓语的力量非常强大，在仍然蓄养奴隶的地方，乐鼓本身就是禁物。

"图阿雷格柏柏尔人的古代玄秘——邪恶之嘴和面纱，跟你的儿子有关联吗？"夏洛问道。

"你还是无法看见他？"沙希恩问。尽管他并未流露异样表情，但夏洛还是能够听到他心中的疑问：即便离得这么近，也看不到？

夏洛摇摇头，用手搓搓脸，手指梳过红色的头发，想要刺激愚钝的脑部神经。他抬头看着沙希恩的脸，火光中，沙希恩的脸宛如一尊古铜雕塑；沙希恩用金黄色的眼睛紧紧盯着他，等待着。

夏洛微微挤出一丝笑容,说道:"跟我说说他吧。也许有助于我们找到他,就像给沙漠中口渴的骆驼提供水的甘醇。你的儿子叫考瑞,这是个很奇特的名字。"

"我儿子出生在多贡族邦贾加拉陡崖①上,"他说,"在多贡语中,考瑞是一种产自印度洋的海洋软体动物玛瑙贝。千百年来,我们非洲人一直将玛瑙贝壳作为流通货币。对多贡人来说,小贝壳考瑞还有更深层次的意味和力量,跟宇宙的隐秘意义有关。多贡人用考瑞代表数字和单词的起源,我妻子于是给儿子取了这个名字。"

沙希恩见夏洛拿深灰色的眼睛讶异地看着他,便补充说道:"我的妻子,考瑞的母亲,嫁给我的时候年龄很小,但却掌握着她们部落的大权。"沙希恩说,"她的名字叫巴祖,多贡语中'母火'的意思,她是一位火焰大师。"

锻工!

明白了这个词的意蕴,夏洛大吃一惊。尽管锻工拥有一种巨大的力量,但在沙漠里,跟其他一些地方一样,同样是个被禁止的职业。锻工制造武器、陶器和各种器械,被称作火焰大师。人们惧怕他们,因为他们拥有一种神秘的技能,说一种只有锻工才听得懂的神秘语言;他们既谙熟隐秘的锻冶技法,又能够驾驭邪恶的古代神魔。

"你的妻子是锻工?考瑞的母亲?"夏洛惊诧不已,"可你怎么会遇上这样一个女人,还跟她结了婚?"我居然一点也不知道!想到这一点,夏洛感到疲惫不堪。

---

① 马里共和国的尼日尔河流域居住着黑人土著民族——多贡族,以耕种和游牧为生,没有文字,仅凭口授来传述知识。现今约有六十万人,大多居住在邦贾加拉陡崖的多山丘陵、山地及高原地带。

沙希恩静静地坐在那里,金黄色的眼睛里神情黯淡。半晌,他开口说道:"所有这一切都是被预言了的,我的婚姻、我儿子的出生,以及我妻子巴祖的早逝,都像预言中所说的那样——发生了。"

"预言?"夏洛失声问道。那种熟悉的恐惧感再次向他袭来。

"艾尔-凯姆,你的预言。"沙希恩说。

是我预言的,可我却记不得。

夏洛盯着沙希恩,恐惧得嘴里发干。

"正是因为如此,三个月前我在塔西里找到你时才会感到震惊。"沙希恩说,"十五年前,你像考瑞这么大,即将成年,你预见了我刚才告诉你的这一切。你说我会有个儿子,但却不能让外人知道,因为他的母亲是位火焰大师。他会由那些有大智慧、能懂古代玄秘的人教导。那些古代的玄秘就藏在我们所知道的蒙特格朗棋中。据说,那些玄秘既能创造世界,又能够令之毁灭。一千年前,贾比尔·伊本·哈伊扬制作这副象棋时,他称之为'灵修之道象棋',即'赤非之道棋',又叫'玄道之棋'。"

"你儿子跟谁学这些玄秘?"夏洛问。

"考瑞三岁的时候,他母亲过世了,此后就由贝克塔什教派的长老什米米巴巴教导并监护。我听说土耳其人一月份进攻约阿尼纳时,我儿子被召去帮助救出阿里帕夏手中的一枚重要棋子。约阿尼纳沦陷后,考瑞和一个不知道姓名的同伴一起往海岸撤离。这就是我们得到的有关他的最后一点消息。"

"你必须把你所知道的'灵修之道象棋'的历史全部告诉我,"夏洛说,"现在就说,天一亮,我们就下山去寻找你儿子。"

夏洛望着火堆中的火苗一点点地弱下去,同时努力理清思绪;沙希恩开始讲述故事。

"青面人"的故事

至公元七七三年,贾比尔·伊本·哈伊扬已经辛苦制作了八年。他与其他几百名熟练匠人一起,为新巴格达城第一位哈里发阿尔·曼苏尔打造灵修之道象棋。只有贾比尔本人知道棋具中隐藏的秘密。整个制作过程基于他那本伟大的苏非教炼金术著作《平衡书》,该书是为什叶派伊斯兰教圣祖、已故长老贾法尔·萨迪格而著。

贾比尔知道,他快要完成这件旷世之作了。那年夏天,哈里发阿尔·曼苏尔出人意料地接待了一支从印度穿过克什米尔山区来的重要使团,这个使团佯称此番目的是为与巴格达新阿巴斯王朝开通贸易往来。而事实上,这些人都肩负着不为人知的特殊使命。他们带来的两件现代工艺礼物中,藏着古代的玄秘智慧。贾比尔本人是科学家,因此也被请来观看使团觐献礼物的仪式。正是这件事改变了此后的一切。

第一件礼物是一套印度天文数据表,记载了过去一万年中星体的运行。印度最古老的传说,如《吠陀经》中就详细记载了这些天体运行的情况。除宫廷御用药剂师贾比尔·伊本·哈伊扬以外,没有人能够看得懂第二件礼物。

那是对西方人而言非常之陌生的一些"新数字"。相较于其他一些数码发明,这些印度数字具有位置值,也就是说,两条线或两块石头并不代表数值"二",如果并置,他们代表一加十,即"十一"。

更为巧妙的是,有一个随所处位置不同而变化的数字

"0",阿拉伯人称作"无",欧洲人称为"零"。今人称为"阿拉伯数字"的这项发明,使伊斯兰教科学发生翻天覆地的变革。尽管在接下来的五百年中,这项发明还没有通过北非传入欧洲,但这种数字在印度已经存在了一千多年。

贾比尔激动得无以名状。他立刻明白了这些天文数据表和这些新数字在进行高难度计算时的关联。他知道,这两样东西都跟伊斯兰教信徒已经接受的另一件古印度发明——象棋——有关。

贾比尔又花了两年时间,终于把这些克什米尔数学和天文学秘密制作进这副灵修之道象棋。现在,这副象棋不仅蕴含苏非教炼金术智慧和玄道智慧,还铸进了前伊斯兰科学初始时期的古代智慧。他希望,这副象棋能够为后世循道之人提供指引。

公元七七五年十月,贾比尔在巴格达皇宫呈献这副象棋之后几个月,哈里发阿尔·曼苏尔驾崩。哈里发阿马地继位,启用势力强大的巴尔马克家族,任命他们担任朝廷大臣。巴尔马克家族来自巴尔赫①,最初信奉崇拜火神的索罗亚斯德教,皈依伊斯兰教的时间并不长。贾比尔说服他们复兴古代科学,邀请印度专家将最早的梵文经典翻译成阿拉伯语文本。

正值复兴进行得如火如荼之际,贾比尔将他的《一百一十二书》献给巴尔马克家族,却遭到乌力马②、宗教学者和巴格

---

① 位于今阿富汗北部的一座古老城市,世界上最古老的居住地之一,巴克里亚的首都和传说中先知索罗亚斯德的出生地。

② 穆斯林学者或宗教、法律的权威。

达宫廷其他大臣的强烈反对。他们想要烧掉所有诸如此类的书，毁掉灵修之道象棋，实现复兴。他们认为，棋具上的动物和人的形象，有偶像崇拜的嫌疑。

然而，巴尔马克家族意识到了这副象棋以及象棋上那些符号的重要意义。他们将象棋看作宇宙的缩影，所呈现的是"一生万物"的过程。

棋盘仿照早期的神秘转化结构，即精神与物质、天与地的转化设计而成，其中还有雅利安人和伊朗人的圣火祭坛图案，甚至还有卡阿伯图案。卡阿伯早在伊斯兰教之前就存在了，由亚伯拉罕和他的长子以实玛利①创建。

由于担心这件记载着古代智慧的强大宝物可能会遭到出自世俗或政治原因的毁坏，巴尔马克家族跟贾比尔商量，将棋具偷运出境，送到一个安全的地方：巴斯克比利牛斯山附近的海滨城市巴塞罗那。巴塞罗那城摩尔王伊本·阿拉比是苏非教柏柏尔人，他们希望由他来保护这副象棋。这番运筹正当其时，象棋偷运出境后不久，巴尔马克家族跟贾比尔一并倒台。

正是巴塞罗那的伊本·阿拉比，在收到象棋三年之后，将整副棋具觐献给山那边的查理曼帝国。

汇聚着古代东方智慧的伟大棋具就这样传到西方第一位统治者手中，在过去的一千年里，事实上从未真正逃脱他的掌控。

---

① 亚伯拉罕是《旧约圣约》中记载的希伯来人第一个族长和先祖；以实玛利系亚伯拉罕之子，在以撒出生后被弃，传统上被认为是阿拉伯人的祖先。

沙希恩停下来，就着微弱的火光，端详着夏洛。木柴已经燃尽，只剩下红色的火炭，夏洛盘腿坐在地上，身体挺直，双目紧闭。岩洞里几乎漆黑一片，身旁的马已经睡着了；一轮满月在洞口雪地上投下一片清辉。

夏洛睁开眼睛，专注地望着他的先导。沙希恩非常熟悉这种眼神，小先知每每有所预见都是这副神情——似乎竭力想要看清藏在面纱后面的东西。

"圣人智慧与世俗力量总是针锋相对，不是吗？"夏洛说，似乎是在自问自答。"可在我看来，火似乎尤其重要。贾比尔是伊斯兰教炼金术之父。火是炼金术制作过程中不可或缺的元素。如果他本人在巴格达的保护者巴尔马克家族，源自索罗亚斯德教牧师或祭祀，那么他们祖先的祭坛上一定供奉着永恒燃烧的火焰。几乎所有古代语言中描述和火有关的职业，诸如锻工、萨满教巫师、厨师、屠夫以及祭坛上主管祭祀的司祭等，用的都是一个词：马古斯。这个词在现代有特级大师、魔法师或玄秘大师的意思。"

"这些圣火祭坛，就像印度数字、天文数据图表，还有你所说的前伊斯兰教科学，就像象棋本身，都源自印度北部的克什米尔地区，可它们是如何联系在一起的呢？"

"我希望，你的先知之力能够为我们解开这个疑问。"沙希恩说。

夏洛冷静地看着他视如生父的这个男人。"也许我已经失去了那种能力。"他终于说道。这是他第一次能够面对这一事实，并从内心真正接受这一点。

沙希恩缓缓地摇了摇头："艾尔-凯姆，你知道，你的出生是被我们的人预言了的。书上记载说，有一天，先知从青尼罗河到来，能够与神灵对话,循天地之道,深谙通往知识的密径。像你一样,先知长着白皙的皮肤、蓝眼睛、红头发,他将会在女神的注视下诞生。女神指的是塔西里峭壁上的那个人物雕像,我们这里的人称为白后。她已经在那里等待了八千年,你是她的来世,这些都是被预言了的。书上写道:岩石开始唱歌的那一天,我会像凤凰重生一般,腾空飞起……沙漠会流出鲜红的泪滴……大地将获得重生……"

"你知道关于自己能够预见别人未来的预言,"沙希恩接着说,"但有一件事情谁也不会知道——不管这个先知多么强大,都不会知道,那便是他自己的命运。"

"这么说,你认为那些影响我的预见力的事情可能会牵涉到我自己的未来?"夏洛惊奇地问。

"我想,有一个人能够揭开那块面纱,"沙希恩答道,"明天,我们到里夫山去寻找他。他的名字叫穆莱·德加维,是位了不起的长老,人们尊他为'山老'。"

> 所有东西都隐藏在其对立面之中——获得之于失去,馈赠之于拒绝,尊崇之于耻辱,财富之于贫穷,力量之于虚弱……生命之于死亡,胜利之于失败,能力之于无能,凡此种种。是故,若欲寻得,必先甘愿失去……
>
> ——穆莱·阿拉比·德加维《信札》

摩洛哥,里夫山谷,布别里哈修道所

苏非教沙德希里教团大谢赫,穆莱·阿拉比·德加维山老生命垂危,即将超越幻象的幕帷。几个月来,他一直在等待死神,或者说期待死神的来临。

但那都是今天早上之前的事情。现在,一切都变了,一切都不一样了。

这是真主安拉的讽刺,穆莱应该比任何人都更清楚这一点。他已经做好一切准备,只待平静地死去,投入真主安拉的怀抱,他一直盼着这一天,可真主却突然改变了主意。

为什么会如此出人意料?穆莱信奉苏非教时日已久,本该知道,既是真主安拉的安排,意料之外亦必是意料之中。

穆莱此刻正在等待一个讯息。

他躺在石板床上,盖着一层薄薄的床单,双手交叉放在胸前,等待着。石板床边立着一只巨大的皮鼓,皮鼓一侧挂着一根鼓槌。他让人把皮鼓送到身旁以备不时之需,他知道一定派得上用场。

穆莱仰面躺在床上,望着天花板和这座远离尘世的修道所中唯一的一扇天窗。山顶这栋刷成白色的小石头房子,是他长期以来的栖身之所。他苦笑着想道,待他成为一具圣骸之后,这里也将是他永远的归宿。

他的信徒早已等在小石屋外面,千百名虔诚的信徒跪在雪地里静静祈祷。让他们等等吧。一切定夺需听真主的安排,我说了不算。如果不是非常重要,真主怎么会让一位年迈之人苟延残喘呢?

否则,真主为什么要把他们带到这里呢?首先是贝克塔什新教徒考瑞,从奴隶主那里逃脱后来这里寻求庇护。几个月来,那孩子坚称他是那个大秘密的守护人之一,与他一道的女孩仍然下落不明。那孩子说,女孩被苏丹穆莱·苏莱曼的人抓走了,找到她的可能性不大,而且也会困难重重。大约一年前,贝克塔什教大辟尔①什米米巴巴将一件宝物交

---

① 波斯和印度的苏非派对其导师的尊称,与"谢赫"、"穆尔希德"、"乌斯塔兹"、"依禅"等意义相似。

给阿里·特比兰帕夏的女儿。穆莱一直还以为那件古物只是个神话传说。

可今天早上,临终弥留之际,穆莱·德加维终于明白,那个故事的确存在。

现在,苏丹苏莱曼死了,他的扈从将如风中落叶四处飘零。必须尽快找到那个女孩。

交给她的那件价值连城的宝物现在怎么样了?

德加维长老明白,这是真主安拉的意愿,真主希望他来解答这些问题,真主希望他积蓄力量完成交给他的最后一项使命,他一定不能辜负真主的嘱托。

可要做到这一点,他首先需要真主的预示。

透过天花板上的小窗户,穆莱看见云彩飘过天空。这些云彩看起来像手写的字。他想,是真主的神笔。《古兰经》第六十八章《笔》一直是穆莱最喜欢的章节,这一章阐释了先知是如何被选来书写经书的。最仁慈、悲悯的真主无所不知,他知道使者穆罕默德既不会读书,也不会写字。

尽管如此,也许正因为如此,真主安拉才选择不识字的穆罕默德作为他的信使。他最早给先知的命令就是"读书"和"写字"。穆莱暗想,真主安拉一直是用那些起初看来极不可能的事情来试炼我们。

几十年前,年轻的穆莱·德加维追寻苏非之道,初获道识,粗辨真理虚妄和小麦谷糠。他知道,唯有忍受着痛苦与贫穷在尘世播种,才能收获来世的欢乐与财富。历经多年尘世磨砺,他才最终修成真道。

然而,有人称之为悖论,就像面纱,极具价值的东西放在我们面前,但我们却看不见。拿撒勒的以撒信徒称之为"匠人所弃的石头"①,炼

---

① 典出《圣经·马太福音》第二十一章四十二节,原文为:耶稣说,经上写着,匠人所弃的石头,已作了房角的头块石头。这是主所作的,在我们眼中看为希奇。这经你们没有念过吗?

金术士称之为"原始物质",即本源。

得道高人大抵都说过:追寻素朴之道,好比生活中极为简单之事,量大则益善。然而,素朴之道常在玄秘之中,先知不是说过吗,真主有七万张面纱可以遮住光明与黑暗?

面纱!没错,那些快速移动的云彩象征着面纱——那些云彩就在他头顶上方!他眯起眼睛,想要看得更真切一些。突然,正要飘过穆莱天窗上方的那一抹云彩分开了。他在天空上方看见了一个由云彩组成的巨大等边三角形,若飞鸿,若巨型宝塔树,枝蔓缠绕。

电光火石间,穆莱·德加维顿时明白了其中的真意:面纱后面屹立着光明之树。

此刻,穆莱明白过来,面纱后面藏着玄道之光——一千多年前贾比尔·伊本·哈伊扬所制象棋中藏着的玄秘之道。什米米巴巴已经派人护卫苏非教使徒苦苦寻找的那枚棋子。

虽然那个男孩曾经亲手拿过那枚棋子,但他却没有亲眼见过,因为棋子外面包裹着一层黑乎乎的东西。他私底下向德加维长老透露过,他们曾告诉他那是一枚最重要的棋子,是所有棋子的关键:黑后。

凭着先见之明,穆莱相信他已确切地知道那枚象棋被苏丹苏莱曼或他的手下藏到了什么地方。就像"原始物质"和"匠人抛弃的石头"那样,象棋一定是被藏在一个显眼的地方,但却被什么东西遮住了。如果他现在没有说出这一预见就死去,千年玄秘也一定会跟他一起死去。

老人拼尽全身力气,掀开身上的床单,从石榻上爬起身,赤脚站在冰凉的石头地板上,什么也不扶。他用颤抖的双手紧紧握住鼓槌,深呼吸。他需要用尽全身的力气,才能敲出沙德希里苏非教徒熟悉的鼓乐。

穆莱将灵魂托付真主安拉之手,开始敲鼓。

自从离开白陆,考瑞就再也没有听到过这种声音:苏非派乐鼓!这鼓声意味着发生了极为重要的事情。在屋外等候送葬的人也听见了,他们一个个抬起头,停止跪拜祈祷。

雪地里聚集了千百名前来为德加维长老送葬的人,考瑞跟他们一起跪在雪地里,竭力分辨低弱的鼓声,想要听出鼓声传达的讯息。令他沮丧的是,他从来没有听过类似的韵律。每一只鼓的声音都不一样,他知道每一个节奏传递的意思也不一样,只有内行的人才能全部理解鼓声含蕴的意思。

与这种不可理解的鼓声相比,更令人惊恐的是鼓声来源:躺着奄奄一息的德加维长老的石屋。众人吃惊地小声议论着。敲鼓的只可能是德加维长老本人。考瑞暗自祈祷,鼓声意味着依然存在某种希望。

考瑞自从十个月前在码头逃脱奴隶贩子的锁链,就一直在寻找海黛和黑后的下落,但没有一点消息。他和其他沙德希里苏非教徒,甚至长老本人,千方百计地打听,也没有发现任何蛛丝马迹。女孩和贾比尔圣物中最关键的那枚棋子,似乎蒸发了。

考瑞听出鼓声越来越密,越来越有力,并注意到人群外围一阵骚动。人们一个个站起身,让出一条路,有什么东西正朝他们这个方向赶来。考瑞不清楚来的到底是什么,但他听见了人们的低声交谈。

"两个骑马的人,"他旁边的人压低声音说,充满敬畏之情。"他们说也许是天使。长老敲的鼓声是《古兰经》第六十八章《笔》!"

考瑞吃惊地看着说话的那个人,可那人却朝他身后看去。考瑞转过头,看着人们让出道的方向。

一个高个子男人骑着一匹灰头大马,从人群中穿过,他身后跟着另一个人。考瑞看着白色沙漠袍和肩上飘飞的古铜色头发,想起藏着黑后的松木岛上潘塔雷昂修道院中神甫们收藏的"纳斯拉尼的埃苏斯"[①]肖像。

但他身后的骑马人最让人出乎意料——此人戴着靛青面纱!

考瑞跳起来,跟其他人一起冲向前去。

来人是他父亲沙希恩!

摩洛哥,非斯城,阿尔开如安清真寺

落日的余晖从天空褪尽,黑夜已经来临。阿尔开如安清真寺房顶的琉璃瓦在院中火把光的照耀下熠熠生辉,庭院外围的内拱门隐在一片阴影之中,夏洛独自穿过宽大的、铺着黑白相间瓷砖地板的院落,去参加最后一场晚祷。

他尽可能挨到最后一刻才来,不成想仍有成群结队的人进入清真寺参加当天的晚祷。沙希恩和考瑞早已潜入寺内,此刻想必已经按照既定计划找好了藏身地。沙希恩认为,夏洛最好单独行动,等夜幕降临之后再来。尽管他的红头发已完全包进头巾和耶拉巴斗篷中,但他的浅蓝色眼睛在白天还是非常容易招人耳目。

夏洛来到有喷水池的院落中,最后一批朝拜者正在进行晚祷前洗礼。他在喷水池人群旁边快速脱下鞋子,始终小心谨慎地低垂双眼。夏洛洗完双手、脸和双脚,悄悄把鞋子掖进袍子底下口袋里,这样,夜里大家离开清真寺的时候,就不会有人发现鞋子。

---

① 古代凯尔特人所信奉的林木神,具有持斧劈柴者的形象。

磨蹭到其他人都进去后,夏洛推开清真寺的雕花大门走进去,里面昏暗幽静,放眼看去,四处林立着数不清的白色柱子,柱子之间的空地上,朝拜者面朝东方俯卧在祷告垫上。

夏洛在门边停下来,察看谢赫给他的清真寺地形图。

尽管身穿保暖衣物,尽管大厅四周的油灯散发出温暖昏暗的火光,但夏洛仍旧不由得感到一阵寒意。他浑身发抖,他将要做的事情不仅非常危险,而且会亵渎神灵。

阿尔开如安清真寺是最古老、最神圣的清真寺之一,始建于一千年前,创建者法蒂玛是来自突尼斯开如安市的一位女富豪,该市是继麦加、麦地那和耶路撒冷之后的第四个伊斯兰教圣地。

阿尔开如安清真寺作为伊斯兰教圣地,像夏洛这样的异教徒进入寺内,一旦被发现便很可能要处死。尽管他由沙希恩抚养成人,对沙希恩所信仰的宗教颇为了解,但人们不可能忽视夏洛的母亲是基督教见习修女、父亲是法国天主教主教这样的事实。

事实上,谢赫建议在这个圣地过夜的想法,完全出乎所有人的意料。他们犹如困在笼中的小鸟,无法借助任何外部力量。

但德加维长老郑重地向他们保证,他已经与天使通灵,非常有把握,象棋就藏在阿尔开如安清真寺中,而且他还知道隐藏象棋的具体地方:"面纱之后,树之中。遵循'光明'中的比喻,一定能够找到。"

  真主引导他所意欲者走向他的光明;
  真主为众人设了许多比喻;
  真主是全知万事的。
       ——《古兰经》第二十四章三十五节"光明"

"'光明'是《古兰经》中的著名章节。"考瑞低声告诉夏洛。

他们躲在寺内葬礼室的大挂毯后面,坐在地板上。在晚祷朝拜者离开、寺门关闭后的这几个小时里,他们跟沙希恩一直躲在这里。

据德加维长老说,从现在开始到天亮,偌大的清真寺内将只剩下守夜的打更人,但他会一直待在塔尖小屋里,主要依靠天体观测仪和摆钟这两样精密仪器计算晨礼的准确时间。这些仪器是法国国王路易十四送给清真寺的礼物。晨礼是先知所定五次天命拜之外的重要礼拜仪式,就在晨光初露的日出时分。寺院大门已经落锁,晨礼之前,他们待在这里应该非常安全。天亮之后,他们就可以混在晨祷朝拜人群中离开这里。

尽管附近没有人能听到他们的谈话,但考瑞仍然将声音压得很低:"《光明篇》一开始就要求人们将之看作比喻,看作关于'真主之光'的箴言。这一章有五个关键比喻:神龛、明灯、玻璃罩、大树和橄榄油。我的先导什米米巴巴说,如果能够破解这五个比喻的意涵,就获得了通向光明的五步秘径。但学者们争论了千百年,仍然悬而未决。我不确定,德加维长老怎么会认为这些能够引导我们来到清真寺,并帮助我们找到黑后——"

考瑞看到夏洛似乎被一种莫名的情绪攫住,便骤然打住话题。夏洛面色发白,好像呼吸十分困难。他没有任何征兆地突然跳起身,扯开大挂毯。考瑞迅速看向父亲,想要征求他的意见,但沙希恩也站起身,抓住了夏洛的胳膊,他似乎跟夏洛一样烦躁不安。

"出了什么事?"考瑞问道,走过去把他们拽到挂毯后面,以免被人发现。

夏洛摇摇头,看着沙希恩,蓝色的眼睛蒙上一层阴翳。

"我的未来,你是这么说的吗?"夏洛苦笑着问沙希恩,"也许妨碍我的预见力的并不是跟考瑞有关的东西。我的天哪。这怎么可能呢？可我还是不明白。"

"父亲，什么事情？"考瑞压低声音，又问了一遍。

沙希恩告诉儿子："你刚才跟我们说的事情，肯定不是真的。完全不可能。我们今晚来清真寺寻找的棋子，十一个月前你们从阿尔巴尼亚带出来的棋子，不可能是贾比尔·伊本·哈伊扬制作的那枚黑后，因为，黑后现在在我们手中。那枚棋子曾经落入凯瑟琳大帝之手，十五年前，夏洛的生父塔列朗亲王从凯瑟琳大帝的孙子亚历山大手中取回这枚棋子，交给了我们，所以，阿里帕夏怎么可能也有黑后呢？"

"可是，"考瑞说，"什米米巴巴说，三十多年前，阿尔巴尼亚贝克塔什教派和阿里帕夏得到了这枚棋子！巴巴选择海黛承担这项使命，因为海黛的亲生父亲拜伦勋爵跟这枚棋子的历史有关。我们准备把棋子交由他来保护。"

夏洛对考瑞说："我们必须立刻找到那女孩。她在整件事情中的作用至关紧要。可首先，你能破解那个比喻吗？"

"我想，我已经破解了。"考瑞说，"咱们必须从祷告的地方开始。"

午夜时分，确信守夜打更人已经睡熟，沙希恩、夏洛和考瑞蹑手蹑脚地从葬礼室顶部的藏身处爬下楼梯。

大清真寺空无一人，五大穹顶之下一片静谧，宛若星空下的宽阔海面。

考瑞说，谢赫反复强调，寺内唯一"戴着面纱"的地方就是神龛所在地——神龛是《光明篇》中第一个比喻。

神龛上放置着一盏长明灯，灯上罩着玻璃，宛若"祈愿树上的璀璨明星"。《光明篇》中的"大树"是指橄榄树,点上具有神奇魔力的长明灯,周身散发着光芒。长明灯的灯油跟灯火两相分离。

三人悄无声息地绕过大理石柱子,向寺院尽头的神龛走去。他们穿过垂帘,围站在神龛前,盯着光闪闪的玻璃罩内的长明灯。

临了,夏洛开口说道:"你说《古兰经》中的下一步是大树,可我看这里并没有什么树。"

"我们得把帘子扯开。"沙希恩指着他们刚刚穿过的垂帘说,"大树一定在垂帘的另一边,在寺院里面。"

他们拉开帷帐,重新进入寺院,看见刚才被忽视掉的最关键的东西:在他们正前方,阿尔开如安清真寺中央穿顶处,粗重的黄金链条悬吊着一盏巨大的树形装饰灯,燃着千万只油灯,灿若日月星辰。从这个有利位置望过去,穿顶中央悬挂着的这棵树,酷似古代图画中的宇宙树①。

"大树和油都有了——这就是启示,"沙希恩说,"虽然这也许并不是什米米巴巴给我儿子的启示,但至少可以让我们弄明白那儿是不是真有另一枚黑后象棋。"

幸运的是,树形装饰灯的传动装置润滑效果很好,他们转动滑轮时没有发出一点声响。纵然如此,还是费了不少力气才把链条降下来,却发现最低只能降到供寺院管事用长柄漏斗向里面添油的位置。固定以后,装饰灯离地面还有十英尺高。

眼见着时间一分一秒地过去,离太阳升起的时间越来越近,三人不

---

① 北欧神话认为,宇宙由九个世界构成,连结这九个世界的是一株巨大的梣树,萌生于"过去",繁茂于"现在",延伸到无限的"未来"。树叶永远青绿,枝干支撑着整个宇宙的重量,根部贯穿全世界,称为"尤加特拉希",是宇宙万物的起源和载体。

由惊慌起来。怎么爬到这棵"大树"上去？最后，三人达成一致意见。

体重最轻的考瑞脱下外面的袍子，只穿着束腰长衫，在夏洛的帮助下，踩着父亲的肩膀爬到装饰灯的大分枝上。考瑞爬得非常小心，生怕碰倒里面灯光摇曳的油盅。

沙希恩和夏洛在下面观望，屏息凝神，高度警惕四下里的动静。考瑞沿着一根根树枝向上爬去，越爬越高，巨大的树形装饰灯轻微摇晃起来，灯油眼看要泼溅出来。夏洛屏住呼吸，竭尽全力才稳住快速的心跳。

考瑞爬到树形装饰灯底层最高处，离地面约六十英尺高，还有不到一半的距离就可以到达穹顶。他向下望着等候在那里的夏洛和沙希恩，摇摇头，意思是说那里没有他们要找的黑后。

可黑后只可能在这个地方！夏洛心中充满痛苦和疑虑。怎么可能不在这里？难道说，他们为此历经磨难，穿过大漠，越过山峦，考瑞被抓又侥幸脱逃，那个女孩下落不明，生死未卜，等来的却是这么个结果？

难道穆莱·德加维的预见力跟他现在一样弱？还是哪里出了差错？难道谢赫误解了安拉的讯息？

突然，他看见了。

从下面盯着巨大的树形装饰灯，夏洛发现有个东西斜刺出来。他移到装饰灯的正中央向上看，看见灯的正中央有一块暗影。

夏洛举起手向高处的考瑞示意，考瑞开始向下爬，下来的过程比向上爬还要困难，充满危险。他沿着成千上万盏灯油盅的边缘，一点点向下挪移。

沙希恩跟夏洛并排站在"大树"下面，紧张地看着他下来。考瑞到达树形灯底层，张开双臂从最下面一根横梁向下跳，沙希恩举起双臂接抱住考瑞的双腿。除了沙希恩急促的呼吸声，一切都进行得无声无息。

他们三人坐在地上,看着空心枝形灯中柱——炭块就塞在那儿,他们必须尽快把炭块取出来,赶在晨祷仪式前把树形灯重新升上去。

夏洛向沙希恩打了个手势,沙希恩扎一个马步,伸出两手当马镫。夏洛爬上沙希恩的肩膀,小心翼翼地直起身,努力伸长手臂触碰树形灯中柱。他的手指尖能够碰到中间的炭块,可却无法抓住。夏洛同样伸出双臂,示意考瑞上来,考瑞再次爬到底层横梁上,把手伸进枝形灯中柱,用力向下推炭块。炭块松动,向下滑出中柱,夏洛张开双手等在下面。

与此同时,巨大的铜锣声回荡在空旷的大厅中,打破周围的寂静。锣声像是从上面靠近出口的地方传来的。夏洛慌了神,猛地收回举起的手以保持身体平衡——霎时间,一切全乱了套:考瑞已经从上方抓住炭块,想要阻止它继续下滑,却没能抓住;由于重量失衡,沙希恩一个踉跄,夏洛从他肩上摔落,滚到一旁;正在这时,重重的炭块像流星一样,从十英尺的高度,摔落在夏洛和沙希恩之间铺着地毯的大理石地板上。

夏洛跳起身,慌忙把炭块抓在手中,巨大的铜锣声继续回荡在大理石柱之间,在空旷的穹顶下听来令人格外心惊。考瑞从摇摆不定的树形灯最低处的横梁上跳下,溅落一地滚烫的灯油。三人一起向外逃——

突然,一切都停下来。

大厅又被吞噬在静寂之中。

夏洛回头看着两位惊魂甫定的同伴。他已经明白刚才发生的是怎么一回事,尽管周围危险仍未解除,他却失声笑出来。

"响了十二下,对吧?"他压低声音问道,"说明现在是夜里十二点钟了。我忘记了守夜打更人和他那可恶的法国大摆钟!"

晨祷结束后,夏洛和同伴混在朝拜的人群中,从寺院大门离开,来到非斯城大街上。

天已经亮了。即将退去的银白色晨雾中,太阳露出微光,像一只金银装饰的大盘子。要到达离他们最近的城门,必须要穿过"麦地那区"①,那里已经挤满了兜售各种豆类和食品的商贩,空气中混杂着浓郁的异国气息,充满玫瑰水、杏仁、檀香、藏红花和琥珀的香氛。非斯城的阿拉伯人聚居区,是摩洛哥最大、最复杂的集市,像个迷宫,他们三人都非常清楚,在这里很容易迷路。

夏洛袍子底下的内衣口袋里藏着那枚棋子,只要还在城墙内,他就无法安心。四周城墙环伺,酷似一座中世纪古堡。他得赶紧出城,出去好好喘口气。

此外,他知道,必须找到一个稳妥的地方暂时安置这枚棋子,至少放到等他们有了女孩的下落,只有这个女孩掌握着解开秘密的钥匙。

离清真寺不远的老城区里,坐落着世界上最美丽的宗教中心之一——拥有五百年历史的阿特里那古兰经学院,那里的雪松木门和格栅上雕刻着精美的图案,墙壁上装饰着色彩丰富的瓷砖壁画和金色书画作品;学院楼上向公众开放,穆莱·德加维告诉他们,站在上面可以俯瞰老城区的全貌。他们可以去那里商定出城路线。

尤为重要的是,冥冥中似乎有一股力量在引导着夏洛来到这个地方。那里有什么东西在等待他的到来,虽然他此刻并不清楚具体是什么。

夏洛跟沙希恩和考瑞一起站在扶栏旁俯瞰老城区,竭力想要分辨目前所处的方位。学院楼下是迷宫一样纵横交错的狭窄街道,街道两旁遍布着商店、露天剧场、浅褐色的房屋、小花园、喷泉和树。

---

① 指阿拉伯人聚居的"老城区",又称"老市场"。

但在他们正下方的阿特里那露天剧场里,夏洛看到一幅奇异景象。他的先见之明。他期待已久的先见之明。只有他一个人看得到这幅景象。

一俟他看得分明,立刻感到全身血液凝固。

那是一个奴隶交易市场。

他长这么大,从没有亲眼见过奴隶交易市场,可凭感觉,他知道自己不会弄错。在他们所处位置的下方,围栏里圈着上千名妇女,用脚镣铐在一起,活像畜棚场里的牲口。她们站在那里,一动不动,低垂着脑袋,似乎羞于去看她们前方的拍卖台,商人们摆放她们这些货物的拍卖台。

可是有一个人抬着头。她直直地盯着他,银灰色的眼睛,似乎知道会在那里见到他。

她虽然只是个赢弱的小女孩,但有一种摄人心魄的美,似乎还有些别的什么东西。夏洛现在终于明白,他为什么会失去记忆。他知道,即便要付出自己的生命,即便要付出整个棋局的代价,他也必须救她,他必须救她跳出火坑。终于,他全部明白过来。他知道她是谁,他知道自己该做些什么。

考瑞突然抓住夏洛的胳膊。

"天哪!是她!"他告诉夏洛,声音激动得发抖。"是海黛!"

"我知道。"夏洛说。

"我们必须救她!"考瑞紧紧地抓着夏洛的胳膊说道。

"我知道。"夏洛仍然是那句话。

他迎着她的眼睛望过去,无法移开目光。夏洛知道,还有一些别的什么东西,在没有完全明白意思之前,他谁也不能告诉。

他知道,阻碍了他的先见之明的人正是海黛。

在扶栏边,跟沙希恩简单商量之后,他们制订了计划。在如此短的时间内,这是他们能够想到的最简便的办法,简单却也充满困难与凶险。

他们知道,他们没有办法把那女孩从如此拥挤的人群中引开并带走。他们商定:由沙希恩即刻动身去牵回他们的马匹,以便事成后迅速离开;而夏洛和考瑞,则打扮成富有的法国殖民地奴隶主和仆从模样,不惜花重金买下海黛,在老城区西边跟沙希恩会合;那里离西北门不远,鲜有人去,从那儿出城最不容易引人注意。

夏洛和考瑞走下去,挤进一群等待拍卖头批奴隶的商人中。夏洛不由得感到浑身紧张且恐惧。熙熙攘攘的人群挡住了他的视线,有一阵子,他看不清围栏里的具体情况。但他不需要去看那些被拴在那里活像待宰牲口一样的面孔,他能够嗅到他们的恐惧。

他内心的恐惧丝毫不比她们少。首先开始拍卖儿童。一群群小孩子被从围栏里牵出来,领到拍卖台上,五十个人一组,站在人们看得到的地方,个个衣衫褴褛,拍卖商挑剔地察看他们的头发、耳朵、眼睛、鼻子和牙齿。每个孩子头上都标着各自的起拍价格,年幼一点的孩子十个一群或二十个一群捆绑售卖,仍在襁褓中的婴儿随同母亲一道卖,毫无疑问,一旦断奶,这些婴儿就会被再次卖掉。

夏洛的厌恶和恐惧不断升腾,无法自制。但他知道,他必须克服这些情绪,除非他能够准确地知道海黛的位置。他快速看了考瑞一眼,然后朝他们旁边穿条纹长袍的男人点点头。

"先生,"考瑞用阿拉伯语跟那人攀谈起来,"我的主人来自新世界一家著名甘蔗种植园。我们那里需要买些妇女生孩子,为没有孩子的种植工配对。我主人被派来这里买些能生孩子的女奴回去,可我们不熟悉这里的拍卖规矩,不知您能否给我们指点一下这里的拍卖程序?我们听人说,今天拍卖的这些女奴中,可能会有些不错的黑白黄金。①"

"你们听来的消息非常正确,"对方说,为自己能知道一些外地人不知道的内幕而得意洋洋。"今天这些奴隶都是从新近去世的苏丹穆莱·苏莱曼的宫闱中直接弄出来的,属于顶级货色。没错,这里的程序和价钱都跟其他奴隶市场不同,跟摩洛哥最大的奴隶交易市场马拉喀什也不一样,那里每年能卖五六千个。"

"不同?怎么个不同法?"夏洛问。这家伙的无情令他愤怒,也促使他开始恢复力量。

"在西方的贸易中,比如在马拉喀什,"那人说,"你会发现,身强力壮的男奴需求量很大,运送到你们欧洲的殖民地农场;而在出口东方的贸易中,阉割过的男童售价最高,富有的奥斯曼土耳其人喜欢蓄男宠。可在非斯这儿,五到十岁的男孩只能卖两三百第纳尔②,而年龄相仿的女孩就能翻倍。达到生育年龄的女孩,如果长相迷人、发育丰满,而且还是处女的话,也许能够卖到一千五百第纳尔,相当于一千多法国里弗尔③。姑娘们在这里最紧俏,如果有钱,不用等很久,卖完儿童,就开始卖她们。"

夏洛听到这些话,异常绝望,抓着考瑞的肩膀,推着他向人群最里面走去,以尽快察明拍卖台的情形。

"我们怎么可能办得到?"考瑞低声问夏洛。很明显,即便他们知道

---

① 世界上大多数地方禁止奴隶贸易,因此奴隶贩子常把黑奴和白奴用行话称为"黑金"和"白金"。

② 一种曾在中东地区使用的金银货币单位。

③ 旧时通行于法国的一种记账货币,值一磅银子。

怎么办,也不可能在这么短的时间内筹到那么大一笔钱。

穿行在人群中,夏洛压低声音说:"有一个办法。"

考瑞睁大眼睛,探询地看着他。是的,他们都知道,确实有一个办法可以迅速弄到这笔钱。眼下,已经顾不上这个决定最终会令他们付出多大的代价了,他们难道还有别的选择吗?

容不得多考虑了。夏洛感到脊背涌上一阵恐惧,就像是被命运之手紧紧地扼住了。他转身看向拍卖台,惊恐地看见一个修长的身影,他知道那就是海黛——长长的头发披散下来,裹住了她赤裸的身体,她跟其他年轻姑娘拴在一起被牵领到拍卖台上,每个人的左手和左脚上都拴着银白色的链条。

考瑞站在边上望风,挡住其他人的眼光,夏洛则缩进身上穿着的袍子里,佯装想要把外面套着的耶拉巴斗篷扯下来。他单手伸进贴身长衫,从小皮袋子里取出黑后,仔细看了看,接着拔出锋利的匕首,刮掉外面的一小块炭,从上面的足金上撬下一粒价值不菲的宝石,一颗知更鸟蛋大小的祖母绿宝石随之跌入他手中。他把黑后放回袋子后,重新穿好斗篷,把袋子递给考瑞。

夏洛手中攥着圆润的宝石,径直走到人群最前面,正对台子上那群赤裸身体、惊恐万状的女人的位置。他抬起头盯着海黛,她向下看着他,眼中没有恐惧,只有无限信赖。

他们彼此都知道他要干什么。

夏洛也许失去了预见的能力,但他知道,这么做无疑是正确的。

他知道,海黛是白方的新后。

火　炉

> 每一个希腊城邦有一个公共会堂……灶中燃烧着永恒之火。公共会堂祭拜赫斯提女神（古希腊女灶神）……可问题是，为什么一定要保持火种永恒不灭？……这段历史需要追溯到人类文明的第一个城邦。
>
> ——詹姆斯·乔治·弗雷泽①《公共会堂》

华盛顿特区
二〇〇三年四月六日

出租车司机将我丢在乔治城M大街。此刻，街区尽头那所耶稣会教堂适时地响起钟声，向人们宣告星期一的到来。

鲁道夫在我手机上留下很多短信息，要我重新生火，我一条也没有回复。尽管我已疲惫不堪，尽管我知道莉达会替我顶班，可我还是决定

---

① 詹姆斯·乔治·弗雷泽（1854—1941），英国人类学家、民俗学家和古典学者，著有《金枝》，认为人类思想方式的发展过程是由巫术、宗教发展为科学的。

暂时先不回家。我打算先去离住地一个街区的素达尔餐厅,像往常那样把一周的炉火生起来。

说"疲惫不堪",那是用了新千年习见的低调表述。离开科罗拉多其实是临时决定的。

星期五夜里,利文斯顿一家离开时,我们几个人累得骨头都散了架。莉莉和瓦坦还没有倒好伦敦时差。凯伊说,她天没亮就起床了,需要回家去合个眼。我从早上来到科罗拉多山顶开始,便遭受一连串情感和心理的双重打击,脑中一片混沌,净想着走棋与防御,看不清全局情形。

莉莉见每个人都面容憔悴,于是建议大家上床休息,第二天一早再合议对策,届时大家状态都好一些。

根据莉莉的意见,我们各司其职,从多个侧面着手:她本人负责打听巴斯尔·利文斯顿与象棋界的关系;瓦坦负责跟他的俄罗斯同胞联络,追查塔拉·彼得罗相离奇死亡的线索;诺克米斯负责探查我母亲离开位于"四角地"的祖屋之后可能的出行路线,看是否能够发现她的踪影;而我则被分配了一件吃力不讨好的事情,即联系行踪诡秘的伯父,问他是否知道母亲失踪的事情,以及他的神秘讯息中提到的送给母亲的"礼物"是什么。我们一致认为,当务之急是找到我母亲。我得在星期一给凯伊打电话,问问她那边进展如何。

凯伊当时在给她手下打电话,询问莉莉那辆被拖送到丹佛的马丁车的维修情况。就是她电话中接到的一条消息,促使我们不得不临时改变计划。

"噢,天哪,"她把电话听筒放在耳边,严肃地望着我说,"送到丹佛的阿斯顿·马丁车没什么问题,可问题是,北方来的暴风雪正在往咱们这个方向移动,已经到了怀俄明州南部,预计明天中午之前到达这里。

更糟糕的是,科特斯机场周末已经关闭。"

我以前遇到过类似情况,知道接下来会怎么样。尽管现在是星期五,而我原计划星期天才飞回华盛顿。可要是明天这里下暴风雪,我就无法在丹佛换乘航班。更糟糕的是,我们都将会被猝不及防地困在山区很多天;这里只有一张睡觉的床,只能靠一些风干食物果腹。因此,第二天一大早我们必须赶在暴风雪到来之前赶紧下山。我们三人,加上莎莎和行李,挤在我租来的车里,穿越落基山区五百英里的路程,到丹佛机场退租车。

我把楼上唯一一张真正意义上的床分给莉莉姨妈和莎莎。那是母亲的铜床,塞在八角形阳台上一个隐蔽的地方。她们俩身子一挨床就睡熟了。瓦坦跟我一起拖出一些蒲团和睡袋,并主动提出帮我一起打扫聚餐后的狼藉现场。

客人们肯定已经发现,母亲家的生活方式非常原始。我忘记说了,祖屋里只配有一间小浴室,位于一楼楼梯下方,没有淋浴头,只有一只用支架固定在地面上的浴盆和一只老式大不锈钢水池。根据我多年的经验,那里也是我们餐后洗餐具的地方。

凯伊走出门外的时候,瞟了一眼敞开门的浴室,看见开司米毛衣袖子撸到胳膊弯上面的瓦坦正忙着在水池里洗碗盘,又在浴盆里漂洗干净,然后把一只湿乎乎的盘子递出门外,让我揩干上面的水。

"不好意思,没有地方,没法让你在这里过夜。"我指着局促的地方对凯伊说。

"没有什么比看着身强力壮的男人围着一池热腾腾、充满泡沫的碗盘更叫人感动的了。"凯伊坏笑着对我们俩说。

我大笑起来,瓦坦则做出一副痛苦相。

"现在,不管这么干多有趣,你们俩,"她说,"还是不要一整夜玩泡沫才好。明天的路难走着呢。"说完随即消失在夜色中。

"确实挺有趣的,"她刚一离开,瓦坦就把水杯和玻璃杯递出门外给我。"我小时候在乌克兰,常像这样帮妈妈做事。"他又说,"我喜欢待在厨房里,闻着烤面包的香味。磨咖啡豆、剥豌豆,什么活都干,怎么都不能把我从厨房里撵出去。其他孩子说我——你们会怎么说来着?——说我拴在妈妈的围裙带上。我就是趁妈妈烧饭的时候,在餐桌上学会下象棋的。"

我承认,我无法将我记忆中的那个傲慢且冷酷的象棋怪才,跟妈妈的乖孩子联系在一起。更奇怪的是,我脑中立刻浮现出我们之间的文化鸿沟。

我母亲会生火。可说到做饭,她连将茶袋放到开水里都不会。我儿时记忆中的厨房一点也不温馨:我们在曼哈顿寓所中用的是两个灶头的轻便电炉,而斯拉瓦伯父位于长岛的大宅子中有个巨大的木柴火炉,足够煮一大群人的饭菜。伯父过着与世隔绝的生活,当然从没招待过那么多人。我学象棋,也不是像他那样的田园牧歌式经历。

"你的厨房生涯,对于像我这种选择厨师作为职业的人来说,非常美妙。"我问瓦坦,"是谁教你下象棋的呢?"

"也是我妈妈。我很小的时候,她弄了个小象棋盘,教我下棋,"他说着把最后一只银器从门边递出来,"那时,我父亲刚去世。"

瓦坦看到我惊恐的神情,走过来用湿漉漉的大手握住我的双手,手中还拿着裹着抹布的银器。

"很抱歉,我本以为大家都知道的。"他慌忙解释。他接过我手中的银器,放到一旁。"我当上特级象棋大师后,所有象棋专栏都报道过这件事。但我父亲之死跟你父亲的情况不一样。"

"那是什么样?"我问,有一种想哭的冲动。我虚脱得随时可能倒下去。我无法正常思考。我父亲去世了,母亲失踪了。现在,瓦坦的父亲又是这种情况。

"我三岁的时候,父亲在阿富汗遇害。"瓦坦向我解释道,"他是在战事正炽时应征入伍参加作战的。他遇害时,当兵时间还不长,因此我母亲领不到抚恤金。我们当时非常穷,她因此最终走了那条路。"

瓦坦紧紧注视着我,复又抓起我的双手,紧紧攥着。"小榭,你在听我说话吗?"我从没有听过他用这种口气说话,非常急迫,几乎是在恳求。

"我在听,"我说,"你们当时非常穷,你父亲在战场上牺牲了,没错吧?"我突然打住,问道,"你说谁因此做了什么?"

"是我母亲,"瓦坦说,"过了好几年,她才知道我象棋下得有多好,我有多么厉害。她想尽她所能帮助我。我发现很难原谅她,可我知道,她心里认为只有嫁给他才能帮助我。"

"嫁给谁?"我问,其实在开口之前就已经意识到答案会是什么。

没错。就是那个导致我父亲遇害的那场象棋比赛的组织者、巴斯尔·利文斯顿的犯罪同伙、两周前在伦敦被斯洛维基组织灭口的人,此人正是瓦坦·艾佐夫的继父……

"塔拉·彼得罗相。"

♟

不用说,我和瓦坦天亮前都没怎么睡觉。与他苏联时期的多舛童年相比,据我所知,我父亲的童年还似乎比他快乐一些。

最关键的是,瓦坦厌恶且怨恨他从九岁起认的这个继父,可为了顾及母亲的感受和他自己的象棋教育,他又必须依赖那位继父。他母亲去世后,彼得罗相自我放逐离开俄罗斯,瓦坦跟那个人就再也没有任何联系,直到两个星期前伦敦的那场象棋赛。

可是,为什么早前我们商量策略的时候,他只字不提跟那个男人的关系呢?如果"所有的象棋专栏都报道过",莉莉是否也早已知道?

我们并排坐在炉前的靠垫中,炉火逐渐熄灭。我太累了,无力质问他,甚至连说话的力气都没有,可是又心情烦乱,不想上楼睡觉。瓦坦从橱柜中取出白兰地,每人倒了一些。我们喝着白兰地,他靠过来,一只手摩挲着我的脖子。

"对不起,我还以为你都已经知道了。"他抚摸着我僵硬的颈骨柔声对我说,"但是,果真如莉莉·拉德所说,我们都已经卷入一场更大的棋局,我相信,你我生活中有那么多的巧合,一定会是同一个阵营里的人。"

不过是碰巧两家都有人遇害而已,我心下想道。但嘴里什么也没说。

"为了表示合作的诚意,"瓦坦微笑着对我说,"本人愿意露一手比起下象棋来更擅长的本领。"

他的手划过我的脖子托起下巴,让我正面对着他。我正打算反抗,他却说道:"这种本领是我很小的时候,妈妈教我的。我想,明天早上我们离开时,你会用得上。"

他站起身,走进过厅,取回我的羽绒服丢在我大腿上。接着,他走到钢琴边。看着他打开钢琴盖,伸手进去,我警惕地坐直身子。他从里面取出那张棋盘图——我竟然在恍惚之间完全忘了这茬事!

"你原本计划要把这个带走的,对吧?"瓦坦问。我点点头,他接着说道:"你应该感激你的这件羽绒服够厚实,藏得下这张图。感谢上帝,我母亲教会我缝纫!"

我以前经常连续驱车十小时,但在星期六整整一天时间里,我竭尽全力控制歪歪斜斜的车轮,却还是不敌暴雪来临前的风速。那张有着两百年历史的棋盘图藏在羽绒服衬里中;临出门最后一刻,我决定抓起塞着棋具的坐垫套,塞进后备箱。想到这些,我感到些微的安慰。可最怕就是仍旧遗漏了什么重要讯息。

暴风雪到达丹佛的时候,我正好把莉莉一行和行李送到丹佛市布朗宫酒店①前门,将车交给门卫。我们赶在轮船酒馆打烊前,吃了全天第一顿饭,商定过两天再联系。我躺在莉莉套房的沙发上,抓紧时间补了几个小时的觉。事后表明,那是我在未来二十四小时中吃的唯一一餐饭,和睡的唯一一会儿觉。

此刻,乔治城已是午夜十二点,我走下陡峭的石阶,走过波光粼粼的河面上的人行木桥——鲁道夫的著名素达尔(柴火)餐厅就在眼前,屹立在下面的断崖上,俯瞰着河面。

在乔治城这样的历史名城中,素达尔都算得上十分独特。久经风霜的石头房子,始建于十八世纪初年,是整个华盛顿地区现存最早的历史建筑之一,散发着超凡的魅力。

我打开餐厅前门门锁,关闭自动防盗警铃。餐厅内的灯处于自动调控状态,即便像这样深夜进来,我都不愿意开灯。宽大的房间对面,以前的谷仓门现在是一堵窗格玻璃墙,可以看见下面的小运河和波多马克河。我沿着一排排铺着锦缎桌布的餐桌,在黑暗中向前摸行,看见对面浅灰绿色的凯伊桥全景,桥面上装点着高大笔直的路灯,波多马克

---

① 布朗宫酒店始建于一八九二年,有着奇特的三角地基,下榻过众多名人和总统,浓缩了美国历史的剪影;轮船酒馆位于其最顶端。

河对岸的罗斯林大厦高耸入云,午夜的灯光映照在宽阔的河面上,水波摇曳。

从落地玻璃窗到领班台,是整整一堵墙宽、近一人高的酒架,陈列着众多手工制作的酒壶,里面装满来自西班牙巴斯克地区各个省份的苹果酒①。酒架有一条专用通道,侍应生和老板最欢迎的食客不用穿过林立的桌子就可以直接进来。鲁道夫因为这些苹果酒、博古装饰以及私密性和等级划分而感到非常自豪。我绕过酒架,沿着弯弯曲曲的石头楼梯,来到位于地下层的厨房。这儿就是鲁道夫·布加仑建造的魔法石头地牢。每天晚上,那些多金又有闲的食客,都在巨大的玻璃墙外,看着招牌厨师紧张有序地烧火为他们烹制全席宴。

巨大的石头火炉旁,女同性恋莉达坐在看管炉火的特制高椅上看着书,吸着装在黑色亮漆烟斗里的传统土耳其手卷土烟,时不时喝上一两口她最喜欢的法国绿茴香酒,显得无比惬意和悠闲。

我发现,炉子已经完全冷却下来,她已经将炉膛清空,为我做好了生火准备。这会节省我不少时间,我心下感动不已。

有一件事鲁道夫说得没错:莉达是只天鹅,整洁、超然而又充满力量。可她愿意让人称她"女同性恋莉达",我心里认为,此举简直是一箭双雕,既是一种工作能力鉴定(麻利练达),又可以让某些食客望而却步。我能理解她的顾虑。我要是像她那样漂亮、迷人,也会像她那样考虑合适的交往距离。

小平头似的浅金色短发将天鹅般优雅的脖颈衬托得尤为突出。白皙的皮肤、精致的眉毛、丰盈的红唇、亮漆烟斗,所有这一切都使她酷似

---

① 西班牙巴斯克地区盛产世界上最好、最有特点的苹果酒。殖民地时代的北美,烈性苹果酒是最主要的酒,比威士忌、葡萄酒和啤酒都重要得多。

一尊新艺术雕像。更不消说她的着装水准了。只要天气许可,她一定会穿着发光直排轮滚轴溜冰鞋、镶水钻T恤衫和拳击短裤,即便此刻待在午夜的冷灶旁,她也是这副装扮。用法国人的话来说,莉达是个"天生尤物"。

听到楼梯上的脚步声,莉达猛地转过身来。我把背包放在地上,脱下羽绒服,细心叠好放在包上。

"感谢上帝,浪子回来啦。"她说,"总算回来了。你走了以后,'鲁道夫·莱格里主子'①把我们使唤得团团转。"

把鲁道夫比成奴隶主,是每一位在这家餐厅工作过的人达成的共识。我们每天的工作简直就像军事操练,服从命令成了我们的第二天性。

就拿眼下来说,虽然我又累又饿,可还是得往木柴堆走,去干活。莉达放下烟和酒,从椅子上爬下来,滑着溜冰鞋静静跟在我身后。我们来到后墙边分别扯下一大捆木柴,以便我把四大炉子火都生起来。

"鲁道夫说,如果你今晚回到这里,我就留下来帮忙,"莉达说,"他说,今晚一定要把火生起来——事关紧要。"

好像那条老掉牙的忠告能止住我的眼睛酸涩、头脑发昏似的,我暗想。更要命的是,我现在饥肠辘辘。

"他什么时候不是急吼吼的?"我们俩一起把两只巨大的柴火架放进炉灶时,我对莉达说道,"说真的,莉达,我都好几天没睡过一个囫囵觉了。我把这几孔炉火生好之后,还得等好几个小时才能准备餐点。你能不能帮我看着火,我回家合一会儿眼?我向你保证,太阳出来之前

---

① 莱格里原是《汤姆叔叔的小屋》中的一个残暴奴隶贩子,后被用来形容要求严格到冷酷无情程度的老板、教师及军官等。

一定赶回来烤面包。"

我在柴架上堆了尖尖一堆木柴,又往底下塞了些碎报纸,接着说道:"再说了,今天晚上我们那位魔鬼老板不会有什么特别紧急的事情。你知道,餐馆星期一总是关门歇业——"

"你不知道最近这里发生了些什么事情,"莉达显得异常着急地打断我的话,接着递过来一卷报纸。"明天晚上,就在这个地下餐厅,鲁道夫要举办一场达官贵人的大聚会。这是场非常私密的宴会。我们都没有接到服务通知。鲁道夫说,他只要你一个人帮助他备餐和布餐。"

我的第一反应是,一定出了什么大乱子。我在刚生起来的火苗底下又塞了些碎报纸,竭力想要冷静下来。可是,鲁道夫突如其来的宴会时间让我疑窦顿生——离我母亲在科罗拉多的聚会仅隔一个周末,而从他的语音留言来看,他显然知道我母亲的那个生日会。

我问莉达:"关于这个宴会,你具体都知道些什么?你知不知道都是哪些'达官贵人'?"

"我听说可能是来自政府部门的高层。谁也不知道确切消息。"她说着盘腿坐在轮滑鞋上,又递过来一些碎报纸。"他们是越过餐饮部经理,直接跟鲁道夫联系的。定在餐馆歇业的周一晚上,看来是要高度保密。"

"那你怎么会知道这么多?"我问。

"鲁道夫一听说你周末出去了,大发雷霆——我才知道,他明天晚上只要你一个人打下手。"莉达解释说,"但至于宴会,大家都知道这次私人宴请啊。这个地下餐厅两个星期之前就被预定了——"

"两个星期前?"我急忙打断莉达的话。

我也许是过于武断,但这似乎不单纯是时间巧合这么简单。我不禁想起瓦坦的话:我们俩生活中有太多巧合的事情。我不由恐惧地想道,根据我过去几天的经历,绝不会有这么巧合的事情。

"可鲁道夫为什么单单挑我去给他打下手?"我问跪在旁边卷报纸的莉达,"我是说,我压根没有备办宴席的经验,我只是个学徒工,难道最近发生了什么事,让他突然对我的工作感兴趣了?"

莉达抬起头,她接下来说的话印证了我最害怕的事情。

"哦,发生的事情倒是有一件,周末有个男人到餐厅来找了你好几次。"她说,"也许跟明晚的宴会有关。"

"什么样的男人?"我问,一边极力压制那股熟悉的肾上腺冲动。

"他没留姓名,也没有留条。"莉达说着站起身,用手抻抻短裤。"那男人相貌出众,高大、儒雅,穿着昂贵的军用防水短上衣。但也很神秘,戴着蓝色墨镜,让人无法看清他的眼睛。"

简直恐怖。我此时最不希望出现的就是这位神秘男人。我竭力专注于听莉达说话,可眼睛实在撑不住了。过去四天里,没吃东西、没喝水、没睡觉,我简直虚弱得要倒下去。让那些不约而同、不谋而合、不速之客都见鬼去吧,我现在只想回家,只想躺到床上。

我脑中一片空白,跌跌撞撞地朝楼梯走去,莉达追在后面大声问道:"你去哪儿?"

"上午再说吧。"我勉力说完,抓起地板上的羽绒服和背包向门外走去。"炉火不会有问题了。鲁道夫死不了。神秘陌生人会再来。向你致以将死之人的敬意![1]"

"好吧,我会待在这里。"莉达说,"你要当心啊。"

我两腿打晃,爬上楼梯,踉踉跄跄走过无人的小巷。看一眼手表:

---

[1] "致以将死之人的敬意",是古罗马的角斗士进场后,在血腥搏斗开始前向皇帝说的话,他们的死是一场表演,是成千上万人的娱乐。

快凌晨两点了。万籁俱寂,狭窄的青砖小巷跟坟墓一样死寂。周围非常静,能够听到远处波多马克河水拍打着凯伊桥叉架的声音。

我在小巷尽头拐弯,朝运河岸边的石板房走去,就着昏黄的路灯,在口袋里摸前门钥匙。孤零零的一盏路灯位于通向下面弗朗西斯·斯科特·凯伊公园影影绰绰的小路入口。露台周围低矮的自行车拴栏,是这里唯一的防滑落措施,人们得小心别跌入脚下六十英尺处静静流淌的切萨皮克运河①。

站在位于峭壁之上的寓所,可以饱览辽阔的波多马克河异景。在这样的地方看风景会有生命危险,也许已经有人为此丧命。但这些年来,鲁道夫一直不愿意卖掉这栋老房子,借口是这里与餐厅仅一步之遥。我筋疲力尽,深深吸了一口河面的气息,掏出钥匙。

房子有两扇门,通向两个不同的地方。左边的门通向一楼,那里装着铁护栏和百叶窗,里面存放着鲁道夫餐饮王国的所有重要文件。我打开另一扇通往楼上的门,那儿就是我这个劳工的安身之处,同时还堆放着一些生火的零碎家什。

正要进屋,脚尖绊到台阶上的一样东西。是个透明塑料袋,里面装着《华盛顿邮报》。我长这么大从没订阅过这份报纸,可这东西也不可能属于巷子里的其他住户。我正想把袋子和里面的报纸一起丢进附近的市政垃圾箱,突然看到浅粉色的街灯照到的黄色便利贴上用手写体写着"看 A1 版"。

我打开房间里的灯走进去,把背包丢在门厅地上,从塑料袋中猛地拽出报纸,翻开。

---

① 始建于一八二八年,自俄亥俄州流经波多马克河上游,止于乔治城,原为方便运煤而开凿,一九二四年停运,今为该城公园景区。

新闻标题隔着遥远的时空向我扑过来,我能听见耳中血液涌动的声音,我几乎无法呼吸。

  2003年4月7日:
  装甲车、武装部队进攻巴格达中部……

几个小时前(伊拉克时间早上六点钟),我们才拿下那座城市,报纸上怎么可能这么快就印出来了?我整个人一片混乱,根本不知道后面都说些什么。

我耳畔始终回响着莉莉·拉德的话——

  凯特担心的并不是象棋这种游戏,而是另一个棋局……一场超乎想象、危险异常的棋局……一场关于旷世奇珍美索不达米亚象棋的棋局……

我怎么早没看出来?我瞎了吗?

两个星期前发生了些什么事?两个星期前,塔拉·彼得罗相在伦敦离奇死亡?两个星期前,母亲发出生日聚会邀请?

两个星期前,三月二十日上午,美国向伊拉克发起了军事行动。那里是蒙特格朗棋的诞生地。两个星期前,第一着棋已经发动——棋局再次启动。

他随后用巴斯克语叽里呱啦说了一大通，我只听懂了几个单词。话说得很急，是对站在我旁边举止得体、满头银灰色的守门人伊尔曼说的。从进来到现在，伊尔曼一直就没说过话。

伊尔曼一言不发地点点头，走到火炉旁关掉燃气，拿开鲁道夫忘在巧克力锅中的木勺。勺子看上去黑糊糊的。守门人小心翼翼地把勺子放到汤勺架上，穿过法式落地窗，走了出去。出了门，他转过身来，似乎在等我跟上去。

"我必须马上送你回去照看火炉。"他说，显然是指烹煮晚宴的那些火炉。"等这里的人清洗完这批原料，布加仑先生说他会亲自开车把东西带去，让你帮着料理今天晚上的私人宴会。"

"为什么要我去？"我转身问我的老板，希望他能给我个说法。"今天晚上到底都有哪些'政要'，需要那么神神秘秘？为什么除了你和我，不允许任何人见到他们？"

"没有神神秘秘，"鲁道夫避而不答我的问题，"你上班要迟到了。伊尔曼会在路上解答所有疑问。"他气呼呼地消失在厨房中，随手关上身后的内门。

我跟老板的见面看来只能到此结束，我也只好跟着不苟言笑的守门人穿过露台，走到车边，坐到副驾驶座上。

也许是我多想了，抑或是我的巴斯克语知识有限，我很肯定自己从鲁道夫刚才的咆哮中听到两个单词。要是没听错的话，这两个单词会让我心里更不踏实，一点也不踏实。

第一个词是鲁道夫一天到晚在炉子旁念叨的 arisku，意即"危险"。我不禁想起，此刻静静躺在我口袋里的纸卡牌上印着的俄文单词。接下来的第二个巴斯克单词 zortzi 就更可怕了——尽管这个词不是"小心火"的意思。

我们进来,鲁道夫也没转身,他正忙着把一大块巴约纳苦巧克力敲碎,投到正在搅动的双层蒸锅里去。我知道,这意味着我们今天晚上能够尝到他的拿手点心:巴斯克贝雷糕——用黑巧克力酱和酒酿樱桃做成的蛋糕。我已经开始流口水了。

鲁道夫头也没抬地说:"噢!灰姑娘跟王子跳了一通宵的舞,现在从霍塔舞会上回来啦!"他最喜欢称我灰姑娘。"太令人吃惊了!回到厨房刨灰!哈哈!"

"我没去什么霍塔舞会。"我告诉他。霍塔舞是一种热情奔放的巴斯克舞蹈,鲁道夫本人非常喜欢,高踢腿,长伸手,不停跳跃腾挪。"我去了一个荒凉偏僻的小地方,差点遭遇大雪封门。我被迫冒着大风雪开车赶回来,帮你准备今晚这个突如其来的宴会,差点连命都没了!你才是那个应该有点良心的人!"

我大发雷霆,可我知道如何掌握分寸。根据多年的经验,跟鲁道夫这种人打交道只能以毒攻毒,先下手为强。

不过,这次也许不奏效。

鲁道夫把勺子放在巧克力锅中,转向我和伊尔曼,浓密的黑眉毛拧在一起,预示着暴风雨即将来临,果然,他气愤地把手一挥。

"嚯!风箱还敢怪上火了?我就不信,我会一直这样纵容你。"他大声咆哮起来,"请不要忘记是谁给的你这份工作!别忘记是谁把你救出——"

"CIA。"我替他把话说完,"但也许你更胜任另一个CIA——中央情报局的差事?否则,你怎么可能猜得出我是去参加聚会?也许你可以解释一下,我为什么必须这么快赶回来?"

这话堵得鲁道夫一时说不出话来,他气呼呼地扯掉红贝雷帽,夸张地将帽子摔到地上,这是他无话可说时的习惯动作,不过不常使用。

来，小伙子们一言不发地开始从车上卸下一箱箱时鲜农产品、鸡蛋和冰冻海鲜。

鲁道夫出生于比利牛斯山区，当时的全部家当只是一棵树、一头山羊和几头猪，那里仍然用柴火烹煮饭菜，用粪肥培种庄稼。他至今因循着住别墅、养奴仆和全职守门人的古老生活方式。想到这一点，我不禁莞尔。

其实，原因很简单：这些人都是巴斯克人，在他们看来，他们之间并不存在雇佣关系，而是亲如兄弟一般。

鲁道夫认为，所有巴斯克人都是兄弟，不管他们说法语、西班牙语还是巴斯克语，不管他们来自西班牙的四个巴斯克省区还是来自法国的三个巴斯克省。巴斯克人将所有巴斯克地区看作一个国家。

似乎为了强调这一重要观点，法式落地窗上方的灰泥墙壁上用手工绘写着巴斯克民间最受欢迎的铭文：

巴斯克数学
$4+3=1$

我和伊尔曼穿过法式落地窗，进入宽大的厨房，工作人员迅速将箱子卸到房间对面。

进去的时候，鲁道夫正背对着我们，敦实的身体俯向炉膛，用大木勺搅动着。他那长长的黑头发，平常像马鬃一样披散在领子四周，今天却向后束成马尾辫，还戴上了红贝雷帽，以防头发落入食物中（他一向都不喜欢戴厨师专用托克帽）。他今天也是那身他素来喜欢的白色装扮——宽松白裤、开领白衬衫、深口白帆布便鞋。每逢节日盛典，他常是这身装扮，外配艳红颈巾和红腰带。此刻，他在这身行头外围上了屠夫白围裙。

都会有成千上万的游客蜂拥到国家广场拍照,拍摄泰斗湖畔①樱花烂漫的景致。

显然只有日本人知道肯伍德区鲜为人知的樱树林。上千名日本游客撑着黑雨伞,漫步在绿草如茵、弯弯曲曲的溪畔,活像一群幽灵。我从他们身旁经过,向山上驶去。车道两旁高大黝黑的樱树枝条交错,在道路上方搭成教堂穹顶的形状。樱树似乎都有百年以上的树龄。

抵达山顶后,我在鲁道夫家门口摇下车窗,按门禁密码,细雨仿佛一缕潮雾飘进车窗,雨丝中弥漫着浓郁的樱花香,令我有些头晕。

高大的铁门里面栽种着大片金丝桃,金丝桃原产巴斯克地区,是鲁道夫的最爱,所产大量黑色果实,专供每年六月圣约翰生日庆典使用②。树丛尽头,品红色的樱花海洋之上,有着地中海式琉璃房顶和巨大露台的"巴斯克王国"傲然屹立。窗板涂成耀眼的巴斯克红色,像鲜红的牛血,鲜粉红色拉毛外墙上垂下朱红色的三叶梅,颇有野兽派作品的风格。说实话,"巴斯克王国"里的一切都给人一种虚幻、怪异的感觉——尤其是在离华盛顿特区如此近的地方,感觉就好像是从比亚里茨③天空跌落的。

大门倏地打开,我沿环形车道开到别墅背后装饰着法式落地窗的厨房边。如果天气晴好,站在宽大的平顶露台上,可以看见下面的整个山谷。满头银灰色头发的守门人伊尔曼已经带着五六个身强力壮的小伙子等在那里帮我卸车,这些员工全都穿着黑色制服,制服口袋上插着手帕,戴着贝雷帽,一副典型的巴斯克装扮。伊尔曼把我从车上扶下

---

① 杰弗逊纪念堂附近著名的潮汐湖,因附近常有大人物散步,故当地华人将其译为"泰斗湖"。
② 金丝桃原产西班牙巴斯克地区,英文名为"圣约翰之草",纪念施洗约翰,花语是"引导"。
③ 法国西南部城市,位于西班牙边界附近的比斯开湾。

此称作"子力优势"。

首先,据我所知,除了已经亡故的父亲外,我是唯一一个发现蒙特格朗棋有两枚黑后的人。其次,除了在我门口台阶上放《华盛顿邮报》的神秘人,我可能是唯一一个将两百年前在巴格达制造的宝石棋具与那里正在发生的事件联系在一起的人,或是唯一一个将其与另一场危险棋局联系在一起的人。

可说到棋局,有一点我现在可以非常肯定,那就是,在科罗拉多的时候,莉莉认为我们需要制订总体规划,现在看来她错了。我觉得,现在谈论战略问题还为时过早,至少是不合适。我们仍处在开局阶段,用莉莉的话说,是"防御"开局。

在任何棋赛中,尽管你需要纵观全局,需要一张全景图或一套长期战略,但棋局开始后,情形随时会发生变化。要保持平衡,站稳脚跟,不能让长期目标分散你的注意力,因为附近随时会出现意想不到的威胁,变幻莫测的棋盘上有着大量的短兵相接,你的各个翼部都隐藏着对方的防御和反攻,而这些具体情况需要的是战术。

我非常熟悉象棋比赛中的这一问题,这也正是象棋比赛令我着迷的地方:一切皆有可能,冒险和奇袭都会有回报。

我驾着大众途锐,歪歪斜斜地穿过肯伍德区的巨型石头门。我非常清楚自己此时此刻面临的最大危险:我的战术谋划即将在三百码外的巴斯克山间别墅里派上用场。

駛进肯伍德区,才想起这个星期是华盛顿特区的樱花节①。每年

---

① 一九一二年,作为樱花外交,日本政府送给美国三千棵樱树,种植在华盛顿特区波多马克河沿岸,由此诞生每年复活节前后的樱花节。

已经遵照鲁道夫在我住处的电话留言的指示,去乔治城的坎农海鲜城取回了冰冻海贝,到国会山东市场买回了新鲜蔬菜。这些原材料将由鲁道夫亲自指挥厨房里的杂务工清洗、削净、砍剁、切块、剁碎、削片、搓碎,专供素达尔餐厅晚上的秘密宴会。

尽管睡着了几个小时,喝了莉达一早送到门口的手工现磨咖啡,我的大脑还是没有缓过劲来。我提醒自己必须谨慎行车,确保自己"完好无损"地到达指定地点。

下着雨的路面非常滑,街道弯弯曲曲,雨刮在不停地刮去玻璃上的水珠。我从副驾驶座上的小木盒里抓起一把今晚配盘用的鹅莓丢进嘴里,再喝一口莉达送来的爪哇糖浆咖啡。这么多日子以来,这还是头一次吃到新鲜东西。我意识到,这也是四天来我头一次一个人独处,可以想想事情——我有很多事情想不明白。

我脑中一遍遍想着,凯伊可能会说:厨子多了烧坏汤。我知道,这道由极端巧合而又相互矛盾的线索浓缩成的汤,含有太多可能致命的成分,不易消化;有太多的高手要在这道汤中一显身手。

比如,如果利文斯顿一家与莉莉姨妈跟父亲遇害那次象棋赛的组织者塔拉·彼得罗相熟识,那么,晚餐的时候,为什么包括瓦坦本人在内,就没有一个人提起他们都知道的一个细节:最近伦敦死去的那个人是瓦坦的继父?

如果过去卷入棋局的人或是遭遇凶险或是遇害,包括莉莉的家人和我的家人,为什么莉莉会在瓦坦与诺克米斯·凯伊面前说漏嘴?莉莉认为他们也是棋局中人吗?利文斯顿一家和加仑·马奇呢?他们也都收到了母亲的邀请,他们的处境会有多危险?

但不管谁是棋局中人,不管这是场什么棋局,我此刻意识到,仅我一个人手中就掌握着那个悬谜的好几条线索。在象棋世界里,我们将

厨 师

> 只要是人,或高尚或粗俗,都必须要吃饭。
>
> ——大仲马《烹调大词典》①

> 人知如何吃,万事皆具足。
>
> ——巴斯克谚语

华盛顿特区
二〇〇三年四月七日

  星期一上午,十点三十分,我开着鲁道夫的大众途锐,冒着蒙蒙细雨,沿河滨路向特区北部的肯伍德区驶去。那儿矗立着我老板富丽堂皇的别墅——"巴斯克王国"②。
  他指名让我开车去查看食物原料是否到位,要确保完好无损。我

---

① 《烹调大词典》出版于一八七三年,被文人雅士誉为"美食圣殿"、"食侠小说"。
② 此处指鲁道夫独具巴斯克风格的住所。

他试图坐起来,却发现自己非常虚弱,连动一下的力气都没有。喉咙又干又痛,无法吞咽。

他听见周围有低低的说话声,女人的声音。

"水。"他极力想要说出这个字,可却口干舌燥,发不出声音。

一个声音说:"我听不懂你要说什么。"

可是他能够听懂她的话。

虽然他也不清楚女人刚才使用的是什么语言,他却用跟她一样的语言问道:现在几点了?

尽管他还是无法看清暗光中晃动的身影或面容,可却能看见一只修长的女人的手,轻轻搭在他放在胸口的手上。接着,她的声音——跟前一个人的声音不同,但却非常熟悉,在他耳畔响起。声音低柔悦耳,像催眠曲。

"我的儿子,"她说,"你终于醒过来了。"

暗。他向光亮处飘升，周围的压力越来越大，呼吸变得困难起来。他极力将手划向胸前，贴近身体的是一块柔软的布，似乎是件外衣，轻若无物。

他怎么会无法呼吸？

他发现，如果专注于呼吸，呼吸就会通畅一些，而且非常有节奏。他自己的呼吸声很奇怪、很陌生，似乎他从没有如此清晰地听到过。他听着自己的呼吸声时起时伏，轻柔而有节奏。

他依然闭着眼睛，脑海中几乎能够辨出有件东西在他附近漂浮。这件东西非常重要，要是能够抓在手中该有多好。可他看不真切，那东西周围模糊不清。他努力想要看个分明——可能是尊小的人物雕像。没错，是尊女人的雕像，周围散发着金色光晕。女人坐在一顶轿子里，轿帘被拉到一旁。他是那个雕刻家吗？他是雕刻这件东西的人吗？这东西看起来非常重要。如果他能用大脑将帷帐拉开，就能看到里面的情形了，他就能够看到那尊塑像。但每次他刚想要这么做，脑中就会闪过刺眼的强光。

他拼尽全身气力，终于睁开眼睛，看清周围的环境。他发现自己置身于一个没有明显特征的地方，充满一种奇异的、类似白炽灯的光芒；外面是无边无际的黛棕色暗影，远处传来一种无法分辨的声音，类似水流声。

现在，他能够看清自己的手了，手依然放在胸前，像片凋零的花瓣。看起来是那样的不真切，似乎是自动放在那里的，似乎是一只旁人的手。

他这是在哪里？

归 返

突然,我意识到自己不再受到囚禁,获得了身体和灵魂上的自由,我没有被宣布死亡……我只是睡着了,两个拉丁语单词毫无来由地反复浮现在脑际:magna mater①。第二天早上,我醒来后才知道这两个词的意思……在古罗马,秘密祭拜大母神者必得经历浴血,如能不死,才会获得重生。

——雅克·博基尔《魔术师的早晨》

唯死而复生,方能造就萨满巫师。

——米锡尔·艾良德《萨满教》

远东,温泉谷

他感觉自己从海底深处升起,向黑漆漆的海面飘升。深不可测的大海。他双目紧闭,却依然能感觉到身底的无边黑

---

① 玛格那玛特,众神之母,亦称"大母神"。

※ "变黑"是炼金术的一个阶段,通过"变黑",可以达到一个新的状态,即"白化",由黑变白。

第二部

变 黑※

✦

　　人……必须探询万物的成因,努力了解物质通过分解生成和复活的过程,了解万物如何向死而生……生命必定会死亡、腐烂,然后,在星体的影响下,经由元素组合,重新获得生命,再次成为广袤苍穹间的真实存在之物质。

　　　　　　　　——巴斯尔·瓦伦廷《第八把钥匙》

在巴斯克语中，zortzi 意即数字"8"。

♟

伊尔曼驾驶大众途锐，沿河滨路返回乔治城。一路上，他眼睛紧盯着路面，手一刻也没离开方向盘，显示出一位在崎岖山路上开车多年的专业司机的优良素养。但他的这种专注阻止不了我眼下要做的事情，也就是从他嘴里套出我想知道的讯息。鲁道夫不是含糊其辞地说，伊尔曼会"解答所有疑问"吗？

当然，我在给鲁道夫·布加仑当学徒的这些年里，跟伊尔曼已经混熟。虽然我对伊尔曼的了解比对他主子还要少得多，可有一点我非常清楚：伊尔曼是鲁道夫大宅院中位高权重的家政总管。撇开他的政务工作不管，伊尔曼浑身上下透出地道的巴斯克人做派。比如，他有超乎常人的幽默感，对女人关爱有加（尤其对莉达），不可理喻地偏好一种连地道西班牙人都喝不下去的、难喝的巴斯克苹果酒——酒精苹果汁。

莉达总说，酒精苹果汁让她想起山羊尿，我也不清楚她是怎么把这两样东西联系到一起去的。出于一种显而易见的原因，我跟莉达都培养了对酒精苹果汁的兴趣，时不时陪伊尔曼喝上一大杯发苦的冒汽苹果汁，才能够得到关于莉达称为"菜单大师"的我们那位老板的爆料。

像现在这样跟伊尔曼待在车里半个多小时，我想凯伊可能会说：此时不问，更待何时？

因此，当伊尔曼率先开口打破沉默时，你能想象我有多惊讶。他的开场白更是我所始料不及的。

"我想要你知道的是，伊布没有生你的气。"伊尔曼非常肯定地告诉我。

伊尔曼总是称鲁道夫为"伊布"，是"伊尔道夫·布加仑"的简称。

我们三个最近一次苹果汁聚会时,伊尔曼告诉我们说这是一个最新潮的巴斯克笑话。巴斯克语中鲜有单词以[l]音开头,西班牙语中的"拉蒙"在法语中读作"拉蒙德",而在巴斯克语中就成了"伊尔曼"。"鲁道夫"一词的发音听起来比较接近意大利语。这种语言学读音缺陷使"鲁道夫"听起来像个巴斯克乡巴佬的名字,因此,伊尔曼根据自己名字的发音变化,戏称"鲁道夫"为"伊尔道夫"。

他可以嘲弄鲁道夫这么火爆脾气的人,单凭这一点,就可以断定他们关系非同一般,绝非主仆。伊尔曼是我所能想到的、唯一一个可能知道鲁道夫今晚计划内幕的人。

"如果不是生我的气,地上那些巧克力和贝雷帽怎么解释?用巴斯克语大声叫吼、摔门、急吼吼地把我往外轰,又是怎么一回事?"

伊尔曼耸耸肩,高深莫测地笑笑。他的眼睛始终紧盯着路面,像维可牢牌尼龙搭扣①一样。

"伊布从来就不知道该拿你怎么办。"他开始转入正题,"你与众不同。他不习惯跟女人打交道,至少,算不上有经验。"

"莉达也与众不同,"我用他最喜欢的姑娘作为反驳材料。"她负责整个鸡尾酒分部。她工作非常卖力,替素达尔赚了不少钱。当然,鲁道夫不会那样对待她。"

"啊,小天鹅呵。她太美了。"伊尔曼顿时双眼放光,接着又笑着说道,"可鲁道夫总对我说,我对她吠错马了。"

"我认为正确的表达应该是吠错树②了。"

---

① 维可牢牌尼龙搭扣是"生物仿生"的典型例子,芒刺尾部的小勾激发了瑞士工程师乔治·德·梅斯特拉尔的灵感,使他在一九四一年发明了尼龙搭扣。
② 俗语,指"弄错对象"、"找错人"、"看走眼"等。

伊尔曼突然踩住刹车,我们停在河滨路与威斯康星路交界的信号灯处。他扭过头看着我,一脸认真地问:"人怎么可能会'吠树'?"我跟凯伊不一样,我从来不会究这些谚语或民间俗语之类的。

"也许,我们该说你吠错天鹅了。"我让步。

"人也不会对着天鹅吠叫,"伊尔曼说,"尤其不会冲着你爱的那只天鹅吠叫。我想,我是真的爱上她了。"

噢,天哪,这可不是我想聊的话题。

"说到观察人性,鲁道夫是难得说对了这一次。"我告诉伊尔曼,"我相信,天鹅喜欢女性伴侣。"

"荒谬。那不过是——你怎么说来着?——阶段性感受而已。就像她脚上喜欢穿的轮滑鞋。这种对成功的需要和对男人的驾驭感是会改变的,她不需要向大家证明什么。"他坚持说道。

唉,我知道准又是那个陈词滥调:"她主要是没有遇到像我这样的好男人。"

不管怎么样,我至少让伊尔曼开口说话了。信号灯变绿的时候,他对我的关注开始多过对路面的了。我知道这是我打探消息的最后机会,再过几英里,我们就要到达目的地了。

"说到证明,"我尽可能装作随意地问道,"我不明白,为什么布加仑先生不叫莉达或别的什么人参与今天的晚宴准备工作呢?毕竟,如果客人如此重要,他难道就不想证明自己的实力吗?难道就不想确保万无一失?我们都知道他是个完美主义者。就我跟他两个人,不可能顶替全体餐厅工作人员照顾那么多台面。如果我刚才运送到肯伍德的食物数量能说明情况的话,看来今晚宴会接待的人不在少数!"

我一直装作尽可能随意地拉家常,突然发现已经过了左手边的乔治城图书馆,随时会到素达尔餐厅。我决定直奔主题。幸运的是,临时出了点变化,情况变得没那么急迫。

伊尔曼开上旁边的一条小街,想避开威斯康星路的交通拥堵。他在第一个十字路口停下来,转头对我说:"不是这样,我相信最多不超过十二人。我听说这次是奉命操办,伊布接到很多命令,指名要最高级别主厨,预定了很多特色菜肴。因此,我们才必须在别墅里由伊布亲自指挥准备工作;因此,他才那么着急要你赶回来,确保昨天夜里就把炉火烧旺,这样我们才能做烤全羊。"

"烤全羊?"我惊讶地问道。

做一道烤全羊至少需要十二小时——在山羊或小羊羔肚子里塞上各种调料,在羊身上抹油,叉在旋转式烤肉架上烧烤。这道菜是阿拉伯人最喜欢的美食。素达尔餐厅只有在中央大火炉上才可能烤制出这道菜。鲁道夫一定是天还没亮就派了一帮人马在那里准备今天的晚宴了。

"可那些神秘政要是些什么人?"我再次问道。

"从菜单上看,我想肯定是来自中东的某些政府高官。"伊尔曼对我说,"我听说还有重重安检措施。至于为什么今天晚上只选你去帮厨,我可说不上来。但伊布千叮咛万嘱咐说,今晚宴会是奉命而为。"

"奉命?"我问,心里着实有些忐忑。"奉谁的命令?什么样的安检措施?"

我尽量显得不露声色,实则心中在擂鼓。太可怕了。危险棋局、诡异棋着、俄罗斯暗杀、亲人失踪、神秘的中东政要和攻占巴格达。而我,在过去的四十八小时中,睡眠不足八小时。

"我也不清楚,"伊尔曼应声答道,"所有的安排只经伊布一人之手。不过,无人知晓重重安检到底是怎么样的。我怀疑今天的晚宴是由白宫总统办公室负责安排的。"

白宫下令安排的？绝对不可能。要真是那样的话，就太可怕了。我那位难伺候的老板会"命令"我伺候什么棘手事？想想都觉得荒诞，叫我怎么还能心平气和？

不过，正如凯伊所说，"如果不能忍受高温，趁早离开厨房。"①

我心下暗想，我即将踏进不到十个小时前自己生炉火的厨房。但当我在蒙蒙细雨中走下陡峭的石梯过桥时，突然意识到，自我凌晨离开后，这里发生了不少变化。

一道低矮的混凝土防撞栏架在运河人行小桥入口处，旁边还立起一个比移动厕所大不了多少的木亭子。我走近亭子时，突然从后面冒出两个穿着黑西装与黑外套的男人，更令人奇怪的是，他们在这种阴天还戴着深色墨镜。

"请问你是干什么的？"第一个人声音刻板、派头十足。

"什么？"我警惕地问。

安全检查，伊尔曼说过的。但这座人迹罕至的小桥上突然设了一道关卡，还是大大出乎我的意料。我顿时感到更加紧张。

"请报上姓名、出生日期，出示影像身份证件。"第二个人用同样刻板的声音说道，同时伸手拦住我。

"我是来上班的，我是素达尔餐厅的厨师。"我指着桥那边的石头房子解释道。

我在塞得鼓鼓囊囊的挎包中翻寻驾驶证，尽量显得很配合。但我突然意识到这个灌木丛生的地方是多么的偏僻，即便呼救也不会有人

---

① 这句话是美国总统杜鲁门的名言。意思是，"假如缺乏精力与胆量，不能承受工作的压力，就不要担任高层职位"，或"不了解情况就不要插手"。

听得见。好几名妇女曾经在这里被人杀害,其中一个是在晨练的时候遇害的,没有人曾报告说听见她们高声呼叫了。

"我怎么知道你们是谁?"我反问道。这附近没有一个人,我提高声音,与其说是想寻求帮助,还不如说是给自己壮胆。

一号伸手到胸前的口袋中,闪电般地掏出身份证件,递到我鼻子下方。噢,天哪,联邦情报局!这再次印证了伊尔曼对于今天晚上的猜测可能是正确的。负责"安排"这个宴会的人一定来自高层,否则他们不可能出动政府最高情报部门的人,来这里设关卡,盘查赴宴的人。

我一下子怒火中烧。很奇怪,他们居然没查出我正气得耳朵冒烟。不管鲁道夫什么时候现身,我都要杀了他。为了及时赶回来,我经历了非常不堪的四十八小时,可他居然丝毫不提醒我冷不丁冒出的这个"查理检查站"[①]盘查。

我终于从背包底部掏出驾驶证,以同样快的速度甩到那两个暴徒手中。以其人之道还治其人之身。一号返回亭子,根据指示查验我的姓名,随后出来冲二号点点头,后者隔着混凝土护栏将驾驶证递还给我,跟到我身后,押解我过了河,一直跟到桥头才罢休。

我走进素达尔餐厅,发现那里有更大的惊吓等着我。好几位情报人员在楼上餐厅里走来走去,约有五六个,人手一部对讲机,嘀嘀咕咕说个不停。两三个人在察看铺着亚麻桌布的餐桌下面,他们的头儿则在陈列鲁道夫所藏五花八门的家酿苹果酒的架子后面察看。

亭子里的那两个家伙肯定已经通过对讲机通报了我的到来,偌大

[①] 一九六一年至一九九○年东西柏林间有三个边境检查站,查理检查站即C号检查站,是当时东西柏林间盟军军人的唯一一个出入检查站,也是所有外国人进出东西柏林的唯一一条市内通道。

的餐厅里似乎没人多看我一眼。最后,一个穿便衣的家伙走过来对我说:"我的人一检查完毕,将即刻从这里撤走。"他又匆匆交代说,"既然你已经通过安全检查,获准进入这里,就不能在午夜清场安检之前随意离开这栋房了。我们需要检查你的包。"

简直太恐怖了。他们翻检我所有的东西,拿走我的手机,说稍后会归还给我。

我知道,跟这帮人理论,一点意义都没有。再说,根据我过去四天对家人和朋友圈子的了解,这种突如其来的安检又算得了什么?而且,即便我现在想出去,谁又会为了帮助我而跟美国政府联邦情报局作对?

那些穿黑制服的人一走,我急忙绕过苹果酒架,快速沿螺旋石梯进入地下室。我发现,自己终于能够独自清静一下了。一头硕大的肥羊在中央火炉的烤肉叉上静静地旋转着。我把火木灰拨拉到慢慢旋转的全羊下方,以保证受热均匀。我看了看所有炉膛内的火苗,又取了些木柴和引火物,看看还有什么地方火要烧旺一点。可我添加新木柴的时候,意识到有个更大的问题需要解决。

四周飘荡着浓郁的烤肉香,我简直想掉眼泪。我有多久没有吃东西了?我知道这头羊一时半会儿烤不好,但如果早早弄点肉尝尝,会影响整道菜的效果。可我也知道,鲁道夫几个小时内不会带其他宴会配料或什么我能够掂一点吃的东西来。我不知道还有什么人可以通过桥头安全检查,给我送点吃的东西来。我暗骂自己没让伊尔曼在沿途的快餐厅停下来买份快餐。

我考虑着去地下室后面放存料的食品柜中找点吃的,不过心中没抱什么希望。素达尔餐厅历来以新鲜家种农产品、当日捕捞海鲜、环保健康新鲜肉类著称。我们通常只存放一些难以买到的原料,如柠檬干、香草豆和藏红花,从不存放那些从冰柜中拿出来、加加热就可以吃喝的东西。确切地说,鲁道夫杜绝使用冰柜和微波炉。

此刻,我听见刚才傻乎乎吃下去的那些鹅莓在胃里争先恐后地摩擦,产生胃酸。我很清楚自己肯定撑不到晚餐时间。我必须得先垫垫肚子。脑海中浮现出一幅可怕景象——曾达城堡中的囚徒①饿死在自家的地下室,眼睁睁地看着烤肉叉上美味可口的肉慢慢旋转。

我看着刚刚被拨弄到全羊下方的柴火,突然看见灰烬里有块银白色的金属,于是俯下身子,朝旋转烤肉叉底下看去。千真万确,在木炭后面有一个几乎不易察觉的锡箔块,裹着一层灰烬。我拿过炭耙向外耧,立刻露出一个巨大的椭圆形东西。我跪在地上,伸手就要去抓,好在马上就回过神来,套上石棉手套,掏出那东西,剥开裹在外面的厚锡箔纸。我从来没有像此刻这么高兴看到这个东西,从来没有这么感激过什么人。

那是莉达留给我的礼物。只消一眼就知道,因为这是她的风格、她的口味。

这份浓情食品就是:一个内瓤塞了肉、菠菜和奶酪的烤土豆。

饥肠辘辘之时,这个烤土豆对我而言简直就是绝世佳肴,我吃得只剩下了锡箔纸,真是难以想象。

我想着给莉达打个电话,突然意识到她顶替我上了大夜班,现在一定在睡觉。不过,我决定一逃出这个地牢,就去买一大瓶巴黎之花香槟②

---

① 典出安东尼·霍普(1863—1933)著《曾达的囚徒》,一部至今仍备受欢迎的历险小说,描述英国青年拉森狄尔在虚构国家——卢里塔尼亚的奇遇。

② 可谓当今世界上最昂贵的香槟,采用法国白丘葡萄园生产的葡萄酿制,这种葡萄酒的价格是每 0.75 升约一千欧元。

送给她表示感谢。

现在,肚子填饱了,又可以抵挡一阵子了。刚才没想到的一些东西开始在脑海中活跃起来。

首先,就目前的情况来看,莉达和伊尔曼都知道一些按说不该他们知道的内幕消息。而且,他们一个给我开车,一个给我提供烤土豆,这就意味着他们知道我什么时候会到这里,而且知道我没有时间吃东西。

昨天夜里我生火的时候太累了,没在意莉达对鲁道夫的评述:他知道我不辞而别时如何发飙;"我走后"他如何像个奴隶主那样把员工们使唤得团团转;他如何为"政府要员"张罗秘密宴会并且点名只要我一个人帮厨;他如何坚持要莉达那天晚上守在餐厅里,等我回来"帮我生火"。

今天早上,我刚把食物送到肯伍德大宅院,伊尔曼就急吼吼地把我送回餐厅来。

鲁道夫上午发过脾气,摔门走之前怎么说的?他说没什么好担心的,没什么秘密。他说我上班要迟到了。他还说伊尔曼会在路上解答所有疑问。

可路上伊尔曼都跟我说了些什么?说鲁道夫并不直接负责这个晚宴——我老板最痛恨被人夺权,无法发号施令。说可能会有从中东来的客人。说会有安全检查人员介入。说从一开始,这次宴会就是华盛顿特区最高层安排的。

噢,当然,伊尔曼还说了他自己,说他爱上小天鹅莉达。

这些东西听起来像是一些牵制性战术,使我无暇顾及隐秘的侧翼攻击。现在可不能在全局上犯错,可不能再犯棋盲——至少在生死攸关的此刻、被锁在地下室里的时候,不能犯。

突然想到一件事。

鲁道夫上午什么时候开始发飙的？他什么时候开始摔贝雷帽，改用巴斯克语嚷嚷，把我轰出来的？这是不是跟莉达与伊尔曼向我暗示但是没有明说的事情有关？

我关于这次晚宴的那些问题并没有惹鲁道夫发火，而是在当我问他如何知道另一个聚会的时候，在我告诉他我冒着暴风雪赶回这里之后，在我问他怎么知道我的去向之后。

虽然在科罗拉多时，我脑中也曾闪现过这种可能性，但直到事态进一步明朗起来，才领会：

不管今晚这里发生什么事情，都将是棋局的第二步棋。

战术与战略

> 战略是抽象的,以长期目标为基础;战术是具体的,以立即发现最佳着法为出发点。
>
> ——加里·卡斯帕罗夫《棋与人生》

> 战术是指当有可为时知道如何为之,战略是指当无可为时知道如何为之。
>
> ——萨维利·塔塔科维尔,波兰特级大师

凯伊常说,熟能生巧。

从小到大,我有一半时间都在伯父的大木柴炉和他长岛蒙托克角家中的平炉旁边练厨艺。现在,我在素达尔餐厅严厉、专横的巴斯克·波拿巴——布加仑先生手下又当了四年学徒。

大家也许会因此认为,论及烹煮,我现在肯定技术一流。

可眼前的情形恐怕会推翻这种说法。当然这是我过分关注诸如没东西吃、睡眠不足、雷霆训斥和情报局间谍等事情的结果,其实我早该发现烤全羊有问题。

有经验的人一眼就能看出来,虽然圆盘式烤肉叉架像钟表那样匀速旋

转,我生的那炉火均匀、稳定,火炉上方的羊放置高度合适,捆绑方法正确,每一侧都能均匀受热,可是——滴油盘不见了。流出来的油本应滴到下面放置的装水滴油盘中,以涂抹到羊身上进行再次烧烤,现在却滴到下方的石板上,几个小时下来已成黑糊糊一片,要想擦干净得费不少工夫。

没有哪位厨师会像那样放置旋转式烤肉架,鲁道夫更不会那么干。而莉达,即便有力气放置烤肉架,也没有权力这么做,因为她不是厨师。但今天凌晨两点,我离开这里的时候,这些东西都还不在这里,肯定是别的什么人干的。

我暗自发誓,等鲁道夫一来,就查问个水落石出。与此同时,我拽出能够找到的最大号陶瓷滴油盘放在烤羊下方,往盘中倒了些水,取出油脂虹吸管。

这个火炉的神秘构造令我想起科罗拉多家中的那一炉火,感觉恍如隔世。炉火也使我想起跟凯伊的约定,我说好星期一打电话给她询问母亲失踪一事的进展。

我从来都不知道凯伊所处的准确位置,但鉴于工作环境在边远偏僻的地方,她会随身携带卫星电话。我正打算掏出手机拨打电话,却想起手机已被情报局的人暂时没收。

餐厅入口附近的大班台后面有部外线电话,话费可以记到我的卡上,我于是快步上楼去打电话。情报局那帮家伙肯定在这里安装了窃听器,可我并不担心被监听或录音。上中学的时候,我和凯伊就发明了一套只有我们两个能懂的隐语。用隐语的时候,我们有时候很难理解对方的话,甚至有时连自己都不知道说的是什么。

"王国的钥匙[①],"凯伊接起电话,"能听见吗?让我现在就说吧,否

[①] 黑人音乐家华盛顿·菲利浦演唱过的歌曲名,凯伊的名字与"钥匙"一词相同,她擅长用歌名、歌词和诗句来传递隐秘信息。

则我要永远保持沉默了。①"这是"凯伊"密码,说明她知道打电话的人是我,问我周围是否方便说话。

"能听见,"我应道,"有点一只耳朵进,一只耳朵出。"我的意思是说,可能有人会窃听我们的谈话。"有什么进展,小猫猫?"

"嗨,你知道我,"凯伊说,"人们常说,滚石不生苔。但玩得开心的时候,确实会感觉时光飞逝。"

她是说,她已经驾驶自己的水獭丛林小飞机奥菲莉娅离开科罗拉多,回到怀俄明州,继续她在黄石国家森林公园的工作。她在读中学和大学期间,常常往返于那条线路。她致力于地热地貌研究,包括由黄石火山口岩浆生成的间歇泉、冒泡热泥坑和火山喷气孔。黄石公园宛若一口大汽锅,由古代的巨大火山喷发形成,该火山现在静静躺在地壳之下数英里的地方。

凯伊除了喜欢驾驶她心爱的小飞机,到处去正在融化的冰山参加无人区飞行员酷爱的滑行活动,还是一位顶级地热研究专家。最近,随着地球上"热区"越来越多,对这个领域的研究需求也日益增大。

"出了什么事?"她问道。

"噢,你也知道我,"我用隐语继续说道,"刚出油锅,又跌入火。②当厨师的不就这些事吗,我们喜欢火焰。我的工作就是服从命令。正如他们所说,'有命令,不违拗;有命令,不问由;有命令,必遵守,违者死——'"

我和凯伊长期使用纳瓦霍密码③,我相信她知道《轻骑兵进击》④中

---

① 此句出自美国乡村乐天后泰勒·斯威夫特(1989—)的一首专辑主打歌曲。
② 英谚语,喻指一波未平,一波又起;或刚出虎穴,又入狼窝。
③ 纳瓦霍人的语言极为复杂且鲜为人知,曾在二战中神奇地协助太平洋战区盟军情报部门做了大量工作,被日本情报专家认为是"外星人的语言"。
④ 《轻骑兵进击》系著名诗人丁尼生(1809—1892)诗作。

的下一句:"六百名轻骑兵进入了死亡之谷。"她会明白我的意思是:我此刻已被引入众所周知的箱形峡谷。很明显,凯伊听懂了我关于目前工作和我老板的暗语,而凯伊也有个令人吃惊的消息等着我。

"你的那份工作,"她啧啧说道,"太遗憾了,你那么急着赶回去。你真该留下来,要知道,侍立其左右待命者,同样是上帝的好仆人。[1]你要是再坚持多等一会儿,就不会错过星期天晚上植物学俱乐部的集会。不过,没关系,我替你去参加了。"

"你替我去了?"我大吃一惊。

我离开科罗拉多之后,诺克米斯·凯伊去和利文斯顿一家和谈了?

"是那种私下会晤,"凯伊马上接着说道,"实际上我并没有接到邀请。你知道,我跟他们家那位主席小姐、'炫目斯顿小姐',素来不合。他们说,她也许不是枝形吊灯中最亮的灯泡,但却能发光。星期天晚上的事,你肯定会感兴趣。话题非常合乎你的口味,外国百合花和俄国草药。"

天哪!赛吉与莉莉和瓦坦私下会面?听起来肯定是这样——可他们怎么会见面?他们两人不是在丹佛吗?

"植物学俱乐部准是换了集会地点。"我暗示,"大家都到了吗?"

"集会地点改在莫莉家了,"凯伊肯定地告诉我,"出席人数不多,但天空骑士先生设法去了。"

"莫莉家"是我们俩的老暗号,指科罗拉多淘金潮时代大名鼎鼎的女百万富豪、久富不衰的莫莉·布朗的发家地丹佛。如此说来,赛吉果真去了那里!"天空骑士先生"不难猜,肯定是加仑·马奇,天空农场的

---

[1] 出自弥尔顿《哀失明》的最后一句,"侍立左右的天使"喻指"忍耐",意即:只要忠于信仰,坚忍不拔,同样是为上帝在服务。

那位神秘买主。

他到底为什么要和赛吉·利文斯顿一起跑到丹佛（显然是在我离开后）去见瓦坦和莉莉·拉德？凯伊又是如何知道他们这次秘密会谈的？一切都是那样的可疑。

凯伊所用的潜台词太复杂，凭我有限的格言警句知识显然理解不了。鲁道夫随时可能会出现，他随时可能打断我们的谈话。我迫切需要知道的是，这些事情跟我此次打电话的主题即母亲下落之间的联系。我放弃从习见引用语中寻找隐语的交谈方式，改用大白话跟她说。

"我这会儿正在上班，老板随时会到，"我告诉凯伊，"我用的是餐厅的座机，不能打太久。挂断电话之前，请告诉我你的工作进展情况：最近，密涅瓦热泉……有什么新情况？"

凯伊现在身在黄石公园，这是我情急之下唯一能想到的联系。密涅瓦热泉是黄石公园内著名的梯田热泉。黄石公园内星罗棋布着一万多眼温泉，形成世界上最大的温泉群。密涅瓦热泉蒸汽腾腾，水流涌动，色彩缤纷，极为壮观耀眼，一度是黄石公园的第一景观。我说"一度"，是因为过去十年里密涅瓦热泉莫名其妙地干涸了——整个巨大的热泉和水流突然之间就消失了，像我母亲一样。

"这个问题问得有趣。"凯伊说，显然已完全领会我的意思。"我昨天还在处理，星期天。黄石火山口的温度似乎在升高，火口可能会突然爆发。至于消失了的密涅瓦热泉，我想它复归的时间比我们预期的要早。"

真的会是听起来的那样吗？我的心狂跳不已。

正准备接着问，餐厅前门突然打开，鲁道夫一阵风似的冲进来，两只胳膊底下各夹着一只大肥鸡，桥头戴墨镜的一个情报局特工跟在他身后，搬着一摞食品盒。

"咱们又见面了,奈斯卡多·吉奥多!"鲁道夫朝我大声打着招呼,同时示意那个奴才似的情报局特工把食物放在旁边的桌子上。

那家伙背转身的时候,鲁道夫走过我身边,压低声音说:"希望你没有后悔使用那个电话。"接着大声补了一句,"嘿,灰姑娘,咱们下楼去瞧瞧我们的烤全羊!"

"看来,你要跟一个人去看什么羊了,"凯伊压低声音说道,"我会把植物学俱乐部会面的记录通过电子邮件发给你,还有我的地热研究发现,你会发现这些简直太有趣了。"

当然,我和凯伊从来不用电子邮件。那句话的意思是,她得尽快挂电话了,越快越好。

我跟在鲁道夫身后来到地下室,脑中有两个问题挥之不去——

丹佛秘密会谈发生了什么事情?

诺克米斯·凯伊有没有发现我母亲的行踪?

鲁道夫一次一只把大肥鸡举起来,吊在火炉上方。跟全羊烤制方法不同,鲁道夫用干烤法烤鸡,不需要涂抹油脂。他将鸡里外仔细弄干,撒上粗盐,用他的独门方法绑缚——装在十字编织笼中,用绳子系在串肉扦上,串肉扦水平戳进鸡身,这样一来,鸡就能够在火炉上方绕着壁炉架中嵌入的大钩子自由转动,先反时针转烤,再顺时针转烤,像福柯的钟摆①一样循环往复。

我遵照鲁道夫的要求,在烤全羊上涂好脂油后,上楼去处理另外一些食品。我发现,阴鸷的桥头哨兵干的活远远超出情报局人员的职责,

---

① 法国科学家福柯于一八五一年发明测量地心引力的仪器,证明了地球自西向东的自转,故得名"钟摆"。

因为门里面放着一大摞食品盒,每只盒子上都贴着一道官方封条。鲁道夫从不会浪费任何人手,可这也太荒诞了吧。

我数了数盒子,总共三十个,数量没错。接着,我按照他的指示,把外门闩上,开始把那一摞东西搬到楼下,交给"地下室独裁"鲁道夫。

我们一起忙活了一个多小时,谁也没说话,不过平时也都这样。鲁道夫的餐厅向来非常安静,凡事处理得干脆利落、细致精确,这些训练都是我最需要的,也是下象棋的基本要求。举个例子来说,餐厅厨房里晚上通常会有十来个人工作,可能只会听见切菜的声音,偶尔也会听到对讲机里传来楼上餐厅领班和酒侍压低了嗓门的声音。

幸好今天所有的餐前准备工作都已经由其他人完成了,否则晚餐前我们肯定无法做完。我还没来得及把最后一摞食品盒拖进地下室,鲁道夫就已经把鲜嫩的朝鲜蓟、紫茄子、白茄子、黄南瓜、绿南瓜、樱桃番茄放到滴油盘中,活脱脱一个色彩艳丽的丰饶之角①。

我忍不住想道,就凭我们两个人,怎么能把肉端上餐桌?以往,星期一餐馆关门歇业,同时对侍应生进行培训。侍应生要学习如何摆放银器和玻璃器皿,如何处理食客(从来不称他们为顾客)泼溅到餐桌布上的饮料或调料汁。一旦出现这样的意外,即便食客正吃到一半,五六个侍应生和杂工也会迅速来到桌边,在不影响食客进餐的情况下,把所有东西撤开,迅速更换桌布,像变戏法一样把每人面前的饮料和餐盘复归原位。鲁道夫用秒表计时,整个过程不得超过四十秒。

看着鲁道夫穿梭在各座火炉之间,一句话也不说,指挥我做一些打下手的工作,这个过程本身就是一种学习,这是在任何学校都学不到

---

① 典出希腊神话:喂哺了宙斯的那只山羊的角,后来脱落并装满了水果。该故事用于绘画或雕刻中,象征繁荣。

的,必须要实地观察。只有真正的完美主义者,经过大量的实践,才能达到凯伊箴言所说的水准。

鲁道夫这个人也许很难相处,可我从没有后悔来他这儿当学徒。

直到今晚之前。

"奈斯卡多!"我正跪在地上用钳子翻蔬菜,就听见鲁道夫大声叫道,"我想让你现在上楼,拔下对讲机和电话,拿来给我。"

我抬头不解地看着他,他一掌拍在石头墙上,脸上露出罕见的微笑。

"看到这些石头了吗?"他问。

我头一回仔细打量墙上人工砍制的石头:乳白色,夹杂着一种罕见的杏黄色石纹,大约有两百多年的历史。

"是水晶,咱们这儿的土壤里特有的一种水晶,"鲁道夫说,"具有一流的声波传递功能,但却能够干扰通讯,除非——你怎么说来着?——是固线通讯。"

断开电话和对讲机,闩上门。鲁道夫可不傻,他显然有什么事情要对我说,虽然我迫切想知道,但一想起政府最高情报部门的密探在上面门外走来走去,就禁不住异常紧张。

我取回电话机和对讲机,他接过去放进大冷柜中,随后转过身握着我的双手。

"过来,坐在凳子上,我给你讲个小故事。"他说。

"我希望故事能够回答我今天早上问你的那些问题。"我对他说,"你真的确信没有人能够听到我们的谈话吗?"

"他们听不见,这也是我们把今天的晚餐安排在这里的原因。可是,你刚才使用的那部电话和我家那栋别墅,又另当别论。待会儿再说那些,"他说,"得先说一些更重要的事情——我们为什么会在这里的原因。你听说过奥伦茨罗的故事吗?"

我摇摇头,坐到高凳上。他接着说道:"奥伦茨罗这个名字,一听就知道是巴斯克人。我们每年的主显节(一月六日)都会表演这个传说。我常扮演奥伦茨罗的角色,跳这个舞需要不停高踢腿。什么时候有时间,我跳给你看看。"

"行啊。"我应道,一边在心里猜测他到底想说什么。

"你知道吗,"鲁道夫说,"罗马教堂告诉我们,率先发现新生儿耶稣的东方三贤,是来自波斯的崇拜火神的索罗亚斯德教教徒。可我们认为这种说法不对,是巴斯克人奥伦茨罗首先发现耶稣的。奥伦茨罗是位烧炭工。烧炭工行走四方,砍伐树木、烧制木炭供人们烧饭取暖。奥伦茨罗是我们的祖先,因此,我们巴斯克人个个都是出色的厨师——"

"打住,"我叫道,"你让我冒着可怖的暴风雪,从科罗拉多赶回来,赶回到这个地窖,没有吃的,睡不成觉,只是为了把我一个人留下,给我讲一个两千年前卖炭、跳踢踏舞的巴斯克人的传奇故事?"

我恼羞成怒,可还是尽量压低声音,因为我依然不确定我们的谈话是否会被人偷听。

"不完全是这样。"鲁道夫不以为意地说,"让你来这里,因为这里是我们今晚宴会前唯一能够单独说话的地方。情况紧急,必须这么做。你知不知道你现在处境非常危险?"

危险。

没错,又是这个词。我一句话也说不出来,只能盯着他。

"这就对了,"他说,"你终于能够集中注意力了。"

他走到火炉边搅了几下浓味鱼羹,转过身,极为严肃地望着我。

"现在,你可以提问了,"他说,"我会一一回答。"

我要打起精神,看来现在不问就再也不会有机会了。

于是我鼓足勇气发问:"好吧。首先,你怎么知道我去了科罗拉多?今晚的宴会是怎么回事?你为什么觉得我会因此而有危险?晚宴跟我到底有什么关系?"

"也许你并不知道烧炭工是些什么人?"鲁道夫换了个话题,但我注意到他说的是现在的烧炭工而不是传说中的那些烧炭工。

"我管他们是些什么人呢,"我说,"这跟我的那些问题有什么关系?"

"这也许能够回答你所有的问题。甚至能够解开一些你目前还没想到的问题。"鲁道夫非常严肃地对我说,"在意大利,过去人们把烧炭工称作烧炭党,这是一个有着两百多年历史的秘密组织,可据他们自己所言,历史还要古老得多。他们宣称目前依然拥有强大的实力。这些烧炭工跟蔷薇十字会会员、互济会会员和光照派会员一样,也说自己拥有一种正式成员才懂的神秘智慧。但事实并非如此。在希腊、埃及、波斯,甚至更早在印度,人们已经知道了这一秘密——"

"什么秘密?"我问,尽管我想我恐怕早已经知道答案。

"一个一千二百年前写下来的秘密知识。"他说,"此后,这一秘密面临着被公开的危险。尽管无人可以解开其中的奥秘,可那秘密就藏在巴格达制造的一副象棋里。此后一千年,象棋被埋藏在比利牛斯山(又称烈火山)巴斯克地区,由巴斯克人帮助保护。现在,就在几个星期前,象棋再次出现,而这可能会给你带来巨大危险,除非你能明白自己的真实身份和今晚将要扮演的角色——"

鲁道夫看着我,似乎以为这样就算是回答了我所有的问题。没门。

"什么角色?"我问,"我的真实身份是什么?"

我心里难受极了,真想钻到凳子底下大哭一场。

"我一直都告诉你,"鲁道夫说,脸上带着怪异的笑。"你是灰姑娘奈斯卡多·吉奥多,睡在火炉后面草木灰里的小灰姑娘。几个小时以后,你会发现,她浴火重生,当了王后。但我会跟你在一起。是今晚在这里神秘进餐的人要求你必须在场,也正是他们发现你去了科罗拉多。我很晚才听说你离开的消息。"

"为什么要我在场?恐怕我还是不懂。"我说,尽管心中恐惧地意识到自己已完全明白。

"组织今晚聚餐的人非常熟悉你——至少在我看来是这样,"鲁道夫说,"他姓利文斯顿。"

巴斯尔·利文斯顿。

他当然会是棋局中人。这有什么好奇怪的?鉴于他跟最近被害的塔拉·彼得罗相长期以来的可疑关系,说他不在棋局中也难。

然而我发现,自己正跟这位疯狂的巴斯克老板一起困在地下室中,他对这场无比疯狂的棋局将会给我带来的危险,比我本人知道的还多。想到这一点,我心中惊骇不已。

我决定耐心地听下去。出乎意料的是,鲁道夫头一回像现在这样愿意开口讲话。

他一边忙着在炉中摆上十来只瓦锅,一边说:"你也许听说过《罗兰之歌》,那是一部记载中世纪查理曼大帝从比利牛斯山龙塞斯瓦列斯隘道撤退的著名史诗,诗中包含着解开一切秘密的钥匙,你熟悉那部史诗吗?"

"恐怕没读过,"我坦言,"但我知道故事梗概。查理曼大帝被他们所称的摩尔人打败了。他的军队从西班牙撤回法国时,摩尔人歼灭了他的后卫部队。史诗中的英雄、查理曼的侄儿罗兰在撤离关口的时候遇害,对吗?"

"是的,故事表面看来是这样,"鲁道夫说,"可其中隐藏着真正的秘密——蒙特格朗棋的秘密。"他边说边伸出手指蘸了些橄榄油来擦拭瓦锅内壁。

"查理曼撤退与'蒙特格朗棋的秘密',跟今晚的神秘宴会有什么关系呢?跟你提到的那副象棋又有什么关系?"我问鲁道夫。

"要知道,灰丫头,摧毁查理曼的后卫部队或杀死他侄儿罗兰的,并不是信奉伊斯兰教的摩尔人,"鲁道夫告诉我,"而是巴斯克人。"

"巴斯克人?"

他从湿乎乎的布中取出马铃薯肉馅饼,小心翼翼地在每只锅里放了一块。我递给他一把长柄铁铲,他将那些锅推回炉膛内。

鲁道夫松松瓦锅周围的木灰,转身对我说:"巴斯克人一直控制着比利牛斯山区。然而,《罗兰之歌》成书于其后几百年。公元七七八年,查理曼从龙塞斯瓦列斯隘道撤退的时候,势力不强,也没有名气。那时候,他还只是统领北方未开化农民的法兰克国王卡尔。二十年后,他才受教皇加冕,成为神圣罗马帝国皇帝,法兰克人称他为查理曼大帝或卡尔大帝,意即'卫护信仰者'。法兰克国王卡尔之所以能够成为查理曼大帝,是因为他那时已经拥有后世所知的蒙特格朗棋,是蒙特格朗棋的守护人。"

我知道,我们终于要进入主题了。鲁道夫的说法验证了莉莉姨妈关于蒙特格朗棋的故事及其所含具的神奇魔力,可他后面所加的一番话并没有完全回答我的问题。

"我原来以为,教皇加冕查理曼为神圣罗马帝国皇帝是因为他们想要得到他的帮助,保护基督教欧洲免受穆斯林入侵。"我搜索着脑海中所有有关中世纪的知识。"查理曼到来之前二十五年,伊斯兰教不是已经征服了包括西欧在内的世界大部分地方了吗?"

"没错。"鲁道夫应道,"查理曼从龙塞斯瓦列斯隘道撤退之后仅仅四年,伊斯兰教徒手中最神奇的东西就落入了这位劲敌之手。"

"可查理曼怎么能在那么短的时间内弄到那副象棋呢?"我百思不得其解。

我只顾着问,全然忘记还有工作要做,忘记很快就会有一帮不受欢迎的"食客"光临。可鲁道夫不会忘记这些,他递给我一箱鸡蛋和一摞嵌套堆叠的铜碗,接着说道:"据说是巴塞罗那的摩尔王赠送给他的,但没有人知道是出于什么原因。肯定不是为了求查理曼帮助他们对付巴斯克人,因为首先,查理曼压根就不是巴斯克人的对手,再者,他所辖区域与巴塞罗那相隔甚远。"

"很可能是摩尔王伊本·阿拉比本人出于某一重要原因,想把这副棋藏在尽可能远离伊斯兰人的地方,而法兰克人王宫在亚琛,在距他直线距离一千多英里以北的地方,只有鸟儿愿意飞那里。"

鲁道夫停下来检验我的蛋清分离术。他坚持认为应当用一只手操作,将蛋黄和蛋清分放在不同的碗中,把蛋壳丢到第三只碗里,留以堆肥。凯伊准会说:不浪费,不短缺。

"可是,为什么这位西班牙穆斯林长官会把象棋送给一千英里之外的基督教君主呢?难道就是为了免于落入伊斯兰教徒之手吗?"我问。

"你知道他们为什么会称这副象棋为'蒙特格朗棋'吗?"他并不回答我的问题,反而问道。"这是一个别有深意的名字。那时候,巴斯克比利牛斯山区并没有一个叫蒙特格朗的地方。"

"我一直以为蒙特格朗是个城堡的名字,后来成了修道院。"我打住话头,突然想起告诉我这些事的人不是鲁道夫,而是莉莉。

我停的正是时候。因为分心,我差点把蛋黄滴到蛋清碗里,差点前功尽弃。我把蛋壳连同蛋黄一起丢到存放堆肥的碗中,在围裙上擦干净黏糊糊的手,瞟了鲁道夫一眼,想看看他是否注意到我刚才的失言,却发现他满脸赞许地微笑着,顿时松了一口气。

"人们常说,女人不能一心二用,"他说,"可你居然做到了!我为我最拿手的蛋白酥皮感到庆幸。"

在我听说过的人中,鲁道夫是唯一一个尝试在平炉上做蛋奶酥或蛋白酥皮卷的人。他的招牌点心巴斯克贝雷(一种酥软可口的巧克力蛋糕),需要蛋奶酥和蛋白酥皮卷的搭配,鲁道夫从不害怕这些"小挑战",甚至以此为乐。

而我现在就面临一个"挑战":怎么才能回到刚才的话题上去?好在鲁道夫接下来的话让我顿时觉得自己的担心多余了。

"看来,你听说过这个故事。"他说,"是的,查理曼将那地方命名为蒙特格朗,并且以此为名修建了一座城堡。那儿离南方的巴塞罗那和地中海沿岸非常遥远,离他在北方亚琛的王宫也不近。

"他于是选中了位于巴斯克比利牛斯山巅的易守难攻之地。奇怪的是,这个地方离他战败撤退的关隘不远。他将建筑城堡的这个地方命名为蒙特格朗,意即'拾穗者之山',就像米勒的那幅著名画作[①]。"鲁道夫说着做了个挥舞长柄镰刀的姿势。

"你是说那些收割人?"我问,"收割人之山?为什么这么叫?"

我放下装蛋黄的铜碗,准备接着搅打蛋清。但鲁道夫接过盛蛋清

[①] 《拾穗者》是十九世纪法国著名画家让-弗朗索瓦·米勒的代表作,描绘了三个弯着腰低着头,在收割过的麦田里拾麦穗的妇女形象。罗曼·罗兰曾评论说:"米勒画中的三位农妇是法国的三女神"。

的碗,把指头伸进去,摇摇头,意思是现在还不到时候。一定要达到合适的温度。他把铜碗重新放下。

"万物有时,"鲁道夫告诉我,"这是《圣经》上说的。这句话适用于所有东西,包括蛋清。另外一句,关于收割人的那一句,也适用于所有事物。《圣经》上说:'你播种什么,就会收获什么。'不过,我个人觉得拉丁文的表述更精炼。"

"撒什么种,结什么果?"我试探性地问道。

鲁道夫点点头。我心中一凛。可我只能暂时不去想这个问题。

"说说看,"我要求,"为什么播种、收割跟这副蒙特格朗棋有关?如果那副象棋真有这么危险,为什么每个人都还想方设法要得到它呢?这一切又怎么会跟巴斯克人、跟今晚的宴会、跟我必须来这里有关?我不明白。"

"不对,你肯定'明白',"鲁道夫不容置疑地说,"你不是傻瓜!"

他又用手指头试了试蛋清,点点头,撒了一把酒石进去后,把铜碗和打蛋器一起递给我。

"你去想嘛!"他接着说道,"一千多年前,这副象棋被送到一个遥远的地方;拥有这副象棋的人,显然知道它的魔力,惧怕这种力量,因此一直小心护卫着。它像种子一样被埋在地下,因为他们知道,有朝一日这副象棋一定会结出一种或正义或邪恶的果实。"

他在我面前举起一只蛋壳。

"现在,蛋已孵化。蒙特格朗山的庄稼已经收割,就像凤凰已经从火中飞起。"说到这儿,他顿住了。

我无暇理会他的这个比喻。"可为什么要我来?"我再次追问,竭力保持镇定。马上就要涉及问题的关键了。

"因为,我亲爱的火鸟,"鲁道夫说,"不管你愿不愿意,两个星期前,你已经跟那副象棋一起横空出世了。我知道你生日的准确日期,你瞧,其他那些人也知道——十月四日,跟你母亲自己说的生日聚会时间正好相对。正是这一点,将你卷入险境;正是这一点,让他们决定今晚试探你,他们相信你知道自己的真实身份。"

又是"危险"。这次,这个词令我胆战心惊,犹如木桩穿心①。

"我的真实身份是什么?"我机械地回问道。

"我不知道,"我的老板波澜不惊地说,"我只知道他们那些人的说法,他们说,你是新的白后。"

---

① 木桩穿心是西方对付吸血鬼的必杀技。

金字塔

雪莱的骨灰后来被送往罗马,安葬在凯尔斯·盖斯卡斯金字塔①旁的新教徒公墓——那里安息着一百多年来英语世界的朝圣者。

——伊莎贝尔·克拉克《雪莱与拜伦》

凯尔斯·盖斯卡斯金字塔:巨大的砖石结构墓碑,位于罗马,高一百十四英尺,白色大理石贴面。墓碑基座为正方形,边长九十英尺……始建于奥古斯都②当政时期。

——《世纪大词典》

凯尔斯·盖斯卡斯陵墓……启发了包括德瑟特·德·雷茨庄园和巴黎蒙索公园在内的十八世纪园林建筑,甚至包括一元美钞票面上有上帝之眼的金字塔图案。

——黛安娜·凯恰姆《德瑟特·德·雷茨庄园》

---

① 罗马执政官凯尔斯·盖斯卡斯为自己修建的金字塔。
② 即罗马帝国的首位皇帝屋大维(前63—14)。

罗马，英国新教徒公墓
一八二三年，一月二十一日

寒风刺骨，雾霭沉沉，"英国人玛丽"站在石墙边上，罩在有着两千年历史的罗马执政官凯尔斯·盖斯卡斯的金字塔的阴影之中。她一身灰色旅行装束，远离其他那些她几乎没见过面的送葬者，远远地望着小骨灰瓮被安放在浅浅的墓穴中。

真是机缘巧合，她暗想，在这样特殊的日子里，珀西·雪莱被安放在这个古老而又神圣的地方。《解放了的普罗米修斯》一诗的作者是典型的烈火诗人，不是吗？而今天，一月二十一日，是玛丽最喜欢的节日，是圣人艾格尼斯在烈火中获得永生的日子。为了纪念这位古代殉道者，人们在亚芬丁山点燃灌丛火，腾起的烟熏得玛丽眼泪直流，弥漫开后，与山下流淌着的台伯河中升起的水雾交融在一起。昨天晚上是英国的圣艾格尼斯节前夜，年轻姑娘们不能吃东西，饿着肚子入睡，希望能够梦见未来的丈夫，就像约翰·济慈在著名的爱情诗篇中所描述的那样①。

虽然玛丽长期生活在英国，熟知英国人的习俗，甚至从她十七岁被佛洛伦萨设计学院接受为正式成员开始，人们一直称她为"英国女画家"，但她其实并不是英国人。实际上，她是一个地地道道的意大利人，六十多年前，她出生在意大利西部港口城市利伏诺。同父母亲的出生地英国相比，她更习惯意大利的生活。

尽管玛丽已有三十多年没有回过这个神圣的地方，但她也许比任何人都更清楚，在古罗马城门外最南端山上的"英国人"表层土壤下面

---

① 此处指济慈同名爱情诗篇《圣艾格尼斯前夜》。

埋藏着一个秘密。在罗马城圣艾格尼斯殉道的地方，在人们即将开始圣艾格尼斯节庆典的地方，埋藏着一个比艾格尼斯圣骸或凯尔斯·盖斯卡斯金字塔都更古老的秘密——也许比罗马城都古老。

耶稣诞生之际、奥古斯丁大帝当权之时，凯尔斯·盖斯卡斯在亚芬丁山为自己修建奢华金字塔的地方，从上古时期以来就一直是一块圣地。这个地方位于城墙外侧"帕默里界限"边缘。"帕默里界限"又称"苹果线"，是古代一条无形的城址分界线，分界线以外的人不受邦神保护。占卜权控制在知名长老会的牧师手中，他们深谙来自天上的征兆：雷霆闪电、白云浮动、群鸟的飞行形状和叫声。"苹果线"之外，另一种势力大行其道。

这条线以外坐落着整个罗马城的大粮仓——古罗马粮食交易市场。此处的亚芬丁山上坐落着著名的谷神刻瑞斯神庙。谷神名叫"刻尔"，意即生长，神庙里同时还祭奉着利波和利波拉——象征自由、生育和生命甘露的男女双神，类似于上古时期的两面神约阿纳斯和约阿纳，上古神庙所在地之一的阿尔巴尼亚约阿尼纳就是以他们的名字命名的。因此，"苹果线"以外的这个地方，人们庆祝谷神的两个重要节日：播种节和收获节。人们在以约阿纳斯命名的播种节里，放火烧掉田里的麦茬；在以奥古斯丁大帝的名字"屋大维"（意即"第八个"）命名的收获节里，庆祝丰收。

古代人相信，第一个月为谷神点燃的火，会预示着第八个月的收获。刻瑞斯神庙上方用拉丁文写着：撒什么种，结什么果。

这一格言背后蕴藏着世代相传的古代奥秘。不需要宗教典律的教化或行政公文的引导，这一切顺其自然地发生在城门外。

这是一个永恒之道。

玛丽知道，今天，勾连着人们对过去的记忆和对未来的预见，亘古如此。今天——一月二十一日,是圣艾格尼斯节,也是火焰占卜日。在罗马这座永恒之城,今天也是六个月前随同珀西·雪莱一起葬身海底的玄道之谜从灰烬中升起的日子。

至少,玛丽的朋友兼赞助人枢机主教约瑟夫·费什想要弄清楚这一点。也正是因为如此,约瑟夫和他姐姐莱蒂齐亚·波拿巴,才会请她今天来这里。阔别三十多年,盎格鲁-意大利画家玛丽·海德菲尔·考斯威永远地回到家乡。

罗马,法孔尼埃里宅邸

> 我使人类不再预见死亡……
> 我把盲目的希望播种在他们心田……
> 尤为重要的是,我给他们带来火。
> ——埃斯库罗斯《被缚的普罗米修斯》

乔治·戈登·拜伦勋爵在枢机主教约瑟夫·费什的法孔尼埃里宅邸的客厅里痛苦地走来走去。虽然,拜伦也算得上富甲一方,但在这座已故皇帝的豪华宅邸里,他仍感觉局促不安。尽管枢机主教的外甥拿破仑·波拿巴两年前已经去世,但他为亲人重金打造的这座府邸仍然奢华不减当年。房内用波形花纹装饰的墙壁更是如此,到处挂满欧洲著名艺术大师的画作,还有许多作品索性就堆在地板上,其中包括长期受枢机主教保护的女画家考斯威夫人的画品。今天,他们就是应她的强烈要求前来此处的。至少,表面看来是这样。

信函起先被送到比萨去了,因此颇费了些时日才到达拜伦手中。

在热那亚卡萨·萨卢佐新别墅中收到这封信的当天上午,拜伦来不及安顿好家什就急急忙忙离开家门。从卡萨·萨卢佐别墅望出去,可以看见波多菲诺海滨和整个大海。他把情人、家人和一众客人都抛在身后,他蓄养的那些动物——猴子、孔雀、狗和各种珍奇的鸟,都还没来得及从比萨开来的小船上下来。

很显然是出了大事了。要么就是可能要出大事了。

拜伦顾不上高烧和胃肠绞痛,像普罗米修斯一样忍受着难言的痛苦和折磨,连续一个星期日夜兼程赶赴罗马。他和仆从弗莱彻住在条件简陋的小旅馆中,没有时间洗澡,甚至连刮胡须的时间都没有。他知道自己现在的形象一定很糟糕,不过眼下也顾不上这些了。

现在,他被引进这座豪华宅邸,喝了水晶杯中枢机主教大人储藏的上好红葡萄酒,胃里稍微有了些许着落,便开始打量这间装饰奢华的客厅,立刻意识到自己不仅看起来跟周围的一切不相称,身上散发的味道也是如此的不应景!他依然穿着骑马服,风尘仆仆:上身一件剪短了的蓝色军用夹克,一双靴子沾满泥巴,宽大的本色棉质长裤遮住那条残疾的腿。拜伦叹口气,放下红葡萄酒杯,解开他通常在户外戴着保护白皙的皮肤免受太阳曝晒的穆斯林围巾。他真希望可以马上离开这里,派弗莱彻去找个地方洗洗澡、换换衣服,可他知道不可能。

时间是最根本的问题。而他真正还剩下多少时间呢?

拜伦很小的时候,算命先生曾预言他活不过三十六岁,当时觉得还是很遥远的事情。可明天,一月二十二日,拜伦就要满三十五周岁了。再过几个月,他就要离开意大利,奔赴希腊,资助并亲自投身他的朋友阿里帕夏付出生命代价发动的独立战争。

当然,阿里还付出了其他代价。

那就是这封信的唯一意涵。

虽然，莱蒂齐亚·波拿巴寄给拜伦的这封信，表面上是在回答他早些时候询问雪莱情况的语焉不详的信件，但她用各种语言混杂在一起写成的这封信，意思绝不可能那么简单。

送呈：戈登·拜伦勋爵
比萨城阿尔诺河畔兰弗朗奇宅邸

亲爱的先生：

兹邀请阁下出席英国画家玛丽·海德菲尔·考斯威夫人的画展。日期：1823年1月21日。地点：罗马法孔尼埃里宅邸。敬请答复。

画展主题如下：

    Siste Viator

    Ecce Signum

    Urbi et Orbi

    Ut Supra, Ut Infra

信上说，邀请他出席考斯威夫人的画展。考斯威夫人的名望，他并不陌生，她的亡夫是威尔士王子的御用画师。她不仅是受枢机主教庇护的人，在巴黎期间，还师从法国著名画家雅克-路易·大卫。

然而，引起拜伦注意并促使他匆忙离开热那亚的，并不是这份邀请本身，而是其中蕴含的意思。首先，信中所列考斯威夫人"画品"的"主题"并不是艺术家通常会选取的题材。只要细细品读，就会发现这些主题字里行间的意味极为深远。

Siste Viator，"行者，停下脚步"：古罗马每一座路边坟墓上都刻着这句话。

Ecce Signum,"请看标识":后面画着一个小三角形符号。

Urbi et Orbi,"通往城市之路,通往世界":永恒之城罗马的箴言。

Ut Supra, Ut Infra,"如其在上,如其在下":炼金术偈语。

不可能有如此巧合,邀请函上所定的日期和地点正好是可怜的珀西·雪莱葬礼的日期和地点。谢天谢地,葬礼已经在拜伦抵达罗马前几小时结束了。他不后悔没能赶上葬礼。不管拜伦如何努力,过去几个月来他始终无法忘记雪莱火葬那天所承受的一切,更无法忘记此后他对自己的生命所产生的极大恐惧。

这封信的意思很明显:停止寻找,关注我们已经发现的——罗马著名金字塔的三角形标识,被烧炭党、共济会和其他类似组织的会员视为徽标的符号,代表连接物质与精神、尘世和永生的新秩序的符号。

这就是珀西·雪莱遇害前试图要传达给他的信息。拜伦此刻明白了其中的意思,感到一阵透彻骨髓的寒意向他袭来。即便真如这封邀请信所显示的那样,莱蒂齐亚·波拿巴和她的人知道了关于那个秘密和失踪黑后的事情,可他们又怎么可能猜到那个单词呢?正是莱蒂齐亚·波拿巴信函结尾的这个单词促使拜伦急匆匆赶来罗马。

那个单词是拜伦最喜欢的名字,这是只有他和已经去世的阿里帕夏才知道的暗号。

他正想着这个名字,听见门开了,门边响起一个低柔的声音——

"父亲,我是您的女儿,海黛。"

> 他的这个独生女儿名叫海黛,
> 是东方海岛上最富的继承人;
> 她很美,一颦一笑,

比起她的嫁妆更令人倾心。

——拜伦勋爵《唐璜》,第二章第一百二十八节

拜伦勋爵无法自持,他高兴得发了狂,压根顾不上去想她此刻肯定带在身上的黑后象棋。他泪流满面,一把将孩子紧紧搂在胸口,接着推开她仔细打量,似乎难以置信地摇摇头,泪水纷纷滚落,砸在地上。

天哪!她活脱脱就是瓦希莉姬的模样。拜伦在约阿尼纳爱上瓦希莉姬时,比她现在大不了几岁。她长着跟瓦莎一样的银灰色眼睛,明亮如镜。海黛也带着父亲的遗传特征——凹陷的下巴和为他赢得"阿尔巴"称号的白皙皮肤。

真是天赐的福气,他暗自想道。其他的女儿一个个离开了他,因死亡、分离、丑闻和流放。他与妻子安娜贝拉的合法女儿小艾达,现在应该刚满七岁,从她出生后,拜伦就没有见过她。拜伦夫人四处造谣,说拜伦的姐姐奥古斯塔八岁的女儿梅朵拉是拜伦与他姐姐通奸所生。这些年来,拜伦身陷他夫人所制造的丑闻,因此而遭到流放。

玛丽·雪莱的继妹,克莱尔·克莱尔蒙特深爱着拜伦,追随他从伦敦逃亡至欧洲大陆,并且终于实现自己的梦想,生下拜伦的孩子——小阿列格拉。可是,这个孩子去年死了,年仅五岁。

现在,上天赐给他一份贵重的礼物——他和瓦希莉姬的女儿,美丽绝伦的海黛。瓦希莉姬也许是他唯一真正爱过的女子,这个女人从不对他提任何要求,对他一无所求,却给予了他一切。

拜伦知道他面前的小女孩绝非寻常之辈。阿里帕夏也许只是她名义上的父亲,她却似乎拥有拜伦始料不及的内在力量。她像来自阿尔巴尼亚山区的帕夏的士兵一样骁勇,就像狮子亚尔斯兰——阿里帕夏本人一样。

帕夏和瓦莎太勇敢了，能够在最后时刻想到把拜伦的亲生女儿送到他这里寻求保护，把珍贵的黑后交到她手中。拜伦希望自己也能够有这样的勇气，来完成他现在必须要做的事情。但他比任何人都清楚此举要冒的风险——不仅会给他自己带来危险，当然也会给海黛造成危险。

他刚刚找到自己的女儿，他准备像失去其他女儿一样失去她吗？

可拜伦明白，为了等待这一刻，帕夏一定作了很久的准备，也许在海黛刚出生的时候就作好了准备。不正是因为如此，他才用拜伦对她母亲瓦希莉姬的昵称来给这个孩子取名吗？而拜伦并不知道女儿的存在，不知道她被选中或被训练担任什么角色，他一点也不清楚。

可那是个什么样的角色？为什么海黛恰好会在今天——火神节，来到位于罗马中心的这座罗马宅邸？其他一些人是谁？他们扮演什么角色？为什么他们要用暗号引诱他赶赴罗马，而不是把海黛和黑后送到他那里？

这是个陷阱吗？

而作为"白方"一员，拜伦此时迫切需要尽快弄明白他本人在这场大棋局中扮演的角色。

如果他现在失败了，白方的所有希望都将破灭。

罗马，奥斯蒂亚港口
一八二三年一月二十二日

海黛难以平复心中激荡的情绪。几个星期以来，她始终难以自已地感到激动、紧张。那天早上，她在人群中第一次看见考瑞的脸，看见他从非斯城的胸墙上向下看，那一刻，她知道他终于找到她了，她终于有救了。她终于获得了自由，被送往一个陌生的国度，一个她从来也没听说过的城市——罗马，那里还有一位从没见过面的、同样陌生的外国父亲。

然而，昨天夜晚，由于旅途劳顿，身体极度虚弱，加之宅邸里侍从如云，拜伦睡在仆从弗莱彻给他安排的秘密住处。他们计划趁早上天亮前，让海黛和她的保护人考瑞从宅邸中偷偷溜出来跟他见面，赶在跟其他人在金字塔附近指定地点见面之前。

一行三人走在银白色的晨雾中，街上空无一人，拜伦勋爵紧紧攥着女儿的手。海黛知道，如果他们乘船离开摩洛哥途中，夏洛和沙希恩对她和考瑞所说的一切没错的话，拜伦勋爵可能是世界上唯一一掌握阿里帕夏的黑后奥秘的人。她明白，今天早上跟父亲相认的这次私下会面，是她解开这些疑团唯一的机会。

他们三人离开城中心，经过古老的公共浴室，朝罗马城外的金字塔走去。一路上，应拜伦勋爵要求，两位年轻人跟他讲述了如何找到埋藏在阿尔巴尼亚的黑后的经过，讲述年迈的什米米巴巴穿越山隘到达阿尔巴尼亚的经过，讲述老人关于贾比尔制作"灵修之道象棋"的故事，最后，还讲到土耳其人侵占前阿里帕夏在圣潘塔雷昂修道院的临终遗言和英勇事迹。

拜伦专注地听着，听他们讲完所有的故事。他一只手攥着女儿的手，另一只手搂紧男孩的肩膀，感谢他所做的这一切。"你妈妈非常勇敢，"他对海黛说，"她和帕夏在死神面前，还能果断地决定把你护送出来。"

"母亲临终前跟我说，她非常爱您，"海黛对拜伦说道，"帕夏说他也爱您。父亲，他们不在乎自己付出什么代价，完全相信您能保护棋子不落入坏人手中。那位派考瑞保护我和这枚棋子的大巴巴也非常信任您。"

"尽管计划非常周密，"海黛接着说，"还是发生了很多难以预料的变故。我和考瑞走海路，计划到威尼斯找您。我们本来以为不是很远，却发现事实并非如此。刚离开珀里尼港,我们的船就被海盗截获,押往摩洛哥。考瑞在摩洛哥码头被奴隶贩子抓走后,我害怕极了,害怕他从此在我的生活中消失。苏丹的手下搜走了我身上的黑后,把我关进非斯的后宫。我独自一个人,充满恐惧,周围没有一个认识的人,没有可以信任的人。我想,我能够免遭更悲惨的命运,主要是因为他们不知道我的真实身份。他们怀疑我或那个黑石块很可能有价值,只是他们一时还发现不了。"

"还真让他们猜对了,"拜伦幽幽地说着一只手搂住女儿的肩膀。"孩子,面对这些危险,你真是太勇敢了。已经有人为了你所保护的秘密献出了生命。"他想到了雪莱。

"海黛非常勇敢。"考瑞应声说道,"我成功脱逃后躲进山中寻求保护。我很快意识到,我自己虽然获得了些许自由,但我和海黛失去了联系,找不到一丝线索。后来,就在几个星期前,苏丹死了,海黛跟宫里的其他人一起面临着被转卖为奴的危险,可她仍然保持沉默,不愿透露任何有关自己或她所肩负的使命的信息。我们发现她的时候,她已经被带上拍卖台。"

回想起那一时刻,海黛禁不住浑身发抖。拜伦感到她瘦削的肩膀传来战栗,心情凝重地说:"你们俩能够活下来,这本身就是个奇迹。更别说你们居然还设法救出了那枚黑后。"他说着把她紧紧搂在怀中。

"可是,要不是因为考瑞的父亲沙希恩和他的同伴,一个叫夏洛的红头发男人,"海黛说,"考瑞永远也不可能找到我,我们永远也到不了这里,也就永远不可能完成帕夏和巴巴交给我们的任务——"

海黛越过拜伦,带着征询的神情望着考瑞,男孩点点头,说道:"今天早上,您去金字塔见其他人之前,海黛想和您谈谈夏洛。因此,我们才希望能够安排这样一个私下会面,跟您谈谈他与黑后之间的密切关系。"

"可你们说的这个夏洛是谁?"拜伦问道,"他跟这枚棋子有什么关系?"

"我和考瑞指的并不是那枚棋子,"海黛说,"是真正的黑后,是个人,她是夏洛的妈妈米勒尔。"

拜伦感到非常难受,胃肠绞痛倒还是其次。旭日初升,拜伦发现他们已经到了新教徒公墓门口,离指定的见面地点非常近,于是停了下来。他在一处矮石墙上坐下,严肃地看着考瑞和海黛。

"请说得仔细一点。"他说。

"根据夏洛在船上跟我们所说的,"海黛讲道,"那副象棋被埋藏了一千年之后重现光明时,他的母亲米勒尔是蒙特格朗修道院的修女,后来被送到沙漠中考瑞的父亲沙希恩那里。在那里,她的儿子夏洛在白后的注视之下诞生了,就像古老的传说中预言的那样。"

"我父亲把他抚养大,"考瑞解释说,"父亲告诉我们,夏洛有'先见之明',他是预言中帮助重聚棋子、解决悬谜的人。"

"可夏洛说,他母亲拥有一样有着无比神力的东西,"海黛补充说道,"那样东西使我们的整个任务看起来……不可能。"

"如果他母亲是蒙特格朗修道院的修女,"拜伦说,"不用任何'先见之明',我也能猜到你们下面要说什么。你们所说的这位夏洛认为他和他母亲拥有一样东西,可他却听说我们也有这样东西,你们俩冒着生命危险翻山越岭、漂洋过海带来的那样东西,对吗?"

"但是,这怎么可能啊?"海黛问,"如果他母亲曾亲手帮忙从蒙特格朗修道院的地下挖出那些棋子,如果她后来曾走遍世界各地聚拢那些棋子,如果她曾经从俄国沙皇——凯瑟琳大帝的孙子手中取回黑后,那么怎么可能还有另一枚黑后呢?如果真有两枚黑后,贝克塔什苏非教徒手中的这枚怎么可能会是真的呢?"

"在试着回答这些问题之前,"拜伦说,"我建议咱们留神听听待会儿大家见面时都谈论些什么,听听莱蒂齐亚·拉莫利诺·波拿巴、枢机主教约瑟夫·费什和考斯威夫人他们都说些什么。自查理曼大帝之后,那些棋子一直都在基督教手中,而他们这些人都是基督教徒的后代。"

"可是,父亲,"海黛看着考瑞说道,似乎想要寻得他的支持。"这一定能够解释为什么我们今天都要到这里来的原因!夏洛说,他的母亲——米勒尔修女,是在三十年前被安杰拉-玛里娅·迪·比埃特拉-桑塔斯送到撒哈拉沙漠考瑞的父亲那里的。安杰拉-玛里娅是蒙特格朗修道院院长的密友,也是今天两位主人,莱蒂齐亚·拉莫利诺·波拿巴和她的同母异父弟枢机主教约瑟夫·费什的母亲。安杰拉-玛里娅是拿破仑的外祖母!父亲,您还不明白吗?他们是白方的人!"

"孩子,"拜伦把女儿拉到身边,搂进怀里说,"属于哪一方,关系不大。重要的是棋具本身——这副象棋拥有的力量,而不是那场愚蠢的棋局。正是因为如此,苏非教徒才会耗费这么长时间寻找这些棋子,将它们交给合适的人来保护,让它们服务于整个人类,而不是为了谋得任何个人利益。"

"夏洛并不这么认为,"海黛强调说,"我们属于白方,而他们属于黑方!我相信,他和沙希恩是我们这方的。"

罗马,金字塔
一八二三年一月二十二日

那天早上,雪莱葬礼结束后,他们响应莱蒂齐亚·波拿巴的建议,聚集到金字塔内地窖中,塔内只有一盏昏暗的油灯,其他一切都被吞噬在黑暗之中。离开非斯城后,夏洛终于有个可以静静思考的地方了。

莱蒂齐亚解释说,之所以要他们到这儿来,是因为画家考斯威夫人有重要消息要向大家通报。还有哪个地方比这个本身就藏着悬谜的金字塔更好?过去这么多年,玛丽终于同意揭示这个秘密。

梅尔夫人点燃她带来的几个烛台,放在凯尔斯·盖斯卡斯墓冢旁,明灭不定的烛光在高高的地窖穹顶上投下长长的影子。

夏洛看着周围每个人的面孔:应沙希恩的请求,莱蒂齐亚·波拿巴和她弟弟邀请到罗马来见面的八个人都到场了。夏洛心里非常清楚,这八个人中,每个人的角色都非常关键:莱蒂齐亚和她的弟弟枢机主教费什,沙希恩和他的儿子考瑞,拜伦勋爵和女画家考斯威夫人,夏洛和海黛。

夏洛知道,他不再需要外部光线来辨别身旁的危险了。数天前,在非斯的集市上,他的预见力出乎意料地完全恢复了,他兴奋得战栗不已,仿佛在流星雨中突然发现了自己。过去和未来重新交织在一起,在他脑中顿时像夜空里的千万颗明星那样散发出轮转焰火的强光。

只有一样他还看不透:海黛。

"不管有多强大,预言家总有一样东西看不透,"在非斯城上方的岩洞中,沙希恩曾经对他说,"那就是他自己的命运。"

可是,在非斯老城区市场的矮墙上,夏洛第一眼看到下面奴隶市场里的那个小女孩,他就明白了命运意欲将他引向何方。他从没跟任何人说起过,甚至连沙希恩也没有。

尽管夏洛还看不出自己的命运和海黛的命运会如何交织在一起,但他知道,他对海黛的预见不会出错。就像三个月前,他突然受到感召,决定离开法国,千里迢迢奔赴塔西里峡谷,寻找刻绘在峡谷中陡峭岩壁上的女神——白后。

他现在发现,白后寄体重生在这个小女孩身上。他还知道:不管考斯威夫人要揭示什么,不管其他人的角色是什么,居于棋盘中央的必定是海黛,而夏洛必须站在手执黑后的她身旁。

♟

枢机主教约瑟夫·费什环视点着烛光的地窖,暗自想道,其他那些人围坐在一起,真像葬礼上的送葬者!

"在今天以前,在座的很多人,即便没有见过玛丽·海德菲尔·考斯威夫人,也一定听说过她。"费什朗声说道,"玛丽的父母,查尔斯·海德菲尔和伊莎贝拉·海德菲尔,在佛罗伦萨经营著名的英式连锁旅馆——卡洛斯旅馆,接待过赴欧洲大陆'壮游'①的英国观光客,其中不乏像历史学家爱德华·吉本②和传记作家詹姆士·鲍斯韦尔③这样的伟大人物。玛丽在精英艺术氛围中熏陶长大,本人也成为一位伟大的艺术家。查尔斯去世后,伊莎贝拉关闭了旅馆,带着玛丽姐妹前往英国,玛丽就是在那里结识了著名画家理查德·考斯威,并嫁给了他。

"虽然我和姐姐莱蒂齐亚·波拿巴直到拿破仑掌权才认识玛丽·考斯威,但自那以后,我们就成为非常要好的朋友。她在罗马以北不远

---

① 从十六世纪末开始,英国贵族子弟流行在学业结束后,与一位家庭教师或贴身男仆,渡过英吉利海峡,到巴黎、罗马、威尼斯、佛罗伦萨等欧陆城市,进行壮游。除了探索文化的根源,这场旅行重要的吸引力还在于它是一场摆脱了父母束缚又兴味盎然的文化盛宴,因此一时被视为欧洲精英的成年礼。

② 爱德华·吉本(1737—1794),近代英国杰出的历史学家,影响深远的史学名著《罗马帝国衰亡史》一书的作者,十八世纪欧洲启蒙时代史学的卓越代表。

③ 詹姆士·鲍斯韦尔(1740—1795),苏格兰作家,以撰写撒缪尔·约翰逊的传记而闻名,在《约翰逊传》中,鲍斯韦尔向人们展现了十八世纪一位杰出人物的亲切形象,被誉为最伟大的传记之一。

的洛代市创办了女子学校,我本人是该校的赞助人。现在有请玛丽给大家讲一讲我们今天所置身的这座金字塔的故事,请她讲述这座金字塔与她新近在伦敦去世的丈夫理查德·考斯威之间的故事。她将要给我们讲述的故事从没有告诉过任何人,甚至连我和姐姐都没听过。故事发生在三十多年前的一七八六年,当时她和丈夫一起去了巴黎,在那里发生的一件事情,跟我们今天在座的每一位都有极大的关系。"

枢机主教说完就座,把机会让给玛丽。

玛丽似乎不知道该如何接下去说,她脱下手上的斜纹厚绒布手套放在一旁,用指尖从附近的烛台上捻了一小块软蜡烛,用拇指和食指搓成小圆球。

"亲爱的夫人。"枢机主教费什说着把自己的手放在她手上,鼓励她说下去。

玛丽微微一笑,点点头。

"那是一七八六年九月,"她开口说道,声音柔和,略带意大利口音,"我和丈夫理查德·考斯威刚刚从伦敦动身,穿过英吉利海峡。我们的名声已经先我们一步到达了。作为有名望的画家,我们在伦敦的沙龙备受欢迎。理查德来法国接受一项重要委任,为路易十六的堂兄奥尔良公爵的子女画肖像画。奥尔良公爵是我丈夫的英国赞助人威尔士王子(现在的乔治四世国王)的好朋友。在巴黎,我们受到艺术家和达官显贵的宴请。我们的朋友兼同事雅克-路易·大卫,安排我们去法国宫廷觐见国王和玛丽·安托瓦内特王后。

"在此有必要说一下我丈夫理查德。理查德出身贫寒,但却青云直上,长期以来伦敦很多嫉妒他的人对他恶语中伤。理查德非但不设法缓和与这些人的关系,而且行事依旧招摇。他酷爱穿上面绣满草莓的绛紫色缎纹衣服,佩戴拖地长剑,帽子上插满鸵鸟羽毛,脚上穿红色粗跟皮靴。媒体称他为'花花公子'——他的形象被比作他自己养的那只宠物猴,还有人不无恶意地说那猴子是他生的。

"但私下里只有极少数人知道,理查德还是一位了不起的古玩名家,或说古玩鉴赏家,他鉴定、收藏了一批价值连城的珍稀古玩。不仅有法国哥白林布艺挂毯,还有装满整整二十六间屋子的珍玩:埃及木乃伊、圣人遗骸、中国象牙制品、来自阿拉伯和印度的玄奥珍品,甚至还有他认为是凤凰尾羽的东西。

"理查德本人有神秘主义倾向,是早期空想家伊曼纽·史威登堡①等人的追随者。我们在伦敦时,和我那位攻读建筑学的弟弟乔治一起听过托马斯·泰勒关于'柏拉图学派'的内部秘密讲座。泰勒当时刚刚为醉心神秘学说的人,如拉尔夫·沃尔多·爱默生和威廉·布莱克等翻译了一些早期希腊玄秘作家的作品。

"了解这一背景非常重要。我丈夫背着我从奥尔良公爵那里了解到一个在法国埋藏了近一千年的东西中所蕴藏的秘密。三十年前我们抵达法国的那天早上之后不久,那个秘密重见天日。

"我依然清楚地记得那一天:一七八六年九月三日,星期天。上午天气晴好,理查德和我外出去巴黎著名的谷物市场。谷物市场设在巨大的圆形大厅内,以前专门卖小麦、豌豆、黑麦、小扁豆和大麦。市场遭过一场大火,其废墟后来成为巴黎设计最美的建筑群之一:弧形楼梯,高大的穹顶上开着天窗,阳光泻下来,照着室内的一切,宛若神话中的宫殿。

"就是在那里,在那片神奇的银白色光晕中,我们遇见了一个人,此后的一切都因他而改变。可在那一刻,如此久远之前,我几乎无法预

---

① 伊曼纽·史威登堡(1688—1772),瑞典科学家、神秘主义者、哲学家和神学家。

见,我的生活和我家族的生活将如何被这个偶然发生的事件彻底改变。

"美国画家约翰·特朗布尔带着一位朋友来了,他的朋友个头很高,面容苍白,长着浅铜色的头发。特朗布尔暂住在他这位朋友位于香榭丽舍大街的官邸中。我们很快了解到,特朗布尔的东道主是美国新共和政府派驻法国宫廷的代表,是位政治家。与他相比,我们的那点名气算不了什么。他就是托马斯·杰弗逊。

"显然,杰弗逊先生被这个谷物市场完全吸引了,他不停地谈论着这座大厅设计上的美。当约翰·特朗布尔提到我弟弟乔治在伦敦皇家艺术院任职,提到他的建筑设计作品时,杰弗逊先生激动不已。

"杰弗逊先生坚持要一整天地陪着我们。从巴黎碰面开始,我们四人在圣克劳乡间度过了一个下午,在那里吃了晚饭。后来,我们取消晚上的原定计划,前往蒙马特区,参观卢杰利家族的户外花园。卢杰利家族是焰火制造世家,以制造盛大的焰火制品著称,我们在那里观看了戏剧《伏尔甘①的胜利》,这部戏讲述伟大的冥府之神——希腊火神、锻造之神赫斐斯托斯的秘术。

"似乎,正是源自这场关于冥府秘术的奢华铺排的戏剧演出,我丈夫理查德跟杰弗逊先生竟然聊起巴黎城外,诸如法国贵族奥尔良公爵的领地蒙索公园等地所建的埃及风格的金字塔和火神庙。我丈夫跟奥尔良公爵志趣相投,对神秘知识有着非常浓厚的兴趣。

"杰弗逊接替本杰明·富兰克林担任美国驻法特使之后,奥尔良公爵则接替富兰克林担任起巴黎共济会会长之职。他们的秘密入会仪式常在公爵园林的人工洞室或名胜废墟中举行。

---

① 权神伏尔甘是天神朱庇特之子,天生具有操控火的能力,诸神所用武器几乎皆为他一人所锻造。

"更令托马斯·杰弗逊着迷的是理查德提到的另一个神秘场所。那个地方离巴黎更远,位于前往凡尔赛的途中,是奥尔良公爵的密友建筑师尼古拉·拉辛·德蒙维尔所建。那天晚上我丈夫告诉我们,公爵说这座九十英亩的园子中,到处都是怪异的神秘符号,隐藏着一个跟金字塔一样古老的秘密——是关于跟这座金字塔完全相同的另一座金字塔的秘密。这另一座就是莫扎特的歌剧《魔笛》中的那座金字塔。

"关于那个地方,还有更令人着迷的东西。杰弗逊先生非常感兴趣,几天之后,他抛开自己的政务工作,安排了一次短途旅行到乡下去看看这座秘密花园。他只带了我一个人。

"自从经历了最初《圣经》里那个失乐园的故事以来,我们人类总是在失去某样东西之后才备加珍惜。就拿拉辛·德蒙维尔先生来说,随着其后不久到来的法国大革命,他的财产,包括那些花园,顷刻之间都烟消云散了。奥尔良公爵的境遇更糟,他自我标榜是'开明的菲力普',声称会站在革命派一边,会参与表决处死他的国王堂弟,可还是被革命党人送上了断头台。

"说到我和托马斯·杰弗逊——我们那天在德蒙维尔花园中意外地发现一样东西:解开古老智慧的钥匙。花园本身就是那把钥匙。

"花园叫作雷斯荒原。这是个古法语,意即'国王的荒地'——失落的领地。"

艺术家和建筑师的故事

花园也存在于人类的集体无意识。花园是人类的第一块领地,在历史发展过程中,人类给与它无数命名,或谓尘世天堂,或谓伊甸园。巴比伦空中花园曾经是世界七大奇观之一……我们重建花园的努力仍耽于想象阶段。

——奥立佛·肖邦·德让弗历《雷斯荒原》

我禁不住想到,他想要仿造通天塔。

——皇家园艺师托马斯·布莱凯谈论雷斯荒原时如是说

九月八日,星期五,我们乘坐杰弗逊先生的雅致马车,和他的几名士兵一起从巴黎出发。车行过了河,我们进入景色优美的乡间,可哪里的景色都比不上我们的目的地——雷斯荒原。

我们弃车,沿人造洞穴入口步行进入花园。园中景色迷人,俨然一派画家华托①笔下夏末的景象:深紫色、浅紫色和铁锈色三种色彩层层叠叠。公园里山岭起伏、山路弯弯,山间点缀着紫叶山毛榉、石榴树、含羞草,还有那些两百年树龄的落叶槭树、枫树、菩提树和角树——所有这些树对入会者而言都有着特殊的意义。

园中每一个拐弯处,都会像变戏法似的冒出一些有趣的建筑物,或从小树林中伸出一角,或从湖中像变魔术般升腾而出。

杰弗逊先生看到石头金字塔时,就像第一眼看到谷物大市场那般欣喜。

"这座金字塔仿的是凯尔斯·盖斯卡斯的陵墓,"他说,"从它的外部形状可以一眼看出来。这个是著名的罗马金字

---

① 华托·简·安东尼(1684—1721),十八世纪洛可可时期法国著名画家。

塔风格——'火之山'的形状,你们的同胞皮拉内西①以此为素材创作了很多颇受欢迎的版画。"

他又补充说道:"罗马的那座金字塔具有极不寻常的特点。正方形基座边长为90×90,这个数字意义非同一般——四边之和为360,与圆周度数一致。'用直角尺量圆周!'②这是古代一个最具挑战性、最重要的悬谜,其中包含数层意思。他们并不是想发现一些枯燥的数学公式,用以将圆的面积转化成正方形面积,其中另有玄机。对他们而言,'用直角尺量圆周'意味着一种更深层次的转化:将代表宇宙空间的圆,转化成代表地球空间的方。正如人们所说,使天地合一。"

"'炼金媾和法'——精神与物质媾和的一种方法,"我应道,"或者也如人们所说的,是头脑与心灵的一场联姻。我丈夫理查德和我研习古代秘术很多、很多年了。"

杰弗逊大笑起来,似乎对自己的那番絮叨感到有些尴尬。

"早到什么时候?"他问道,脸上带着迷人的微笑。"可你看起来不到二十岁,像你这般年轻漂亮的女士,不可能会对我这样一位老政治家的无稽之谈感兴趣。"

"二十六了,"我微笑着告诉他,"但考斯威先生与您年龄相当。所以,我已经习惯于每天聆听这些发人深省的智慧!希望您能够多聊一些。"

杰弗逊听了似乎很开心,挽起我的胳膊,和我一起朝公园

---

① 皮拉内西·吉安巴蒂斯塔(1720—1778),意大利建筑师、艺术家,其有关罗马及其废墟的版画为新古典主义的复兴作出贡献。

② 意即做不可能的事。

深处走去。

"头脑与心灵的一场联姻,你刚才是这么说吗?"他重复我刚才说过的话,接着低下头,微笑着望着我。他身材非常高大,在旁人看来,那情形一定相当怪异。"我亲爱的女士,也许那是古代的智慧。而我却发现自己的脑袋和心灵常常闹别扭,从来不能和平共处达到可以联姻的地步!"

"您的头脑和心灵都会想些什么,怎么会如此水火不相容?"我被他逗笑了,问道。

"你想象不到吗?"他猝不及防地问。我摇摇头,希望头上戴的贝雷帽可以遮住两颊飞起的红晕。

还好,他接下来的话令我如释重负:"我保证,会尽快给你写信,跟你说说我的那些思想。"接着他又说道,"但至少现在——这个负责诸如拱形的承重或圆周的计算等数学、建筑学问题的脑袋告诉我,我们这座基座 9×9 的金字塔有着另一层更重要的意义。参照历史学家希罗多德的原理,我们发现这一比例跟古巴比伦城的布局规划的比例一样。古巴比伦城的长和宽分别都是 9 英里。于是就产生了一个你也许没有听说过的有趣数学难题——纵横图(幻方)——一个 9×9 的矩阵中,每一个盒子有一个数字,要求每一行、每一列、每一条对角线上的数字相加之和相同。

"我的前任美国驻法公使本杰明·富兰克林,是一位幻方专家。他认为,中国、埃及和印度的文明中都有相同的命题。他在国会办公时,常常填幻方自娱。他说,他看一眼各个盒子里的数字,就能够马上生成一个幻方,他发现了很多巧妙的幻方解法。"

"富兰克林先生有没有发现巴比伦幻方的公式？"我问，同时也松了一口气，这个话题远比之前那个话题让我觉得安全。

我承认，我当然不会说出我对此事感兴趣的真正原因。我曾为理查德收藏的旷世玄奥作品临摹了阿尔布雷特·丢勒一五〇六年创作的著名铜版雕刻画《幻方》，图上显示了幻方与毕达哥拉斯"黄金分割点"和欧几里得《几何原本》之间的关系。

"岂止发现了公式！"杰弗逊似乎很高兴我会这么问。"富兰克林博士相信，通过再现这些幻方的古代公式，他能够证明所有依据这一矩阵模型建造的城市，都是为了借助那一公式以及其中所涉及的具体数字、星体或神所昭示的力量。

"当然，富兰克林跟我们华盛顿将军一样，是共济会会员，有些神秘主义的信仰。但实际上，这一观点并不神秘。所有伟大的古代文明社会，从中国到美洲，初建政权之后，都会创建城市。毕竟，这就是'文明'一词的意义，梵文中，文明就是'定居、短暂停留、生根在城市'的意思，跟原始人或游牧民族修建的那种可以拆卸、四处搬运、通常为圆形的建筑结构不同。开化的古代文明人希望能够通过建成具有如此神奇魔力的正方形城市，建立新的世界秩序，一种只有定居族裔才能够建成的秩序——或者说，一种建筑秩序。"

"但那些依照圆形建成的城市呢，比如维也纳、卡尔斯鲁厄，或巴格达？"我问。

一种出乎意外的景象替他回答了我的问题：我们当时正穿行在古老的菩提树林中，丛林突然分岔，于是我们看见了一座塔。我和杰弗逊都吃惊地停下来，无法呼吸。

是残柱。经常会有人描写这种残柱,许多绘画和雕刻作品中都记录过。但所有那些记载给人的感受,其强烈程度都不如在树林中猛然看到这些柱子给人带来的冲击。

我们看见的这根残柱,其实是一栋圆柱形的房子——一栋锯齿形乳白色柱状巨屋。屋高八十英尺,顶部呈锯齿状,看似遭雷劈成了两截。墙壁四周开着正方形、长方形和椭圆形的窗户。进去之后发现,大房子正中央矗立着旋梯,沐浴在自然光线中,俨然直冲云霄的模样;楼梯扶栏边挂着一篮篮外国温室花草和野生藤蔓。

我和杰弗逊一前一后上了楼梯,发现内部空间设计简直巧夺天工。每一层楼的圆形地面上都分隔出很多椭圆形房间,中间隔以扇形画廊。下面有两层,黑糊糊;上面有四层,每一层周边都开着窗户。四层之上是一个屋顶阁楼,环着中间的圆锥形天窗。天窗上洒下的光芒,将室内的一切都蒙上一层银光。我们一层层爬到顶楼,透过每一层的椭圆形窗户向外看,金字塔、哥特式废墟、神庙、中国式小亭子和塔塔尔人的帐篷尽收眼底。在整个过程中,我们谁都没说一句话。

"简直不可思议!"当我们终于参观完毕,回到地面时,杰弗逊说道。感觉上,我们似乎重新回到人间。"非常像你刚才问到过的圆形城市,但更像座堡垒——是一座建了七层又毁掉的堡垒,就像《圣经》里那座通向上帝的通天塔。"

"今天的整个行程似乎本身就是个象征。"我接着他的话题说道,"从艺术家的角度看来,就像是大地上绘制的一个故事,《圣经》中记载的巴比伦城的故事。首先,园子的传奇故事,是底格里斯河、幼发拉底河上的伊甸园或世界七大奇迹之一的古巴比伦空中花园的延伸。其次,园林与四大元素的关系。土——你在金字塔里描述过的幻方。然后,《圣经》中的两次大灾难——摧毁通天塔和美索不达米亚平原的大水灾,前者代表空气、天空、语言和声音,后者代表水。最后,当然是《启示录》所记载的盛极一时的古巴比伦城的彻底毁灭,毁于大火。"

"没错,"杰弗逊说,"约翰在《启示录》中说,东方伊甸园巴比伦城毁灭之后,被另一个幻方所代替,一个来自天上的 12×12 矩阵:新耶路撒冷城。"

玛丽·考斯威讲完这个故事,环视房中其他人,接着低头陷入沉思。大家默然良久,谁也不说话。

可是海黛觉得,刚才的故事里有些蹊跷的地方。她看了看身旁的考瑞,他点点头以示鼓励。海黛一直静静坐在考瑞与拜伦之间,此时她终于站起身,穿过房间走到玛丽身旁,将手放在这位年长女士的肩上。

"考斯威夫人,"海黛说,"您刚才给我们讲的这个故事,跟我们大家长期以来听说的情况不同。我们都明白,您的故事暗指另一个 8×8 的矩阵:象棋棋盘。然而,在杰弗逊先生可能听说蒙特格朗棋之前,在这副象棋还没被人从地下挖出来之前,他就知道棋盘(他称为矩阵的东西)可能是最重要的东西,而不是棋子。他有没有说是从哪里得知的呢?"

"大家知道,"玛丽说,"托马斯·杰弗逊在结束欧洲之旅后,先后担任过美国国务卿、副总统等职,后来又成为美国第三任总统。有人说,他也是共济会会员,可我知道事实并非如此。他不喜欢加入别人创建的团体,他一直想自己创建一个新团体。

"大家也都知道,杰弗逊还是一位伟大的学者,深谙建筑学,对于十五世纪威尼斯人安德烈亚·德拉贡多拉的设计造诣尤深。人们用智慧女神帕拉斯·雅典娜之名,戏称他为'帕拉第奥'。他促动了文艺复兴时期古罗马建筑风格的复兴。鲜为人知但也无比重要的一点是,杰弗逊也同时钻研帕拉第奥的祖师维特鲁威·波利奥的建筑学著作。维特鲁威·波利奥是公元一世纪初的罗马建筑师,其著作《建筑十书》在帕拉第奥时代重又受到极大关注。他的著作对帕拉第奥或杰弗逊了解古代建筑起源及其意义,有着无比重要的意义,他们俩的所有构建实践中无不显示出这些书的影响。

"维特鲁威根据人体的自然比例,分析了神庙建筑中对称和比例的重要性。他根据风的八种方向,分析了城市规划和街道朝向选定的基本原理。他还分析了黄道十二星座、太阳、月亮和行星对宗教建筑或城市建筑选址的影响。"

"我不觉得这些跟我女儿的问题有关。"拜伦说道,"我想问的是,帕拉第奥的作品,更不消说那位两千年前的维特鲁威的著作,跟我们今天到这里谈论的棋盘有什么关系?你能回答吗?"

"棋盘不提供答案,"玛丽含含糊糊地说,"棋盘提供钥匙。"

"啊,"海黛看向拜伦,说道,"耶稣和奥古斯都时代,也就是凯尔斯·盖斯卡斯时代,建筑师维特鲁威也住在罗马。夫人,您是说,正是维特鲁威根据宇宙比例,设计了这座金字塔。'用直角测定圆周',使天与地在罗马遇合!"

"正是这样。"玛丽·考斯威微笑着说,"杰弗逊精通建筑学,他一走进雷斯荒原,就顿时明白了其中的奥妙。杰弗逊在最短的时间内尽可能多地游历欧洲城市,研究城市规划,用高价买下每座城市规划图的精确雕刻。法国大革命前夕,他从欧洲回国,之后我再也没有见过他,但我们时断时续地保持着通信联系。

"有一个人跟他过从甚密,知道他的这个秘密。"她解释道,"此人是意大利著名建筑师,曾经在伦敦和罗马从事过研究的英国皇家艺术学院成员。他深入研究过帕拉第奥和维特鲁威的著作,是古罗马风格建筑专家。他是那天在谷物大市场将我们介绍给杰弗逊的那位同事,也是约翰·特朗布尔的同学和密友。杰弗逊和特朗布尔鼓动这个人到美国担任一项重要建筑任务,他在那里一直待到去世。我就是通过他了解到今天跟在座各位所讲的一切的。"

"跟杰弗逊过从甚密的这位建筑师是谁?是什么人让他如此信任?"拜伦问。

"我弟弟,乔治·海德菲尔。"玛丽说。

海黛就站在玛丽身旁,一颗心怦怦直跳,她很怕其他人会听见如此巨大的心跳声。她知道,她正一步步接近真相。此时她看见考瑞朝她投来迅速的一瞥,似乎想要警告她。"您弟弟被委任一项什么任务?"海黛问身旁这位年长妇人。

"一七九〇年,"玛丽说,"杰弗逊刚从欧洲回国,乔治·华盛顿当选美国第一任总统,杰弗逊说服总统让国会购买一块符合毕达哥拉斯原理的正方形土地,即一块基于数字10的完美土地①。

"这块正方形土地的中央有三条河流经过,在中心交汇处形成了一个毕达哥拉斯符号——Y。一选定皮埃尔·朗方为设计师,杰弗逊立刻将收集的所有欧洲城市地图交给他。可杰弗逊在给朗方的信中明确告诫他说:'然而,所有这些城市都无法与古巴比伦城相媲美。'杰弗逊

---

① 毕达哥拉斯热衷于用数字来解释自然现象和社会现象,特别崇拜数字1和10,把1称为诸神的生母;把10看作完美与和谐。

和特朗布尔聘请我弟弟乔治·海德菲尔完成这座新城市的规划图,并为新城市设计建造国会山大楼。"

"简直令人匪夷所思!"拜伦说,"棋盘、《圣经》中的古巴比伦城与杰弗逊、华盛顿创建的新城,都是基于同一个规划策略!你刚才把这种设计的精妙比作幻方,也解释了这种设计可能含具的深层意义。可它们之间有什么区别?这也很重要。"

它们之间的区别当然重要。电光火石之间,海黛已全然洞悉。

此刻,她终于明白了什米米巴巴那个故事的重要性,明白了考瑞刚才的警告眼神,因为这正是苏非教徒一直最担心的事情,因为棋盘是钥匙。

贾比尔的棋盘是一个 8×8 的正方形,而且巴巴还指出,最外面一周共有二十八个棋格——与阿拉伯字母表总数一致。

埃及金字塔基座和古巴比伦城是 9×9 的正方形,外周共有三十二个格子——与波斯字母表总数一致。

可一个 10×10 的正方形外周有三十六个格子,不代表哪种字母表上字母的总数,但却代表圆周的 360 度。

杰弗逊在三条河流之上修建的新城,他就任美国总统期间迁入的城市,也被设计成使天与地遇合,使头脑与心灵联姻的模式——用直角测量圆周。

这座城市就是华盛顿特区。

王后挺进

> 与包括中国在内的其他非穆斯林国家相比,俄罗斯棋盘上国王身边出现女性[女王]所花的时间要长。
>
> ——玛丽莲·亚洛姆《象棋女王的诞生》

白后?如果莉莉姨妈的故事是真的,我母亲是这场棋局中的黑后,我怎么可能是白后?尽管我和母亲似乎一直关系不大好,可我们也不会处在对立面——尤其是在这么一场注定充满危险的棋局中。我和母亲的生日日期跟这些到底有什么关系?

我知道,我必须立刻跟莉莉谈一谈,解开这个始料不及的谜团。可我还没来得及解开任何谜团,另一位女王就来到了现场——我此刻最不愿意见到的人,也许我早该料到她会来,此人正是社交界女王罗丝玛丽·利文斯顿。

虽然几天前刚刚在科罗拉多见过包裹在如云皮草中的赛吉的这位母亲,可她今晚的出场还是一贯的令人措手不及。我指的并不仅仅是她来这里的事情。

罗丝玛丽跟往常一样,在一群男人的簇拥下走下石阶,进入餐厅地下层。其中的几个外国人穿着白色沙漠袍,其他人如巴斯尔等穿着剪裁得体的商务套装。罗丝玛丽本人则穿着跟她眼睛和头发的颜色完全一样的古铜色丝绸曳地礼服长裙,一身光闪闪;头上搭着一条精致的猫眼石色沙丽绸巾,宛若纯金丝织成的一般。

罗丝玛丽的出场总能造成交通拥堵,今天这次尤其如此。今天的她略施粉黛,一群戴护目镜的男人众星捧月般地簇拥着她。但我很快意识到,这些男人绝非寻常倾慕者——我在财富五百强排行榜中见过其中好几位。我暗想,要是朝罗丝玛丽身后投一颗炸弹,明天早上纽约证券交易市场一定会跌破一千二百点。

罗丝玛丽气场强大,像浓香型香水,令人敬而远之,绝不会生出想要去模仿的想法。

我常在心里试着对各种各样的女性进行界定:有些女人,比如莉莉姨妈,她们总能得体地展现自身名望所带来的光环;还有一些女人,比如赛吉,总会把自己收拾成完美无缺、永葆青春的美人;我母亲似乎与生俱来拥有一种特殊的光晕,一种适应山野丛林生存的野性、健康的美与雅致——也许正因为如此,大家才会亲昵地称她为"山猫"①;而罗丝玛丽·利文斯顿,却像炼金术士般把所有这些特点杂糅到自己身上——初识之下,她的华丽雅致令人为之倾倒、为之折服。

可深入了解之后,对她的这种感觉就会荡然无存。

巴斯尔在对面私人就餐区和火炉之间的弧形玻璃隔断旁帮她摘取头巾,罗丝玛丽朝我努努嘴,既像在生气又好像在示吻。

尽管鲁道夫已经跟我讲了不少事情,足以应付眼下的场面,但我还是迫切希望能有更多的时间让我从他那里掏出所有跟今天这顿晚餐有关的信息。我迫切想要知道利文斯顿一家组织这次多国百万富翁聚餐

---

① 女主人公母亲的全名是 Catherine,昵称为 Cat,即"凯特",单词本身亦有"猫"的意思。

的真实意图到底是什么。根据我最近对象棋、棋局和巴格达之间所作的联想,加上这些人中的大多数显然是来自中东的知名人士这一点,看来前景堪忧。

作为此次宴会的女招待,没有人把我正式介绍给他们。我知道,他们并不单纯是莉达和伊尔曼所猜的那种高级大亨,其中有几位我一眼就能认出是酋长或王子。难怪运河人行小桥旁会动用最高规格的安全检查!

当然,自从鲁道夫说了我在这场棋局中的角色之后,我内心一直非常不安,迫切想知道这一切跟棋局有什么关系,或者更具体一点,跟我有什么关系。

突然,我的思路被打断了,鲁道夫紧紧抓住我的胳膊,要带我去跟其他人打招呼。

"我和亚历桑德拉小姐为各位准备了一份特别的晚餐,"鲁道夫对巴斯尔说道,"希望您和夫人的客人能够喜欢。每个人的座位旁都有一份今晚的菜单。"

他紧紧抓着我的胳膊,显然在暗示我暂时忘掉刚才的谈话,遵从他的安排,以免被人察觉。

确认每个人都坐在从火炉操作台可以看得见的位置后,鲁道夫把我拖到玻璃墙后面,在我耳边压低声音说:"集中精力。今天晚上布菜的时候,只能……听,不能像平常那样随意乱插话!"

他大抵就是要求我只能当"听众",改掉平日"乱插话"的行为。

"要是我判断得没错的话,那些人也都会讲法语,"我压低声音告诉他,"你怎么不接着讲你的巴斯克语?这样,包括我在内,没人能听得懂!"

鲁道夫不再说话。

浓味鱼肉汤之后是秘制鳕鱼——用巴斯克橄榄柠檬调料烹煮的大鳕鱼，旁边配着富含奶油的马铃薯肉馅饼。

我顿时口水直流，中午吃的塞酿烤土豆早已消化殆尽，却只能拼命克制住自己。我推着餐车来回为大家布菜，把用过的盘子送到储藏间倒进洗碗机，等早班工作人员来清洗。

我突然发现，这情形简直成了我母亲生日聚餐的翻版，当时我也是借着给大家来回布菜的机会设法探听关于致命棋局的消息。

虽然鲁道夫交代我要留心听，可因为还有差事要做，所以听不全大家的议论。每个人似乎都很健谈，可我一进房间给大家布菜，他们就会顿时安静下来，接着便对鲁道夫的高超厨艺赞不绝口。只有在我撤盘子、布新菜的当口，他们才会又重新回到原先的话题上。

也许是我多心，也许是他们来之前鲁道夫那句不祥的暗示起了作用，我发现他们好像并不担心我会偷听，又似乎是在观察我。

直到他的拿手烤全羊上桌时，鲁道夫才离开火炉，跟我一起来到餐厅。传统上讲究，烤全羊要跟烤肉叉一起端上桌，就餐的人围站在烤全羊周围，用手从烤肉架上撕扯鲜美可口的羊肉。

我迫切想看看罗丝玛丽·利文斯顿穿着昂贵的巴黎丝绸服饰表演撕羊肉的样子，可惜其中一个沙漠王子已经迅速赶过去救驾了。

"请允许我来效劳。"他说，"吃烤全羊的时候，女士不需要亲自动手！"他示意罗丝玛丽坐着不动，亲自动手为她撕了一小盘羊肉，接着由巴斯尔像个绅士般地将盘子递给她。

社交女王似乎一直在等待机会，当鲁道夫替围站在烤全羊旁边的男士们翻转烤肉叉时，罗丝玛丽招手示意我拿水罐过去给她续杯。

鲁道夫迅速给了我一个警告的眼神，尽管我也怀疑这是罗丝玛丽的一个诡计，可还是俯身给她倒水。尽管罗丝玛丽为人非常势利，可她此时需要我提供服务,出于礼数我不能拒绝。只见她敏捷地绕过餐桌,习惯性地在我两颊蜻蜓点水地吻了一下,把我扯到一边,压低声音说道:"亲爱的!听说暴风雪即将来临,我和巴斯尔都没料到你这么快就从科罗拉多回来了。真是太为你感到高兴了!不管是什么事情令你母亲不得不外出,我们都希望她已经度过了危机。当然,我们也是赶在当天夜里,搭乘里尔号商务机回到了东海岸!"

这一点也不奇怪,我知道,利文斯顿家养了一帮飞行员。在他们家红土地农场的停机坪上,众多品牌的专业飞机随时待命起飞。只要睁开眼睛,罗丝玛丽随时可能产生想去什么地方购物的冲动。他们完全可以让我们搭便机,却把我们落在那里迎接暴风雪。

罗丝玛丽似乎读懂了我心里的想法,说道:"你知道,我们要是早知道你们去丹佛,肯定会把你们几位和赛吉以及我们的邻居马奇先生一块儿捎到丹佛。"

"是啊,我也很希望能够早点知道。"我用同样的腔调答道,"恕不打扰您进餐,烤全羊是素达尔餐厅的特色美食,鲁道夫先生几乎从不准备这道菜。他要是知道因为我跟客人饶舌,害得菜没吃就凉了,一定会不高兴。"

"那就来我旁边坐一会儿。"罗丝玛丽用我从没有听到过的讨好劲儿说道,接着迅速走回自己的座位上,笑着拍了拍身边的空座位。

她当着这么多大人物的面做出的这番出格举动大大出乎我的意料,更何况她还是这么一位头号势利眼。

她接下来的话更是令我目瞪口呆:"我相信,你的老板布加仑先生不会介意我跟你聊会儿天的,"她毋庸置疑地对我说,"我已经跟他说过,我们两家是至交。"

至交!这是个什么概念!

我朝她座位旁走去,边走边往几只杯子里续了水,其间我再次快速瞟了一眼鲁道夫那个方向,他轻轻扬起一侧眉毛,似乎在问我没事吧。

我走到罗丝玛丽身边对她说:"哦,布加仑先生正朝我们这个方向看呢。我得赶紧回厨房,菜单上显示还有三道菜没上。这么精美的饭菜,我们可不想烧过火候。你们也不愿意一整夜耗在这里吧。"

可罗丝玛丽死死钳住我的胳膊,把我拽到她身旁的椅子上。我吃一惊,差点把水罐里的水泼到她大腿上。

"告诉你,我想要聊聊。"她压低声音说,语气里丝毫没有商量的余地。

我心跳加速。她到底想要干什么?联邦情报局工作人员在门外把守,难道会有人在著名餐厅的私人宴会上被杀害?想到鲁道夫说过地下室通讯已被屏蔽,我的心禁不住往下沉。我只好把水罐放在桌上,点点头。

"当然可以。我想,几分钟应该问题不大。"我尽可能装出若无其事的样子,小心翼翼地挣开她的手。"赛吉和加仑去丹佛干什么?"

罗丝玛丽面色一沉。"你非常清楚他们去那里干什么,"她说,"你那个杂种朋友诺克米斯·凯伊已经跟你透过口风了,不是吗?"

真是没有不透风的墙。

她眼神似冰,显露出我更熟悉的那一面。"你知道你在跟谁说话吗?你难道真不知道我是谁?"

我本想说我都不知道自己到底是谁,可一想到罗丝玛丽刚才的反应,和这群来客之神秘,心中不禁暗自后悔:要是从在门口上缴手机时开始,我能够谨慎一点,也许对我们双方都有好处。

"你是谁?"我稳了稳情绪,问道,"你是说——你不是罗丝玛丽·利文斯顿?不是我以前的邻居?"

罗丝玛丽极不耐烦地叹了口气,用指尖敲打着面前的盘子,盘子里的烤羊肉动也没动过。

"我跟巴斯尔说过,真见鬼,这个晚餐压根就是个愚蠢计划,可他偏偏听不进去。"她说,似乎是在自言自语。

突然,她眯起眼睛,转身看着我问道:"你知道瓦坦·艾佐夫的真实身份,对吗?我是说,除了他那个所谓的国际象棋大师的名号之外?"

见我摇摇头,一脸迷茫的样子,她接着说道:"这么说吧,瓦坦很小的时候,我们就认识了。他是巴斯尔的生意合伙人,最近在伦敦去世的塔拉·彼得罗相的继子。瓦坦从不喜欢提及他们之间的关系,也不喜欢提及他其实是庞大的彼得罗相家族产业的唯一继承人。"

听了这番话,我竭力避免流露出惊讶的神情,意识到自己的失神后赶紧迅速收回目光。彼得罗相的富有自然是家喻户晓。俄罗斯资本主义鼎盛时期的短短几年中,他迅速致富,成为名噪一时的金融寡头。当然,如果不是金融寡头,巴斯尔也不会跟这样的人产生瓜葛。

罗丝玛丽滔滔不绝地说上了,似乎对这个恶毒的话题越说越上瘾。

"不知道你能不能给我解释一下,"她说,声音依然不高。"瓦坦·艾佐夫作为一名乌克兰公民,怎么能在这么短的时间内弄到美国护照,难道他只是为了来参加一个聚会吗?如果他和莉莉·拉德真这么急着要赶到科罗拉多,又怎么会决定开着私家车横穿整个美国大陆?"

我暗骂自己真是个不动脑筋的白痴。如果说罗丝玛丽是在怀疑我的那些朋友,那么她干得真是非常出色。我怎么就从来都没有想到过这些问题?

可当我真要问自己这些问题时,却感到浑身不寒而栗。幸好我是坐着的,没人看得出这些变化。我脑中、心里一片混乱,浑身冷汗淋漓。

我脑中不停回响着一句话,这句话一遍遍地撞击着我。那句话将所有的一切用一种我无法忍受的方式联系在一起:

这么说吧,瓦坦很小的时候,我们就认识了……

如果利文斯顿一家在瓦坦·艾佐夫很小的时候就认识他了,如果从他刚成为塔拉·彼得罗相的继子时就认识了,如果利文斯顿一家跟彼得罗相一直都有联系——这意味着瓦坦跟他们一直都保持着密切联系,甚至从我和父亲踏上俄罗斯土地的那一刻开始,如果是,就意味着他们一定都跟那个终局有关,跟那场夺去我父亲生命的终局棋赛有关。

无疑,棋局已经启动。寥寥几句看似不相关的话让我立刻明白:罗丝玛丽不仅露出了她的真面目,也提供了大量足够我消化的信息。

我随后布上其余三道美食:野生蘑菇炖牛肉、蔬菜青辣椒拌鸡肉和白兰地樱桃巧克力蛋糕。我不动声色地仔细观察,想要好好看清我置身其中的棋局。从那些闪烁其辞的话中,我了解到了很多信息。

尽管鲁道夫很快便将我从罗丝玛丽的纠缠中解救出来,让我得以回到自己的小地盘耙灰和上菜,但我的脑筋一刻也无法停止运转——数天前齐聚在科罗拉多落基山区的大部分客人彼此之间似乎都有联系,从某种意义上说,他们因此都令人怀疑跟我父亲的死有关。

这就意味着,他们肯定都是这场棋局中的棋手。

我现在需要弄清楚他们之间跟我有什么关系。我要扮演的是什么角色?凯伊会说这是六十四方格问题①,鲁道夫早些时候也表达过类似的意思。我等不到餐馆打烊,就想立刻把他揪到一旁问个明白,问清

---

① 又称"达依尔六十四方格麦子问题",据说是国际象棋的发明者、古代印度宰相达依尔提出的一个问题:在棋盘第一格放一粒麦子,第二格放两粒,第三格放四粒,直至放满全部格子,求六十四格共有多少粒麦子。看似简单,实际难解。

楚这次聚餐的来龙去脉:始作俑者是谁?最初是怎么安排起来的?又是如何联系上那些高层大亨,布置好最高级别的警卫措施的?

尽管问题千头万绪,找不出答案,但我相信我已经揭开那件蛰伏在记忆深处的往事。

十年前还发生了别的事情。除母亲在父亲去世后决定把我从纽约的学校带走并从此在落基山区丛林中的八角祖屋安顿下来之外的一件事情。那件事情似乎是整个棋局中一着令人难以察觉的棋。

回想起来已是十年前了,那一年利文斯顿一家突然离开生活多年的丹佛,搬到科罗拉多高原上的红土地农场,长期与我们为邻。

♟

利文斯顿夫妇和最后一批客人离开时,已经过了午夜十二点。我和鲁道夫都筋疲力尽,没有气力长谈。他跟我约好第二天上午见面,带我到一个秘密的地方,好好分析一下今晚的情况。

这个主意听起来不错。跟鲁道夫出去一趟,也好避免面对那些主厨和莉达,还有那些洗碗工——他们看到我们今天留下的这片狼藉,一定会大为光火。

我把罐子和锅运到贮藏室,放到水里泡上几个小时;接着挪开滴锅,却看到滴锅下面的石板上粘了一些难看的焦油斑,就马上指给鲁道夫看。

"谁支的烤全羊架子?"我问,"不管是谁干的,也确实干得太差劲了。你应该让我来弄,不然就应该自己弄。你今天早上是派哪些人来帮工的,是那群巴斯克侍应生吗?"

鲁道夫看着烤焦的油渍,伤心地摇着头。他从水罐里倒了点水上去,又撒了一些碳酸氢钠在上面。

239

"是一个朋友。"他说,"我明天来处理吧。我得先去把咱们的手机拿回来。你最好立刻上床,赶紧睡觉。"

这简直不是我老板的一贯做派,厨师们通常称他"巴斯克终结者",所以他说出这番话简直令人难以置信。平常遇到远没这个问题一半严重的事情,鲁道夫都会像 AK-47 突击步枪一样,冲谁都发一通火。我想,他今晚准是累坏了才会如此的大发善心。

鲁道夫从桥头岗哨处取回手机时,我都快要昏睡过去了。他锁上餐厅大门时,已经又是凌晨了。我的日子天天如此。人行小桥畅通了,密探已经撤走,他们的小亭子间和混凝土路障已经挪开。

过了桥,鲁道夫跟我道别,祝我睡个好觉,说他明天会打电话安排人来接我。我沿着小巷走回运河边的住所时,已经过了一点。

凯伊公园小路入口处的住所露台,幽暗一如往常,四周围漆黑一片:路灯司空见惯地烧坏了。太黑了,什么也看不见,我在黑暗中摸索,终于凭感觉找到了开门的钥匙。刚打开外面一扇门,我立刻意识到出了问题:楼梯上方隐隐透出微弱的灯光。

可能是我今天早上不小心忘记关灯就走了?

可过去四天里经历的一切,令我完全有理由担心。我掏出手机拨鲁道夫的电话号码。他可能还没有走出一两个街区,也许还没有走到车边,可他没接电话,我只好挂断。如果真发生什么不对劲的事情,我很容易就可以按下重拨键。

我蹑手蹑脚爬上楼梯,来到房间门口,没发出一点动静。房门虽然没有装锁,但我每次离开时都会关上。现在,房门虚掩着。已经可以确定:里面亮着一盏灯。我正准备按重拨键,突然听到里面传来一个熟悉的声音——

"亲爱的,你到哪儿去了?我等了你大半夜。"

我猛地把门推开。里面,我的真皮椅子里怡然坐着一个人,灯光洒落在他紫铜色的卷发上,他手里端着一杯我最爱的雪利酒,膝上摊着一本书,正是我的伯父斯拉瓦。

他就是拉迪斯劳斯·尼姆博士。

中 局

中局：象棋比赛开局之后的阶段。整个比赛过程中最艰难、最有魅力的阶段，丰富的想象力常能出奇制胜。

——纳莎恩·迪文斯基《巴茨福德象棋百科辞典》

尼姆略带责备地微笑着望着我，但这种表情只持续了一小会儿。我看上去一定非常狼狈，他似乎立刻明白发生了什么事情，放下酒杯和书，走过来把我揽在怀里，一句话也没说。

我不清楚自己当时的真实状态，但他揽我入怀的那一刻，闸门轰然打开，我无法自已地在他怀中哭了起来。几分钟之前的恐惧，不复存在。长时间以来，我第一次感到处在一个自己完全信赖的人的庇护之下。他像对待宠物那样地摩挲着我的头发，我完全放松下来。

父亲亲昵地称伯父为"斯拉瓦"，语带双关，其一是他名字"拉迪斯拉瓦"的简称，同时也是俄语"光晕"的意思——一种带光晕的八角星，在俄罗斯代表上帝、圣母马利亚或天使的形象。我的斯拉瓦伯父当然有自己的光晕，紫铜色的头发熠熠发光。尽管我长大之后就跟着其他人唤他"尼姆"，但在内心深处，依然把他当作我的守护天使。

在所有认识的人当中，他最令我着迷，我想是因为他身上依然保留着很多人年长之后渐渐失去的孩童特质。尼姆令人着迷,因为他对任何事情都着迷。他最喜爱的箴言最能体现他的这一人生哲学。每当他像哄小孩子一样逗我开心时,他总会说:"只有无聊的人才会感到无聊。"

不管外人觉得尼姆令人着迷还是神秘,总之他是我人生中不可或缺的一部分。父亲去世后,退出象棋世界的我与母亲日益疏离,斯拉瓦伯父给了我两件使我赖以继续生存下去的珍贵礼物——烹饪艺术和智力猜谜。这些年,我们通过这两样东西维系着彼此间的联系,避而不谈这两样东西背后令人痛苦的深意。

今晚,这位令人着迷的伯父给我带来了第三件礼物,一件我从未期待、找寻或想要得到的东西。

我在伯父的怀抱中哭声越来越弱。我的大脑一片空白,累得竟然一个问题也问不出,累得无法理解伯父所讲的关于我过去的故事——一件改变一切的"礼物"。

"你的这个老板不给你饭吃吗?你最后一次吃东西是什么时候?"尼姆生气地问。

尽管语气尖厉,但尼姆望着我的眼神却流露出无比的关切。他长着一双怪异的双色眼睛——一只蓝色,一只褐色,似乎总能一眼把人看穿。他眉头紧锁,胳膊肘支在餐桌上,看着我狼吞虎咽地吃东西。他从厨房里找到少得可怜的几样东西,给我烧了美味可口的汤,我已经喝了两大碗。我刚才在他怀中虚脱得差点昏过去,他见状把我在客厅沙发上安顿好,煮了汤给我恢复元气。

"我猜,我和鲁道夫都忘记了我最近几乎没有时间吃东西这一事实。"我承认,"这几天,事情错综复杂,简直理不出头绪。我想,最后一次正式吃饭,是我在科罗拉多自己动手准备的那顿饭。"

"科罗拉多!"尼姆压低声音叫道,同时迅速看了看窗户外面。接着,他把声音压得更低说:"这么说,你是去那里了?这些天我一直在找你。我到你工作的那家餐厅去过好几次。"

看来他就是那个穿着军用防水短上衣在素达尔餐厅周围出没的神秘男人了。

可尼姆突然一掌拍在附近的料理台上,发出"啪"的一声巨响。"蟑螂!"他大叫出声,抬起空掌,微微蹙起一侧眉毛,似乎是在给我暗示。"我已经发现了一只,但可能还有其他的。等你喝完汤,咱们一起把这个扔出去。"

我顿时明白过来:空掌是暗示这里被人装了窃听器,此处不方便谈话。刚才哭了一通害得我眼睛发痒,睡眠不足又让我头痛不已。可不管是累是饿,我和尼姆都知道此时形势非常严峻,我们必须要谈一谈。

"我今天太累了,"我着实打了个大哈欠,跟伯父说,"咱们现在就下去把它丢了吧,我好赶紧回来睡觉。"

我从炉子上方的挂钩上取下咖啡煮壶,装满汤。我暗下决定要抽空记下尼姆从我积满灰尘的瓶瓶罐罐和纸包里搜罗东西煮成的这道美味佳肴——玉米奶油浓汤,透着咖喱和柠檬汁的味道,撒上烤椰肉、蟹肉和墨西哥碎胡椒。简直是盖世杰作!伯父再一次展示了他素来引以为傲的本领——利用厨房里翻腾出的杂七杂八的原料,烹调出神奇的美味佳肴。他肯定会令鲁道夫相形见绌。

套上外衣,我把勺子放在杯子里,跟在伯父身后走下黑糊糊的楼梯,来到漆黑潮湿的夜空下。下面的运河纤道和通向凯伊公园的曲径上黑黢黢的空无一人。我们于是朝山上通宵亮着昏黄路灯的 M 大街走去，没说一句话，不约而同往左拐，朝凯伊公园朝向路灯的一边走去。

"很高兴你把汤带来了。先把汤喝掉。"尼姆朝大杯子点点头，说着一只胳膊搂住我的肩膀。"孩子，我非常担心你的身体。你看上去糟糕透了。我并不担心已经发生的事，那些事你可以找时间跟我说；我担心的是可能要发生的事情。到底是什么事情让你决定立刻动身去科罗拉多的？"

"妈妈的生日聚会。"我一边喝着美味的浓汤，一边说，"你也接到了邀请啊。至少你在电话语音留言里是这么说的——"

"我的语音留言！"他把胳膊从我肩上抽开，问道。

"当然啦，维特根斯坦教授先生，"我说，"你说你不能出席生日聚会，要赶去印度参加一场象棋比赛。我在妈妈的电话录音机上听到了你的留言，我们大家都听到了。"

"你们大家！"尼姆叫出声来。这时我们正走过凯伊公园最高处的拐角，准备到桥上去，他蓦地停下来。"也许你该一点不落地先跟我说说科罗拉多的事情。还有哪些人去了？"

听着远处传来凌晨两点的钟声，我站在公园一角的路灯下，快速地跟伯父讲述了母亲生日聚会上邀请的神秘客人和我了解到的他们每个人的情况。听到其中几个名字，他吃了一惊，尤其是巴斯尔和瓦坦的名字。我向他转述莉莉讲的那个棋局的故事，他听得非常专注，似乎想要重新回想起当年他们共同参与的那场重要棋局的着法。我猜他很可能是这样想的。

我正要讲到我们在抽屉里找棋盘，讲瓦坦跟我说俄罗斯黑后与我父亲之死的关键部分时，伯父突然一反常态，急躁地打断我的话。

"那些'客人'来的这段时间里，你妈妈在干什么？"他问，"她没告诉你为什么要这么做吗？她有没有说，为什么明知道有危险，还会在自己生日的这一天冒险办这个愚蠢的聚会？还邀请了别的什么人？哪些人没出席？天哪，你刚才提了那么多名字，但愿她没提我寄给她的礼物。"

严重睡眠不足令我整个人昏昏沉沉的，不确定是否确实听清楚了他的话。可能他真的不知道？

"整个聚会妈妈都不在，"我告诉他，"她似乎是在我到家前不久才离开的。一直没有回来。她就这么失踪了。我和莉莉姨妈原本还以为你也许会知道她去了哪里。"

我从没有见过伯父脸上的这副表情——如遭雷击，似乎完全听不懂我说的话。

终于，他拿双色眼睛在路灯光中紧紧地盯着我说："失踪了？这比我想象的还要糟糕。跟我来，我有些事情必须要告诉你。"

这么说，他并不知道母亲失踪？"这比我想象的还要糟糕"——他刚才是这么说的。但是，怎么可能呢？尼姆一向无所不知。如果连他都不知道，那母亲会去哪里呢？

夜深人静，单独跟伯父待在乔治城里，蓦地心生一种从未有过的绝望。

我和尼姆一起向凯伊桥对岸走去。我们沿着桥上人行道，来到桥中央河面正上方，尼姆示意我坐到他身旁青瓷色桥栏水泥基座上。

头顶的路灯在身旁投下浅粉色的光晕，柔和的亮光将伯父紫铜色卷发变成了金黄色。桥上虽不时有车辆经过，但在人行护栏的遮掩下，过往司机不会发现坐在几尺之外的我们。

尼姆低头看着我手中的杯子说："你的汤还没喝完，真该多喝点。现在肯定凉了。"

我听话地又喝了一勺。味道依然不减，于是把杯子放在嘴边，直接往嘴里倒。

喝完,我看着伯父,等他接着往下讲。

"我要说,"他告诉我,"你母亲是个非常有主见的人,固执得要命。"这一点我从不怀疑!

"就在几个星期前,"他继续说道,"就在我知道她要筹办这个她称之为'生日聚会'的疯狂集会前不久,我给她寄了一个重要包裹。"他顿了顿又说,"一个非常重要的包裹。"

我相信我已经知道包裹里寄的是什么东西。很可能就是那个此刻藏在我羽绒服衬里中的东西。可如果尼姆准备继续说下去,我绝不会拿瓦坦·艾佐夫的这种针线手工活打断他的思路。也许只有伯父手中才有这场危险棋局中我需要的那些棋子。

可有一件事情我需要先弄明白。

"你给我妈妈寄包裹的准确时间是什么时候?"我问。

"什么时候寄的不重要,"尼姆说,"重要的是我寄包裹的原因。那件东西极为重要,但不是我的。那东西属于别人,收到的时候我也非常吃惊,所以把它转寄给你母亲。"

"哦,那原因是什么呢?"我问。

"因为凯特是黑方的后,是掌握整个棋局的人,"他说着不安地看着我,"你刚才说莉莉跟你们讲过,可我不知道她到底跟你们说了多少。她的轻率可能会给我们,尤其是你,带来极大的危险。"

尼姆接过我手中盛汤的杯子放在人行道上,接着握住我的双手继续说道:"是一张棋盘图。三十年前,你母亲开始接管那些棋子,可却没有那张棋盘图。我们从一本日记中得知,棋盘图曾经在一位叫米勒尔的修女手中。"

"莉莉跟我们说过那位修女。莉莉说她看过那些日记,"我告诉伯父,"她说,米勒尔声称自己仍然活着,不过名字改叫敏妮,由我母亲取代她成为黑方的后。"

我花了一个多小时才跟尼姆讲完发生的事情。知道尼姆关注细节,我便和盘托出,包括妈妈留给我的谜、提供答案的电话留言、八号台球、钢琴中的棋局、黑后象棋里面塞的纸卡、桌子里藏着的棋盘图、瓦坦讲述的我父亲遇害前的情况,以及我们关于父亲绝非意外死亡的共识。

我知道,伯父是我唯一愿意与之分享我的推测的人。我的推测是:可能存在第二枚黑后,而正是这第二枚黑后导致了父亲的死亡。

整个过程中,尼姆认真地听着每一个字,一句话也不说,什么反应也没有。我知道他在努力消化所有这些信息。我说完了,他摇摇头。

"你的故事只是验证了我最担心的事情,坚定了我的想法,我们现在必须查明你母亲的情况。我对凯特的失踪负有极大的责任。"他说,"亲爱的,有些事情我从没跟你说过。我相信,我一直深深爱着你的母亲。早在凯特认识你父亲之前,我就已经愚蠢地诱惑她进入这场最危险的棋局。"

尼姆看到我的反应,将手放在我肩上说:"亚历桑德拉,也许我不该跟你说这些,但请相信我,我从没告诉过你母亲我对她的感情。可从你所说的这一切看来,她肯定是遇到危险了。如果你跟我想要帮助她,我必须坦承这一切——当然这并不符合我一贯的行事风格。"他看着我,脸上浮现出惯有的嘲弄似的笑容。

我笑不出来。他的坦承是一个原因,更主要的是,我从下午开始受尽了惊吓。

"好吧,现在就说说吧,"我语气平淡,尽量让自己显得不那么生硬。"你长期压抑着的对妈妈的这份感情跟她失踪有什么关系,跟象棋或棋局又有什么关系。"

"我主动跟你提起这份感情后,你有权利问任何问题,我也确实希望你这么做。"伯父对我说,"凯特收到我寄的装着棋盘图的包裹时——如果能够破解,这张棋盘图会是整个悬谜的最后一部分,她一定会立刻明白棋局已然再次启动。然而,她没有像我期待的那样,跟像我这样的解密专家商量,而是自作主张宣布举行那个疯狂聚会,然后就失踪了。"

这能够解释伯父刚才所说的"原因",也就是他毫无征兆地突然给妈妈寄包裹的原因。显然,他仍然希望,在我父亲去世十年后,他仍然会是她的解密专家、她的知己、她的……

可她为什么不再向他求助了呢?

"萨沙去世后,"尼姆似乎读出了我心中的疑惑,说道,"凯特就不再信任我了,不再信任我们任何人。她认为我们大家背叛了她,背叛了你父亲,更重要的是,背叛了你。因此,她才要带着你离开。"

"你们怎么会都背叛了我?"

我突然知道了答案:因为象棋。

"我依然记得那天的情形,那天她突然疏远了我们所有人。那天,我们都意识到我们自己原来是多么奇怪的动物。"尼姆笑着说,"来,咱们边走边说,这样能暖和点。"

他站起来,牵着我的手拉我站起来,同时把我的空咖啡壶和勺子塞进他的军用短大衣口袋。

"你那时只有三岁,"他说,"我们大家聚在长岛蒙托克角我的家中——我们所有人。夏季周末我们常常聚在一起。我亲爱的孩子,就在那一天,我们发现了你的真实身份和你所担任的角色。从那一天开始,你母亲就跟我们疏远了。"

我们过了桥,进入弗吉尼亚州地界,雾气散去,黎明前的天际泛起一丝玫瑰红,拉迪斯劳斯·尼姆开始讲述他的故事……

译解密码人的故事

天很蓝,草很绿,草坪边的喷泉不停地向塘中喷水,远处一眼望不到尽头的月牙形海滩外,大西洋浪花奔涌,你母亲在浪花间游泳,宛如轻快的海豚。

绿茵茵的草坪上,莉莉·拉德和你父亲坐在白色带花边的柳条草坪椅中,面前放着一罐酸橙汽水,两只玻璃杯上结着雾气——他们俩在下象棋。

你父亲萨沙,特级象棋大师亚历山大·索拉林,来美国之后不久就退出了象棋比赛。可他需要一份工作。我听说过一种特殊规定,像你父亲这样有体育天才的人,可以迅速获得公民权。

事情很快办妥了,你父母得到美国政府部门内一份薪水不菲的体面工作。很快,你出生了。凯特认为象棋比赛太危险,特别是有了孩子之后,萨沙同意她的看法,所以只是在周末教教莉莉下棋,那天就是这样。

你似乎对棋盘和黑白格子上的小黑白棋子非常着迷,有时候甚至会把棋子拿到嘴里咬,一副非常自豪的样子。

那一天,他们俩开始下棋的时候,你在草坪上摇摇晃晃地走来走去。我把自己的椅子搬开,以便能同时看到他们下棋和你母亲游泳。亚历山大和莉莉都太专注了,没有注意到你突然出现在那里,抓住一根桌子腿站着,绿幽幽的大眼睛盯着棋盘,看他们下棋。

我清楚地记得,那是第三十二着尼姆佐-印度防御①。莉

---

① 四大印度防御之一,属封闭性布局。

莉执白子,同时攻两枚棋子,处境不利,即将被将死。我相信你父亲很快就会使出杀手锏,很显然,她已无路可走。

她转向我,笑着问我是否给她添了酸橙汽水,好提提神。突然,你攀着桌子,伸出圆嘟嘟的小手从棋盘上抓起她的马。我大吃一惊,却见你放下马,将你父亲的王!

好长一阵子,谁也没有说话。应该说我们都被惊得说不出话来。一明白这件事可能产生的长远结果,棋盘旁的气氛便像压力锅内的气体一样膨胀起来。

"凯特一定会非常生气。"萨沙第一个开口说话,声音柔和,但听不出任何感情色彩。

"太不可思议了!"莉莉轻轻说道,"如果不只是个巧合呢?如果她真是个象棋天才呢?"

每个人都笑起来,你父亲把你抱起来,让你坐到他膝上。

可几个小时后,当萨沙和莉莉像平常教学过程中所做的那样重新布局时,他们发现,三岁孩子的那一着棋是唯一能够使莉莉打成平局的走法。

问题的盖子已经打开,再也不可能原封不动地盖回去了。

晨光微熹。尼姆停下来,低头看着我。说话间,我们已经到了桥对岸弗吉尼亚州的罗斯林大厦,大厦高耸入云,夜间完全关闭。尽管情绪处于极度亢奋状态,但我知道需要回家上床睡觉了,可伯父的故事还没有讲完——

"那天,凯特在海水里游够了,上岸来到草坪上,一边冲洗着脚上的沙子,一边用毛巾浴袍的一角擦着头发。突然,她看见我们在草坪上围着棋盘而坐,而你,无邪的小女孩正坐在父亲的膝头,手里拿着一枚棋子。不需要任何人说明,凯特顿时明白了。她立刻转身,一言不发地离开了我们。她永远不会原谅我们把你带入棋局。"

最后,尼姆沉默下来。我觉得该打断他,或至少该回去了,总不能一整夜都待在外面。

"我从你和莉莉姨妈那里知道了这个大棋局的事情,"我说,"当然也知道了为什么妈妈不再信任你们任何人的原因,知道她为我担心什么,可你并没有说清楚那个聚会或她失踪的事情。"

"还不止那个。"尼姆说。

还不止哪个?

"我寄给凯特的包裹里不止那张棋盘图,"他似乎再一次读懂了我心里的想法,"还有你找到的那张纸卡,一面画着凤凰,另一面画着火鸟和一些俄文单词,跟名片差不多大小,有人认为我会知道那是什么。虽然我也破解不了,但我却想给你看看另一样东西——你怎么啦?"他一脸疑惑地看着我问道。

我相信我看起来像是又要昏倒了,但这次不是因为饥饿或缺少睡眠——我简直无法相信这一切。我把手伸到裤兜里,掏出那张卡片递给伯父。

"危险——小心火,"我告诉他。"也许这几个单词对你而言没什么意义,但我可以告诉你这对我意味着什么。这张卡是父亲遇害前有人塞给我的,怎么会在你那里?"

他在小路上低头盯着卡片看了许久,然后抬起头,表情怪异地看着我,把卡片还给我。

"我也给你看样东西。"他说。

他把手伸进短大衣口袋,掏出一个钱包大小的皮夹子,像拿圣物似的小心翼翼地拿在手里,低头望着。接着,他掰开我的手,把小皮夹子放到我手中。他双手握着我的手,好一阵子才松开。

我打开皮夹子,就着罗斯林大厦的微光,依稀分辨出那是一张描了水彩的黑白老照片,看起来像彩照。似乎是一家四口的照片。

两个小男孩——分别是四岁和八岁的光景——坐在花园凳子上,穿着宽松的束腰短上衣,短裤,有着浅色的蓬松卷发。他们看着照相机的方向,笑得很不自然,似乎是头一回照相。他们身后站着一位强健的男子,头发蓬松,一双黑眼睛炯炯有神,令人非常有安全感。然而,一看到他身边的那位女人,我浑身的血液顿时凝固。

"那是我和你父亲小萨沙,"尼姆用一种我从没听过的声音哽咽着说道,"我们坐在克里米亚半岛克里木家中花园的石凳上。另外两个人是我们的父母。这是我们家唯一一张全家福。那时候我们过得非常幸福。那是我们知道必须要逃走前不久拍的。"

我无法将眼睛从照片上挪开。恐惧深深地将我攫住。我永远也忘不了那张轮廓分明的脸,她的浅金色头发比我父亲的发色还浅。

尼姆的声音似乎是从千万里之外的隧道中传来的:"天知道怎么会这样!可我知道,过了这么久,只有一个人会有这张照片,只有一个人能够了解这张照片的重要性,将这张照片和棋盘图一同寄给我,只有一个人。"

他停下来,严肃地看着我说:"孩子,那就意味着,不管这些年我怎么认为,甚至现在我仍然觉得不可能,照片中的那位女士,我的母亲,仍然活着。"

她当然还活着,我可以作证。

她就是在扎戈尔斯克出现的那位婆婆。

两个女人

两个女人向我们显示了人类的贪婪：
夏娃，在天堂偷吃了苹果；
普西芬尼①，在地狱偷吃了石榴。

——大仲马《烹调大词典》

卧室窗户外面的雄鸫鹟聒噪的叫声把我吵醒，我非常熟悉那支小调。这家伙每年春天都来，唱着同一支老调子，同时激动地四处乱跳，试图说服母鸫鹟来检验一下它在我屋檐下搭的巢。它用小树枝和干草筑了一个小窝，哄骗母鸫鹟前来重新摆放家具，抢先霸占运河边少有的一片不会被流浪猫涉足的大房产。

我突然想起，如果鸫鹟醒来聒噪个不停，肯定早就天亮了。坐起身想看时间，闹钟却不见了。有人把闹钟拿走了。

脑袋仍然嗡嗡作痛。我睡了多久？我怎么回来的？怎么换上睡衣躺上床的？一点也回想不起来。

突然之间，昨天的事情在脑中像放电影似的一一闪过。

---

① 冥后。

鲁道夫昨天从巴斯克别墅到素达尔餐厅的反常行为。由联邦情报局放哨、我最不喜欢的利文斯顿夫妇宴请的晚餐。最后,尼姆突然出现在我公寓中,我们凌晨还在桥上漫步,后来,他给我看那张照片——

整个事情都回想起来了,犹如千斤巨鼎压在我身上。

那位出现在扎戈尔斯克的浅金色头发的神秘女人,那位试图警告我的女人竟然是我的奶奶!

那是我昨晚跟伯父说的最后一件事情,之后就什么都不知道了。那张老全家福中的妇女就是十年前在父亲去世前几分钟塞给我卡片的那个婆婆。

然而,刚想到这儿,那只聒噪的雄鹩鹧便让我想起一件更急迫的事情。我突然想起,我老板鲁道夫今天早上要给打我电话,安排一起吃早餐,把昨晚没来得及说完的重要信息告诉我。我现在最好先给他打个电话——

环顾四周,发现卧室里的电话也不见了!

正要跳下床,卧室门突然开了,尼姆手中端着托盘,脸上带着微笑,正要进来。

"俄罗斯版'希腊人的礼物'[①]。"尼姆说道,"为了让你好好睡上一觉,我采取了所有可能的防范措施。哦,对不起,我昨晚在你汤里倒了半瓶格拉巴酒,那些发酵的葡萄足以令一头牛好好睡上一晚。你太需要睡眠了。我费了九牛二虎之力才把你弄回来,扶上楼,把那张简易气囊沙发铺成床给自己睡。不过,你现在要吃东西了。一顿丰盛的早餐能够帮助解决面前的一切问题。"

这么看来,尽管我刚才还不清楚我们可能都谈论了些什么,至少我

---

① 即希腊神话传说中的"特洛伊木马",后人常用"希腊人的礼物"表示"害人的礼物"。

昨晚非常清醒。

尽管我现在非常需要给鲁道夫打个电话——可鼻子底下放着热腾腾的咖啡、热腾腾的牛奶、一大杯鲜榨果汁、一堆伯父最拿手的乳酪煎饼、一罐甜果酱、一碗新鲜蓝莓和一大杯热热的枫糖汁,而且闻着比看着更诱人。

我的橱柜里几乎一无所有,尼姆在哪里找到这么多好东西?我还没问,他就主动说上了。

"我跟你的老板布加仑先生通过话了。"尼姆告诉我,"他早些时候打过电话来,我把电话从你房间挪开了。我向他重新介绍了自己,告诉他我是你到他这里来工作的主要推荐人。我告诉他,你过去一星期太累,需要休息一下。他终于识相地给你放一天假,还派人送来我需要的一些原料。"

"听起来像是你给了他一个大好处似的。"我笑着说完,赶紧把大餐巾塞到睡衣领口。索达尔餐厅的上好锦缎餐巾。上帝保佑尼姆。

我大口大口地塞着丰盛的早餐。原本从昨晚开始就很想听鲁道夫继续讲故事,不过这个念头正慢慢淡去。伯父拿手的乳酪煎饼总有一层薄薄的酥皮,外面抹着糖浆,里面酥松可口。他从不把制作酥饼的秘方告诉任何人。

我享用美餐的时候,尼姆坐在我床边,一言不发,盯着窗户外面。等我吃完早餐,把下巴上最后一滴枫糖汁抹掉之后,他才开口说话。

"孩子,自从昨夜在桥上你跟我说,你亲眼看见过照片上的女人,说她给了你那张卡,"尼姆对我说,"我就想了很多,几乎一夜没有合眼。不过我想,天亮的时候我已经大致理出了头绪。我不仅想出为什么你母亲决定举办那个聚会的原因,更重要的是,我发现了棋盘现身背后的秘密和第二枚黑后之谜。"

尼姆见我一脸的惊慌，笑着摇摇头。

"我今天一大早清理了你房里的窃听器。"伯父消除了我的顾虑。"都被我清除掉了。那些装窃听器的人，都是业余水平，有些放在电话机里，一个放在闹钟里，只要想找，第一时间就会发现。"他站起身，端起早餐托盘朝门边走去。"太好了，我们现在可以随便聊天，不用再半夜端着饭去凯伊桥了。"

"这里的那些家伙也许是业余水平，"我说，"但昨晚在餐馆桥边放哨的人都有中央情报局徽章，他们肯定是专业人士。我老板似乎跟他们关系不错，但在秘密晚宴前他跟我讲巴斯克版蒙特格朗棋的故事的时候，也排查了一下，以确保不会被他们偷听。"

"故事是怎么说的？"尼姆停在门边。

"他说，今天早上会接着讲完。"我说，"都怪你和你的格拉巴酒，我睡过头了。昨晚，鲁道夫给我讲了巴斯克版《罗兰之歌》，他说，在比利牛斯山龙塞斯瓦列斯隘道击败查理曼后卫部队的是巴斯克人，并不是传言所说的摩尔人。说摩尔人为了表示感谢，把象棋送给查理曼大帝，后者把象棋埋在离亚琛王宫万里之遥的地方——比利牛斯山背后的蒙特格朗。鲁道夫对我说，蒙特格朗意思是'拾穗者之山'。其他人来的时候，他正跟我解释播种与收割，以及这些跟我和母亲生日日期相对之间的关联——"

我停下来，尼姆的双色眼睛变得冷峻而恍惚。他站在门边没动，端着我的早餐托盘，猛然之间变得跟刚才判若两人。

"布加仑为什么会提到你的生日日期？"他追问道，"他是怎么解释的？"

"鲁道夫说，我的生日日期很重要。"我答道，他的变化令我心里一凛。"他说，我可能会为此身陷险境，要我在昨天的晚宴上密切关注并收集线索。"

"肯定还说了别的。"他坚持道,"他有没有说那个日子对这些人可能意味着什么?"

"他告诉我,出席昨天晚宴的人知道我的生日是十月四日,跟妈妈上周末举行生日聚会的日期正好相对。哦,他还说了些更离奇的事情,说他们认为自己知道我的真实身份。"

"你的真实身份?"尼姆问,神情严厉,令我不禁浑身发抖。

"你确信没有人能够听见我们的声音?"我低声问道。

他点点头。

我接下去说:"我也不确定是不是理解对了,可鲁道夫说,出于某种原因,他们认定我是新的白后。"

"我的上帝,我一准要发狂了!"尼姆说,"要么就是年纪大了,判断力不行了。可有一点很清楚:如果鲁道夫·布加仑跟你说了这么多,那么某个人知道的事情一定超出我目前的想象。事实上,他们设法收集到的信息比我目前了解到的还要多。"

"把你告诉我的事情和我昨晚想到的事情结合起来,"伯父接着说道,"我想我明白了一切,但还需要一些解释和验证。"

太棒了,我暗自想道,终于有人能够解开这一切谜团了。可我突然又没有了想听的冲动。

尼姆坚持要我穿好衣服,再喝一两杯爪哇咖啡,他要给我讲讲他从昨夜至今解开的那些谜团。昨夜他就睡在我们此刻坐着的客厅沙发上,装着老照片的皮夹子翻开在我们中间,尼姆的一只手轻轻摩挲着照片。

"我们的父亲,尤素夫·巴甫洛维奇·索拉林,是位希腊水手,他爱上一位俄罗斯姑娘并跟她结了婚,那便是我们的母亲塔提亚娜。"他告诉我说,"父亲在黑海上建了一支小渔船队,从来都没想过离开那里。小时候,我和弟弟萨沙认为母亲是我们见过的最美的女人。当然,我们生活在克里米亚半岛与世隔绝的一隅,没见过很多女人。可母亲身上并不单纯是美,而是有一股神奇的魔力,那是一种无法说清楚的美。"

"你不用说清楚,我在扎戈尔斯克亲眼见到过她。"我提醒他。

塔提亚娜·索拉林。说句心里话,我无法忍受看着这幅水彩画照片带来的悸痛。她的面容带回过去十年所有的痛苦。第一个问题"她是谁"已经解决,可却引发一连串更多的问题。

她那天的警告是什么意思?危险,小心火?她知道我们稍后在财库发现的那枚黑后象棋吗?她知道父亲看到黑后就会有危险吗?

扎戈尔斯克那个阴冷的冬日,父亲认出她了吗?一定是认出来了。毕竟,她是他的母亲。可是,十年前的她怎么可能跟这张旧照片中的她一模一样呢?拍照片时,我父亲和伯父还是小孩子。再说了,如果这些年每个人都以为她已经死了——尼姆就是这么跟我说的,那么她一直藏身在什么地方?是什么事或者说什么人令她现在重新露面?

我一定要弄清楚。

"那一年,萨沙六岁,我十岁,"尼姆说,"一天夜里,一场暴风雨袭击了我们位于克里木海边的孤零零的大房子。我们两个男孩一起睡在楼下的卧室里,突然,我们听见敲打窗户的声音,发现窗外暴风雨中站着一个身穿黑色长斗篷的女人。我们打开窗户让她进来,她自我介绍说是我们的外祖母米诺娃,说她来自很远的地方,有要紧事需要见我们的母亲。这个女人就是敏妮·伦斯拉丝。自从她进窗户的那一刻,我们所有人的生活就被立刻改变了。"

"敏妮,就是莉莉姨妈告诉我们自称米勒尔的那个人,"我说,"那位获得永生的法国修女。"

我暗骂自己不该插话,因为尼姆要说的事情非常重要。

"敏妮告诉我们必须立刻逃走,"他接着说,"她带来三枚棋子——一枚金色的兵、一枚银色的大象和一枚马。父亲被安排带着这些棋子冒着暴风雨出去为家里其他人的出逃准备船只。可我们还没有逃出去,士兵就来了,他们逮捕了我们的母亲,敏妮带着我们俩从楼上的窗户逃走。大雨中,我们一直藏在悬崖上,等到士兵离开才朝塞瓦斯托波尔码头父亲的船赶去。可小萨沙爬不了那么快,我就被安排一个人先去父亲的船上。"

尼姆严肃地看着我说:"我到达塞瓦斯托波尔码头父亲的船上后,我们等了好几个小时,等敏妮和萨沙赶来,可他们最终没有出现。按照父亲对母亲的承诺,我们只好动身去美国。后来,过了很多天,敏妮被迫将萨沙送到孤儿院,她一个人回去查找母亲的下落并设法营救她,但似乎无力回天。"

我知道父亲确实是在俄罗斯一家孤儿院里长大,可他从来不愿深谈此事。现在,我知道原因了:父亲和母亲一样,都想竭力保护我,不让我卷入棋局。

"接下来的故事,除了我们俩,就只有凯特一个人知道真相了。"尼姆告诉我,"我和萨沙在克里木失散,当时并不知道这一切。多亏了你母亲,很多年后,我们终于团聚,彼此叙述别后的情形,她也在场。我和父亲到美国后不久,父亲就去世了。我在一夜之间失去了母亲、弟弟和敏妮,没有他们的一点点音讯。多年后我才知道,他们一个也没活下来。"

"可现在,我们俩都知道你母亲还活着。"我说,"如果真像你想的那样,她是被人抓走丢进了监狱,那么我能理解为什么这些年她跟所有人都不联系。可十年前,她在扎戈尔斯克出现,是她给了我这张纸卡。现在,你认为棋盘图也是她寄给你的。她是怎么弄到的?为什么过了那么久才寄?"

"我也回答不上来,"尼姆承认,"但是我相信,我已经知道了其中一个答案。要了解这个答案,你需要知道关于纸卡上那只火鸟的著名寓言故事,知道那个寓言故事对俄罗斯人的意义。"

"火鸟意味着什么?"我问,虽然心里已经隐约猜到了答案。

"这能解释为什么我母亲还活着,她是如何活下来的。"尼姆告诉我。见我满脸惊讶,他接着说道:"假如敏妮把萨沙送到孤儿院以后,设法查明了我母亲的下落,她会怎么样?如果像我们大家猜测的那样,我们的母亲被关在监狱里,将要被苏联政府杀害,成为棋局中的又一个受害者,敏妮会怎么样?敏妮会拿什么去换取我们母亲的释放?"

这还用问吗?我所知道的东西中间,只有一样肯定在俄罗斯人手上。

"黑后!"我失声叫道。

"我也这么认为。"尼姆露出会心的微笑,"如果敏妮设法复制了一枚黑后,将原来那枚黑后留在自己手中,这样才能够解释得通!这样才能够解释你发现两枚黑后的事实。"

"可是,你母亲被释放后到哪儿去了呢?她又是从哪里弄到你所说的她寄给你的那张棋盘图的呢?你说过你觉得自己已经解开了那个谜团。"

"我们从米勒尔修女的日记中得知,蒙特格朗修道院院长绘制的那幅棋盘图是在米勒尔手中,可她却不曾把棋盘图和其他棋子一道交给凯特,因此,敏妮一定是把它交给别人保管了。"

"交给了你们的母亲!"

"不管我母亲这些年去了什么地方,但有一件事情很清楚:她给你和你父亲的卡片上既有凤凰又有火鸟。可卡片上说'小心火'。凤凰每五百年自焚一次,然后从火中重生。凤凰的故事代表着自我牺牲和重生,而火鸟则不然。"

"那火鸟意味着什么?"我简直喘不过气来,有一种又要昏厥过去的预感。

"火鸟放弃自己的金羽毛——某种非常有价值的东西,就像敏妮的黑后,目的是使被兄弟无情杀害的伊凡王子活过来。火鸟出现,传达的意思是:死而复生。

死而复生

这完全是桩秘密业务。我的委任状、通行证和备忘录都包括在一句话里:"死人复活了"……

——查尔斯·狄更斯《双城记》

记忆是因遗忘而生。

——普罗提诺①

火之山,亡灵谷

不管白天黑夜,他周围似乎总能听到流水的声音。女人告诉他,这里是喷泉山谷②。地火生成的泉水具有治疗作用,正是这些泉水使他死而复生。

高高的悬崖之上,草地中散落着雾气缭绕而又静谧的池塘,长老们

---

① 普罗提诺(约204—270),埃及裔古罗马哲学家,新柏拉图主义创建者,著作收于《九章集》中。
② 喷泉山谷隐藏在克罗诺基保护区的深处,八公里长的峡谷直到一九四一年才被发现。与冰岛、美国黄石公园并列为世界三大主要喷泉景观。

在蒸汽池塘里给他洗浴治疗。地底深处喷出乳白色的不透明液体,因溶解岩层次的变化而色彩纷呈,朱红、橙红、桃红、褐黄、柠檬黄,每一种颜色的泉水都有其独特的医疗效果。

在他身下,泉水从岩缝间汩汩而出,响动越来越大,跟往常一样吓了他一跳——巨大的威利堪间歇泉猛然喷发,彩虹般的水柱喷射到三十英尺的高空,随即洒下,溅落一眼望不到底的峡谷深处,沿峡谷壁奔涌,炙烫的水流汇入谷底咆哮的河水,流入大海。奔腾的水流、震耳欲聋的喷泉,有一种奇特的宁神作用,宛若生命的节奏、地球呼吸的节奏。

此刻,他正沿着崎岖不平的斜坡向高处走去。他小心地跟在她身后,走在她刚踩过的小路上,以免摔倒。在这种湿滑的泥坡和岩石上很难站稳脚。他的高帮软皮鞋用抓地性良好的熊皮制成,皮毛上了油,非常暖和。清澄的阳光下,雪花飘舞。来不及落地的雪花消融在升腾而起的强大蒸汽中,将地上的苔藓和地衣变成黏糊糊一片。

过去几个月来,他每天都练习在山涧行走,直到身体强健到足以开始这次旅行。他知道,自己的身体还是难以承受今天这样的一段长路——他们沿着喷泉山谷已经走了七俄里[①]路程,前方等待他们的还有苔原、草地、针叶树林、白桦林,以及云杉与松树的混长地带,而目前行走的地带尚未被科学家定名。

他们将咆哮的水流抛在身后,一点一点地向山上爬去,进入一片无人涉足的白雪世界,一阵伴随着虚空和对未来的不确定的恐惧感向他袭来。

他知道,这么想很傻。毕竟,对他来说,一切都是虚空,一切都是未知。很久以前,他就不再问他自己是在哪里,或者自己是怎么到这里的之类的问题了。他甚至也不再问自己到底是谁。她告诉过他,没有人

---

① 1俄里约合1.1公里。

能够告诉他答案；重要的是，他得自己去发现答案。

到达陡峭的峡谷边缘，她停下脚步，与他并排站在那里看着山谷对面。他看见了远处山谷中的目的地！山谷对面有个巨大的锥形物，白雪覆盖，似乎是从古代平原上突然冒出来的神秘金字塔；火山周围有很深的水流，山顶凹陷，浓烟翻滚而出，像刚刚遭过雷击。

他被眼前的景象迷住了，恐惧中夹杂着欢喜，仿佛被一只强有力的手攫住了心脏——那种炫目的光芒突然又毫无征兆地回来了。

"在堪察加语中，那里被称作'火之山'，"她在身旁告诉他说，"这个半岛上有两百多座这样的火山，大多数都是活火山，因此被称作活火山群。一次火山喷发会持续二十四小时，岩浆流淌，毁损树林，伴随着地震和海啸。

"那座山，俄语中叫作堪察加火山，十年前喷发过，火山灰烬厚达五厘米。北方的楚科奇①萨满巫师认为，那里是亡灵的圣山。亡灵居住在山的锥体里，每当有人靠近，他们就会向外抛撒巨石，他们自己则跃入山下的大海中。山顶覆盖着的是他们吃剩下的鲸鱼白骨。"

他看不清山谷对面，脑袋里的火越燃越烈，几乎要湮灭一切。

"为什么长老们认为你必须要带我去那里？"他问她。

他紧紧闭上双眼，但是，强光依然在那里。突然，他看见了。

"不是我带你去那里，"她说，"是我们一起去那里。我们俩都要去供奉亡灵，因为我们俩都曾死而复生。"

♟

他们站在斜斜的火山锥顶上，低头看着岩浆湖汩汩地冒泡泡。天

---

① 生活在西伯利亚东北部的人种。

空烟雾弥漫,有人说,这些气体有毒。

他们花了两天时间才到达这个海拔一万五千英尺高的地方。天已经黑了,远处海面上升起一轮明月,皎洁的月亮表面渐渐出现一块阴影。

"今晚必须赶到这里,正是因为月食。"她在他身旁说道,"我们应当向亡灵敬奉礼物——将逝去的往昔献给这里的亡灵,愿他们得到安息。他们永远不可能像我们这样,拥有现在或未来。"

"我不能记起过去的任何事情,"他恐惧地问,"怎么会有未来——甚至现在?"

"还是不能吗?"她柔声问道。她把手伸进毛马甲,掏出一个小东西。"你能记起这个吗?"她摊开掌心问道。

最后一点月亮也被阴影吃掉了,他们顿时置身黑暗之中;只有岩浆湖散发着瘆人的红光。

他又看见脑中那道火光——突然,他还看见了其他东西。就着这道光,他认出她手心中放的东西。

是棋盘上的一枚黑后。

"你在那里,"他说,"你在修道院中,那里即将有一场比赛——突然——"

其他的东西,他再也记不起来。可在那一闪之间,他看着黑后的时候,他记起了自己的过去。现在,有一件事他非常肯定。

"我的名字叫萨沙,"他说,"你是我妈妈,塔提亚娜。"

钥　匙

　　大道之门有七把钥匙，

　　八合一，一为八。

　　　　——阿莱斯特·克劳利①《魔术理论与实行：序言》

　　虽然尼姆昨夜的故事解开了我的几个谜团，但我仍然找不到解决所有问题的钥匙。

　　四十年前，如果敏妮是用一枚赝品黑后救出了塔提亚娜，那就能够解释父亲在扎戈尔斯克看到第二枚黑后的原因。

　　如果敏妮是将修道院院长的棋盘图交给了塔提亚娜保管，那就能够解释母亲聚拢的所有棋子中独独少了这一样重要东西的原因。

　　我无法忘记，整个谜团中最重要的这件东西最近刚被缝进我的羽绒服衬里中。我也无法忘记，母亲在科罗拉多留下的第一条线索，开锁进屋之前必须要解开的第一个线索，那些平方数组成一个信息：棋盘提供钥匙。

---

① 阿莱斯特·克劳利(1875—1947)，英国神秘学者，但更多人称他为"野兽之王"或"启示录之兽"，更有人称他是"世上最邪恶的男人"。

尽管伯父昨夜分析解决了一些问题,但仍然有太多问题的答案无从找到。

所以,趁着尼姆收拾早餐碗碟的时间,我取出纸和笔,匆匆记下亟待解决的问题。

首先,找不到的不仅是那些答案,还有我母亲。显然,我那位新发现的祖母也不见了。她们在哪里?她们俩分别扮演什么角色?其他每个人在这场棋局中又扮演什么角色?

看着这些记录,我意识到还有一个更重要的问题:谁是可以信任的人?

比如,莉莉姨妈。上次见面的时候,是她主动帮忙找出象棋,主动提出要查证巴斯尔·利文斯顿家与黑势力的关系的可能也是她,但她却绝口不提跟巴斯尔之间的关系,他们显然绝非点头之交。而且,巴斯尔是象棋比赛的组织者,不是吗?莉莉的祖父去世后整整两年,莉莉离开纽约一直住在伦敦——巴斯尔的第二故乡。现在,我离开科罗拉多好几天了,莉莉也没有跟我说起她跟巴斯尔的女儿赛吉在丹佛的深夜神秘聚会,而我却早已知晓此事。

接下来是那位瓦坦·艾佐夫。他曾主动表示愿意去查明塔拉·彼得罗相的社会关系,后来才说他要去"调查"的那个人实际上是他继父。如果真像瓦坦所认为的那样,彼得罗相在伦敦是被人施毒致死,可他却为何不提罗丝玛丽·利文斯顿后来告诉我的事情:瓦坦是彼得罗相家族产业的唯一继承人。

再接下来是罗丝玛丽这个人。她昨晚告诉我的事情远比她从我这里知道的多。比如,她跟她丈夫巴斯尔一样,待在华盛顿的时间似乎跟在伦敦一样多。他们可以神不知鬼不觉地在世界各地飞来飞去,衣服都不用换,更不要提交飞行计划。他们可以在私人国宾级宴会上启用最高级别情报人员,以确保国际级别显赫客人的安全问题。更引人关注的是:从瓦坦"很小的时候"起,他们跟已故塔拉·彼得罗相和他继子瓦坦·艾佐夫的关系就非同一般。

最后也是最重要的一个人——我老板,易怒的巴斯克人鲁道夫·布加仑。他似乎对所有事情和所有人都了如指掌,却不愿意透露更多。他独一无二的巴斯克版棋局故事和蒙特格朗棋故事。他对我母亲生日聚会的先知之明,他关于我和母亲生日日期意义的看法——没有人表达过类似的奇怪观点。他说,有人可能认为,我和母亲分属对立阵营。

尼姆还在厨房里洗涮餐具,我又仔细查看了一下刚才记下的东西,草草补上几个名字,如诺克米斯、赛吉、莉达和伊尔曼。这些人我都非常熟悉,但他们似乎只是这场棋局中的卒子,即便被卷入棋局,也都是些微不足道的角色。

然而,局面上出现一个未知数,一个特别扎眼的人物:受邀参加母亲生日聚会的人当中唯一一个我没有听说过的人。

加仑·马奇。

我试图在脑中重新梳理那天发生的事情,分析他在那群人中的角色。我第一次意识到:似乎没有什么人跟他特别熟!

没错,利文斯顿一家跟马奇一起到的时候,介绍说他是"新来的邻居",他后来搭他们的飞机跟赛吉一块儿到丹佛。现在回想起来,上周五的餐桌上他一直在问其他人问题,似乎他跟他们都是初次见面。事实上,我也只是听他自己说,他跟我母亲见过面!他跟塔拉·彼得罗相之死有什么关联?没错,绝对要好好调查一下这位不可思议的天空农场买主。

当然,至于尼姆,我知道,待在一起的这几个小时中,我这位素来高深莫测的伯父向我袒露了胸怀,展示了伤痛。也许,他从没向人袒露过这么多。不用问也知道他昨晚是如何自行进入我的住处的,准是用小时候逗我开心的那种伎俩,因为他可以随意打开任何门锁或保险柜。可我需要进一步查证其他问题。还有一些问题没有解决,也许只有尼姆能够给我提供答案。

也许我的问题最终证明跟主旨不相干,但至少也得试一试,没准能发现大问题——

尼姆说,是他诱惑我母亲进入这场棋局的,那是什么时候的事情?为什么?

母亲的生日日期,或我自己的生日日期,跟我们的角色有什么关系?

伯父对我说,他在我出生之前帮助我父母谋得美国政府的工作,那是什么工作?他们为什么从不在我面前谈论工作?

在科罗拉多,如果尼姆没有帮助她,母亲怎么想得出留给我的那些线索和难题?

我正准备再接着写下几个想法,尼姆走进客厅,顺手用束腰带上塞着的抹布揩干了手。

"现在,言归正传,我答应你的那位老板,天黑之前把你交给他,"接着他又苦笑着问了一句,"是上小夜班,还是被老板吸血上大夜班?"

"没错,鲁道夫是个吸血鬼。"我赞同,"我突然想起,你从没见过素达尔餐厅的人,是吗?"

"除了今天早上那个穿着直排轮滚轴溜冰鞋、上门给你送早餐的浅金色头发的姑娘。不过,我们没见着面。她把东西放在一楼门厅里,我还没来得及说声谢谢,她就走了。"

"是莉达,她是鸡尾酒部的经理。不认识别的人吗?你有没有去过素达尔餐厅,见过那些石头火炉?"

尼姆摇摇头:"那地方有什么不对劲吗?"

"有几件事情联系不起来。"我告诉他,"昨天早上我不在的时候,有人把电转烤肉架支错了,焦油透到炉台上。以前从没发生过类似情况,要知道餐厅工作间历来像海军新兵训练营地一样井然有序,可这次鲁道夫似乎并不生气。前天晚上,我半夜回到家,有人在我楼下门边放了一份四月七日的《华盛顿邮报》,还留了张纸条,不是你放的吧?"

尼姆挑起一侧眉毛,扯了扯抹布。"报纸和纸条还在你这里吗?给我看一看。"

我从房间里的书报篮中翻出那份仍然粘着黄色便利贴的《邮报》交给他。

"看见吗?"我指着报纸说,"字条上说,看A1版。我想,A1版的新闻标题是关键:装甲车、武装部队进攻巴格达市中心。是关于美国军队进攻巴格达的报道,而巴格达正是最初制作蒙特格朗棋的地方。报上说进攻开始于两个多星期前,那正是我母亲打电话邀请大家参加生日聚会的日子,也是棋局重新启动的日子。我想,给我送报纸的人是想指出,巴格达和棋局之间有关联,非常可能是一千二百年前的那种关系。"

"还不止这些。"尼姆打断我的话。我刚才说话的时候,尼姆把报纸折过来,快速扫视报道全文。此刻,他抬头望着我说道:"我相信那句老话:'细节决定成败。'"

我暗想,他跟凯伊该是绝配。

可我嘴里却说:"愿闻其详。"

"报道接下来描述了武装部队攻占巴格达的具体情况。关于'俄罗斯国外交使团离开那座城市'的那句报道挺有趣的。那个使团意外遭到美军机枪扫射,多人受伤,然而美军中央司令部却声称该地区并没有美国或英国武装力量。显然,问题是——"他照例扬起眉毛,等着看我的反应。

"呃,确实有人在追赶那批俄罗斯人?"我斗胆猜道。

尼姆并没有直接回答我的问题,而是把《邮报》折回第一页,递给我。"还不止这些。往下看。"他指着另一篇我没有注意的报道说。

在机场,探测器将军人引向密室

我快速浏览全文。在巴格达机场贵宾航站楼,美国军人显然发现了"萨达姆·侯赛因总统的疑似藏身处。设备精密,桃花心木大门,镀金浴室,阳台通向玫瑰花园。最可疑的是一间安装着通向地下室假门的包木装修办公室"。武装部队在地下室发现武器,"他们相信那里一定有一个秘密出口"。

"一座秘密出发航站楼,一间密室,一个秘密出口,一个俄罗斯使团,人员受伤原因不明。这些告诉我们什么?"尼姆见我看完文章,问道。

我还记得小时候伯父对我的告诫:无论是下棋还是在日常生活中,绝对不能忽视一个尽人皆知的道理,即"反之亦然原理"。他似乎又想开展反推论证。

"能从那里出去,也就有可能从那里进来,对吗?"我问。

"正确。"伯父应声说道,脸上带着一种复杂的表情,似乎非常满意这一重要发现,又似乎对无意中解开的秘密充满忧虑。"你觉得什么东西或什么人可能会从那座秘密航站楼、那间密室、那个秘密出口进入巴格达,又在进攻开始前沿着同样的路线离开,就在你母亲发出生日聚会邀请前不久?"

"你是说,有件东西从俄罗斯到达那里?"我问。

尼姆点点头,走过来拿起他的军用短大衣,从口袋里掏出此前拿出来过的皮夹子，不过，这次他打开钱包抽出一张叠起的纸，打开了递给我。

"你知道，我很少上网查询，"伯父对我说，"可由于你母亲的那个愚蠢聚会，我觉得非常有必要上网查询一下。"

"反之亦然理论"，加之三十年计算机专家的经历，令他从不上网查询信息。"如果你调查他们，"他常常告诉我说，"他们也很可能正在调查你。"

他递给我的那张小纸片是一份脏兮兮的新闻稿打印件，发行时间为三月十九日，源自一家我从没听说过的俄罗斯新闻机构。报道一开始说"基督教—伊斯兰教和谈代表团"已从巴格达返回俄罗斯。接下来的部分真是让人大开眼界。

使团成员包括俄罗斯东正教主教、伊斯兰大学者和俄罗斯穆斯林委员会主席，还有一位我如果仍在象棋界也许会知道的人。不过，母亲生日聚会上的其他人一定都知道，他就是年仅四十岁的俄罗斯卡尔梅克共和国总统科桑·伊律基诺夫，一位白手起家的亿万富翁。

然而，这则新闻中最引人关注的一点是，这位没什么名气的卡尔梅克共和国总统是现任国际象棋联合会主席，同时还是象棋比赛历史上最大的赞助商。他在拉斯维加斯主办过数次象棋比赛，甚至还在他的故乡建造了一座象棋城，城里有着棋盘状街道和各种棋子形状的建筑物！

我盯着伯父，一句话也说不出来。与他相比，塔拉·彼得罗和巴斯尔·利文斯顿简直就是小巫见大巫。他果真喜欢象棋吗？

"昨天开枪扫射俄罗斯外交使团的那些人下手晚了，"尼姆严肃地看着我说，"一度藏在巴格达的东西，肯定已经被运出。你母亲也肯定知道这一点，这就能够解释你母亲的聚会上为什么会邀请你提到的那些奇怪客人的原因。星期一凌晨在你门边放报纸的人,也一定知道这一点。我觉得,我们最好再仔细研究一下你母亲邀请的客人名单。"

我把早上记的东西递给他,他看得非常仔细。随后,他在我身旁的沙发上坐下,翻开黄色便笺簿的新一页。

"咱们先从这个叫马奇的家伙开始。他的名字拼写为 G-A-L-E-N,如果用盖尔语拼写,问题就解决了。"他拼写出马奇的名字,并在每一个字母下面依次写下对应的盖尔语字母。这样一来,就变成:

Gaelen　March

a a c e e g　h l m n r

这是我小时候常跟伯父玩的一种颠倒字母顺序构字的游戏。尽管我在这方面颇有经验,却压根不是伯父的对手。他解出字谜,写出答案给我看,我惊恐地望着他。

纸上写着:Charlemagne(查理曼)。

"并不难,对吗?"尼姆扮了个鬼脸,说道,"举起手,不许动,报上姓名!"

简直难以置信!加仑·马奇不仅上了棋局可疑人员名录榜,还高居榜首!

但是,尼姆的话还没说完。"从昨天你那位巴斯克老板给你讲的中世纪英雄传奇来看,他和你的新邻居之间有着某种关系。"他一边仔细研究我记下的那些东西,一边说。"至于布加仑先生,越早了解他准备告诉你的事情越好。从你这里写的东西来看,我猜想他掌握的东西一定非常重要。我忘记问他了,他今晚会到这里来跟你见面吗?"

"我忘记告诉你了,既然早上的约会推迟了,我就不知道今天是否还能够见到他。鲁道夫通常晚餐当班亲自掌勺,而我通常是他回家休息以后值大夜班照看炉火。因此,他才会问我晚上去不去上班。我得打个电话,问他什么时候可以再安排那场谈话。"

我四处张望,却发现客厅里的电话也不见了。我走过去,抓起餐桌上的肩包,翻腾半天才找到手机给鲁道夫打电话。我还没来得翻盖开机,尼姆就迅速穿过房间,一把从我手中拿走手机。

"你从哪里找到的?这手机用了多长时间?"

我瞪着他,不明白他为什么这么问。"我想,好几年了吧。鲁道夫坚持要我们随叫随到。"

可尼姆朝我嘴边竖了根指头。他走过去拿起黄色便笺簿,草草写了几个字,把便笺簿和铅笔递给我,目光犀利。接着,他开始研究起手心里抓着的手机来。

"写出答案。"他字迹潦草。"除了你本人,最近可还有人接触过这部手机?"

我摇摇头,却猛然恐惧地想起接触过这部手机的人,心中暗骂自己。"情报局,"我写道,"昨晚。"

他们拿走了好几个小时——足以在里面放置炸弹什么的,我暗想。

"我这些年是怎么教你的?"尼姆看到我写的答案,压低声音责备道。接着,他又迅速写道:"手机拿回来后打过电话吗?"

我正准备再次摇头,突然想起我用手机拨打过电话。

"只打过一次,给鲁道夫。"我写道,把便笺簿递给他。

尼姆单手捂住眼睛,摇了摇头。随后,他又开始在便笺簿上写字。这次写的时间比较长,我开始坐立不安。可当我看到他的字条时,胃里的早餐迅速上涌,差点堵到喉咙口。

尼姆写道:"这么说,你已经激活系统了。他们拿走手机后,就掌握了你所有的电话号码、信息或密码,所有的一切都在他们的掌控之中,此后只要开过一次手机,他们就能听到我们在这间屋子里所说的一切。"

天哪,怎么会发生这样的事情?

我正要接着写,尼姆抓住我的胳膊,把我带到厨房水槽边,把所有的记录,包括我早些时候写的东西撕碎,划了根火柴烧掉,最后把灰烬冲入垃圾处理池。

"你过一会儿就可以给布加仑先生打电话了,"他大声说道。我们一句话也没说,把手机丢在餐桌上,下楼来到外面。

"太迟了。"伯父对我说,"虽然我不确定他们都听到了些什么,但不能让他们知道我们发现被监听了。眼下,必须把你房中所有有价值的东西带走,带到一个他们无法监听我们谈话的地方,然后我们才能重新考虑形势。"

他早上告诉我挪走其他电话机的原因时,我怎么没马上想到那部手机?昨天夜里我们在桥上的谈话应该安全,甚至今天早餐时的谈话也应该问题不大,因为不是在同一个房间里。可是,我们今天早上在手机附近都讲了些什么!我感觉自己要疯掉了。

"噢,"我的眼泪都快流出来了,"斯拉瓦伯父,对不起,都是我的错。"

尼姆揽着我,将我拉到怀里,像小时候那样吻着我的头发柔声说道:"别担心,但恐怕我们要稍稍改变一下日程表。"

"日程表?"我问,抬起头,泪眼婆娑地望着他。

他说:"这意味着,不管我们原来认为有多少时间去找你母亲,现在都已经没有时间了。"

一王诸后

> 邪恶的阴谋,神秘的会团,亡命徒的午夜会谈,行不通的谋划,每一天都是那样的日程……
>
> ——达夫·库珀《塔列朗》

卢瓦尔河谷,瓦朗塞
一八二三年六月八日

> 只有在法国,才能知道外省生活的骇人听闻。
>
> ——塔列朗①

本尼凡托亲王查理-莫里斯·德·塔列朗-佩里戈尔坐在小马车上,夹在两个小孩子中间,孩子们穿着园艺工作服,戴着阔边草帽。仆人们和新近回来的厨师卡莱姆已经赶在他们前面,带着篮子和剪刀去

---

① 塔列朗(1754—1838),法国外交部长、外交大臣、驻英大使。拿破仑称帝后秘密勾结沙皇亚历山大一世反对拿破仑,后受路易十八任命出席维也纳会议,分化同盟国,为法国谋利。

了药草园和菜园。他们安排孩子们帮着采摘新鲜农产品和花,供晚宴和餐桌装饰之用。这是他们每天早上必做的功课,塔列朗家的晚餐人数从来不会少于十六人。

卡莱姆在灌木丛和藤蔓间挥动剪刀,仆人们的篮子里很快堆满了旱金莲花、大黄、小菊芋、一捆捆芬芳的月桂叶和五颜六色的小南瓜。塔列朗满面笑容,孩子们拍着小手。

卡莱姆同意来瓦朗塞,令莫里斯感激莫名。今天碰巧也是卡莱姆的生日,他告诉孩子们,晚餐他要为自己和大家准备一份特别的甜品,即焦糖奶油松饼——令他蜚声国际的建筑设计造型模压拉丝糖松饼。

安托南·卡莱姆是当今欧洲最著名的厨师①。去年秋天,《为国王们烹饪》一书的出版更是令他声名鹊起。该书远非一般性食谱,书中博古论今,对比古今烹饪艺术,从四时季节变换着眼,探讨饮食在各国文化中的重要性。书中大量的例子都来自于他在塔列朗家十二年的厨师经历。在巴黎,尤其是在瓦朗塞,在塔列朗的亲自参与下,他每一年、每一天准备的菜谱都不相同。

其间,他曾为很多显贵做主厨——包括布莱顿的威尔士王子、英国驻维也纳大使查尔斯·斯图瓦特公爵和俄国沙皇亚历山大大帝。趁新雇主结束巴黎府邸的修缮工作之机,应塔列朗的一再邀请,卡莱姆跟他们一起来到瓦朗塞庄园避暑、疗养。尽管他像那个时代的其他厨师一样患有严重肺病,但等到夏天结束,他将继续回到支付他丰厚薪水的詹姆斯·德·罗斯柴尔德男爵夫妇②府中担任全职主厨。

---

① 安托南·卡莱姆(1783—1833),法国大革命之后的名厨,装饰性糕点的鼻祖。
② 罗斯柴尔德家族号称欧洲"第六帝国",发迹于十九世纪初,梅耶·罗斯柴尔德(1744—1812)和他的五个儿子(即"罗氏五虎")先后在欧洲各大著名城市开设银行,建立了当时世界上最大的金融王国。

尽管清晨外出是塔列朗在瓦朗塞最大的爱好,但今天早上跟卡莱姆和孩子们去二十五英亩的私家菜园远足却只是个借口而已。

从很多方面来说,今天早上都非常特殊。首先,年近七十的莫里斯·塔列朗非常喜欢像这样跟他侄儿的两个孩子在一起,两岁的查尔斯·安琪莉可是夏洛特跟他侄儿亚历山大的孩子,另一个是埃德蒙与多萝西的女儿小"米奈特"波琳,快三岁了,他称她为守护天使。

莫里斯没有自己的合法子嗣。小查尔斯·安琪莉可的妈妈夏洛特是他深爱的养女。约莫二十年前,莫里斯去法国中部的波旁拉尔尚博矿泉疗养地疗养,突然带回一个没有父母的孩子,他和塔列朗夫人把这个孩子养大,像对待亲生孩子一样尽其所能地宠爱她,这个孩子就是夏洛特。他们给夏洛特穿戴昂贵且华美的西班牙、波兰、那不勒斯和吉卜赛人风格的服饰,为她举办高档儿童舞会,一时传为美谈。孩子们在舞会上学习跳西班牙波利乐舞、波兰玛祖卡舞和意大利塔兰台拉舞。

过去二十年里发生了巨大变化,莫里斯本人的变化尤甚。在那些年的皇权、革命、谈判、外交和逃亡生涯中,他在路易十六国王的国民公会、五人执政团、拿破仑的领事馆和宫廷都担任过职务。路易十八复辟之前,他甚至还担任过法国摄政王。

在此期间,棋局本身也遭遇若干波折。莫里斯昔日的妻子塔列朗王妃凯瑟琳·诺尔·沃尔勒·格兰德——白后,早就离开了。大约八年前,塔列朗与其他政府领袖一起意外被困在维也纳国会,所有人都认为他们想要分裂欧洲;拿破仑则逃离厄尔巴岛,回到巴黎执政,在历史上留下声名狼藉的"百日王朝"。凯瑟琳和她的西班牙情人一起逃离巴黎,去了伦敦。塔列朗定期给她支付生活津贴,条件是她永远不得出现在距离巴黎二十公里以内的任何地方。

棋局结束了,在莫里斯的帮助下,黑方获得了绝大部分棋子。拿破仑被废黜,已经死了。现在是波旁家族当权,临朝的是路易十八皇帝。用莫里斯的话说,波旁王朝是个不学无术的世家。路易十八本人是极端派的傀儡,邪恶的极端分子想要逆转历史的车轮,想要废除法国宪法和大革命所带来的一切。

现在,莫里斯本人也被迫归隐田园。虽然得了个有名无实的"首席大臣"头衔和一笔津贴,但却不得涉足政坛。他于是搬到这座距离巴黎两天路程、位于卢瓦尔山谷的宏伟庄园。庄园占地四万英亩,是多年前拿破仑皇帝赐予他的礼物。

虽然归隐田园,但莫里斯并非孑然一身。他安排侄儿埃德蒙娶了欧洲最富有的女人之一——前狄诺女公爵多萝西·德·库尔南德为妻,当时她才十六岁。自维也纳国会政变之后,多萝西一直陪伴在莫里斯身旁。多萝西和埃德蒙在波琳出生之前,有过几个月的短暂公众生活。

莫里斯今天早上跟孩子们一起到私家菜园来,还有另外一个更重要的原因:绝望。他坐在小马车里,夹在两个孩子中间。小"米奈特"波琳实际上是他跟他深爱的"小缪斯"狄诺女公爵多萝西所生的女儿;而小查尔斯·安琪莉可则是他的另一个亲生女儿夏洛特的孩子。他内心经历着一种难以遏制、难以言表的感情。

这些日子以来,他一直感觉到将要发生某种奇特、可怕的事情,将会彻底改变他的生活。这种感情说不出是快乐还是痛苦,更像是一种丧失感。

不过,也可能会跟他的感觉完全相反。

莫里斯对很多女人产生过激情,其中也包括他的妻子。他对波琳的母亲多萝西有着一种近乎父亲般的爱恋。多萝西现年三十岁,过去八年中一直与他生活在一起。可莫里斯非常清楚,他的这种丧失感跟一个他曾经深深爱过的女人有关,那是夏洛特的母亲。

米勒尔。

由于当时形势危险,他不得不向小夏洛特隐瞒她母亲的存在,即便现在棋局结束了,他依然不能告诉她真相。他从不知道如果米勒尔留下来,如果她放弃那项耗费她一生的使命,如果她忘记蒙特格朗棋,忘记血腥、可怕、致命的棋局,那会意味着什么。如果她留在他身旁,他的生活会是什么样子?如果他们结婚、一起养育两个孩子,会是什么样子?

他们的两个孩子,是的,一切都终于结束了。

正因为这些,今天早上莫里斯才会坚持要带查尔斯·安琪莉可与"米奈特"一起乘马车去看花草。莫里斯以前从没有体验过跟家人在一起的寻常出行,小时候也没有过类似经历。他不知道,如果这两个是他和米勒尔的孩子,会是一种什么样的感觉。

只有过一次模模糊糊的印象。二十年前的那个夜晚,他跟米勒尔在波旁拉尔尚博矿泉疗养地蒸汽腾腾的矿泉边相见,那天晚上,莫里斯开心极了,他第一次见到他的两个孩子。

二十年前的那个夜晚,米勒尔终于同意让莫里斯带走他们的小女儿夏洛特,让孩子跟亲生父亲生活在一起。

二十年前的那个夜晚,米勒尔带着他们十岁的儿子离开了。莫里斯渐渐相信,他这一生再也不会见到那孩子。

可两天前,收到那封午夜来信后,他的这种看法被彻底驱散。

莫里斯伸手从衣服里面取出那封信——信上显示是三天前从巴黎寄出的。

父亲大人:

我必须见您,谈一件极为重要的事情。

我刚刚得悉,您已不住在巴黎。

我将于三天后去瓦朗塞见您。

> 您的儿子
> 夏洛

坐落在瓦朗塞的这栋拥有众多圆顶房屋的豪宅,傍山阴而建,因此,府邸中的厨房不仅采光性能好,而且正对着玫瑰园,一眼望去能够看见园中枝条摇曳、繁花似锦。

莫里斯·塔列朗坐在露天花园椅中,既能闻到外面玫瑰花的香味,又能看到厨房里面的情形。虽然,他以前经常看卡莱姆表演神奇厨艺,闭着眼睛都能一一说出过程,却一直百看不厌。

莫里斯去过众多府邸的厨房,跟许多厨师一起厮混过大量时间。莫里斯的人生一大乐趣就是准备餐宴、享用餐宴,尤其在他的职业生涯中。在莫里斯看来,一顿精心筹备的餐宴能够极大地推动外交工作融洽、顺利地进行。在维也纳国会时,他给巴黎的新主路易十八皇帝寄送的唯一一封信是:"我们这里需要指示,更需要砂锅菜。"所有的菜式都由卡莱姆一人烹制。

莫里斯非常清楚,今天的晚餐也许是他辉煌的外交生涯中最难、最用心调配的一次。今天晚上,他将是二十年来第一次见到自己的儿子。他和夏洛有太多的问题要问对方,有太多的事情要告诉对方。夏洛不再是那个小男孩。

莫里斯收到信的第一时间就明白,唯一一个知道那些重要问题的答案的人,就是他坚持带到瓦朗塞来的那个人。此人一直是深得莫里斯信任的心腹,知道他的众多秘密。此人幼时被家人抛弃,却最终获得巨大成功,酷似莫里斯本人的经历。这些年,他追随莫里斯辗转欧洲各大王宫①,隐在莫里斯背后,替他完成各项政治使命。这个人与莫里斯虽无血缘关系,却情同父子。

这个人此刻正在与他一窗之隔的厨房里表演厨艺,为孩子们准备晚餐。

这个世上除了莫里斯本人以外,他是唯一一个知道整个故事的人。

他就是著名厨师安托南·卡莱姆。

铜锅里的糖稀在炉子上不停地冒着泡泡,卡莱姆轻轻搅动锅里的糖稀,孩子们和三十多位厨房工作人员在一旁全神贯注地看着,完全被这位法国宫廷御厨、首席名厨的气势镇住了。卡莱姆一人主厨,只有从布莱顿带来的徒弟小金伯利帮他打下手。他往翻滚的糖稀中倒了点酒石,气泡冒得更欢快、也更大了,一个个气泡像是玻璃做的。

一切就绪。

大厨师接下来的举动让那些不熟悉蛋糕制作流程的人大为震惊。只见他先赤手伸入旁边备好的冰水碗中,接着快速把手伸到像火山岩浆一样咕嘟嘟冒泡的糖稀中,然后再次将手放入冰水中。孩子们吓得一阵尖叫,一众帮佣也惊讶得屏住呼吸。

接着,卡莱姆又取出一把锋利的刀子,将刀插入糖稀,然后再置入冰水中,刀上立时传来噼啪爆裂声。"好!"卡莱姆对面前这帮惊呆了的观众宣布,"现在要开始拉糖丝了!"

接下来的一个多小时里,大家凝神看这位名厨表演,小金伯利麻利

---

① 巴黎是世界美食之都,大厨师的地位等同于富豪名流,备受尊崇,故能出入宫廷豪门。

地给他递着各种工具。卡莱姆技艺精湛,集熟练外科医生、娴熟石匠和建筑师于一身。

滚烫的糖稀从铜壶口流入备好的模具中。糖稀在模具中旋动,模具内壁已预先抹了一层果仁油,以便糖稀冷却时撤出模具。所有模具都已灌满糖稀,制作糕点所需形状都已齐备,卡莱姆用自制旋压叉刀,像威尼斯玻璃吹制匠人一样,在空中拉出光闪闪的糖丝,扭成麻花样的"天使秀发",然后再分剪成一段一段。

塔列朗从玫瑰园中望着窗户里面,卡莱姆已经完成整道工序中不能有丝毫马虎、最难、最危险的部分,一段段糖丝像水晶一样晶莹剔透。莫里斯走进厨房,在孩子们身旁坐下。

跟卡莱姆相处多年,莫里斯非常清楚,这位健谈、风趣的厨师一向经不起这么多人的央求,所以明知会令他本已十分虚弱的身体吃不消,还是会给他们展示自己的拿手绝活。莫里斯想听听他这回会说些什么。

卡拉姆将糖丝末梢靠近盆中火炭烧融,跟其他部分粘在一起。莫里斯跟大伙一起看着他忙碌。每一次俯身靠近炭火、吸了烟气,他都抑制不住地一阵咳嗽。长年累月在炭火旁工作的他患上了职业黑肺病。金伯利给他倒了些香槟,卡莱姆瞅空喝了一小口。他一根根地插着糖丝,一个复杂而又令人着迷的结构渐渐成型。终于,大厨清清嗓子,对塔列朗亲王和众人说:"你们都听说过我的故事,就像传说中的灰姑娘一样,我从卑微的柴火堆旁,辗转进入欧洲各大王宫。小时候,我被父亲抛弃在巴黎城边,衣衫褴褛,是著名糕点商贝利发现并收留了我。后来,我到了塔列朗亲王府上,在前贡代府名厨布歇大师手下帮厨。"

提起布歇的名字,欧洲厨艺界无人不知。尽人皆知,布歇曾是法国名门望族贡代亲王府上的名厨。

贡代府上名厨众多,为首的是最具传奇色彩的餐事领班瓦泰尔,他曾因一次晚宴上海鲜没能及时运到而挥剑自刎。多年来，布歇为巴黎和尚蒂伊两地的贡代府邸培训出大量厨房帮佣和厨师，这些人后来都成为欧洲和美国名门望族家中的首席厨师，其中包括托马斯·杰弗逊的黑奴厨师詹姆士·赫明斯，这位美国外交大使在法国的五年任期中，赫明斯师从布歇学习厨艺。

现任贡代亲王路易斯·约瑟夫逃离法国，带领奥地利军队攻打法国革命军时，塔列朗救下他的厨师布歇，使他免遭暴徒围攻，给了他一份工作。

后来，布歇在贝利烘焙店发现这个小馅饼匠，把他带回来，引荐给塔列朗亲王。

"灰姑娘，没错，"大厨接着说，"我的这个名字，卡莱姆，是单词'第四十'的缩写，又指从圣灰星期三（大斋节的第一天）到复活节为期四十天的大斋节①。因此不难知道，我真正感兴趣的是灰烬和麻布，即古代的斋戒传统，而不是现代的美食艺术！但是从我那些伟大的导师和恩主那里，我发现了美食与斋戒之间的神秘联系，以及二者与火的关联。这一点留以以后再说。现在，我先从正在制作的这道献给塔列朗亲王全家和客人的糕点说起。"

卡莱姆快速看了塔列朗一眼，后者点头示意他接着说下去。卡莱姆打开一张卷着的羊皮纸——上面画了一些奇怪的弧形和线段，接着取出一个直径约为一米的八边形模具放在羊皮纸上，随后依次取出越来越小的八边形模具，像搭楼梯那样一个一个往上摞。最后，他用钳子夹起一根拧成麻花状的糖柱，迅速放到炭火旁。然后，他一边继续制作蛋糕，一边讲故事。

---

① 亦称"封斋期"，基督徒视之为禁食和为复活节作准备而忏悔的季节。

"我最早是从糕点大师贝利那儿接触到伟大的美食建筑艺术的,"他说,"他让我晚上学习、临摹那些他从罗浮宫影印室借来的古代建筑设计图。我因此才知道,人类五大杰出艺术形式分别是绘画、雕塑、诗歌、音乐和建筑,而建筑的最高表现形式就是将其运用于糖果制造业。我于是开始学习绘制那些古希腊、罗马、埃及、印度和中国的建筑结构,逐渐悟出其中的建筑学与几何学之精妙,手法日臻娴熟。终于有一天,我像现在这样,用棉花糖制作出了杰出的建筑艺术作品。

"这是早期建筑结构中最杰出的代表,对维特鲁威产生过巨大影响。该结构被称为'风之塔',是雅典著名的八角塔,装备着行星仪和精密水钟。该塔由公元前一世纪基尔鲁斯的安德罗尼珂所建,至今仍然屹立在那里。维特鲁威告诉我们,'有人认为只有四种方向的风……但如果仔细观察,便会发现有八种不同方向的风。''8'是一个神圣的数字,因为它是上古时代波斯和印度庙宇设计的根本。"

大厨师拿着巧夺天工的自制"建筑元件",众人眼睛一眨不眨地望着他的手指在案板上前后翻飞。很快,桌上傲然耸立起一座高达两米的八角塔,细微之处尽皆栩栩如生,连窗格和塔顶代表八种风神形象的壁画图案,都看得清清楚楚。包括塔列朗亲王在内,房中所有人都鼓起掌来。

其他人散开,回到各自的工作岗位,塔列朗跟大厨师来到玫瑰园中。"你的这手绝活,真可谓登峰造极!"塔列朗说,"可是,亲爱的安托南,我恐怕漏掉了一些东西。你开始制作巧夺天工的古希腊著名建筑结构模型之前,提到过促使你仿制风之塔结构的某种神秘事物,我记得你说是跟美食和斋戒有关——跟大斋节麻布有关的什么东西,不过我承认,我看不出它们之间的关系。"

"是的,殿下。"卡莱姆应道,停下来久久地望着他的恩主兼导师。他们心里都明白,塔列朗真正想问的是什么。"维特鲁威告诉我们,人类能够通过用日晷指针测定太阳轨迹和用圆规绘制圆形,就能够绘制八边形这种最神圣的结构。古代人知道,八边形是介于圆形和正方形的中间物,具有神圣的意义。在中国,八边形代表最古老的占卜方式——'八卦'。在印度,八边形代表我们所知道的最早棋盘游戏'阿什塔婆达'。印度和波斯火神庙坛场的基础也是八边形。尽管鲜为人知,但维特鲁威肯定知道,这些火神庙就是最早形式的祭坛,供人们进行祭祀、阉割牲口,是古代将天与地连在一起的地方,就如同来自天上的闪电。每年的八个火神节,不仅是祭拜火神的节日,也是人们欢宴畅饮的节日。"

他接着又说:"因此,房子中央、庙宇中央和城市中央都叫作'焦点',指的就是'炉灶'。厨师这一职业非常神圣。能够成为厨师,主司火、美食与献祭,曾经是最神圣的职业。"

但是,卡莱姆说不下去了。尽管园中空气清新,但也许正是因为空气清新,他又开始剧烈地咳起来。

"你将自己献祭给了那个神圣的职业和炭火,我的朋友。"塔列朗说着伸手招呼厨佣。一名厨佣迅速从房中跑过来,把一杯香槟递给大厨师。厨佣走后,塔列朗问道:"你知道我为什么要你来瓦朗塞吗?"

卡莱姆点点头,又喝了一小口香槟,努力调匀气息。

"我因此才会这么着急赶过来,先生——不过,也许我不该来,您瞧,我病得厉害。"他终于止住了咳嗽。"是因为那个女人,是吗?她回来了?很多年前,我最初在您位于巴克大街的加利费府上给布歇帮厨的时候,深夜来到巴黎的那个女人?她后来又去过波旁拉尔尚博矿泉疗养地,带着夏洛特。那个您让我帮她收集棋子的女人,米勒尔——"

"我最信赖的朋友,我们不能公开谈论这件事情,"塔列朗打断他的话,"在这世上,只有你我二人知道这个故事。不过我们很快就得把故事告诉另一个人——实际上,就在今天晚上。我希望你能省些力气,留到晚上见面时再讲。你是唯一一个能够帮助我们的人,你也知道,你是我唯一信赖的人,唯一告知过整件事情的人。"

卡莱姆点点头,表示愿意再次为他效力。他一直尊塔列朗为大恩主,但他们之间的关系远不止这一层。

"今晚,那个女人要来瓦朗塞吗?"卡莱姆问。

"不,来的是她的儿子。"塔列朗说着突然一反常态地将手搭在卡莱姆肩上。良久,他又轻声说道:"是——我和她的儿子。"

这是莫里斯第二次看见自己的儿子,他简直要哭出来了。这次会面勾起他所有痛苦的回忆,忆起多年前他们在波旁拉尔尚博矿泉疗养地分别时的情形。

此刻,全家人都已吃完饭,孩子们上床睡了。莫里斯坐在那里,看着夕阳西沉,天空披上淡紫色的暮霭,这是一天中他最喜欢的时刻,而今日此时,他却心潮澎湃。

卡莱姆走开了,让他们单独说说话,说稍后会带一小桶陈年马德拉白葡萄酒来,加入他们的谈话,回答他们所有的问题。

莫里斯坐在卡莱姆在园中大菩提树下给他们摆的桌子旁,隔着桌子望着这位相貌英俊的年轻人。那是他三十多年前的爱情结晶。往事不堪回首。

夏洛刚从巴黎赶来,仍然穿着骑马服,只稍微花了点时间掸去旅途的尘灰,换上了干净衬衫和领巾;古铜色的头发整齐地梳在脑后,只有几个小发卷桀骜不驯地翘着。即便是这样的小细节,也能激起莫里斯对他母亲暗红色芳香发卷的回忆,他依然记得每次做爱的时候,自己喜欢将脸埋在她的头发里。

那是她离开他之前的事了。

莫里斯强行拉回思绪。但在其他细节方面,莫里斯觉得,夏洛长得更像他的父亲:冷冷的蓝色眼睛,似乎在说绝不会泄露主人的内心思想;高高的眉峰、俊逸的下巴和翘起的鼻翼,无一不是塔列朗-佩里戈尔贵族世家的标志;那性感的双唇,应是遍尝美酒与美人的骄奢淫逸之人的双唇。

但莫里斯很快发现,他的儿子对于美酒和美女一样也不擅长。

说起血统,这也是莫里斯从前接受夏洛请求的原因。还是个孩子的时候,夏洛就建议父亲让夏洛特嫁入塔列朗家族,这样就不会重蹈她哥哥的覆辙。因为父母荒唐,没有结婚,私生子夏洛永远不会拥有长子继承权,不能继承父亲的财产。实际上,法国律法也使莫里斯无能为力,夏洛身上的生物学特征很可能是他从塔列朗-佩里戈尔贵族世家继承到的唯一的东西。

莫里斯发现,甚至夏洛的长相也不完全因袭家族特征。他的双唇表面上看来性感,但嘴唇的线条却显示出主人内心的坚毅。也正是这种坚毅,使他万里迢迢赶到这儿。一定是出了非常重要的事情,从夏洛的表情看来,这事显然跟他母亲无关,是他自己的事。

那双眼睛乍看之下凛冽而不露声色。透过靛青色的眼眸,莫里斯读懂了一个秘密,很显然,他万里迢迢赶到这里,就是为了仅跟父亲一人分享这个秘密。

正因为这一点,莫里斯心中升起一丝希望,希望这次会面、这次团聚不是他二十年来所一直担心、害怕的那样。莫里斯知道,他也该趁这个机会跟儿子透露一些事情。

"我的儿子,"他开口说道,"安托南·卡莱姆很快就会加入我们的谈话,他必须到场。这些年来,我执行你母亲安排的重要任务,安托南是我唯一以生命、以我们所有人的生命相托付的人。在他回来前,我们单独相处的这段时间,咱们坦率地谈谈吧。这事早该谈了。作为你的亲生父亲,我恳请你的原谅。如果不是我年纪大了,行动不便,此刻我一定会跪在地上,吻着你的手,请求你——"

他突然停下来。夏洛起身绕过桌子拉起父亲,吻着父亲的双手,紧紧拥抱住他。

"父亲,我知道您在想什么,"他告诉莫里斯,"不过请您放心,我来这里的原因并不是像您想象的那样。"

塔列朗看着他,有些震惊,继而小心翼翼地露出了笑容。"我差点忘了,"他坦言,"忘了你能读懂人的思想,能未卜先知。"

"我自己也差点忘了,"夏洛同样微笑着看着父亲说道,"我来这里不是为了找妹妹夏洛特,我知道您此刻最担心这件事。您别担心,我知道——我能看出您深爱夏洛特,想保护她,我保证她绝对不会知道我们之间的事情,她将来也不会跟蒙特格朗棋或大棋局有任何关系。"

"可我原以为棋局早已结束!"塔列朗失声叫道,"不能再启动棋局了。为了阻止这件事情的发生,米勒尔答应由我抚养夏洛特长大,让她远离蒙特格朗棋、远离棋子、远离棋局! 远离她的母亲黑后——预言是那么说的。"

"预言错了。"夏洛说。虽然他仍紧紧握着父亲的手,脸上却没有一丝笑容。"棋局已经再次启动。"

"再次!"塔列朗惶恐地叫出声来,紧接着压低了声音,尽管周围没有人会听见。"可是,夏洛,是你最早那么预言的。'只有当对方从灰烬中重生,'你预言说,'棋局才会重新启动。'如果棋局重新启动了,你又怎么能说你妹妹很安全?你知道夏洛特的生日日期——十月四日,与你母亲黑后的生日正好相对。如果新棋局开始了,那是不是意味着夏洛特会如我们这些年所担心的那样成为白方的后?"

"我那时预言错了。"夏洛轻声说道,"棋局已经开始,白方先出,黑方的一枚重要棋子现身了。"

"可是……"塔列朗喃喃说道,"我还是不明白。"

看见卡莱姆穿过草坪走过来,塔列朗重新坐回椅子上,抬头望着夏洛补充说道:"安托南·卡莱姆辗转各大豪门与宫廷,在他的帮助下,我们从俄罗斯和英国收集了几乎所有的棋子!我妻子格兰德夫人——白后,已经退出这场棋局,她的兵或散或死!米勒儿已隐匿多年,谁也找不到她,找不到那些棋子,而你却说棋局已经启动?既然白方已经出招,夏洛特怎么可能还很安全?对方手中那枚我们没找到的重要黑棋是什么?"

"我正是为此才来找您和卡莱姆的。"夏洛跪在父亲身旁的草丛里说道,"但我知道棋局真的已经重新启动,我亲眼看到过。我看见了新的白后,是个小丫头,可她身后有股强大的势力。我曾亲手拿过白方发现的那枚重要棋子,现在仍然在她手中。那是蒙特格朗棋中的黑后。"

"不可能!"塔列朗叫道,"安托南亲手从俄国沙皇亚历山大那里拿回了黑后!那枚棋子属于蒙特格朗修道院院长。亚历山大还没当上沙皇之前,答应替你母亲米勒儿拿回那枚棋子,他遵守了诺言!"

"我知道,"夏洛说,"刚从俄国拿回来的时候,是我帮母亲埋藏的。可白方手中的那枚棋子似乎埋藏的时间更长,因此,我才来这儿,希望卡莱姆能够帮助我们找到线索，查明怎么可能会有两枚黑后。"

"假如真如你所说，棋局已经再次启动，那么如果白方突然拿出这枚重要棋子，已经先走一着，他们凭什么信任你？凭什么给你看那枚黑后？"

"父亲，您难道还不明白吗？这就是我预言出错的地方。白方从敌对阵营的灰烬中重生，而不是我从前预言的那样。我也说不明白，因为这其中牵涉到我自己。"

见塔列朗仍然满脸疑惑，夏洛接着说道："父亲，我是白方的新王。"

四季酒店

> "将金子播种在落叶覆盖的白土中。"炼金术(习称"天体农学")借用大量源自农垦的比喻……警句……强调仔细观察小麦生长经验的重要性……一五九九年,荷兰莱顿出版传世巨著《秘密》……将小麦耕种的详细过程比作炼金术工作。
>
> ——斯坦尼斯拉斯·克洛索夫斯基·德·罗拉《黄金游戏》

在尼姆看来,我们已经没有时间了,对手——不管是谁——已经抢占了先机。我将下落不明的母亲和其他人逼入了险境。全都是因为我太愚蠢,没能及时发现警示信号。凯伊一定会说,那些警示信号一直像停机坪上的泛光灯一样闪着强光。

而我呢?真是活见鬼,像打开了泪闸,过去十二小时哭了三回。每次都是伯父吻着我的脑袋,帮我擦眼泪,像对待一个十二岁的小孩那样把我哄好。

如果没记错,我十二岁时表现得比现在好:一个世界级儿童象棋冠军,眼睁睁地看着父亲被人杀害后仍旧千方百计生存下来。我现在是怎么啦?那么一点陷阱,我居然看不破。

我现在的表现,只能有一种解释:过去十年,赛吉·利文斯顿小姐的狡诈阴险和鲁道夫·布加仑一引就炸的火爆脾气,渐渐把我的脑袋变成了一堆浆糊。

我一定要振作起来。

凯伊准会说,管他暗喻、明喻,还是夸张,我们都要像鱼雷一样"全速挺进"。

我和尼姆有一搭没一搭地闲聊着,有意分散那些窃听者的注意力,尼姆趁机仔细搜查我住处的每一个角落,连我身上都查了个遍。他用他那个球形搅打器大小的微型探测棒,迅速全面检查了我的衣服、瓷器、亚麻制品、书籍、家具和从我背包中掏出的棋具。他把棋子一一摆在客厅餐桌上。我把口袋里一直随身带着的黑后交给他,仔细检查一遍之后,尼姆才把它放在棋盘上属于黑后的位置。

尼姆拿起我的背包,从橱柜里抓过几件换洗衣服塞进去,把《邮报》第一版也塞了进去。随后,他转身对着我大声说道:"我想,咱们已经把房间打扫得干干净净,现在可以出门走走了吗?"

我摇摇头,示意他现在还不能走。我把羽绒服递给他,意味深长地看了他一眼,大声说:"我得给鲁道夫打个电话,谈谈今晚的安排,免得咱们出去走得太远,要知道,他可是我老板。"

尼姆摸到羽绒服的后背,棋盘图就藏在那儿。那里比别的地方略微硬一点,他摸着扬起眉毛。

我点点头,突然有了主意:"事实上,我最好在路上边走边给鲁道夫打电话。他安排了几件差事。我跟他打电话核对一下我们昨天说到哪里,看看我是不是听明白他的要求了。"

"也好,那咱们走吧。"尼姆说着把羽绒服展开,让我穿上。"小姐,咱们开路吧。"

出门前,他从餐桌上抓起我那部充满危险的手机,丢到沙发垫之间,造成一种意外掉到里面去的假象。接着,他伸出胳膊,示意我挽上。

我低头看见他手心握着一把瑞士军刀,他微笑着把刀子递给我。"为了更深入的洞见。"走出门口的时候,他意味深长地压压羽绒服,说道。

我们来到乔治城市中心 M 大街,那里到处挤满了樱花节期间从华盛顿国家广场分流来的游客。每家餐馆门前的人行道上都排起了长龙,焦急地等待着餐馆里腾出空台位。我们只好绕到街面上,以求避开排队等待的游客。乔治城人行道变成了"特色超越障碍训练场",狗粪随处可见,老银杏树上掉下的滑腻腻的果实难闻至极,路砖被搬的人行道坑坑洼洼,骑车人为避让横冲直撞的出租车躲上了人行道,卡车司机将车停在敞开的金属卷闸门前,把一筐筐蔬菜和啤酒卸到地下室。

最糟糕的还是那帮游客,让人觉得华盛顿特区是他们家。不过,仔细想想,事实也确实如此。

"跟这里一比,曼哈顿宁静得多了。"尼姆说。他一只手紧紧抓着我的背包,另一只手抓着我的胳膊,警惕地望着四面八方的人流。"我现在带你去一个比这里文明的地方,咱们继续谈谈,部署下一步的计划。"

"说实在的,我确实有一件事要办,"我告诉他,"非常急,离这里只有一个街区。"

对于需要去办的事情,尼姆有他自己的看法。

"重要的事情先办,"他说,"我知道你最后一次吃东西是什么时间,可我不知道你最后一次洗澡是什么时间。"

洗澡?有那么明显吗?我尽量克制住,不在公开场合闻自己身上是否有异味。事实上,我确实不记得了,现在想来,动身去科罗拉多之后肯定就没有洗过。

即便如此,我对"先办的事情"也有自己的观点。有件急事必须马上去办,不能再等。

"在我公寓的时候,你怎么不挑剔这事儿?"我不满地问,"否则,我可以立刻去洗。"

"你的公寓?"他不以为然地哼了一声。"露营地都比那里设施齐备。再说了,现在回去也太危险。如果真是非常重要,我们先去把你那件急事办了——前提必须是在去我酒店的路上。"

"酒店?"我抬头吃惊地望着他。

"当然。"他被我逗乐了。"我跟你说过,我来这里找你好几天了。你希望我住在哪里? 住在你那个缺吃少喝的地方,还是住在露天公园里?"

说句老实话,我也不知道希望他住哪里。可是,我很难想象像尼姆这样行踪诡秘的人居然会住酒店。

"什么酒店?"我问。

"你会喜欢的。"他向我保证。"比你那个除了监听器以外什么都没有的公寓不知要强多少倍。至少你能洗干净。酒店宣称,除其他一应便利设施外,还有一个足以举办游泳比赛的泳池和乔治城最好的罗马式浴室。更不用说,还有足够的私密空间,供我们筹划下一步的计划。就在这条街的尽头,一点也不远:四季酒店。"

♟

也许是因为来自一个人人自诩启蒙思想家的家族,我从不将那些最早或最快出现的答案当作问题的正确答案。家族中的人,如斯拉瓦伯父,都是复杂性理论的践行者,倾向于用迂回的方法迫近真理。我在决策方面也颇有点优柔寡断。可眼下,速度就是一切,如同象棋中的闪电术,最简单的方法就是最好的。路上,我简单跟尼姆说了我的计划,他同意了。

拷批便利店,顾名思义是家复印店,始建于二十世纪六十年代。复印店在M大街上,距离我们目前的位置只有一个半街区,夹在华人点心店,和一家只会用大鼓风机把香味吹到大街上招徕顾客的西班牙小吃店中间。我和尼姆只好再次挤过一队队眼巴巴地守在那里排队的游客,到达我们的目的地,挤进门里面。

便利店前半部分卖办公用品,后半部分是间装配了打印机的复印室。我只知道城里的这个地方能够复印整版《华盛顿邮报》,当然还有那张用鲜血绘成的十八世纪棋盘图。

我也只认识城里这家店的复印部经理。斯图亚特经理酷爱四星级巴斯克餐馆的剩菜,他跟一位偶尔给他偷带剩菜的二厨关系非常好。他也喜欢二厨那位经常穿着溜冰鞋滑过希望大街鹅卵石路,给他送剩菜来的长腿伙伴。

乔治城跟其他任何部落保留区一样,本地人不信任外地人,想方设法榨取他们的钱财,要么就让他们在大街上挨饿,比如门外那些饥肠辘辘的外地游客。在那些自认为高人一等的本地人当中,也有一套不为外人所知的交易规则。在俄罗斯,父亲称之为"拉关系"。换言之,是一种互惠关系。

就拿眼下来说,斯图亚特懂得尊重我的机密。没有人在的时候,他会让我自己动手复印,多数情况下我是来这里帮鲁道夫复印资料。他也会让我用那间男女共用的员工盥洗室,对我今天这种临时状况而言,简直是个极为有利的条件。

我让尼姆在商店办公用品部转转,买些我实施计划要用的邮政专用圆纸筒、胶带、标签和小订书机;我自己则拎着背包走进后面的复印室。斯图亚特正在打印东西,噪音大得要命,我冲他挥挥手,径直走进盥洗室,顺手锁上门。

我取出背包里的《华盛顿邮报》,把头几页展开铺在地板上,脱下羽绒服,倒过来拿着,以免里面的羽绒内胆脱落。我用尼姆瑞士军刀上的微型剪刀,小心翼翼地挑开瓦坦·艾佐夫缝上去的线。

取出棋盘图的同时,要想不把羽绒弄得满地都是,几乎是不可能的。我终于取出棋盘图,清理干净上面的羽绒,展开夹在《邮报》头几页中间,一并卷好放进背包。接着,我打湿卫生纸,把地上的羽绒尽可能粘得干干净净,然后把纸丢进马桶,放水冲掉。

第一步工作完成。

厕所门上如约响起轻叩声,告诉我尼姆准备登场了:实施第二步。

我打开门,他站在外面,拎着一袋刚买回来的办公用品。我把羽绒服交给他,接过塑料袋,腾出厕所位置让给他。

他把门从里面锁上,帮我把滑雪服里子订好,我则拎着东西回到复印室。打印机的噪音震耳欲聋,我心中无比感激这个噪音,这样我就不需要跟斯图亚特聊天,可以专心致志做自己的事情了。

斯图亚特比划着告诉我,大复印机已经开好,可以复印。我把《邮报》首页面朝下放在复印机压盘上,印了四份。然后,快速翻到刚才插进棋盘图的那一页。棋盘图比外面的报纸宽了一点,但房间对面的那位伙计似乎正专注于打印工作,应该不会注意到。

我把棋盘图正面朝下放好,上面盖着报纸,也复印了四份。我又额外印了四份跟《邮报》首页相连的那一版报纸。印完后,我把复印件分成四堆,每一堆中间夹一张棋盘图。我从尼姆的塑料袋中取出圆纸筒,快速卷好每一堆复印件,把它们依次放入邮政专用纸筒中。

就在这时,打印机的轰响突然停了下来。

"该死,卡纸了!"斯图亚特叫道,"亚历西,过来一下,帮我拿着给纸盘好吗？这玩意儿总卡纸，修理工总也不来，我今晚得熬夜清洗一下，看看到底是哪个地方出了故障。"

我的心怦怦直跳。我不想让工作干到一半停下来，可又能怎么办呢？我迅速卷好所有复印件，连同原件一起放进塑料袋，随后走过去帮他扯出另一台复印机里卡的纸。

我帮他托着沉重的给纸盘，让他把卡的纸取出来。斯图亚特开口说道："顺便说一句，我想你该不需要再干那些活了吧？"

"干哪些活？"我尽量装作若无其事地问。

他怎么会知道我在干什么活？

"我是说，"他边说边用力往外扯卡在里头的纸，猛地拉出一团粘着墨斑的碎纸。"如果是帮你老板布加仑先生复印东西，他今天早些时候已经带着另一个人来印过了。他们让我把你印的那东西印了好几份——昨天报纸的头版，没错吧？我真弄不懂。我是说，一整份报纸比印那几张还便宜，为什么还要复印？"

天哪！我顿时心跳加速，却只能尽量显得若无其事。

暂且不问到底为什么要复印，这么说，难道会是鲁道夫派人在我房间和手机上装的窃听器？他听到我们谈论《邮报》了吗？今天早上跟他一起来的人是谁？他为什么也要复印报纸头版？

我知道我必须得说点什么，才能打消斯图亚特的好奇心。但我也必须尽快离开这里，尼姆还在前头店里等着我，他一定急得要命，不知道这个"马上就好的事"出了什么状况。

"我也不清楚有什么必要。你知道我老板那个人。"我一边帮忙把给纸盘放回原处，一边说。"依我看，也许布加仑先生在用昨天的头版新闻当糊墙纸。是他让我来再加印几份的。非常感谢帮大忙！"

我甩了张十元钞在柜台上，抓起塑料袋和背包，朝门口走去，给斯图亚特抛了一个飞吻。

来到外面街道上,尼姆接过背包,满脸关切。

"怎么这么久?"奋力从人群中穿过时,尼姆问道。

"别提了,"我对他说,"咱们得抓紧。回头告诉你。"

一路上谁也没再说话,我们急忙赶到两个街区外位于拐角处的乔治城邮局,爬上石阶。尼姆在旁边望风,我躲到柜台后面把剩下的材料卷好放入圆纸筒,用他买来的胶带封好,再贴上标签,把一份寄给莉莉姨妈,一份给诺克米斯·凯伊,另外两份分别寄到尼姆和我母亲的信箱。夹着棋盘图原件的那份,寄给我自己,地址就是乔治城邮局。为保险起见,我填写了一张大的黄纸卡,签了名,这样邮局就会一直替我保管这份邮件,除非另行通知。

走下乔治城邮局石阶时,我心中暗想:不管我和其他人将来出了什么事,至少这样就不会让两百年前修道院院长在俄国监狱中用生命代价换来的东西化为乌有。

我洗了个热水泡沫浴,洗去头发上积攒了三天的科罗拉多灰尘。长这么大,我还从来没见过如此典雅的大理石浴室。我披上房间里的厚毛巾浴袍,穿上四季酒店守门人慷慨提供的名牌游泳衣,到楼下的运动俱乐部找伯父——我们约好在那里见面。

尼姆事先帮我预定了私人泳池中的一条泳道,我先在泳池里游了三十个来回,接着去那个巨大的罗马极可意水流按摩浴缸找他。抽干水,浴缸可以供五十个大块头相扑运动员舒服地睡觉。

我不得不向伯父承认:财富和舒适确实令人难以抗拒。

我也知道,如果我被卷入其中的棋局真如大家所说的那么危险,留给我享受的时间不会太多,尤其是如果我继续坐在蒸汽池中无所事事的话。

伯父似乎读懂了我的思想,从热水池另一边走过来,在我旁边的大理石浴台上坐下。"既然不知道前面会有些什么情况等着我们,我想,目前唯一能做的事情就是,好好洗个热水澡,吃顿像样的饭。"

"临终愿望吗?"我笑着问他。"我会记着的。我能察觉到我脑子又开始管用了。我今天了解到了非常重要的情况。"

"你说过了,是你老板布加仑在复印店的事,那件事确实令本已复杂的形势更棘手了,但是——"

"不,我想,我发现了比那更重要的事情。我知道可以信任哪些人了。"

他的双色眼睛好奇地望着我,我接着说道:"在邮局,甚至在去邮局之前,我根本不用想就能填好那些邮寄标签。我知道该把棋盘图复印件寄给哪些人。不仅有你和妈妈,你们俩每人有一份,还有莉莉姨妈和我的朋友诺克米斯·凯伊。"

"啊,你朋友凯伊的名字叫诺克米斯?这样就能说得过去了。"

"说得过去什么?"我问。

顿时,我又有了那种不舒服的感觉,总觉得发生了什么我压根不想面对的事情。

"你洗澡的时候,我翻阅了昨天晚上到现在的电话留言,"尼姆说,"除了我的管家,几乎没人知道我在这里。然而,昨天夜里有份传真等着我接收——来自一个'塞勒涅·卢纳,汉克·托尔卡普的祖母'。"

我登时愣住了。尼姆的满脸笑容很快让我也明白过来:"塞勒涅"和"卢纳"都是指"月亮女神"。

"在吉奇·古米海岸边,在波光粼粼的大海上……"我朗声诵读。

"屹立着月亮的女儿——诺克米斯的小棚屋。"尼姆接着背下去,"你的这位朋友,真的很像亨利·华兹华斯·朗费罗著名诗篇中的海华沙的祖母吗?"

"思考问题的方式非常相像,"我告诉他,"她能轻而易举唤醒勇士的战斗情怀。你一定会非常吃惊,她是我认识的人当中除你以外最厉害的编密码高手。她把这种编码方式叫作印第安烟火讯号。暂且不管她是怎么找到我的,她信中怎么说?"

"我承认,刚开始我也没读明白,可现在知道她是谁以后,就知道显然这个密码是专门给你的。"

他伸手去拿游泳池边的浴袍,取出传真递给我。

当真花了我不少时间才读懂。可一旦明白过来,我立刻感到非常不安。怎么可能会这样?只有我一个人见过那封密码信!

"信上说什么?"尼姆警觉地问,手搭在我肩上。

我只能摇头,一句话也说不出。

传真上写道:凯蒂已经转运,她正从圣母岛①返回,租了一辆豪华轿车,将于明天抵达特区。她说你有她的号码和其他联系方式。她仍然住 A1 号公寓。

与前面那条信息内容相同:"A1"说明,跟俄罗斯人和巴格达密室有关。但"转运"肯定是关键。我在脑中将信息倒转过来。前面那条信息中,DC-LX-VI 对应的罗马数字相加得 6-6-6,而现在这条信息:IV-XL-CD 所代表的三个罗马数字相加得 4-4-4。我发现,这三个数字相乘,得 64——棋盘棋格的总数!

---

① 又译"维京群岛",位于加勒比海地区,波多黎各以东,依据中南美洲的宗教习惯,亦被人称为"太阳圣母岛"。

棋盘提供钥匙。

如果凯蒂猫-凯特选择一条与她留在科罗拉多钢琴上不一致的路线,那就意味着,我母亲很可能此刻就在华盛顿特区!

我在这里耽搁的时间太久了。我转身告诉伯父我们得走了,同时准备走出罗马式浴室,不料就在那时,我遇上了做梦都想不到的倒霉事:拐角处走来三个我不愿意见到的人——尤其是在目前这种衣衫不整的状态下,我简直无处可藏。

赛吉·利文斯顿、加仑·马奇,和我的老板鲁道夫·布加仑。

第三部

赤 化※

❋

  阿拉伯谚语"血既出，险已除"，简明扼要地介绍了献祭的重要意义：祭品满足权力……献祭行为背后的驱动力，血的典型象征意义，代表神的律法的天秤宫黄道带，人的内在道德……以炼金术为例，物质经历过白化阶段，进入赤化……

——J. E. 瑟洛特《象征辞典：血》

  普罗米修斯神话……关于人内心的升华……确认了不稳定性与稳定性之间的炼金术关系……同时，磨难（比如普罗米修斯的经历）对应着升华，因为磨难与红色相连，红色是炼金术操作过程中，继黑色和白色之后的第三色。

——J. E. 瑟洛特《象征辞典：普罗米修斯》

※ "赤化",亦称"变红",是炼金术"白化"之后所要达到的终极理想状态,亦即必须要有"血",即生命的红色,才能将理想状态转变为存在方式。

脑中火影

> 脑中燃着一团火,
> 我游荡到榛树林……
> ——威廉·巴特勒·叶芝《漫游的安格丝之歌》

叶芝的安格丝……脑中燃着一团火,各地萨满巫师都认为是启蒙之源,照亮了另一个世界的景象。萨满教旅行始于头脑,终于头脑……

——汤姆·柯万《脑中火影》

科里亚克自治区,鼓乐堂

圆顶帐篷中,萨满巫师轻轻敲击乐鼓,其他人围坐在火堆旁歌唱。亚历山大已渐渐喜欢上这些优美的旋律,他坐在帐篷门帘外凝神静听。他喜欢萨满音乐,这音乐能令他获得内心的宁静,产生一种和声,在他体内流淌,帮他治疗受损的神经。

但常常在乐曲终了的时候,火影就会回来:耀眼的强光涨满他的脑袋,伴随着灼痛——不是身体上的痛,更像是源自神经内部的灼痛。

他还是没有真正的时间意识。他不知道自己在这里待了多长时间,几天,一个星期,还是更长?他也不知道他们穿过无边无际的针叶林带,到底走了多长时间才到达这块地方。他的两条腿还没有完全恢复力气,快要到达目的地的时候,他虚弱得困在雪地里走不动,他们派来狗拉雪橇,拉着他走完全程。

那些雪橇犬都非常出色。他记得它们称作萨莫耶狗。他一直饶有兴味地看着它们在雪地里撒着欢儿拉雪橇。夜晚,他会拥抱卸去套具的雪橇犬,它们则会舔舔他的手和脸。他小时候养过这样一条狗吗?

可他不再是那个小男孩萨沙,那个他最了解,也是唯一记得起的自己;他现在已经成年,可对这段生活却记不得多少,他的过去对他自己而言像片陌生之地。她跟他讲了他自己的名字——

亚历山大·索拉林。

带他来这儿的女人,那位可爱的金发妇女,此刻正坐在他身旁,在帐篷外等其他人来叫他们进去治疗——她就是他的母亲,塔提亚娜。

在动身旅行之前,她把大致情况告诉了他:"开始的时候,你昏死过去了,一动也不动,几乎没有呼吸。萨满领袖额图根[①]从北方过来,帮你用矿物质水治疗。楚科奇人称她为大师,即土著人中的女萨满巫师,能通灵、有法力。虽然,长老们用各种名贵药材和精湛医术治愈了你身体的创伤,但额图根说,只有亲自穿越死生之地,你的精气神才能够得以恢复。

"又过了很久,你恢复到一种半昏迷状态。其中有一个多月,你仍然时而清醒时而昏迷。最后,你终于变成现在这个样子,完全恢复了意

---

① 即游牧民族信奉的地母神。

识,能够吃饭、走路、看书,甚至还能讲好几种语言——可这些都是你小时候掌握的技能。我们只能希望你慢慢恢复余下部分的意识。你曾经受到过度惊吓,导致部分记忆缺失。

"额图根说,你不仅身体受了伤,精神也受了伤。身体未完全康复之前,探查这种心理创伤会很危险——这种危险已经开始在你身上显现了。有时候你会失眠,似乎正在遭受巨大的恐惧,表现得非常痛苦或歇斯底里。额图根认为,你所表现出的那些恐惧真实存在,我们必须让导致你精神受创的原因自动浮现,不管用多长时间,有多困难。

"然后,当你身体完全复原,可以进行长途旅行了,我们就去北方,开始另一段旅程,治疗你的心灵。因为你曾经在死人之地生活过,你的脑中有一团火影,表明你已经顺利通过考验,成为一位有先见之明的萨满。"

可是,索拉林绝望地意识到,他只想能够重新活过来。逐渐地,记忆恢复得越多,他就对中间缺失的部分越发感到绝望,他甚至想不起他对多少年的经历失去了记忆。最令他痛苦的是,他无法知道自己的记忆中都有些什么,记不清他曾经爱过、恨过、诅咒过或珍爱过哪些人。

可有一样东西,他能够记得起——

象棋比赛。

只要一想起象棋比赛——尤其是那场比赛,他的脑中就会升起一团火影。他知道,那场比赛中的某样东西一定是解开这一切——他的失忆、昏迷、噩梦、希望和恐惧——的钥匙。

可他也知道,正如他母亲和萨满巫师建议的那样,只能观望和等待。操之过急,反而有可能会彻底失去那些记忆。

在前往北方的旅途中,每到一个可以聊天的歇脚处,他就会告诉母亲他能够想起来的那些事情,一些从过去的记忆中如同迷雾一般显露出来的小片段。

比如,他记得他小时候的那个晚上,塔提亚娜给了他一杯温牛奶,送他上床睡觉,他能看见卧室外的无花果树,就在海边的悬崖附近,那晚下着大雨,他们必须逃走,这些都是全靠他自己想起来的,这些最初的回忆令他很有成就感,也很欣慰。

塔提亚娜就像一位画师,沿途不停地往油画布上画了一半的图画上添加颜色,跟他一起分享她能够记得的关于他那段时光的详细情况。

"你回想起来的那个夜晚,非常重要。"她对他说,"那是一九五三年十二月末的一个夜晚,那一晚我们所有人的生活都被改变了。下大雨的那个晚上,我的外祖母敏妮来到咱们家。当时,咱们住在黑海岸边一个人烟稀少的荒凉地方。尽管属于苏联领土,但那儿却是一个远离其他地方的恐怖和肃清的世外桃源,至少我们当时是这么认为的。敏妮带来一样东西,那是咱们家族几代人曾经宣誓保护的东西。"

"我记不起她了。"索拉林语带兴奋地说,脑中同时闪过一些东西。"关于那天晚上,我还记得一些事情:有人闯进咱们家,我逃出去藏在悬崖底下。我逃脱了,可你却被那些人抓走了——"他惊恐地望着母亲。"我从此再也没有见过你,直到那天在修道院!"

塔提亚娜点点头,说道:"敏妮是特地选择在那个时候到咱们家的。她花了八个月的时间,走遍俄罗斯,寻找宝物的下落。因为八个月前,铁腕统治俄罗斯二十五年的约瑟夫·斯大林去世了。他死后的几个月中,整个世界发生了天翻地覆的变化。伊拉克、约旦和英国都换了年轻的新君主,俄罗斯研制出氢弹。敏妮到我们家那晚之前不久,长期以来令俄罗斯人无比恐惧、痛恨的俄国秘密警察头目贝利亚[①]被行刑队枪

[①] 拉夫连季·帕夫洛维奇·贝利亚(1899—1953),苏联政治家,秘密警察首脑。

决。事实上,正是斯大林的死和他死后那段无人治理的状态,促使敏妮开始长达八个月的疯狂寻找,尽可能多地挖出埋藏在俄罗斯的珍宝——三枚珍贵的金、银、镶钻棋子。她请求我们把棋子藏起来。她相信,由我们收藏这些棋子不会有危险,因为你父亲有条船可以带我们离开。"

提到那些棋子,索拉林感觉到火影又回来了。他竭力控制住自己的情绪,因为他还需要知道其他一些事情。他声音发抖地问她道:"抓走你的是些什么人?你怎么会失踪那么久?"

塔提亚娜没有直接回答他的问题,她平静地说:"在俄罗斯,一个人要想失踪非常容易,千百万人都这么失踪了,只不过鲜有人出于自愿。"

"可如果旧政权被推翻了,"索拉林问,"追寻珍宝的又是些什么人呢?抓走你的是些什么人?他们把你带到哪里去了?"

"老地方,"塔提亚娜说,"劳改营和教养院主要管理处①,简称'古拉格劳改营',始建于沙皇时代的劳改营地。'管理处'的实质是秘密警察,不管他们在沙皇尼古拉二世时被称为奥克瑞那,还是苏联时期被称为契卡、内卫军、克格勃。"

"你被关到集中营去了?"索拉林失声问道,"可你是怎么设法活下来的?他们抓走你的时候,我还很小!"

"我原本是活不了的,"塔提亚娜告诉他,"过了一年多的时间,敏妮终于发现我被关押在西伯利亚的劳改营,一个荒无人烟的地方,她用东西作交换,帮我逃了出来。"

"是她把你保释出来的,是吗?"索拉林问,"怎么保释的?"

"不,我是逃出来的,"他母亲说,"因为,苏联共产党政治局如果知

---

① 简称"古拉格",是苏联极权主义的象征,与奥斯维辛集中营同为臭名昭著的人间地狱。

道我被释放,我们所有人的生命就会遭遇危险。出于另一种考虑,敏妮用另一种方式买来我的自由。从那以后,我就藏身在科里亚克人和楚科奇人中。也幸亏这样,我才能救下受伤的你,才能救了你的命。许多年来,我跟这些伟大的火神大师学到很多法术。"

"可你是怎么救下我的呢?"索拉林问他母亲,"敏妮给了苏联人或古拉格劳改营守卫什么东西才帮你逃出来的?"

但最后一个问题刚一出口,索拉林就知道答案了:一片强光中,他无比恐惧地看清这几个月来一直在他眼前模模糊糊晃动的影子。

"敏妮把黑后给他们了!"他叫道。

"不,"塔提亚娜说,"敏妮交给他们的是棋盘,是我自己把黑后交给他们的。"

圣 战

伊斯兰教徒征服西班牙和非洲,促成法兰克国王成为西欧诸国的基督教领袖。因此,严格说来,没有穆罕默德,就没有查理曼。

——亨利·比莱纳《穆罕默德与查理曼》

赛吉·利文斯顿、鲁道夫·布加仑和姓名字母易位就能够变成"查理曼"的加仑·马奇先生——我那位形迹可疑的科罗拉多新邻居,他们几位是我此刻最不愿意见到的人,尤其是像现在这样几乎半裸着身体。我感觉自己要窒息了,胡乱地套上长毛绒浴袍,系上腰带。这三位突如其来且不知怎么勾搭到一起的人,令我束手无策。

尼姆一边从热气腾腾的罗马式浴室中走出来,一边伸手套浴袍。他一把从我手中拿走凯伊发来的传真,塞回自己的口袋中,递过一条毛巾让我擦干湿淋淋的头发。

他不易觉察地低声问道:"我猜,你认识他们?"我轻轻点点头。他接着说:"稳住阵脚,先给大家作个介绍。"

可是,我们那位迷人的校花已经跳了出来。

"亚历桑德拉!"赛吉叫道,同时带着两位先生穿过房间向我走来。

"在加仑住的酒店里见到你,真是太令人惊奇了!我和他踏遍整个乔治城到处找你,幸好碰上你的这位热心老板给我们指路,他告诉我们,说你可能到四季酒店来看望你伯父了。"

我还没从这句令人震惊的开场白中回过神来,赛吉已经转身对尼姆施展魅力攻势,伸出一只精心修剪过指甲的纤纤玉手,露出优雅迷人的笑容。"您一定是著名科学家拉迪斯劳斯·尼姆博士,久闻大名。我是赛吉·利文斯顿,亚历桑德拉在科罗拉多的邻居。很高兴认识您。"

久闻尼姆的大名?一位素来神秘的男人?她肯定不是从母亲或我这里得知的。没有那些我们刚刚丢掉的窃听器,鲁道夫怎么可能这么快又锁定了我们的行踪?

尼姆非常得体地跟每个人握手。穿着浴袍,他却能如此淡定。我此刻浑身又湿又冷,更重要的是,我迫切想知道塞在伯父口袋中的凯伊传真上关于母亲的情况,于是决定先行告辞,去更衣室吹干头发,暗暗希望能从后门溜掉,晚些时候再向尼姆打探情况。

可我们的"万人迷小姐"却抛出一番更令人始料不及的话。

"尼姆博士,"赛吉嗲声嗲气地说,"所有人当中,肯定只有你知道我们所有人的真实身份和我们来这里的原因。你也一定明白,我们为什么要坐下来谈一谈,为什么非要现在赶来谈。"

我们所有人的真实身份?

我尽量不去看伯父。可这到底是怎么一回事?

赛吉听起来不像我长期熟悉的那个做作女郎,反而更像双面女谍玛塔·哈莉[①]。站在我眼前的这位赛吉·利文斯顿,这个撅着嘴、随意

[①] 玛塔·哈莉(1876—1917),原名玛格丽莎·赫特雷达·泽莱,荷兰人,二十世纪知名交际花,一战期间与欧洲多国军政要人、社会名流都有关联,最终在巴黎以德国间谍罪名被法军枪毙。

玩弄着钻石网球手镯的女人,可能并不只是利文斯顿油田和铀矿的继承人?她是不是也继承了利文斯顿家的阴谋传统?

女儿让我如此困惑不说,她母亲也阴魂不散。那天晚上罗丝玛丽在餐厅问我:你知道你在跟谁说话吗?你难道真不知道我是谁吗?

我决定——至少在这种又湿又冷的情况下,要好好问问清楚,我简直受够了。

"你说尼姆一定知道'我们所有人的真实身份'",我怒气冲冲地问赛吉,"这到底是什么意思?各位瞧瞧……从左往右,分别是我的伯父、我的老板和我母亲的两个邻居——"

我打住,没再接着往下说。赛吉完全不理会我,不失优雅地叹了口气,紧紧闭着嘴唇,鼻翼微微翕动。她意味深长地朝酒店前台方向看了看,低声对尼姆说:"能不能找个僻静的地方,我们五个人谈一谈?当然,等你和亚历桑德拉擦干、换好衣服以后。你一定非常清楚,咱们要谈什么。"

我正要反对,尼姆却令我大吃一惊,只听他对她说道:"十分钟后到我房间。"说完冲他们三个人点点头,接着从口袋里那张纸上撕下一小片,草草写下房间号。

他到底是怎么想的?他比任何人都更清楚我母亲处境危险——她也许眼下就在华盛顿!我必须马上离开这里。尼姆却要再次与敌兵亲善,准备举行一场扩大茶话会,气死人。

尼姆快走到更衣室时,我快速折回原地,抓住赛吉的胳膊。

加仑与鲁道夫走在前面,已经爬到私人俱乐部入口楼梯中间了,不大可能听见我的问题。一个个问题井喷而出,我才发现自己被压抑得太久。

"这次集会是谁发起的?"我厉声问赛吉,"是你,还是上面的什么猫啊老鼠的？为什么你和马奇今天要'踏遍整个乔治城'找我？还有,你们俩在华盛顿做什么？为什么上个星期天我刚离开,你们俩就赶到丹佛？你们跟瓦坦·艾佐夫、莉莉·拉德都谈了些什么？"

显然没什么好隐瞒的,罗丝玛丽已经透露过,她知道诺克米斯·凯伊跟我汇报过。

赛吉用她那一贯的居高临下的表情,冷冷地看着我,我每次都想用洗餐具的肥皂钢丝球把她那副表情给刮下来。突然,她笑起来,熟悉的"万人迷小姐"又回来了,露出一对酒窝。

"你该拿这些问题去问你伯父——而不是问我。"她语气轻快地说,"再说了,他已经同意一起碰个面,你也不在乎再等十分钟呀。"

赛吉说着又上了一级楼梯,我再次抓住她的胳膊。她吃惊地看着我。混蛋！连我自己也感到很吃惊。我气愤极了,恨不得冲她一直嚷嚷下去。

也许我从来没有让赛吉真正瞧瞧我的颜色,但过去这一个星期,即便没有赛吉和她那令人讨厌的家庭,我也已经受够了。再说,一个所有的荣耀不过是当过"少女帮"正式会员的女人居然敢跟我说不,真是岂有此理。有人身处险境,我需要知道情况,马上。

"你走不掉了。这儿只有我们两个人。我在问你话。"我告诉她,"既然你现在就能告诉我,我为什么要等十分钟后问伯父？"

"我只不过是来帮忙的。"赛吉说,"想必你也看出来了,我们来这里是打算跟你伯父见面。加仑坚持认为,我们必须要找到你伯父。他说事情非常紧急。因此,聚会上发现你母亲失踪后,我们才会去丹佛问那两个人。你自己似乎也没有她的任何线索——"

我扫视四周,看是否有人能够偷听到我们的谈话。她闭口不说了。这又是我没有预料到的。加仑·马奇要找尼姆？为什么？我真要昏厥了。

突然发现加仑独自从楼梯尽头掉头朝我们走来,我心里一惊,拽着赛吉进了女更衣室,这样他就无法跟进来了。我一边紧紧拽着她的胳膊,一边从门上挨个察看小隔间,以确认更衣室里只有我们两个人。

我转身看着赛吉,想到要问的问题,禁不住心跳加速。我知道,我必须要问这个问题;我也承认,想到她可能会说出的答案,我心中充满恐惧。赛吉看着我,似乎我随时可能口吐白沫。如果情况不是这么万分危急,我简直要大声笑出来。

凯伊一定会让我咬紧牙关忍住。

"加仑·马奇为什么要找我伯父?"我问,"再说了,他们不过是几分钟前才在这个俱乐部认识的。"

真是这样吗?

"我从来没问过。"赛吉用她一贯的冷淡腔调说道。

她这回老实多了,显然不想继续激怒我,但我注意到她不断瞄着附近的火警报警器,似乎在琢磨如何才能打碎玻璃,拉响手柄呼救。

我正准备继续问,不料赛吉接下来的话让我差点当场昏厥。

"我只是想当然地认为,他们一定早就认识。毕竟,出资买天空农场的人是你伯父。"

♟

我从没透过白兰地酒杯底部研究过伯父。接过伯父递过来的那杯烈酒时,我刚从俱乐部进来,浑身湿淋淋,一副失魂落魄的样子。

现在,我已经擦干全身,换上他给我塞在背包里的换洗衣服,喝干了最后一滴酒,正透过玻璃酒杯向外看。我光着脚,蜷缩在舒适的椅子里。面前摆着四季酒店颇负盛名的艺术插花,我试着去记住那些花的名字:桔黄色与紫色的是天堂鸟,白色与绿色的是丝兰,品红色的是细辛花,深紫色的是兰花……还是……我素来记不住拉丁语花名。"

尼姆绕过桌子,拿走我手中的酒杯,告诉我说:"你一个上午喝得太多了,我只是想让你放松,可不想让你人事不省。怎么不把椅子拉近一点,加入大家的谈话?"

大家。

他指的是坐在豪华套间富丽堂皇的织锦椅子上的那三位。尼姆在豪华的地毯上走来走去,给大家添加酒水。

我简直不敢相信眼前的一切。

我难受极了,那些烈性酒不能解决我的困扰,也不能减少我的痛苦。

我知道,不管怎样,我都必须查明事情的真相。但我第一次感到自己竟是那么孤立无援。

幸好发生这些事情之前,我在池子里游过三十个来回。

幸好我刚才在浴室已经从尼姆口袋里掏回凯伊发来的传真。

我深爱的斯拉瓦伯父,我生命中唯一一个最信任的人——我对他的信任甚至超过了对自己父母的信赖,而他似乎欠我很多解释。此刻,我不知道他能够解释的有多少。记得小时候妈妈常说:"刻意隐瞒也是撒谎。"

我按照他的要求,把椅子从摆放插花的桌子后拉出来,"加入大家",趁此机会快速掂量了一下形势。

从昨天晚上到现在,我到底跟尼姆说了多少事实、多少自己的推测?

他的话中又有多少是"刻意隐瞒",有多少是事实?

我不敢说他完全撒谎,但他肯定误导了我。首先,他过去二十四小时里的每一句话似乎都暗示他从没见过鲁道夫或加仑,即便是今天早上,当他用字母易位法破译出后者的姓名,指出鲁道夫和加仑可能因查理曼和象棋而彼此产生关联时,还是如此。

一旦仔细审视那些曾经不起眼的事实,情况马上就会不一样。比如,鲁道夫知道尼姆在华盛顿的落脚处,而其他任何人,包括我在内,却都不知道。又比如,尼姆支付几百万美金买下毫无价值的科罗拉多农场,表面上却归在加仑·马奇名下。

一旦仔细回顾那些模棱两可的片段,就很容易发现,早在今天之前,伯父跟房间内的每个人都认识,唯一可能的例外是赛吉·利文斯顿。

当然,前提条件是,赛吉没有撒谎。

"很明显,我们似乎一直以来都弄错了保护对象。"尼姆对房中的各位说道。喝了些饮料,大家精神都不错。"凯特这一出失踪计,看来比在座的各位都高明。但我不知道她为什么要这么做。你们有什么看法?"

"很显然,"鲁道夫第一个发言,"她不相信我们中的任何人能够保护她或亚历桑德拉。不然,她又怎么会亲自出马,处理这么重要的事情?"

虽然鲁道夫的话还没说完,可我知道我一刻也等不下去了,我感觉自己要爆炸了。

"吓,我原来还以为在座各位以前没见过面呢!"我轻声说道,眼睛却像匕首一样投向坐在房间对面的尼姆。

"我们确实没见过面。"尼姆不悦地说,"出于一个目的,我们被分散在各个地方。这从头到尾都是你母亲一个人的主意。可以说,从你父亲去世的时候就开始了。这就是跟一个母爱战胜理智的女人打交道的后果。没生你的时候,她脑子非常好用;现在,简直是一团糟。"

说得太好了!现在,我要为这些人的疯狂计划负责,而我自己却一无所知。

"也许你能够说一说,"我问尼姆,同时拿眼睛瞟着加仑。"你是天空农场的主人吗?赛吉说是你。到底是你还是他?"

"凯特要我买下那块地方,"尼姆说,"她解释说,土地投机商认为那块地算得上缓冲地带。她找了一个人当'幌子',以免让当地人知道我们介入。我从不知道那个人是谁,现在想来应该是马奇先生。很明显,暗中帮助买下这块地的人就是利文斯顿小姐。"

赛吉?妈妈为什么会请她帮忙?妈妈很讨厌利文斯顿家族的呀。这虽然能够解释赛吉怎么会知道天空农场的真正主人这一点,可眼下这种情形越来越不可思议了,甚至比邀请他们参加那个可怕的生日聚会还不可思议。我想大声尖叫。

还有一些重要的事情对不上号。可不等我开口,来自比利牛斯山的波将金①发话了。

"我和你母亲是多年的老朋友,"鲁道夫告诉我,"我想,她一定不会愿意我在这里谈论我们大家之间的真正关系。这些年来,她不惜一切代价将我们分散在各地。不过,我可以告诉你,你离开那个可怕的美国烹饪研究院之后,是她请求我录用你的。她说,她可以证明你的资历。现在回到你刚才的问题,到目前为止,我对你伯父的了解就只有这么些。希望我解释清楚了。"

他确实巧妙地解释了一件事——也许太巧妙了。如果真如尼姆所

---

① 即格里戈里·亚里山德罗维奇·波将金(1739—1791),叶卡捷琳娜二世的情夫,也是举世闻名的、做表面文章和弄虚作假的代名词,常用以嘲弄那些看似崇高堂皇,实则空洞无物的人。

言,所有这一切都是妈妈一手策划的,那么一旦遇到危险,最好是像她那样把兵力分散,或者至少让大家看不清她的全局筹划。也就是说,就像在象棋比赛中,从幕后调动全局。

可有一点:我母亲不下象棋。

我下象棋。

显然,有一件事情我比房中每一个人都更清楚:棋局肯定已经启动,但发动棋局、操纵局面的人肯定不是我母亲。我的工作是要查清这个人到底是谁。

所以,趁着"大家"七嘴八舌讨论我母亲失踪,想要弄清她失踪的动机和方法之际,我也在心里暗暗思索,想要理出一个头绪。

我开始重新审视那些表面上看来没有一丝破绽的事情:一群彼此没见过面的人,却在四季酒店里发现了他们共同的利益;他们都应一个现在显然失踪了的女人的要求,为她提供帮助,帮她购买土地,录用她的女儿,充当她的"幌子"——是这一切将他们联系到一起。

我站起身,走到赛吉·利文斯顿身旁。每个人都停止说话,转向我。

我告诉赛吉:"我已经猜到了,虽然我也不知道为什么会花了这么长的时间才解开这个谜团。也许是因为我的老板布加仑先生误导了我,他告诉我一个与我真实身份不同的角色。但一场新的棋局无疑已经启动。我意识到母亲生日聚会所邀请的每一个人都在棋局中担任角色,包括这个房间里的各位。可是,我们并不属于同一方,对吗?比方说,我认为重新启动棋局的人是你母亲罗丝玛丽,尽管鲁道夫说我是白后,可我认为她才是白方的后——"

鲁道夫急忙纠正我的说法:"我说的是,出席晚宴的人认为你是白后,如果真像你刚才所说的那样,利文斯顿夫人怎么可能认为你是她本人的那个角色?"

"不会错的。"我无比肯定地对他说,"父亲去世后不久,一听说我们搬过去,利文斯顿一家很快也搬到位于科罗拉多高原的红土地农场,因为,罗丝玛丽已经发现我母亲的真实身份是——"

"不对,你弄错了。"赛吉说,"你们一搬到那里,我们确实就知道了你们的真实身份,因此母亲才会让我跟你交朋友。是我们先住在那里的。罗丝玛丽认为,你们迁到科罗拉多居住,最主要的原因是我们也在那里。再者,刚才你也听说了,是你母亲暗中安排买下毗邻我们田产的土地。"

可这解释不过去,那种不舒服的感觉再次攫住了我。

"我母亲为什么要那么做?你母亲为什么要你跟我交朋友?"

赛吉看着我,对于我的无知,眼中似是鄙视,又似是吃惊。

"鲁道夫·布加仑先生已经告诉过你,"她说,"母亲一直认为你会是新的白后。你父亲死后,她希望能突破防御,取得最终胜利。我说过,她一开始就知道你母亲的真实身份,知道她所扮演的角色。更重要的是,她知道你母亲做过什么事情。"

那种感觉再次攫住我的颈背,就像有人抓住我的后背,让我免于跌落悬崖。可我管不了那么多了,我必须知道。

"我母亲做过什么事情?"我问她。

赛吉看了其他人一眼。事情发展到这一步,他们跟我一样惊讶。

赛吉说:"我原先以为你们一定都知道是凯特·维利斯杀死了我外公。"

问　题

> 问题才是最重要的，提出问题并找到正确答案是我们不断前进的关键……信息的潮流会使战略变得模糊不清，使其淹没在细节、数字、计算和分析、反应及战术中。要形成强大的战术，我们必须一方面具有强大的战略，另一方面具有准确的计算，这两方面都需要有远见卓识。
>
> ——加里·卡斯帕罗夫大师《棋与人生》

我终于明白，为什么情报机关和间谍团伙会很难去芜取精、去伪存真。我感觉自己仿佛穿过镜子来到了镜中世界，却发现每个人都手脚倒立走路。

从语法学校时代开始的死对头赛吉·利文斯顿，刚才说她母亲罗丝玛丽曾唆使她在我上学第一天就接近我。而原因呢？是为了一起极不可能的谋杀案报复我母亲，为了把我这位天生的白方成员"安插"到黑方在利文斯顿家门口构建的可怕王国中去。

不消说，在这片狼藉之上，我还有几个问题不明白。

刚才这些说辞中最明显的一点是，我母亲后来过着隐居的生活，在科罗拉多生活的十年中，我从没见过或听说过她跟利文斯顿家族有过任何来往。

所以,她怎么可能在棋盘上跟他们对弈?绝对不可能。

说到怂恿女儿发展友谊,我觉得这倒像罗丝玛丽一贯的做派,母亲跟我一样,素来不喜欢赛吉。

我伯父要反对的正是她的说辞中这个最大的漏洞,他紧接着赛吉的话,驳斥道:"你们究竟凭什么认为是凯特·维利斯杀死了你的外公?她连只苍蝇都不会伤害。"尼姆气得直喘粗气。"亚历桑德拉还没出生前,我就认识凯特了,甚至她还没结婚,我就认识她了!我还是头一次听说这么荒诞的指控。"

我也正想这么问。加仑和鲁道夫似乎完全被她的话吓蒙了。我们都望着赛吉。

我头一次见到赛吉面对几乎清一色的男听众,居然一时说不出话来,呆呆地坐在缎纹织锦椅上,手里玩弄着那个愚蠢的钻石网球手镯。我注意到手镯上悬挂着一个祖母绿宝石小球拍。我真没见过她这副形象。

显然,她不准备回答那个问题,鲁道夫于是说道:"但我相信,赛吉·利文斯顿小姐并不是真的想说亚历桑德拉的母亲故意伤害了什么人,是吗?如果真发生过这样的事情,也肯定是个意外或错手,对吗?"

"也许我已经说得太多了,"赛吉说,"我只是个负责传信的人,可我似乎干得很糟糕。毕竟,正如你刚才所说,一场新的棋局已经启动,新的角色已经登场。因此,凯特失踪后,我父母才会要我帮助加仑先生找到她,也正因为如此,我父母才会要我和加仑到华盛顿来找亚历桑德拉。他们非常肯定,你们在座的各位明白目前的形势,认为你们知道凯特·维利斯的所作所为,认为你们反对她的计划——尤其是亚历桑德拉,毕竟,大家都知道她们很多年没有说过话,可现在看来,我们一定是弄错了……"

赛吉无助地挨个看着大家,声音越来越小。不得不承认,我从来没有见她如此脆弱过,不过说句实话,我也从来不觉得赛吉的人生词典中有"胜利"二字。这很可能是她的又一条诡计。我痛恨她对我和母亲关系的说法,不过,正如她所说,我想这对大家来说确实不是个秘密。

但更重要的是,如果真如大家一致认为的那样,一场新的棋局已经启动,如果赛吉的母亲不是新的白后——而我也不是,那么,谁是那个率先开局的人?棋局将会如何发展?

我觉得自己也该插进来说上几句,就对赛吉说:"我想,鲁道夫和我伯父想要弄明白的是,为什么罗丝玛丽认为我母亲该对她父亲的死负责,不管那是一场意外还是出于别的什么原因。那事发生在什么时候,在哪里?毕竟,凯特很少出门,她过着一种完全与世隔绝的生活——"

"但她去过艾因卡尔巴赫。"赛吉突然扁着嘴说道。

再说一遍?

她接着说:"那是位于阿尔及利亚阿特拉斯山区的一个小城,我母亲与你母亲初次见面就在那里,在我外公的家中。外公家住在渔网村,是个离阿尔及尔不远的地中海岸边码头,你母亲就是在那里杀死了他。"

房间里静得让人窒息,静得连根针掉在厚地毯上都听得见。我的恐惧越来越深,冻结在那里,整个人仿佛要被拖入一口装满砂石的井底。

当然,我知道这个故事,我想起自己是在哪里、从谁那儿听到的:在科罗拉多,从莉莉·拉德那里。莉莉告诉我们,她当时跟我母亲一起在阿尔及利亚,在那个码头,莉莉被人绑架了,有个家伙想要抢走两个姑娘从沙漠里找到的棋子,莉莉说那人是大山之王。

她还告诉我们,那个人是白方的王!

但你母亲,莉莉接着说,带着援兵回来营救我,你母亲用装着棋子的挎包击中他的头部。

真是那样吗?母亲杀死了那个人?罗丝玛丽的父亲真是白方的王吗?

我突然觉得那个家伙的名字很重要,似乎跟过去几天里发生的事情有关联。我绞尽脑汁,苦思冥想,思路却被打断了。

"艾尔-马拉德。"响起一个流畅的声音,我再熟悉不过了。声音来自门边。"艾尔-马拉德是尼马拉德的简称,据我所知,就是那位建造巴别塔的巴比伦国王。"

伯父套房的门开着,门边站着诺克米斯·凯伊。

她直勾勾地望着我说:"希望你收到我的信了。你这家伙可真难找。不骗你,宝贝儿,真是找得很辛苦。"

她走过来,抓住我的胳膊把我拽起来,推着我快步向门边走去,同时在我耳边压低声音说道:"在他们弄清我的真实身份之前,咱们得赶紧离开这里。"

"我们已经弄清楚你的真实身份了!"赛吉从身后叫道。

她准是长了一对卫星监听耳朵,我暗想。

突然,传来另一个声音——加仑·马奇。这么长时间,他似乎一直没有开口说话。"亚历桑德拉,请留步。你们俩都留下!"他叫道,声音听起来十万火急。"你们不能离开。你难道还不明白吗,诺克米斯·凯伊是白方的新后。"

"壁花小姐!"凯伊说着把我推到门外。

她刚一来到走廊上,其他人还没反应过来,就已猛地将门关上,在门锁里楔进一块信用卡大小的金属片,接着轻轻一甩黑缎子般的长发,转过身微微笑道:"就让他们等救援部队来好了。"

凯伊熟悉饭店的所有入口和出口,大学时代半工半读的她常到酒店当服务员和搬运工。但是,此刻她脑中似乎只想着"出口"。她推着我朝紧急火警通道跑去,像火车一样呼哧呼哧喘着气。

我脑中一团乱麻,仍然想着房间里发生的事情:加仑刚才的话是什么意思?

"你要把我弄哪儿去?"我问,死命想拽住她停下来,却怎么也拖不住。

"我还以为你的座右铭一贯是——不敢复诘责①呢。"她嘲弄地说道,"你就相信我,一直往前走好了。你会很高兴我把你保释出来的。"

"不管是去什么地方,"她把我推进楼梯间时我告诉她,"我只穿了身上这么点衣服。我的背包还锁在那个房间里,里面有钱和驾照——"

"我们给你弄新的。"她对我说,"宝贝,我们要去的地方,你得要置办迷彩装。还不明白吗,伙计,坏人在四处抓你。"

她一路推着我飞快地下了楼梯,来到门廊边。开门出去之前,凯伊转身看着我好一会儿。

"不要管加仑·马奇胡说的什么白后,"她似乎读懂了我的思想,对我说,"据我所知,加仑不过是在上演新版'间谍掉进油膏缸'②。那家伙暗恋我,他说那些只不过是想引起我的注意。"

---

① 出自丁尼生诗作《轻骑兵进击》。
② 此处戏仿美国俚语 fly in the ointment(苍蝇掉进油膏缸),意即"事情虽小,却坏了全局",意谓加仑不过是在搅局。

我暗想,她说的也许没错。在那天的生日聚会上,加仑始终只围着凯伊一个人转。可仅凭这一点,也说明不了目前的问题。

我终于离开楼上房间里锁着的那帮人。他们把我骗到那里,用尽各种说辞对我撒谎,彼此之间讲的故事相互龃龉——我必须要说一点,所有的故事都像是胡编乱造,间或夹杂着极少量的事实。

接着,凯伊女王又不容分说地绑架了我,把房门卡上,让事情再次变得扑朔迷离起来。如果先前诱骗我的那伙人没用伯父的撬锁天才从房中逃出来的话,他们这会儿一定给酒店保安打过电话,要求放他们出来。他们现在肯定已经追过来了。

这样,我就面临着一个更直接的问题。

是否已然没有任何人值得信任?

我推开凯伊,一手撑在门廊外门上,另一只手紧紧攥着把手。

"如果不先回答我的问题,咱们今天哪里也不去。"我告诉她,"你怎么会突然出现在我伯父房间门口?你来这里做什么?如果你不是棋局中的重要角色,你刚才在上面说的'我的真实身份'指的是什么?我需要知道答案,恐怕非知道不可。"

凯伊耸耸肩,笑了。"恐怕我只是奉命行事。"她告诉我,"要知道,咱们可是接到邀请去拜见凯特女王的。"

"自驾车旅行!跟以前一样!"我们开车经过跟她同姓的弗朗西斯·斯科特·凯伊三十四大街故居前时,凯伊说。

她开着租来的切诺基越野车,向左驶上同样刻着弗朗西斯·斯科特·凯伊名字的桥,接着对我说:"你知不知道,为了帮你逃出来,我费了多大周折?"

"逃？可在我看来，倒像是绑架。"我讥讽道，"真有这个必要吗？你真找到我母亲了？"

"我们一直有联系。"凯伊不易让人察觉地笑了笑。"你认为还会有谁帮她安排那个生日聚会呢？再说，她一个人也不可能做得了那么多。人们常说，'人非孤岛。'①"

当然！我早就知道一定有人帮助母亲，至少是帮她从那个艰难的出口出去。

我迅速扭过头，盯着凯伊，等她接着往下说。可她全神贯注地盯着路面，仍然带着那个高深莫测的笑容。

"上了路，我会把一切都告诉你。"她接着说，"我们有的是时间，至少要好几个小时才能到达目的地。咱们走一条风景优美的路线——当然，因为有人在我们后面跟踪。"

我本想从侧视镜中看看，但最终决定姑且相信她的话。我们正行驶在乔治城风景区干道上，朝南驶往机场方向。尽管我迫切想从凯伊那里了解关于母亲和那个生日聚会的事情，但我知道有一件事情需要先解决。

"如果有人跟踪我们，他们要是在你开的车上装了监听器怎么办？"我提醒她，"他们不就听到我们讲的一切了吗？"

"是啊。"她说着做了个鬼脸，"你也许看到了利文斯顿小姐戴的那只漂亮网球手镯，咱们不是常说'一只耳朵进，一只耳朵出'吗，不知道谁的耳朵在听他们的谈话。"

赛吉的钻石网球手镯！天哪，真是防不胜防！

---

① 典出英国诗人约翰·邓恩(1572—1631)名诗《人非孤岛》，该诗因海明威在《丧钟为谁而鸣》中的引用而知名。

"不过,别担心这部车,"凯伊说,"从机场一租来车,我手下那批负责飞机部件维修的伙计,就对车进行过全面清理,安装了一个屏蔽器。干干净净,他们看不见我们的思想,也听不见我们的谈话。"

我在什么地方听见过类似的话?但我也不能接连几个小时困在这部行驶在路上的车里面,如果这样,我就压根无法知道事情的进展情况。

"说到你老朋友凯蒂,"凯伊告诉我,"凡事有弊必有利,正如人们常说的,'塞翁失马,焉知非福'。"

"什么意思?"我问。

"意思就是,她遇到问题了,她认为只有我能够帮助解决。所以,她起草了一份客人名单,由我把大家拢到一块儿。不过,她想确保你仍将只是一个毫不知情的旁观者。"

"他们都是率先出击的人。"我脱口说道。

"你干得不错,"凯伊神情刚毅。"你用最快的时间解开了所有谜团,我帮你计着时呢。出了科尔特斯机场,你开着租来的车子,不到一个小时就赶到家中——正好赶上接听莉莉·拉德打来的电话,她告诉你她迷路了。我们都相信,你会给我打电话让我带她回家,因为我上班的机场离那里非常近。我们路上停下来吃饭,给你留出时间解开剩下的谜团。我们到达的时候,你显然已经解开了我和你母亲留在钢琴上的谜,因为钢琴里的所有东西都被挪开了,而台球也被放回架子上原来的位置。不过,就连我也不知道那里藏着棋盘图——"

"是你替我母亲发明了所有那些谜团?"我说。

不用问我也知道。这是一直困扰着我的那个问题的唯一一个可能的答案。如果不是尼姆——现在我已经知道不是他,那么除了凯伊还会有谁帮助母亲发明那些谜团跟我联系?要说我还有什么疑惑的话,她最近的传真也帮着解开了。

我真是傻透顶了,彻头彻尾的傻瓜!不过,情势终于明朗起来了。一切开始就位,就像象棋比赛中的阵势。

说到——

"你怎么会想到把那局棋藏到钢琴里面的?"我问。

"很明显,利用那局棋是莉莉的主意。"凯伊说,"她知道那局棋肯定能够引起你的高度注意。可是,给你母亲提供棋局详细方案的人是瓦坦,他似乎知道终局最关键的转折点在哪里——至少,从你的观点看来。"

瓦坦?该死的混蛋。

我心里难受极了。我又想大哭,可有什么意义呢?他们为什么要这么干?如果母亲真的只想让我当个"不知情的旁观者",他们又为什么要用那场令父亲丧命的棋局诱我入局呢?这根本说不过去。

"我们这样做也是没办法。"凯伊说道,似乎又读懂了我的心思。"我们一致商定要这么做——留电话录音、设计那些只对你一个人有特殊意味的谜团和线索。我们甚至佯称他们的车子坏了,这样你会让他们搭你的车子。谈论复杂性理论!可是我们如果不采取这些可笑的办法,绕这么个大圈子,你永远也不会来,更不会留下来,你永远也不会同意跟他见面,对吗?"

他。

当然,我知道这个"他"指的是谁。当然,我也知道他们预料得没错。

事实上,尽管他们设下圈套把我骗到那里,但在看见瓦坦走进屋子的那一刻,我不还是准备拔腿逃开吗?可我为什么最终没有逃?整整十年,直到我们终于在科罗拉多坐下来谈话,我一直都将父亲的死归咎于他和那场该死的比赛。

当然,我不得不佩服母亲,她对我的了解远远超过我对自己的了解。她和莉莉·拉德一定都非常清楚,不管她们想什么样的办法,在任何情况下,对于任何跟瓦坦见面的提议,我会是什么反应。

虽然我现在明白了他们这番操作的动机,但显然还有一个问题没有解决。

"如果你们都想安排我和瓦坦见面,"我问,"为什么要费这么多周折——且不说绕这么大的圈子——来骗我上套呢?瓦坦·艾佐夫有什么话不能在纽约或华盛顿特区跟我说,非要跑到科罗拉多的荒野里来?为什么还要邀请其他那些人参加一个子虚乌有的生日聚会?他们到那里干什么?只是为了迷惑敌人?"

"一退还这部机场租来的车子,我就——详细回答你的问题。"凯伊说,"咱们马上就要到机场了。"

"可我们都开出华盛顿国家机场好几英里了。"我告诉她。

"你知道,我从不搭乘公共航班。"她不屑一顾地翻翻眼睛。

"你自己开飞机过来的?可我们要去哪里?沿着这个方向,只有弗吉尼亚州贝尔沃堡和匡堤科军用航空基地。最近的弗吉尼亚私家停机坪要到马纳萨斯镇才会有。"

"从这里过了河,有三个私人停机坪,在马里兰,"她不动声色地告诉我,"我把飞机停在那儿了。"

"可是你也已经错过了最后一座桥!"我反驳道。见鬼!我们都快到弗农山①了。"你想怎么把这车子弄过河,进入马里兰?"

凯伊夸张地叹了口气,发出像气球泄气瘪掉似的声音。

"我还以为自己都告诉过你了。我们被人跟——踪了。"她解释说,好像在跟一个三岁小孩说话似的。见我不作声,她又补充说道,语气稍

---

① 因美国首任总统华盛顿在独立战争前开拓的"弗农山"种植园而广为人知。

微收敛了一些:"很明显,我一开始就打算把车丢掉。"

我们将车开到弗农山渡口码头的一处停车场,停在两辆看起来像被架在起重机上的多功能超大运动车中间。

"宝贝,这样就不会有人看见我们。"凯伊说。

她把长发拧成环状,用发圈扎上塞进旅行服里面,接着从后座取出一只帆布包,掏出两套尼龙自行车专用骑车服、两副墨镜、两顶棒球帽,把其中一整套行头递给我。

我们穿戴整齐,从汽车里面出来,等凯伊仔细把车门锁好后我们一起朝小船走去。

"船五分钟之内就要开了,"她告诉我,"最好别太早摊牌。"

我们走下码头,凯伊从衣服口袋里掏出两张预先买好的船票,交给检票员。我注意到她顺手把汽车钥匙塞给他。他一言不发,点头示意收到了。我们走下轮船跳板,上了摇摇晃晃的船,上面只有少数几位乘客,附近没有人能够听见我们的谈话。

"你似乎认识很多人。"我对凯伊说,"让船工替你还这么昂贵的车,靠得住吗?"

"还不止这一件事呢,"她说,"再帮其他几个忙,这小子就可以得到十四个小时的免费飞行训练。"

尽管十分钟前我对她还是又恼又怒,但我承认,作为一名天生的棋手,我一直非常喜欢凯伊走棋的着法。她能够迅速筹划这样的局面,出着、应对都无比神速,远胜莉莉·拉德这样的著名棋手。

因此,从语法学校开始,诺克米斯·凯伊就一直是我最好的朋友和玩伴。凯伊教会我,只要眼光放长远、只要了解情势,就没有什么好害怕的。

她常告诉我,勇敢者知道如何独自穿越森林,即便走夜路;他们部署计划,却不演练害怕。

岸上系着的锚解开了,跳板撤开了,小船已经驶离河岸有一段距离,这时我突然看见一个戴着反光太阳镜的人,急匆匆从木板人行道上走来,跟检票员说着什么,那人看起来非常眼熟。

检票员摇着头,指着河对岸上游朝着华盛顿的方向。戴太阳镜的人把手伸进衣服里面,掏出一部电话。

我的心猛地往下一沉。我们坐在河心的敞口船上,像一箱等待装卸的茄子。

"是联邦情报局的人,"我告诉凯伊,"我们见过面。这下子,对面上岸的地方肯定有一帮人等着迎接我们——他们一定知道这艘船的停靠点,除非你能安排我们在河中央下船,游泳逃走?"

"没必要,"凯伊说,"呃,给点信心好不好?船一绕过皮斯卡塔韦角,两边岸上的人都看不见的时候,船会稍事停留,临时停船放下两名乘客。"

"在皮斯卡塔韦角?"那里只是一块野生动物保护区和湿地,鹅和其他水禽在那里受新泽西州和联邦政府保护。从地图上看,那里没有路,只有一些人行小道。"可那里什么也没有!"我说道。

"那里今天会有些东西,"凯伊向我保证,"我想,你会觉得很有意思。那里以前是皮斯卡塔韦印第安人的土地,是他们的圣墓所在地。皮斯卡塔韦印第安人是如今的华盛顿特区一带最早的居民。土著部落的人现在已经不住在那里,那块地方现在属于联邦政府,可今天他们会在那里等着迎接我们的到来。"

原初引导

> 上帝根据他对世界的筹划,给万物以引导。
>
> ——马修·金《高贵的印第安人》

> ……我们应当遵循原初引导——来自造物主的引导。
>
> 从本质上来说,宇宙万物皆有一套原初引导,如此才能保持秩序和谐……人类生存依照原初引导,受周围自然环境的调节和约束。
>
> ——嘉比里拉·泰亚克,火骑士泰亚克之女,
> "顺从原初引导",《土著人的世界》

这无疑就是凯伊承诺的"风景优美的路线"。她是在恐吓我吗?

皮斯卡塔韦角远远地显示出它不同凡响的美,各种各样的禽鸟在水波上浮游,雄鹰在头顶翱翔,几只天鹅在水上优雅地滑翔;岸边,香蒲丛生,古木盘根错节,伸向水中。

我们绕过皮斯卡塔韦角,领航员熄掉发动机,慢慢将船身靠岸。甲板上的几名乘客望着工作舱里的领航员,脸上略显惊讶。

河岸边,两名垂钓者戴着破旧的系顶帽,坐在从遍布岩石的河岸边

刺出的枯树干上,钓鱼线漂浮在水中。我们的船靠岸时,其中一人站起身,开始收线。

扩音器里传来领航员的声音:"朋友们,今天河面非常平静,因此我们可以让几名博物学家在野生动物保护区上岸,一会儿工夫就好。"

一个十来岁的男孩来到左边船舷处,取出一卷锚链。

"现在,如果大家朝对面望过去,"领航员继续说道,"沿河朝北的方向,从这里能够看见琼斯角的美景,一般很少有人能够从这个角度看到。一七九一年四月十五日,测量师安德鲁·伊利科特和非裔美国天文学家本杰明·班尼克,开始规划首都城市,即现在的华盛顿哥伦比亚特区的范围,立下琼斯角最南端的石头界标。你们中间如果有人对咱们首都的共济会历史感兴趣,不妨跟朋友们分享一下这块界标的故事。这块石头界标完全按照共济会会团规范制作而成,方方正正的石标上,雕刻着玉米、油和酒,与共济会传统完全一致……"

他出色地转移了旅客们的注意力,我相信没有人会记得,甚至没人会注意到,他们身后有两名乘客在皮斯卡塔韦角下了船。我猜,凯伊在承诺那些免费飞行训练里程以外一定搭送了一箱芝华士威士忌。

等在那里的垂钓者用锚链把船拉靠岸,帮我们爬上大圆木。接着,他们松开锚链,我们四人穿过砂石河滩向丛林深处走去。

"咱们就不互相通报姓名了吧。"那位年长一点的垂钓者说,同时伸出手扶着我走过那些砂石地。"你们就叫我红雪松——我们这里的月亮女神给我起的绰号,另一位是我的助手,烟丝袋先生。"

他用手一指较年轻的那位壮汉,后者对我笑笑。他们看起来都很壮实,看来不管遇到什么情况都不用害怕了。凯伊似乎相当熟悉这里。跟随他们走进灌木丛深处,我心里变得越来越没有一点底。

眼前连一条小路也没有,林子里藤蔓丛生,我们四人即便用大砍刀也难以穿越。整个林子像座迷宫,但红雪松似乎手中握有开启迷宫的钥匙:只见那些藤蔓奇迹般地在他面前闪出一条路,连碰都不用碰一下,我们一穿过去,藤蔓就立刻合拢起来。

终于到了树木稀疏一点的地方,来到一条泥巴路上,透过树林,能够望见远处的河面。树枝刚刚抽出嫩芽,阳光斑斑驳驳地透过来。不需要再领路了,红雪松放慢脚步,我们四人终于能够并排走在小路上,彼此交谈。

"皮斯卡塔韦既是地名,又是人名,"红雪松告诉我,"这个词的意思是水流交汇的地方,即众多水流和生命之流交汇的地方。我们部落源自最古老的土著居民,我们的祖先可以追溯到一千二百年前的伦尼莱纳佩人。早在欧洲人到来之前,阿纳科斯塔印第安人和其他的土著部落向我们的第一位酋长泰亚克进贡。"

他在天然步道上的这番即兴人类学溯源说教,一定令我显得满脸困惑,于是他接着说:"卢纳小姐说,你们是她的朋友,说你们遇到点危险,因此,我必须在咱们到达莫约纳之前,跟你们说一些事情。"

"莫约纳?"我问。

"是藏骨堂。"接着,他挤挤眼睛,压低声音说,"就是埋葬所有骨头的地方!"

说完,他和烟丝袋先生一起嘎声大笑。

他是说墓地吗?一堆骨头有这么好笑吗?我看了凯伊一眼,却见她依然带着那种高深莫测的笑容。

"所有的骨头和所有的秘密。"她转头跟红雪松建议道,"我们到莫约纳之前,你跟我的朋友说说玉米穗仪式、两个圣母和亡灵节好吗?"

我的天!我知道凯伊有神秘主义倾向,可此刻说什么波多马克河畔的异教仪式、圣母祭拜也太离谱了,她到底想要说明什么?

我透过稀疏的树林四处张望,时刻提醒自己别忘了联邦情报局的人还在沿河搜寻我们,而我没带任何身份证件,没有人知道我去了哪里。虽然我知道我们离首都只有几英里,可却有一种非常奇怪的感觉:这个神秘的地方在时间和空间上,感觉上与我所熟悉的世界无比疏离。

更奇怪的事情还在后面。

"这跟原初引导有关,"红雪松说,"万物产生,都有各自的引导——比如一幅蓝图或一个模型,抑或是一套计划。水滴是圆形,火呈三角形,岩石多呈晶体状,蜘蛛吐丝会结网,飞鸟爱筑巢,太阳运行呈 8 字——"

凯伊碰碰他的胳膊,示意他快一点,走快一点,或者讲快一点——也许二者兼而有之。

"圣母祭拜的故事始于四百年前,"红雪松说,"那时候,英国殖民者刚刚来到这里,用他们的新国王詹姆士的名字建立一块殖民地,叫'詹姆士城'。但在这之前,公元一五〇〇年前后,他们已经占领了周围的大片土地,以詹姆士的前任——伊丽莎白一世的名字命名为'弗吉尼亚'。"

"我非常熟悉那个故事。"我说,尽量压抑住自己的不耐烦。他到底想要讲什么?

"可你并不熟悉整个故事。"红雪松对我说,"詹姆士城殖民者来后三十年,英国新国王查理一世继位,他似乎是位狂热的天主教徒,他让巴尔的摩勋爵用'方舟号'和'鸽子号'航船,运来天主教徒和耶稣会会士。那时,英国人已经为到底哪一种'信仰'能够真正拥有圣十字架争斗多年。又过了几年,他们为此发动内战,查理一世国王去世。在一件事情上,所有欧洲人至今看法一致,即关于地理发现的归属问题。如果你发现了一个地方,在那里插上你的旗帜,那块地方就归你!如果那里已经有土著居民,那就更好办了,你就称他们为野蛮人。你可以通过武力让他们归顺,也可以通过教会法令将他们沦为奴隶。"

这个故事我也非常熟悉。争夺土地、撕毁协议、屠杀印第安婴幼儿、保留地、种族灭绝,一部斑斑血泪史——我想,土著居民与欧洲殖民者之间没有任何爱可言。

然而,我还是吃了一惊。

"因此,简而言之,皮斯卡塔韦被迫皈依天主教,"红雪松告诉我,"因为,圣母升天节和亡灵节符合原初引导。"

"你说什么?"我盯着凯伊问道。

"你知道,"红雪松解释说,"我们十一月份祭拜先祖的亡灵节,跟天主教历法中祭拜逝者的万圣节前夜、万圣节和万灵节,在同一时间。但最重要的是八月十五日,天主教堂祭拜圣母马利亚升天的圣母升天日,也是我们古代施行玉米穗仪式的日子。玉米穗仪式是我们庆祝'第一次收获'的节日,标志着新的一年的开始。"

"我猜想,"我说道,"你是想告诉我,皮斯卡塔韦土著居民皈依天主教,是因为他们可以假借皈依天主教堂之名,继续施行自己的信仰和膜拜?"

"不完全是这样。"凯伊说,"等我们到了藏骨堂,你就会明白的。可红雪松想说的是,你在见到这些东西之前必须要见他和烟丝袋先生,是因为原初引导。他们会说,暂且说到这里——意思是说,到地方了。"

"那就停在这里吧。"我恼怒地说。

我对这个"自驾车旅行"的路线感到非常失望。我之所以停下来,是因为我们来到一座长长的木栈道桥头。栈道桥跨架在我们前方即将进入的大片沼泽地上。我希望不要弄湿了鞋,我可只有脚上穿着的这一双鞋。

我转过身去问凯伊:"我不明白,你朋友说的这么些宗教、祭拜、祖先什么的,跟你我目前所面临的问题有什么关系?对死人而言,圣母、玉米和进餐有那么重要吗?"

红雪松出面澄清:"耶稣会士把他们登陆的地方称作'圣玛丽',他们后来把河这一边的整块地方称作'玛丽的土地'①。一般认为是以查理一世国王妻子的名字命名的,但实际上却是因耶稣的母亲——圣母马利亚而得名。因此,现在,河的两岸有两个圣母,一个是清教圣母,另一个是天主教圣母!因此可以说,在土著居民生活的大海上漂浮着两座基督教圣母岛——"

两座圣母岛?为什么这句话会让我心中轰然一响?

烟丝袋打前站,已经走上了栈道桥,那里似乎比较高而且干,因此,我们也跟着走上去,再次排成单行前进,行走在飘摇的香蒲草海洋中。

但凯伊似乎有话要说,紧紧跟上我。"最先认为的一个中心点是不够的,推出'两个圣母理论'的是生活在这里、像皮斯卡塔韦人一样的波多马克部落。他们认为,如果一行播撒两颗玉米粒,玉米就比较容易授花粉。这属于原初引导。从古至今,人们一直就是这么做的。"

尽管同性恋莉达肯定会喜欢这种哲学——认为两个女性也同样可以代表阴和阳,可我还是不明白。

头脑中的轰响声越来越大。

突然之间,我明白过来。

"母亲留在钢琴上的密码是你发明的,"我轻声说道,"那些'圣母岛'是什么?"

---

① 即今美国马里兰州。

凯伊笑着点点头:"是的,因此,我们才会第一站到这里来。'圣母岛'是当地人对华盛顿哥伦比亚特区的称呼,而此处——皮斯卡塔韦,则是书写我们首都原初引导的地方。"

"我原以为是乔治·华盛顿为首都提供的原初引导呢,"我说,"毕竟,是他出资买下这块地,他请人规划了菱形区域,还有你那领航员朋友说到的共济会装饰雕刻——"

"你认为他从哪里得到那些引导的?"凯伊问我。

见我不吭声,凯伊指向沼泽地对面越过河流的地方。远处,耀眼的阳光下,绿色的断崖上,高高屹立着弗农山——乔治·华盛顿的家乡。

"选择这块地建立都城,绝非偶然,"红雪松扭头告诉我,"总统本人秘密进行过技术筹措,但他从一开始就知道我们脚下这片土地——皮斯卡塔韦,是解开一切的钥匙。这一传统不仅来自土著居民的说法,也来自《圣经》,他们称之为'山上之城',即'高地'。新耶路撒冷。圣约翰的《启示录》上明明白白地记载着这一切。若想激发力量,圣地之址必选于河流交汇之处。"

"什么力量?"我问,我已开始明白密码留言条的意思了。

我们走出沼泽地,来到一片开阔的草地,蒲公英和各种野花在春风里招展,四周到处是小鸟和虫子唧唧、嘤嘤、嗡嗡的鸣唱声。

"我们来这里要看的力量。"凯伊说着伸出胳膊,指向草地对面。"那儿就是莫约纳。"

穿过草地时,我看见中央有一棵巨大的常青树。如果我没弄错的话,肯定不会错的,那棵树是——

"红雪松树,"凯伊说,"是圣树。木髓和树液都是红色的,像人血。这棵树是皮斯卡塔韦最后一位酋长特基·泰亚克栽种的,他本人的墓就在那下面。"

我们穿过草地,向墓冢走去。路边木头标示牌上镶嵌着一小帧泰亚克的肖像:古铜色的皮肤,相貌英俊,穿戴羽毛服饰;旁边的文字介绍说,一九七九年,依据国会法案,他被埋葬于此。

墓地周围的地上立了四根柱子,上面挂着花环;墓冢旁边的大树上,挂满了千百只用红丝带系着的红袋子。

"烟丝袋,"凯伊说,"供奉亡灵的祭品。"

整个上午,烟丝袋先生头一次开口说话:"替你父亲挂一个吧。"他说着把一只小红布袋递到我手中,朝红雪松树做了个手势。一定是凯伊跟他说的。

我走到树旁,努力忍住眼泪,找了好一会儿才找到一根没被挂过的树枝,拴上我的祭品。我深深吸进大树的气息。多好的传统啊!将烟圈送往天国。

凯伊跟在我身后走过来。"那些挂着花环的灵柱能够驱邪,"她告诉我,"它们代表四个方位——四个最主要的方位,你看,四个方位就在这里相交。"

当然,她指的是华盛顿哥伦比亚特区的精确布局。特区的第一块石头界碑就在这里的正北方向。有些东西自然而然地联系起来了——四角地、四个方位、四个方向、棋盘状的古代祭坛、古代仪式……

可还有一件事情,我迫切需要弄明白。

"你们告诉我,说'圣母岛'是本地人对华盛顿特区的代称,"我对凯伊和其他两位说道,"我已经明白乔治·华盛顿作为一个新国家的创始人、一个无比虔诚的教徒,也许还是一名共济会成员,想要建立一个《圣经》中那样的新都城的原因,知道他为什么要这样设计,在河上建桥,目的是为了将两种基督教联结在一起,正如你们所说的——两个圣母,隔水相望,一条沟里的两颗玉米。

"可是我不明白：如果你们的使命是遵循'原初引导'，遵循自然之道，那为什么还要去投附敌人呢？我是说，正如你们刚才所说的，这些宗教几百年来一直在为象征符号和仪式争战不休。与敌军和解又怎么可能帮助自然之母孕育出蜘蛛网或玉米呢？这是不是说'不能击垮敌人，就加入他们'？"

凯伊停下来，头一回严肃地看着我问："亚历桑德拉，这些年来我怎么教你的？"

问得好。尼姆不也问过同样的问题吗？

红雪松抓住我的胳膊对我说："可那些是原初引导啊。你说的那个'自然法则'表明，只有实现了自然平衡，万物才会从内部开始生长、变化，并非因为外力。"

我的这三位同伴显然已经说完各自脑子里的历史故事。"如此说来，你们是在教会律法中注入土著法则啰？"我问。

"我们只是在解释说明，"红雪松说，"玉米母神，就像大地母神一样，早在任何圣母或母神之前就已经存在了。在我们的帮助下，玉米母神将比其他所有母神活得都久。我们种植玉米、收获玉米，因为这样玉米才会最幸福，才能繁衍最多的后代。"

"因此人们常说，"凯伊接下来说，"'撒什么种，结什么果。'"

我在什么地方听过这句话？

一直盯着天空看的烟丝袋先生转向凯伊，指着草地对面告诉她："他快要到了。"

凯伊看了看手表，点点头。

"谁快要到了？"我看着他手指的方向问道。

"咱们的车。"凯伊说，"后面路旁有一块停车坪，有人会来接我们去机场。"

我看见,从跟我们来时方向相反的草地尽头的树丛里冒出一个人。

那个人穿过没有修剪的草地,隔这么远,我一眼就认出了他:高大、修长的身形,笨拙的步态,具有标志性的深色鬈发在风中飘扬。

是瓦坦·艾佐夫。

灰 烬

> 曾经的火焰而今成灰，
> 怀中诗人已作古，
> 曾经的爱恋只能钦羡——
> 身心枯寂如缟素。
>
> ——拜伦勋爵《致布莱辛顿伯爵夫人》

> 宁可有为而死，不可无为而生。
>
> ——拜伦勋爵，一八二四年三月

希腊，米索朗基城
一八二四年四月十八日，复活节

　　天还在下着雨。雨已经连续下了好几天，似乎会一直这么下个不停。
　　两个星期前，非洲过来的西罗科风登陆，犹如猛兽般袭击着这栋海岸边的小石屋，怪石嶙峋的海岸边堆满了令人作呕的残骸。

位于卡普萨利港口的这栋小石屋中,住着那位英国人和其他几位外国人。布鲁诺医生和米林根医生刚会诊完毕,屋内静悄悄的。尽管天气恶劣,民兵们还是将希腊传统节日复活节庆典用的大炮运到城墙外,鼓励市民前往观看。

空荡荡的房子里,只听见外面暴风雨急促的拍打声。

拜伦躺在顶楼的土耳其沙发床上,盖着被子;他的大纽芬兰犬里昂静静地趴在沙发旁,头埋在两只爪子中间;仆从弗莱彻静静地站在对面,倒水稀释不停要用的那瓶白兰地。

拜伦望着墙壁和天花板,他刚来的时候亲手在这里挂满他私人兵工厂中的各种器械——难道只是三个月前的事?墙上挂的佩剑、手枪、土耳其军刀、步枪、大口径短枪、刺刀、小号和盔甲,一直是拜伦手下那帮野蛮好斗的苏里沃特族士兵①最喜欢的东西。那帮好斗的危险家伙以前就住在底下一楼,后来拜伦给了他们一笔钱,送他们上了前线。

肆虐的风暴拍打着窗板,拜伦希望他还能有力气站起来走到对面,打开窗户,接受暴风雨的挑战。这些天来,他难得清醒这一会儿工夫。

他想,与其这样不停用膏药止痛、用水蛭吸血来苟延残喘,还不如在肆虐的自然风暴中死去。至少,他已尽了自己最大的努力,阻止了那些流血事件的发生。他不能坐视那些流血事件发生。死在长矛下的生命远远多于死在医生柳叶刀下的人,这一点,他不止一遍告诉过那个无用的傻瓜布鲁诺医生。

昨天,希腊行政官马夫罗科扎托斯亲王的御用医生卢卡·瓦亚冒着暴风雨到达米索朗基海岸的时候,拜伦遭受风寒已经病倒一个多星

---

① 苏里沃特,当时在土耳其统治下的民族之一,拜伦在米索朗基城曾收留了五百名苏里沃特族士兵。

期了——四月九日,他骑马出巡遇上暴风雨,回来后就一病不起。

最后,"蒙古大夫布鲁诺"想出一个办法:一次次切开拜伦的静脉血管,挤出一磅磅的血。天哪!那家伙比吸血鬼还可怕!

此刻,拜伦身上的生命体征越来越弱,但他的意识仍然比较清醒,知道过去几天里,他多半时间不省人事。他也清醒地知道,他的这场病绝不是一般的感冒或冻疮。

这种病,很可能就是夺去珀西·雪莱性命的那个"疾病"。

有人在不露痕迹地谋杀他。

拜伦知道,如果不快点采取行动,如果不把自己知道的事情告诉需要知道真相的那个人,那个值得信赖的人,一切都会来不及了。当然,一切都会失去。

他的仆从弗莱彻站在床边,手里端着那瓶稀释过的白兰地,这是唯一能缓解疼痛的东西。看似愚钝的弗莱彻也许一直是那个最聪明的人。他一直不愿意陪主人到希腊来,他曾恳请拜伦考虑给希腊独立战争中的爱国者提供必要的经济资助,而不要亲自参战。再说,十三年前,拜望过阿里帕夏之后,他们都来过米索朗基城。

九天前,拜伦突然得上这种治不好的"怪病",一向强壮的弗莱彻几乎累趴下了。一大帮仆佣、士兵和医生各自说着不同的语言,"简直就是一座巴别塔!"弗莱彻痛苦地扯着头发叫道。就连病人需要一杯肉末蛋花汤这么简单的要求,都要经过三道翻译。

谢天谢地,至少弗莱彻此刻在他身边——头一次房间里只剩下他们两个人。现在,不管愿不愿意,这位忠诚的仆从都得去执行最后一项任务。

拜伦碰碰弗莱彻的胳膊。

"老爷,再来点白兰地吗?"弗莱彻问,一脸悲痛万分的表情。如果不是体力不支,拜伦简直要大笑起来。

拜伦动了动嘴唇,弗莱彻把耳朵凑到主人嘴边。

"我的女儿。"拜伦喃喃说道。

但他立刻后悔用了这种表述。

"你是想让我帮您记录一封信,寄到伦敦给拜伦夫人和小艾达吗?"

这种告白只可能是一位将死之人的临终遗愿。世人都知道拜伦厌恶他的妻子,只给她寄送私人文书,而她很少回复。

但拜伦无力地摇了摇垫在枕头上的头。

他知道这个仆从能够明白,他已跟随他多年,陪着他四处颠沛流离;只有他知道他们的真正关系,不会向任何人透露他的最后请求。

"把海黛带来,"拜伦说,"还有那个男孩。"

虽然,来之前弗莱彻已经告诉过他们,看到父亲躺在那里,苍白、憔悴,皮肤比刚出壳的小鸡绒毛还要白,海黛心中仍然感到一阵刺痛。

此刻,和考瑞一起站在弗莱彻用沙发床垫架起的破旧土耳其床前,她忍不住想哭,她已经失去了那位她一直当成父亲的阿里帕夏,现在,这位与她相认不到一年的亲生父亲,又将在她眼前耗尽生命。

海黛非常清楚,他们相认的一年来,拜伦冒着各种风险,找出各种由头把她留在自己身旁,不让任何人发现他们之间的关系。

为了配合这一说辞,几个月前,在拜伦三十六岁生日那一天,他告诉她,他给他妻子,那位"B夫人"写了封信,说他见到一个活泼可爱的希腊孩子"海雅黛"——只比他们的女儿艾达大一点,这孩子在战争中失去了父母,他想收养她,送她去英国,请B夫人代为照顾,让她接受教育。

当然，他从没有收到她只言片语的回复。但他告诉海黛，那些私拆他信函的密探却会相信，因为这个假收养事件是伟大勋爵的另一个众所周知的癖好。

于是，来自希腊的传闻就这样明确了海黛跟拜伦的"关系"。在他弥留之际——有些事情他必须要告诉她了。他们都知道，此时尤其不能让任何人知道海黛来这里的真实原因。

黑后被他藏在离马伊诺岸边不远处一个小岛的岩洞里，拜伦就是在那里写下著名长诗《海盗》的，他曾告诉特列劳尼，死后要把他埋在那里。只有他们三个人——海黛、考瑞和拜伦，知道黑后埋藏的具体地方。可现在拿来又有什么用呢？

三年前爆发的希腊独立战争，形势每况愈下。曾经宣誓要解放希腊的互助会前领袖、亚历山大·易普斯朗提亲王率军起义，却被他从前宣誓效忠的俄国沙皇亚历山大一世出卖，被羁押在奥匈帝国监狱中。

希腊军队内部为争夺权力，派系斗争不断。拜伦也许是他们最后的希望，但他此刻却躺在米索朗基城的破旧小屋中，奄奄一息。

更让人难过的是，海黛能够读懂父亲脸上的痛苦。这痛苦不仅是因为有人一直在给他施毒，更是因为他即将离开这个世界、离开他的女儿，而他们的使命仍未完成。

考瑞一言不发地坐在床边，一只手摸着里昂的脑袋。海黛站在父亲身旁，握着父亲瘦削的手。

"父亲，我知道您病得很重，"她柔声说道，"可我必须知道真相。为了拯救黑后，或整副象棋，我们还有哪些希望？"

"你知道，"拜伦吃力地说，"事实证明，所有我们担心的事情都发生了。只有所有人获得自由，欧洲的战争和背叛才会停息。拿破仑进军俄国的时候，他不仅背叛了他的盟军和法国人民，也最终背叛了自己的理想。俄国的亚历山大粉碎了东正教和伊斯兰教合二为一的所有希望,他背叛了祖母凯瑟琳大帝的理想。但如果理想错了,理想主义又有什么用?"

靠在枕头上的诗人闭上眼睛,似乎没有力气再说下去。

他轻轻动了动手,海黛立刻端来那杯黑糊糊的汤药,那是弗莱彻离开前应拜伦要求煎好的。海黛发现,弗莱彻还留下一只水烟筒,里面的烟丝已经点上了,以备拜伦讲故事时提神之用。

拜伦就着海黛手中的杯子喝了一小口药,考瑞接着把水烟筒软管放在诗人唇间。终于,拜伦又有点力气了,可以说下去了。

"阿里帕夏是一个有远大抱负的人,"他气息虚弱地告诉他们,"他不仅想要统一东方和西方,还想要统一各主要宗教信仰。遇见他和瓦希莉姬的时候,我就像你们俩现在这么大,那次会面改变了我的生活。缘于那次会面,我写出很多伟大的爱情故事:海黛和唐璜的爱情,长篇叙事诗《异教徒》中非穆斯林英雄对莉拉的爱。但'异教徒'并不意味着'没有宗教信仰的异教徒',这个词来自古波斯语,指崇拜火神的索罗亚斯德教徒,也可以指崇拜吠陀火神的印度帕西人①。从帕夏和贝克塔什教徒那里,我懂得了所有伟大宗教信仰中都蕴藏着永恒之火的真理。从你的母亲瓦希莉姬那里,我懂得了爱。"

拜伦示意他们他需要再喝口汤药、吸口烟,提提神。之后,他接着说:"也许我活不过今年了,但至少我还能看到明天的日出,足够给你们讲个故事,说说多年前帕夏和瓦希莉姬告诉我的有关黑后的秘密。你们必须要知道,你们手中的黑后并不是唯一的一枚。但只有这枚是真正的黑后。孩子,靠近一点。"

---

① 即今拜火教徒。

海黛把身子靠近拜伦,他轻轻给她讲起了故事,声音非常低,考瑞要凝神细听才听得清。

诗人的故事

公元十六世纪末,俄国中部的喀山城住着一位叫玛特拉娜的年轻姑娘,她反复梦见圣母马利亚告诉她关于一个古代埋藏的、具有无上威力的圣像的故事。根据圣母提供的种种线索,她最终在一栋破败的旧房子里找到了那样东西,那东西包在布里,藏在炉子下方的灰烬中。

那就是喀山的黑玉女,后来成为俄国历史上最著名的圣像。

在此之后不久,一五七九年,人们在喀山修建博格罗迪撒修道院,存放这尊圣像。博格罗迪撒,是"上帝之母"的意思,是对跟大地有关的所有黑色圣像的称呼。

过去二百五十年中,喀山的黑玉女一直保护着俄国。一六一二年,她随俄国士兵从波兰人手中解放莫斯科,最近,一八一二年,又帮助俄国人击败拿破仑。

十八世纪初年,彼得大帝将她从她的第二故乡莫斯科带到圣彼得堡,她从此成为圣彼得堡的守护女神。

一七一五年,圣黑后刚刚在圣彼得堡安顿下来,彼得大帝就启动了他的大计划:将土耳其人赶出欧洲。他自封彼得鲁斯一世,意即希腊俄国之王,发誓要统一希腊和俄国的天主教会。尽管彼得本人没能实现这一追求,但却激发了五十年后另一位继承人的狂热。

她就是俄国历史上著名的叶卡捷琳娜二世,就是我们所说的凯瑟琳大帝。

一七六二年,凯瑟琳在情夫格里高利·奥尔洛夫的帮助下,发动宫廷政变,推翻她的丈夫沙皇彼得三世。旋即,她在喀山博格罗迪撒修道院与奥尔洛夫兄弟聚合,自封女王。

为了纪念这一事件,她下令命人为她铸造圆形勋章,要人们像对待雅典娜女神或密涅瓦女神①那样尊奉她。凯瑟琳命人制作一帧镶嵌着珠宝的喀山黑玉女圣像浅浮雕作品,裱在著名金匠伊阿科夫·弗诺洛夫铸造的框中,挂在冬宫她的床头。

俄国教会坚决支持凯瑟琳将伊斯兰教逐出欧洲大陆东部,实现天主教与东正教两教合一的野心。教会拥有整个俄国三分之一以上的土地和农奴,他们热情高涨地资助探险、扩张和战争。"俄国的哥伦布"格里高利·谢列柯夫在阿拉斯加建立第一块俄国殖民地,在堪察加半岛开办贸易公司,绘制包括俄国东端到美国西端诸岛屿在内的俄国版图。

俄罗斯帝国盛极一时。

凯瑟琳计划将这个帝国交给她的孙子亚历山大,她用古代东方的伟大征服者的名字给他取名。

从一七六八年第一次俄罗斯-土耳其战争开始,凯瑟琳获得重大特权,涉足奥斯曼帝国。根据双方签署的协议,如果发生战事,俄国将出兵保护奥斯曼帝国的基督教徒。

此后不久,凯瑟琳的新宠格里高利·波将金,帮助她秘密

---

① 希腊神话中,雅典娜系掌管智慧与技艺的女神,密涅瓦系掌管智慧、发明、艺术和武艺的女神。

拟定一份令举世震惊的地缘政治计划,他们称之为"希腊计划"。凯瑟琳大帝打算恢复伊斯兰教入侵之前的拜占庭帝国,让与东正教创始人同名的孙子康斯坦丁大公宣告拜占庭复国。

为了实施这一计划,波将金创办了一支由两百名希腊学生组成的军事武装力量,称为"外国信徒团",用俄国军事技术专家对其进行训练,以派遣他们回国充当先锋队,将希腊从土耳其人的控制下解放出来。这支武装队伍就是希腊独立组织——互助会的前身,与我们今天要讲的一切有着极大的关联。

有了这样的宏图大略,和在敌军阵营中安插的眼线,凯瑟琳大帝的武装已经全部到位,她认为发动大型武装政变的时机已经成熟。

一七八七年,法国大革命爆发前两年,第二次俄土战争爆发。事实证明,俄国取得了更大胜利:陆军元帅波将金为俄国夺得黑海沿岸大部分地区的主权,攻陷土耳其最大要塞伊兹梅尔。

就在凯瑟琳大帝准备全面启动"希腊计划",瓜分土耳其,占领君士坦丁堡时,军队统帅、杰出军事活动家兼秘密丈夫——波将金,却在签署协议归来途中突然患上奇怪的热病,死了。波将金像狗一样,死在黑海北面比萨拉比亚地区尼古拉耶夫的路旁。

消息传来,圣彼得堡皇宫中一片悲痛,凯瑟琳更是痛不欲生。她的宏伟野心和庞大计划被迫搁浅,随同帮她构思计划、执行计划的谋臣波将金一起进了坟墓。

但是,就在那时候,凯瑟琳大帝的一位老朋友从法国来到冬宫,她便是蒙特格朗修道院院长海伦·德·罗克。她随身带来一枚最重要的蒙特格朗棋,也可能是威力最强大的棋子:黑后。整副棋具曾经属于查理曼大帝。

她的到来再度激发了俄国女皇凯瑟琳大帝的野心,她因此幻想,也许她所有的努力和预想的"希腊计划"的胜利果实最终不会落空。

凯瑟琳设法弄到了这枚黑后,同时把她的朋友修道院院长软禁起来,企图发现其他棋子的埋藏地。大约过了一年多的时间,凯瑟琳的儿子保罗偷听到他母亲和修道院院长之间的一番谈话。保罗非常厌恶他的母亲,此番偷听令他知道凯瑟琳女皇想要剥夺他的继承权,将王位传给他的儿子亚历山大。可是,当女皇发现保罗也知道那枚藏在她静修室保险库里的珍贵棋子之后,便决定立刻采取行动。

不为人知的是,当女皇开始对儿子保罗的意图产生怀疑之后,便密令二十多年前曾经为她仿造过喀山黑玉女圣像的金匠大师伊阿科夫·弗诺洛夫给她仿造了一枚足以以假乱真的黑后。

无奈之下,凯瑟琳大帝秘密派人通过"外国信徒团"将真正的黑后偷运出境,交给希腊的秘密组织,而将仿造得天衣无缝的那枚棋子放回静修室的保险库中。三年后,凯瑟琳大帝去世,保罗烧毁母亲的遗命,当上俄国沙皇。

他终于将黑后据为己有,他认定那是他母亲最渴望得到的东西。

但是,有一个人明白其中的真相。

凯瑟琳大帝去世后,新沙皇保罗在她的保险库中找到这枚黑后,认定这是一枚真正的黑后。在为母亲举行国丧之前,他将这枚棋子给蒙特格朗修道院院长看,想要通过威胁或武力使修道院院长配合他找到其他的棋子。他伸出掌心给她看那枚黑后,威胁说如果她不配合,就要把她关到监狱里去。修道院院长却伸出手想要抓回那枚棋子。她告诉保罗:"那是我的东西。"

他拒绝把棋子交给她,可即便隔着那么远的距离,她也能够看出有什么地方不对。这枚棋子从各个方面看来都跟原先那枚黑后一样:一样的黄金雕刻,一样的重量,镶嵌着一样未经切割的宝石,一颗圆圆的、打磨得像知更鸟蛋一样光滑的宝石。事实上,从各个方面来看,这枚棋子都跟原先那枚一模一样:穿着长袍的人像,坐在小轿子里面,轿帘被拉到一旁。

可却少了一样东西。

早在查理曼大帝之前,教会就拥有很多这样的宝石,这些宝石没有经过整齐切割,而是手工打磨成知更鸟蛋的形状,或者用细小的硅粒抛磨宝石,像海水冲刷卵石那样,使宝石散发出更加耀眼的自然缤纷色彩或更耀眼的星芒。《圣经》中记载着这样的宝石和它们所代表的神秘意义。

正因为如此,修道院院长能够一眼识别,这枚黑后不是她五年前亲自从法国带到俄国的那一枚。

因为担心可能会有这种情况发生,修道院院长在原来那枚黑后上做了一个只有她自己才能够发现的秘密记号:她用院长指环上的钻石切面,在轿子底部的火红色圆形宝石上划了一个"8"的形状。

那个记号并不在那儿!

只有一种可能。女沙皇凯瑟琳大帝制作了一枚赝品黑后放在保险库中,而把真正的黑后藏在了别的地方。至少,真正的黑后没有落入保罗手中。

修道院院长只有一个机会。在女皇的葬礼上,她必须找个人把密信送到外面去。保罗刚才告诉过她,将要流放女皇的最后一个宠臣柏拉图·祖波夫,而他将会是她最合适的人选。

这是她保护黑后的唯一希望。

故事讲完了,拜伦躺回枕头上,闭上眼睛。因为失血,他的皮肤比任何时候都更惨白。很明显,开始时积聚的一点点气力已经消耗殆尽。可海黛知道,情况万分紧急。

海黛伸手示意,考瑞把水烟筒和放着新烟丝的小天平秤一起递到她手中。她掀开盖子,把烟丝舀到炭火上。烟筒中冒出烟之后,她把烟吹向父亲。

拜伦轻轻咳了一下,睁开眼睛,专注地看着女儿,眼中充满了爱和忧伤。

"父亲,"她说,"我必须要问您,阿里帕夏、我母亲,还有什米米巴巴又是怎么知道这些事情,然后告诉您的呢?"

"他们是从另一个人那里得到的消息,"拜伦说,声音更低了,几乎听不见。"就是那个邀请我们到罗马聚合的人。"

"凯瑟琳大帝去世后的第二年冬天,欧洲战火仍炽。《坎波福米奥和平条约》签署,依据条约,法国得到爱奥尼亚群岛和阿尔巴尼亚的数座沿海城市。俄国沙皇保罗和英国与土耳其苏丹在君士坦丁堡签署条约,背叛了他母亲凯瑟琳女皇曾经向希腊承诺的一切。

"阿里帕夏加入法国武装力量,共同抵抗穷凶极恶的三国同盟。但阿里最终决定引发敌对双方直接对决。现在,他从莱蒂齐亚和她的朋友沙希恩那里得知,他手中拥有真正的黑后。"

"那枚黑后怎么样了?"海黛问。她把水烟筒放到一旁,专注地望着拜伦,手中依然端着铜制小天平秤。"如果我和考瑞要保护黑后,世上有那么多的背叛和不忠,该把她交到谁的手中?"

"交到正义女神手中。"拜伦脸上浮起不易察觉的会心微笑,望着考瑞。

"正义女神?"海黛问。

"你在离她最近的地方,"她父亲说,"正义之神手中正端着天秤。"

旗 帜

> 火焰……物体燃烧所发的光、焰和热,词源:燃烧
> √ * 燃烧着的旗帜,燃烧,火焰:参见燃烧
> 燃烧……√ * 旗帜＝ *Gr.* ϕλεγειν, 烧 ＝Skt. √*bhraj*, 耀眼地发光……1. 燃烧着,照耀着;引申义:光亮的,光荣的
> ——《世纪大辞典》

作为一名世界一流的职业象棋天才,瓦坦的长相可谓超凡脱俗。

瓦坦正穿过草地,向我们走来,微风拂动着他的鬓发,令我不禁想起在科罗拉多时凯伊对他的最初评价。他穿着一件天蓝色与明黄色相间的条纹运动衫,非常鲜艳,即便在开满野花的草地上也非常抢眼。有一瞬间,我几乎忘记自己正被危险分子追踪,完完全全变成了花痴。

不知瓦坦是否因为我才打扮成这副模样。

他走上前来,跟红雪松和烟丝袋打招呼,烟丝袋正和凯伊悄悄说着什么。红雪松和烟丝袋跟他一一握手,然后,沿着我们来的方向返回了。

发现我在盯着看他的惹眼运动衫,瓦坦大笑:"我本来就想让你喜欢上这件运动衫。"我们跟凯伊一起走回他停车的地方。她快步走在我

们俩前头。"我专门请人做的。乌克兰国旗的颜色。我觉得颜色非常漂亮,也很有象征意义。蓝色代表天空,黄色代表麦田。小麦对我们非常重要,具有深厚的感情色彩。想到斯大林强行实施农庄集体化,造成饥荒饿死几百万人就让人难过。基辅曾经号称'俄国城市之母',乌克兰素称'欧洲粮仓'。我听过一首关于美国的著名歌曲,也是歌唱天空和金色麦田的:哦,天空如此美,麦田荡金波——"他竟然真唱起来。

"不错,我们听过那首歌。"我说,"如果我们这位凯伊像她的杰出先祖那么有影响力,她一定会把这首歌变成我们的国歌——而不是出自她先祖弗朗西斯·斯科特勋爵的那首关于火箭和炸弹的酒廊歌曲。"

"噢,还不都一样。"瓦坦说。我们三人继续穿过草地,凯伊仍然走在前头。"咱们的国歌也不是那么乐观,'乌克兰的光荣与意志犹未亡'①。"他接着又说道,"我想让你看看另外一样东西——我缝在运动衫背上的东西。"

他一边走,一边转过身来,给我看他衣服后背缝上去的刺绣纹章,同样是艳黄色与蓝色。中间是三叉戟雕饰,酷似哥特风格。"是乌克兰国徽。"瓦坦说,"纹章是为了纪念我们的守护神弗拉基米尔大公,但三叉戟则要追溯到罗马时代之前。实际上,这种纹章最初是印度火神阿格尼②所佩戴的。意思是,从灰烬上升起永恒的火焰。'我们尚未死去',诸如此类——"

"我能不能插句话?"凯伊扭头说道,"如果咱们不立刻结束你的这番演出,只怕快要死到临头了吧?"

"我讲这些,只是因为这关系到我身上穿的这件衣服,也关系到我

---

① 乌克兰国歌,二〇〇三年根据宪法正式定名为《乌克兰的光荣与意志犹未亡》。
② 印度吠陀火神,或称人类保护神。

们要去的地方。"瓦坦说。

凯伊严厉地瞪了他一眼后加快了步伐,瓦坦赶紧快步跟上。

"哇!"我叫着追上去,"你该不会说我们要去乌克兰吧?"我甚至连乌克兰在哪里都不知道!

"别胡说八道。"凯伊扭头对我甩下一句话。

她的这句安慰,对我不起什么作用,因为对凯伊来说,寻常一天的外出就可能包括手脚并用攀爬冰川。只要她领头,就像现在,我们去哪里都有可能。此时此刻,自从早餐后被打劫或绑架了两三回,没什么事会让我惊讶。

我气喘吁吁地终于追上他们,瓦坦抓过我的手臂对我说:"不是去乌克兰,别担心。说实话,我也不知道咱们到底要去什么地方。"

"那你刚才为什么要说'我们要去的地方'?"我问。

"很快就会知道了。"凯伊又甩过一句话,"但我们是不是都要胸前挂着乌克兰国旗去那里,又另当别论。"

"说真的,我穿这件衣服确实是为了你,"瓦坦不顾凯伊的明显不满,对我说,"我原以为你会喜欢,因为你有一部分乌克兰血统。"

这话是什么意思?

"克里米亚半岛是你父亲的出生地,你知道那里属于乌克兰。可那里——总算走到车旁了。"

铺着碎石的泥土地停车场上只有我们一部车,是辆不起眼的灰色轿车。走到车旁,凯伊一语不发地伸出手,瓦坦自动把车钥匙交给她。她打开后座门让他进去,他坐上后座,我发现那里已经塞了几只露营袋。我一坐上副驾驶位置,凯伊马上发动了车子。

皮斯卡塔韦公园后面的路弯弯曲曲,尘土飞扬,各个方向都有岔道,有时候连路标指示都没有。

凯伊飞速驶过那些碍视交叉转角处,我紧张极了,希望她知道自己在干什么。

有一件事情我非常确定:凯伊正一肚子怒气。

但原因呢?因为瓦坦注意我,耍小女生脾气吃醋?可这似乎更符合赛吉的脾气。

再说,尽管瓦坦·艾佐夫有着令人难以抗拒的魅力,但他绝对不是凯伊喜欢的那种类型,这一点我比谁都清楚。瓦坦更注重内在分析,而凯伊则需要一个对生物圈更感兴趣的人。凯伊能够接受的男人,应该是那种能够在百步之外区分冰雪柱和冰碛的人,这个人在冰冷的黑暗中戴着手套也能够在数秒钟之内打好十几个绳结,出门旅行必带一堆钢锥、铁钩和铁锁。

可这到底是为什么?她的下巴线条锋利冷硬,因为开车时神经紧绷?看得出来,凯伊正在竭力压制住内心的烦躁不安。鉴于瓦坦坐在后座,能够听到前面的所有谈话内容,我决定发动脑细胞,用一种他听不明白的隐语问她。

跟往常一样,凯伊又抢在我前头开了口。

"两人智慧胜一人,"她嘴唇微动,低声说道,"可是,三个人确实多了点。"

"我还以为你一贯信奉'多多益善'呢。"

"今天不是。"她说。

不管怎么说,是凯伊让瓦坦大老远到这荒野中来接我们的,她刚才说这句话,难道是想把他甩开吗?

四周荒无人烟,空旷的林地上没有电话线,也没有加油站,我真不知道哪里能甩下这个已经没了用处的俄罗斯特级大师。

凯伊拐进一片密林,熄掉发动机,转向后座,语气生硬地问瓦坦:

"他们在哪里?"

我相信,我的表情一定跟他一样困惑。

"他们在哪里监视我们?"她问,语气更加犀利。"伙计,别在那里跟我兜圈子,你该知道,我开飞机不是一天两天了。"

接着,凯伊转向我。

"好吧,咱们倒是看看这到底演的是哪出戏,可以吗?"她一边说,一边气呼呼张开五指。"我和你逃离华盛顿特区,差一点就被你说的什么情报局特工抓住!我们穿着迷彩服,来到一个其他任何人都不可能到的地方!我们过沼泽、走密林,皮斯卡塔韦长老们清查过那里,确保没有任何监听设备!我们安排车子从一条无人知道的小路来接我们!有人跟踪我们了吗?"

她转向瓦坦,用食指戳着他胸前。"接着,这家伙露面了,穿过大半英里毫无遮挡的苔原,穿着霓虹灯似的衣服,像是要在考帕·卡巴那夜总会①午夜合唱中吸引注意力似的!"

她再次问道:"他们在哪里?飞机?滑翔机?热气球?"

"你认为,我穿这件衣服是为了吸引什么人的注意?"瓦坦问。

"那你倒是给我个原因,"她紧抱双臂说道,"最好高明一点的原因。兄弟,这儿离最近的出租车招呼站至少五英里。"

瓦坦盯着她好一阵子,一句话也说不出,眼看着脸都涨红了,但凯伊丝毫不为所动。最后,他朝她尴尬地笑笑。

"我承认,"他说,"我这么穿是为了引人注意。"

"所以呢,人在哪里?"她又问道。

---

① 二十世纪四十年代初纽约的一家顶级夜总会,以精彩演出和精美菜肴成为纽约夜色中最亮的一颗明珠。

瓦坦指着我说道:"就在那里。"

见我们似乎明白过来了,他接着说:"我非常抱歉。我以为我刚才解释清楚了,我只是想帮亚历桑德拉将她父亲和我们的祖国联系起来。我不知道这个——要穿迷彩服的事情。我现在才明白,我这种行为有点类似象棋里的闷杀,可我从来都没想过要把你或亚历桑德拉置于险境,请相信我。"

凯伊闭上眼,摇了摇头,似乎压根就不相信他的这番蠢话。

当她再次睁开眼的时候,瓦坦·艾佐夫已经光着膀子了。

♟

"如果我们之间有那么多误解,得抓紧时间解决。"凯伊重新发动车子上路后,瓦坦说。脱下那件艳丽的运动衫后,我和凯伊让他找了另一件衣服套上。凯伊继续开车前行。"不能顺利沟通,似乎会令我们即将面对的事情变得难上加难。"

话是没错,但是,有一个困难对我而言肯定已经不再困难:想象瓦坦·艾佐夫光着身子的困难。

我心里明白,这就是人们常说的"酒鬼诅咒"。据说喝酒过头的时候,一定不能去想紫色的大象。即便从来没见过紫色大象,也无法从脑中赶走那个幻象。

作为象棋棋手,我有着过人的记忆力和洞察力。我知道,一旦亲眼见过什么东西而不是凭想象,比如看两秒钟象棋中局的布局,或者看十二秒钟瓦坦·艾佐夫的前胸,那印象就会永远留在记忆深处。一旦看过,永远铭刻,怎么也无法消除。

我真恨不得踹自己一脚。

这个叫艾佐夫的混蛋,一星期前我只想扁他,要么痛扁一顿,要么灭了他,我当时认为自己的想法非常正当、敢作敢为,可以使其他象棋运动员免遭他的迫害。可我渐渐发现,我和他之间并不是一场单纯的生死对决。

现在想来,瓦坦说的没错。在科罗拉多的时候,他说我们两个的生活中似乎有太多的巧合,说我们应该联合起来。可真的只是巧合吗?毕竟,如果凯伊说的没错,是母亲费尽周折牵线搭桥,撮合我们见面的。

我似乎站在万丈深渊前,我不知道能够相信谁,母亲、伯父、老板、姨妈,还是我最好的朋友?我又为什么应该或者说一定要去相信瓦坦·艾佐夫呢?

可我确实相信他。

我相信,眼前的瓦坦·艾佐夫是个有血有肉的人。当然,并不是因为他刚才没穿衣服。

他想从我这里知道什么东西,某种我见过或知道,又或许是我知道但却没意识到的东西,因此,他才会跟我谈乌克兰、颜色、标志和金黄色的麦浪——

突然之间,我全明白了。一切都解释得通了。

我转身望着后座的瓦坦,他正看着我,深邃的暗紫色眼眸闪动着火花。

就在那一刻,我知道,他已洞悉我所知道的一切。

"塔拉·彼得罗相不只是俄罗斯的经济寡头和象棋爱好者,对吗?"我问,"他还拥有众多高档连锁餐馆,就像哥伦比亚特区的素达尔餐厅。巴斯尔为他提供资金。什么赚钱,他就干什么。他把一切都留给了你。"

我透过眼角的余光,看见凯伊的嘴唇微微翕动了一下,但她并没有出声阻止我,只是继续开她的车。

"没错,"瓦坦说,仍然专注地看着我,仿佛我是他棋盘上的一枚卒子。"除了一样东西。"

"我知道那样东西是什么。"我告诉他。

从那天夜里跟尼姆一同站在桥上开始,我就一直绞尽脑汁地想。仔细回想当时的情景,却怎么也想不明白,他的母亲塔提亚娜怎么会回到庭院,进入财库;更想不明白的是,父亲遇害当天,她又是如何从我口袋中拿走那张画着火鸟的纸卡的。

但是,拥有那张纸卡,把它寄给尼姆的人,在包裹里还放了其他的东西。尼姆说,他将包裹转寄给了我母亲。

"棋盘。"我说,"给我伯父寄东西的人,那天一定在扎戈尔斯克。那人肯定是塔拉·彼得罗相。他们就是因为这个才杀了他。"

"不,小榭,"瓦坦说道,"棋盘图和纸卡是我寄给你伯父的——应你母亲的要求。"

他盯着我看了很久,似乎不知道该不该说下去。

终于,他开口说道:"我继父被杀,是因为他把黑后寄给了你母亲。"

飞 行

> 飞行/飞：超越；精神突破物质的局限释放；死去之物的精神流溢……从而达到超越人类的状态。圣人飞翔的能力或"在风中行走"的能力，象征精神的解放和无所不在。
>
> ——J.C.库珀《图解传统象征符号》

"请注意，"穿过小型机场停机坪准备登机时，凯伊提醒我说，"咱们上学时，老师们常说，'我们今天要讲的内容，很可能会出现在大家的考卷上。'"

她可能想跟我说什么重要东西，但我不准备再开口问问题，免得打开她的话匣子。听了一上午彼此矛盾的故事和信息，我已经学会闭嘴不说话，只听，不发表自己的观点。

我们背上车里的帆布行李袋，爬进飞机。从来没见过凯伊的这架飞机，这是款老式的单引擎"富源"飞机。我知道，凯伊一向喜欢旧式飞机，但她通常会选择那种时速五十英里的简式丛林飞机。

"新缴获的战利品？"扣好安全带，开始滑行时，我问凯伊。

"不是。"她告诉我，"还不都怪华盛顿机场跑道太短？在这里降落，就跟在邮票上降落似的。这玩意儿是租来的，机身重一些，比高翼飞机浮力也小些，因此降落距离短得多。不过，是燃料飞机，速度很快，我们马上就能到那里。"

我也没问她"那里"是哪里。不是我不好奇,而是经过刚才路上那番不愉快后吸取了教训。很显然,虽然凯伊和瓦坦可能都是母亲这一方的人,但凯伊仍然不相信他,不愿意对他和盘托出她知道的一切。

我承认,听瓦坦讲完关于黑后、棋盘和扎戈尔斯克纸卡的事情之后,我需要时间消化,因此决定暂不发表意见,静观其变。

"富源"闻起来有一股旧皮革和潮湿狗毛的味道。真不知道她从哪里弄来这么个古董。凯伊加大油门,飞机在跑道上迅速震颤、摇摆起来,似乎在掂量是否能够飞起来,但在最后一刻,机身突然升高,奇迹般腾空飞向蓝天。飞机升到平流层上方,远离其他飞机干扰,凯伊轻轻切换飞机驾驶档位,转向我和瓦坦说:"让奥拓驾驶,咱们继续刚才的谈话?"奥拓是丛林飞机术语,指"奥拓驾驶员"或无人驾驶。

我转向瓦坦,轻声告诉他:"你已经完全吸引了我们的注意,如果没记错的话,你刚才谈到你继父塔拉·彼得罗相高价买下那枚黑后。"

"我很乐意提供所有你们想知道的情况,"瓦坦跟我们保证,"但你们必须要做好准备,故事非常长,要追溯到十年前,三言两语肯定说不清楚。"

"好吧,"凯伊告诉他,"算上添加油料什么的,我们至少有十二个小时听你讲故事,够了吧?"

我和瓦坦同时望着她,"这就是你说的'马上'?"我抗议。

"我历来信奉爱因斯坦。"她耸耸肩。

"那好,相对地说,"我问,"我们这是相对地飞往哪里去?"

"怀俄明州,杰克森霍尔镇①,"她告诉我,"去接你妈妈。"

---

① 美国著名滑雪胜地,位于通往美国最秀美的国家公园"大提顿国家公园"和美国第一家国家公园黄石公园的门户,尤因城市中心的"鹿角公园"而闻名。

1

杰克森霍尔镇,直线距离二千二百英里之外。但凯伊也指出,飞机不是飞鸟,不能找块玉米田随便就添加供给。

简直令人难以置信!

我最后一次听到母亲的下落,是语焉不详地说她已经从圣母岛回到华盛顿哥伦比亚特区。天知道她这会儿在杰克森霍尔做什么?她还好吗?哪个傻瓜出的馊主意,让我们驾乘这么破烂的小飞机,飞十二小时赶往那里?

我真是万分后悔,怎么没想到把自己的降落伞带来。也许在某个偏僻的加油站,我可以乘机逃走,搭车回家。突然,凯伊打断了我的这些可怕想法。

"分而治之,如此而已。"她简单地说,"宝贝,你妈妈也许不太会下象棋,但却能读懂灾难来临前的不祥之兆。你知不知道在她最终站出来揭秘之前,这场棋局已经进行了多久,造成多大的破坏?"

"揭秘?"她正准备转换话题,我敏感地捕捉到这个词。

瓦坦接过话茬,回答我说:"诺克米斯说得没错。你母亲也许知道了某样重要的东西,某样非常非常重要的东西,某样一千二百年来无人知晓的东西。"

我等着听他说下文。

"是……我不知道该怎么表达,在过去一千多年中,你母亲可能是这场棋局中第一个明白创造者真实意图的人——"

"造物主?"我尖声叫出来。到底是怎么回事?

"瓦坦指的是象棋的创造者,"凯伊极为不屑地说,"他的名字叫贾比尔·伊本·哈伊扬——想起来了吗?"

当然。我想起来了。

"可是,根据我母亲那条令你们如此喜欢的理论,"我竭力镇定下来,"贾比尔·伊本·哈伊扬先生的'真实意图'究竟是什么?"

他们俩盯着我看了足足有一分钟的时间,在这一分钟时间里,世界只剩下机身下面空气的波动和飞机引擎单调的轰鸣声。

他们似乎不约而同地下定了决心。

瓦坦首先打破沉默:"你母亲认为,也许,棋局一直都只是一个幻象。也许,根本不存在这么一场棋局——"

"等等,"我打断他的话,"你是说,一直以来,很多人被卷入这场棋局,甚至为此丧命,还有很多人明知道可能会有生命危险还心甘情愿投入这场棋局,而这一切终究不过是个幻觉?"

"每天都有人死于幻觉。"凯伊说。我们俩终于意见一致。

"可如果棋局不存在,"我问,"为什么那么多人认为他们一直置身一场危险的棋局中?"

"哦,棋局确实存在,"瓦坦说,"我们都在棋局之中。每个人都在棋局中。而且,正如莉莉·拉德曾经告诉过我们的那样,棋局的风险很高。然而,你母亲发现的情况并非如此。"

我仍然不作声,等着听他还有什么高见。

"你母亲发现,"凯伊说,"'棋局'可能就是误导人们判断力的诈术。只要参与棋局鏖战厮杀,就会身处险境,一切损伤皆因我们自己目光短浅所致。棋盘之上,我们既是黑方又是白方,我们是在跟自己对垒,我们看不清全局。"

一个害死父亲的"诈术",我心中暗想,嘴上却大声问道:"那么,这个'全局'究竟是什么?"

凯伊笑道:"是原初引导。"

我的生活,似乎开始了一段充溢着各种各样新发现的历程。

首先,依据优先原则,最最令人着急的问题是,我们在没有洗手间的飞机上,开始了长达二千二百英里的高空飞行。

凯伊取出高热量旅行食品和有机电解质饮料让我们补充能量时,这个问题冒了出来。她告诫我们,在飞机到达前方位于杜布克①附近第一站之前,不要吃喝太多东西。

别的且不说,空军后勤学似乎要求,在这么小的飞机上飞行,要么飞行员严格节制饮食,要么需要飞机上细心提供空泡菜坛子。鉴于这架小飞机上连块扫把大的私密隔间都没有,我只能选择前者,不吃也不喝。

我的第二个发现算是一种幸运的补偿。

瓦坦决定跟我们讲述死去的塔拉·彼得罗相在这场危险的"幻象棋局"中所扮演的角色。

"我继父塔拉·彼得罗相,祖上几代都是生活在克里木的亚美尼亚人。跟所有亚美尼亚人一样,他们自古生活在黑海一带,"瓦坦带着一丝苦笑接着说,"十年前,苏联解体后,这却令我继父处于一种奇特而又有趣的境地——至少,从一名象棋棋手的角度看来是这样。为了明白我的意思,你们需要稍稍了解一下我谈论的那片土地:克里木不仅是亚历桑德拉父亲的出生地,而且这个半岛,整座岛屿连同周边地区,还流传着许多古老传说。我要讲的故事主要集中在黑海上的这片地方。"

---

① 美国衣阿华州东部城市,位于密西西比河畔,对岸是伊利诺斯-威斯康星边境。

第二位象棋特级大师的故事

几个世纪以来,克里木半岛数度易主。中世纪时期,成吉思汗金帐汗国和奥斯曼土耳其人共同管辖这块地方。十五世纪,克里木半岛成为黑海上最大的奴隶交易中心。直到俄土战争结束后,俄国陆军元帅波将金才为凯瑟琳大帝夺下这片土地。接着,十九世纪中叶,克里木半岛成为力图瓦解土耳其帝国的俄国与英国、法国交战的导火线,引发克里米亚战争。所涉四国均为那场所谓"大棋局"的参与者。接下来的一个世纪中,由于两次世界大战,克里木政权频繁更迭,人口数量锐减。一九五四年,当时的苏联总理赫鲁晓夫才将克里木划归乌克兰共和国管辖,但至今仍问题不断。

乌克兰人民永远不会忘记,二十世纪三十年代斯大林造成的那场灾荒中,饿死了几百万人,后来他又迫害无数成吉思汗的后代——克里米亚塔塔尔人,把他们流放到乌兹别克斯坦。乌克兰人不喜欢俄罗斯人,生活在克里木的大多数俄罗斯人也不喜欢被人当成乌克兰人。

他们都不喜欢亚美尼亚人。尽管亚美尼亚人是优西比乌斯[①]时代的最早期基督教信徒,古代基督教教堂依然遍布黑海沿岸一带,可对于当地人来说,他们依然是外来者。近代以来,他们常与俄国或希腊联手,镇压信仰伊斯兰教的土耳其人,造成过去一百年间的多次杀戮。在历次杀戮中,他们并没

[①] 优西比乌斯(约260—340),早期基督教神学家、教会史家。

有因为自己的基督徒身份而受到俄罗斯、希腊、罗马教会的保护，因此，大量亚美尼亚人纷纷逃离这一地区。

这种迁徙或逃离，实际上从古代就开始了，在我们的故事中起到极为关键的作用。希腊语称之为"流散"，意即"撒播种子"。

事实证明，源自古代故事中的这种迁徙或流散，对塔拉·彼得罗相和其他人非常重要，我会一一解释。

明尼人是世界上最古老的民族之一，是几千年来一直生活在亚美尼亚高原的早期商人。亚美尼亚高原北濒黑海，南接美索不达米亚平原。一千多年中，明尼人沿着底格里斯河和幼发拉底河迁移，抵达巴比伦、苏美尔和巴格达腹地。

三个"近代"帝国——沙皇俄国、苏丹土耳其帝国和伊朗帝国，最终占据并瓜分了这片广袤的高原。他们以黑曜岩火山为界分治这片高原。位于高原中央的这座火山高达一万七千英尺，叫亚拉拉特山，又称"方舟之山"，是传说中诺亚方舟的停靠地，据说是位于古代世界东西与南北交叉点上的圣地。

塔拉·彼得罗相熟悉这个故事，他知道，一件神奇的古代宝物也许会在现代再次被激发出巨大力量。

二十世纪八十年代，苏联的米哈伊尔·戈尔巴乔夫上台，施行改革开放政策，犹如新鲜空气吹遍苏联大地，那时的塔拉非常年轻，三十多岁，仪表堂堂，才智过人，而又踌躇满志。改革开放形成一股强大的力量，犹如秋风扫落叶般摧毁腐朽破落的政治局，破除旧观念和陈腐计划。

旋即，苏联解体，但却没有一个新政权代替它。

值此政权分裂之际，一些有着相当的社会地位的人，或通过非法手段聚敛大量财富的人，开始蠢蠢欲动。暴徒和黑市商人收取"保护费"，潦倒的政府官员和破产科学家出卖商业机密和军用器材，一九九二年，车臣黑手党从俄国银行骗取超过三亿二千五百万美金的巨款，给俄国造成最致命的打击。

还有一批投机分子，也就是包括塔拉·彼得罗相在内的新金融寡头。

塔拉·彼得罗相与我母亲结婚时，我九岁，当时业已登上象棋比赛界的报刊，诸如《英勇俄罗斯老兵遗孀培养象棋神童》之类。

彼得罗相在合作伙伴巴斯尔·利文斯顿的幕后资助下，在俄罗斯各地开办连锁时尚餐馆和高级俱乐部。我继父非常了解俄国人在食物之外的极度渴望。经过苏联几十年的惨淡统治，他们极度渴望见识一下真正的奢华，而他也知道如何通过市场运作来满足人们的这种欲望。比如，他从不拒绝满足那些想象自己出身沙皇伙食承办商世家的人，向来保证俱乐部每一台餐桌上提供的都是他们最负盛名的冰冻鱼子酱。

那些俱乐部的主题设计得非常巧妙，能够激起人们对亚美尼亚的发源地或数世纪以来徙居之地的回忆。例如，他在圣彼得堡开办一家昂贵的香槟红酒俱乐部，专营美国加州中央谷美食。他在莫斯科开办金羊毛[①]餐馆，专营希腊风味佳肴，餐厅里挂满山羊皮装着的松香味葡萄酒，使人想起伊阿宋

---

① 希腊神话故事中，金羊毛被看作稀世珍宝，不仅象征着财富，还象征着冒险和不屈不挠的意志，象征着理想和对幸福的追求。

和亚尔古英雄从科尔奇斯穿过黑海到达托米斯①时可能吃过的饭菜。

所有这些餐馆和俱乐部中,最受欢迎的还数开设在莫斯科的高级私人俱乐部——巴格达迪俱乐部,只有接到邀请的人才能获得天价会员资格。仅这一家俱乐部的收入就足以令他很快为我,他的这个继子出资延请到最好的象棋教练和陪练。

也使他能够掏钱主办许多象棋赛事。我接着讲下去,你们很快就会发现他做这些事情的原因。

巴格达迪俱乐部不仅仅是家时髦俱乐部。俱乐部主要经营异国风味的中东美食,使用具有东方情调的铜托盘、骆驼鞍式坐凳和烧水铜壶,每张沙发边上还放着一张罕见的棋盘。入口处挂着一幅大哈里发哈伦·拉希德肖像,向来宾致意。肖像下面刻着一行铭文:

巴格达——一千年前,旷世象棋诞生地。

熟悉象棋历史的人都知道,这位因能同时下两场盲棋而闻名的阿拔斯王朝杰出哈里发拉希德,将象棋演变成为一种卓越的军事训练典范,使其摆脱赌博或占卜的色彩,大大提高了象棋在《古兰经》中的地位。

我继父经营的这家俱乐部里最吸引人的地方在于,他个人收藏了世界各地许多枚珍稀棋子,并把这些棋子一一摆放在墙壁四周的照明壁龛中。一时尽人皆知,塔拉·彼得罗相

---

① 伊阿宋是古希腊神话人物,夺取金羊毛的亚尔古英雄们的首领;科尔奇斯是高加索山脉南面靠近黑海的一个古地区,是伊阿宋寻找金羊毛的启程点。

愿意不惜任何代价买下更多类似棋子,以丰富私人藏品。人们也都知道,古玩市场上没有人超得过他的出价。

当然,有一副象棋棋子令他最感兴趣。过去十年中,国际政治风云变幻,苏联政府倒台、9·11恐怖袭击事件和即将发生的美国出兵巴格达,令每一位想要快速注入资本而又苦于资金短缺的人,都非常乐意出让蒙特格朗棋子。

政府开始出手打击投机商人时,我继父迅速处理完生意往来业务,从俄罗斯逃往伦敦。至于蒙特格朗棋,显然他或许还有他那位幕后伙伴,仍然一如既往地热衷。也许,他们很快就要完成那一伟大使命了。因为,两个星期前,塔拉·彼得罗相在伦敦遇害时,我相信,他们搜寻的东西已被人带离巴格达。

♟

瓦坦讲完故事,凯伊摇摇头,笑了。

"先生,恐怕我真是小瞧你了。"她友善地拍拍瓦坦的胳膊,说道,"辛酸的童年!被这么一个自我陶醉型寡廉鲜耻的人养大,他娶你母亲只是为了能够跟你搭上关系,你成为他实现象棋明星霸主险恶用心的通行证!"

我原以为瓦坦一定会立刻反驳她这种不着边际的肆意攻击,毕竟,她几乎不了解他,也从没见过彼得罗相,没想到他却朝她笑笑,说道:"似乎我也小瞧你了。"

在听瓦坦讲故事的过程中,我心中始终盘旋着一个更大的问题,这个问题令我眼底血液上涌,"富源"引擎的轰鸣声更是加重了这种不舒服的感觉。我不知道怎么才能开口发问,直到凯伊转身查看奥托引擎工作情况、查定我们目前所处方位时,我才深吸一口气,颤抖着声音问瓦坦:"我猜,如果彼得罗相和巴斯尔·利文斯顿的'使命'是聚拢蒙特格朗棋子,一定也包括你和我父亲在扎戈尔斯克一起看到的那一枚?"

瓦坦点点头,关切地望着我。随后,他做了件令我始料不及的事情。他握住我的手,俯身吻了我的额头,仿佛我还是个孩子。我能感到,他嘴唇触碰过的地方灼烫,我们两个人如触电般僵住了。最后,他非常不情愿地松开我。

我一点防备也没有,喉咙一紧,泪水涌了出来。

"我一定会原原本本告诉你的,"他柔声说道,"毕竟,那正是我们此行的目的。但你确信你现在做好心理准备了吗?"

我不确信自己是否已经做好了准备,但还是点点头。

"莫斯科举行你跟我的那场比赛时,我也只是个孩子,压根不知道这些。可是从后来的种种迹象来看,在那里举行比赛只可能为了一个原因,那就是诱使你跟你父亲去俄罗斯,因为你母亲时时刻刻保护着你父亲,他们永远不可能让他自愿回到俄罗斯,你明白吗?"

我当然明白。我想要尖叫,想撕扯自己的头发。可是,我知道他说的完全正确。我知道那意味着什么。

换句话说,是我亲手害死了我的父亲。

如果不是因为我儿时争强好胜,想成为世界上年龄最小的象棋特级大师,如果不是因为面临着实现这一目标的黄金机会,父亲无论如何也不会回到他的祖国。

那,正是母亲一直担心害怕的事情。

那,正是父亲遇害后,母亲强迫我放弃象棋的原因。

"现在,说了这么多关于棋局的事情,"瓦坦对我说,"你总该明白了吧,棋局中所有人都知道你父亲的真实身份,他不仅是特级象棋大师亚历山大·索拉林,还是棋局中一个举足轻重的关键人物,更是黑后的丈夫。我继父诱惑他去那里,给他看他们弄到的那枚重要棋子,也许希望能够跟他达成某种交易……"

瓦坦停下来望着我,似乎想把我拥入怀中安慰我。可他本人也是神情无比狂乱,似乎也正需要别人的安慰。

"小榭,你难道还不明白吗?"他说,"你父亲遇害——而我却是他们诱使他进入圈套的诱饵!"

"不,不是这样,"我像凯伊刚才那样拍拍他的胳膊,对他说,"是因为我当时想击败你,想赢得那场比赛,想像你一样成为世界上年龄最小的特级大师。瓦坦,我们都只是孩子。我们那时怎么可能会猜到,那并不是一场单纯的象棋比赛?如果莉莉没告诉我们,我们现在又怎么会知道?"

"是啊,我们现在知道了那场比赛的真相,可我本来应该在莉莉告诉我们之前就想到的。一个月前,塔拉·彼得罗相要我去伦敦。自从他移民之后,我们再也没有见过面。他想让我参加由他主办的一场大型比赛。说服我参加比赛时,他不忘提醒我,如果不是当继父的他为我花大把钱请教练什么的,我也不会得到特级大师的荣誉称号。他明白无误地告诉我,这是我欠他的。

"比赛前不久,我到达继父居住的梅菲尔酒店时,却发现他心里想要我'偿还'的是另外一件更重要的东西。他要我给他帮个忙,给我看你母亲寄给他的一封信……"

瓦坦停下来,他肯定是从我的表情中看出我已知晓全部后续的事情。我摇摇头,示意他接着讲。

"我刚才说到,彼得罗相给我看一封凯特·维利斯寄给他的信。读完她的信,我大概知道,他手中有几样属于你已故父亲的东西。他想把这些东西尽快交到你母亲手中,可她不想让我继父亲自将东西寄给她,也不想让他在象棋比赛期间交给莉莉·拉德。这两种方案对你母亲而言似乎……我想,用她的话说是'不妥当'。她建议彼得罗相说服我,将那些东西匿名寄给拉迪斯劳斯·尼姆。"

棋盘图。

纸卡。

照片。

我终于完全明白过来。但是,尽管彼得罗相有可能在扎戈尔斯克从我口袋中掏走那张纸卡,可他究竟如何才能弄到那张尼姆认为在塔提亚娜手中的棋盘图呢?更令人不解的是,他又是从哪里弄到我父亲家庭唯一的一张全家福的?

瓦坦的话还没有说完。"你母亲信中还邀请我,要我比赛结束后,跟莉莉和彼得罗相一起去科罗拉多,我同意了。她说要我们去那里谈些事情。"

他顿了顿,又说:"可你知道,伦敦的那场比赛还没结束,我继父就被人杀害了。我和莉莉在伦敦秘密见面。由于莉莉一直无法联系上你母亲,我们都不知道能把你母亲告诉我们各自的事情向对方透露多少。我们俩都不信任彼得罗相和利文斯顿。我们一致认为,彼得罗相的介入,加上你母亲邀请我们大家出席神秘生日聚会,种种迹象都表明,你父亲在扎戈尔斯克遇害,很可能并不是个意外。作为你父亲遇害时唯一在场的旁证,我私下认为,也许跟我寄出的那几样东西有关。

"我和莉莉得知我继父离奇死亡的第一时间,便决定立刻退出比赛。为了不让人注意到我们的行踪,我们决定先飞往纽约,再开莉莉的私家车前往科罗拉多。"

瓦坦停住口,用深色的眼睛严肃地望着我,片刻后说:"当然,后来的事情你都知道了。"

我并不全知道。

虽然,瓦坦也许不知道彼得罗相是如何弄到棋盘,又如何弄到我母亲让他寄给尼姆的包裹里的其他几样东西的,但是,有一件重要的东西,他还没提到。

"那枚黑后。"我说,"在马里兰,你告诉我和凯伊,是你把棋盘图寄给尼姆的。现在你已经解释清楚来龙去脉。后来,你说,你认为塔拉·彼得罗相被害,是因为他把黑后交给了我母亲。可你前一段时间又告诉我,你最后一次见到那枚黑后是十年前,在扎戈尔斯克修道院财库的玻璃柜中。那么,彼得罗相是怎么弄到那枚黑后的呢?他知道我母亲甚至害怕跟他直接联系,那他为什么要把如此珍贵而又危险的东西交给我母亲?又是如何交给她的?"

"我也不确定,"瓦坦说,"但是,从过去这些天发生的事情来看——虽然似乎不可能,但我觉得,十年前我们在扎戈尔斯克参加比赛之前,那枚黑后很可能就已经属于塔拉·彼得罗相。别忘了,是他安排将我们的终局比赛更换到那么偏远的地方,是他告诉我那枚黑后刚从寺院地窖里挖掘出来,告诉我那枚棋子有多著名,是他告诉我只为了我们那场比赛才将棋子陈列在扎戈尔斯克。因此,非常有可能是那位诱惑你们去俄罗斯的塔拉·彼得罗相,将那枚黑后陈列在玻璃展柜中——也许是希望,当亚历山大·索拉林看见……"

他停下来,至少在我看来,显然谁也不知道彼得罗相的动机。不管他那些设计精妙的计谋的初衷是什么,现在看来,除了死亡,似乎没给任何人带来任何东西。

瓦坦挠挠头,想要整理思路,因为他也觉得说不过去。

"我们一直假定,"他犹豫了一下,说道,"他们分属于不同的阵营。

可假如情况并非如此呢？假如我继父一直试图跟你父母联系呢？假如他一直是他们这一方的，而他们并不知道呢？"

突然，我明白过来。

与此同时，瓦坦也明白过来。

"我不知道彼得罗相是如何弄到那张棋盘图的，"我说，"也不知道他是如何从我口袋中掏走那张对除我和父亲以外的任何人都没有意义的纸卡的，可我知道一件事情，那就是，这世上只有一个人可能会把你包裹中寄给我伯父的那张照片交给彼得罗相，我认为，一定是那个在扎戈尔斯克送纸卡提醒我们的人。"

我深吸一口气，想要继续理清思路。凯伊坐在驾驶座上，也在专注地听着。

"我想，"我接着说，"十年前最初给塔拉·彼得罗相黑后的人，甚至可能帮他诱惑我们去莫斯科的人，就是给他照片的那个人。这样一来，才能将照片放进给我母亲的包裹，也就是你后来寄给尼姆的那个包裹里面，母亲才有可能会相信彼得罗相的故事。

"而那个人是我祖母！是我父亲的母亲！你和凯伊坚持说，我母亲认为可能没有这场棋局，说我们可能属于同一方的时候，我就动过这个念头。如果，如果藏在幕后的人是我祖母，这可能意味着——"

我和瓦坦惊讶地望着对方。我无法面对自己将要说出口的话。尽管我们已被迫面对过很多事情，可这事还是太匪夷所思。

"这就意味着，"凯伊扭头告诉我们，"这才是你母亲要藏起来的全部原因。因此她才要举办那个聚会，要派我去接你们。因为——你父亲还活着。"

大汽锅

　　因此，几乎所有的神话里都有一只能创造奇迹的圣器，有时能令人永葆青春、长生不老，有时包治百病，有时……蕴含着力量与智慧。当其被用作烹煮之器时，常能促生转化；这一属性使其在炼金术中有着非比寻常的声望。

　　——埃玛·荣格与玛丽-路易斯·冯·弗朗兹《圣杯传说》

　　还活着。

　　当然。

　　我感觉自己似乎踏入一个陌生的星球，进入一片旋转时空之中。此时看来，最近几天看似最疯狂、最不合乎逻辑的事情，如即兴生日聚会、寄自国外的神秘包裹、母亲的离奇失踪、我被凯伊绑架，这一切都突然变得合理起来。

　　这一发现非常可能成为压垮骆驼的最后一根稻草。否则，我真不知道听完那番话我怎么还能睡着，而且睡得非常熟。醒来，我发现自己躺在机身后部用行李袋临时搭成的床上，四周黑糊糊的。

　　可我并不是一个人。

　　我旁边有个热乎乎的东西，还在呼吸。

我费了好大工夫,才意识到飞机引擎静下来了。凯伊不在周围。现在肯定已过午夜,记得当时我们是在南达科他州首府皮尔市附近第二次停下来加燃料。凯伊在那个时候宣布,她要补补瞌睡,再继续飞往山区,我们确实也都该休息了。

正在这时,我发现自己侧身躺着,瓦坦·艾佐夫健硕的身体半压在我身上。他的一只手松松地搭在我背上,脸埋在我的头发里。我本想从他怀里挪出来,却担心可能会弄醒他,我知道他跟我一样需要好好睡一觉。

而且,这种感觉很好。

我跟瓦坦怎么会这样?我得问问清楚。

如果这个姿势保持到凯伊给飞机加完水或干完别的什么事回来,我正好可以有个地方思考一下,不再受马达轰鸣声干扰,也不会有接二连三的情绪波动,耳畔只有象棋冠军平和、均匀的呼吸声。

我知道自己有很多事情需要想一想。不幸的是,大多数问题都是一团乱麻,无从理起。毕竟,几个小时前,我才知道母亲为什么要藏起来,为什么要把大家都引出来,让所有人蒙在鼓里——所有人,除了诺克米斯·凯伊。

从今天第一站的皮斯卡塔韦角莫约纳藏骨堂,到第一次在德卢斯市①加燃料,我只用了四个小时的时间,就解开了所有谜团。自我感觉不错。最后质问凯伊时,她承认了自己的真实身份。

她是白后。

"我从没说过加仑弄错了,"当质问她为什么要在四季酒店楼梯间否认时,凯伊辩解道,"我只是说,别管他!再说了,那些傻瓜都是棋局

---

① 美国明尼苏达州东北部港口城市。

中人。现在,有人想要反败为胜,所以我和你母亲才决定要这么做。"

我母亲和诺克米斯·凯伊。虽然很难想象她们俩在一块的情形,但如果真能够坦然面对自己的话,我不得不承认,从我们小时候开始,凯伊反倒比我更像我母亲的亲生女儿。

黑后与白后联袂。

我耳畔不停响起《爱丽丝漫游奇境记》中的一个押韵叠句,大概是:一定来喝茶,带着红后、白后和我,好吗?

押韵也好,不押韵也罢,我都非常感激母亲冒着巨大危险,如凯伊开始时跟我说的那样,决定"揭秘",决定联合兵力。

我不再关心母亲为什么切断与伯父的联系,凯伊为什么要把那几个显然是白方队员的人锁在酒店房间里。原因以后再去查,眼下,我只感到浑身放松。

因为我终于悟出凯伊为什么带着嘲讽的笑容,为什么故弄玄虚地讲述皮斯卡塔韦角藏骨堂的原因。还有,我们第一站为什么会去莫约纳的藏骨堂。她说过,所有的骨头和所有的秘密。

因为我知道,如果真如凯伊所说,父亲还活着,如果母亲已经知道这件事情,这段时间以来母亲要保护的人显然并不是我,甚至也不是她自己。她要保护的人是父亲,父亲显然身处险境。

现在,我也终于明白,母亲这些年,甚至早在我们去扎戈尔斯克之前,就一直生活在恐惧之中的原因:是她让父亲身处险境的。蒙特格朗棋的秘密没有埋在皮斯卡塔韦的骨头间,棋子也没有埋在那里。

他们被埋在父亲的头脑中。

在所有被卷入棋局的人当中,只有亚历山大·索拉林知道那些棋子的具体埋藏位置。如果他还活着——我相信母亲和凯伊的消息不会错,我们必须赶在其他任何人前面找到他。

我暗暗祈祷，希望一切都还来得及。

驱车行在风景区干道上时，凯伊问我知不知道配合演出一幕绑架我的戏份有多困难，现在看来她不是开玩笑。天空露出一抹淡紫色，我们驾驶小"富源"飞越黑山和拉什莫尔山①，前往落基山区。她又详细解释了几个技术性问题。她驾驶的是一架不属于她名下的飞机，没有提交飞行计划，因此很难有人跟踪得了我们，甚至也很难猜出我们飞行的目的地。

她说，只要跟私人机场工作人员熟识，一切就都好办了。凯伊总是通过无线电跟前方机场联系，确定即便夜里机场工作人员下班后，也会有她认识的人在机场等候我们，才会降落添加燃料。比如，她那位来自印第安苏族保留地的机械师朋友，昨晚在皮尔市给我们添加燃料，确保我们能够在黎明前起飞。

现在，我们裹在凯伊宿营包中带着的保暖服中，在高空翱翔。

"天亮了！"凯伊对着群山大叫，"太美了！太棒了！"

天刚放亮，驾着小飞机飞越落基山区一万五千英尺的高空，总会令人激动万分。山峰在我们下方一千英尺的地方，太阳从身后升起，给机翼镀上一层金光，小飞机像只猛禽穿梭在粉红色的云层之中。下面的风景清晰可见，嶙峋的紫色岩石，间或覆盖着白雪，陡峭的山坡上长满松树和云杉，天空一片碧蓝。

尽管我曾跟凯伊一起进行过十几次这样的山区飞行，却从不会厌倦。瓦坦看着窗外的奇景，简直要淌出口水来。当地人说这里是"上帝

---

① 位于美国南达科他州西部黑山山脉，海拔一七零八米，山石上雕有华盛顿、杰弗逊、林肯和罗斯福的巨大雕像，故又名"总统山"。

的国度"。

四个小时之后在杰克森霍尔镇着陆,又是另一番享受。凯伊像箭一样在丛山之间飞行,两侧的山触手可及,着实令人惊心动魄。她最终精准无误地降落在谷底。当然,在深不可测的谷底着陆,精确是首要条件。

着陆时已是十点钟左右,因此,我们抓起宿营袋,塞进她停放在机场的路虎越野车中——大家不约而同想到要去吃点东西。

看着端上桌的鸡蛋加熏肉、面包加柑橘酱、炸土豆、切片水果、果汁和大杯爪哇黑咖啡,我突然意识到,自从昨天早上伯父的那顿美味早餐以来,我还是第一次吃东西。

我绝不能够再这样每天只暴食一顿了。

"接我们的朋友在哪儿?"付账离开餐馆时,我问凯伊,"在公寓?"

"等会儿就知道了。"她回答。

凯伊在网球俱乐部有一个住处,她那些飞往北方地区的飞行员,可以在这里作短暂停留,洗洗澡,睡上一觉。我也曾在那里住过几次。为充分利用空间,俱乐部请了专业造船工程师设计,舒适而又富丽堂皇。俱乐部里甚至还有好几种舞厅,和为健身爱好者准备的健身房。

母亲不在那里。凯伊要我们放下宿营袋,随后,她估量了一下瓦坦的身高,从柜子里拽出三套轻薄型防寒连衣裤,我们各自穿上后又换上防水拉链雪地靴。我们回到车旁,她驾车上路,自始至终没再说过一句话。

过了大约半小时,经过大提顿村和莫兰湖入口时,发现我们已经远离能够称为"文明"的地方,心中不禁紧张起来。

"我原以为你是说我们先去接我母亲,然后一起帮着寻找我父亲的下落,"我说,"可这条路只通往黄石国家公园。"

"是啊,"凯伊说,又是那种嘲讽的神情。"要接你妈妈,总得先找到她,你该不会忘记她藏起来了吧?"

我把事情前前后后想了一遍,不得不承认,只能听凭凯伊安排。她把事情安排得简直无懈可击。我想不到还有什么地方比冬天的黄石公园更适合母亲藏身,且能确保没人找得到她。不管官方日历上显示什么日期,现在的黄石公园仍然是冬天。

华盛顿特区的早春四月,是樱花节的旅游高峰期,可在怀俄明州北部,每年九月中旬开始,路旁就会插上红黄相间的十二英尺高大雪标记杆。这里的冬季还要两个月才会结束,六月份才开始宿营季节。

每年十一月一日至次年五月中旬,黄石公园停止对公众开放,只有冰原雪车和雪地机动车经过预约才能获准进入。明年冬天,依据新出台的联邦法令,雪地机动车也不允许进入我们历史上的第一座国家公园。即使现在这个季节,园区主干道——长达一百四十英里的"8"字形环路北入口的大部分路段都仍然处于关闭状态。

可是,对公园护林员和像凯伊这样的科学研究人员,园中没有哪个地方是绝对禁止进入。每年这个时候,正是一些研究人员进行重要科学研究的大好时机。她的这个秘密安排太高明了。不过,我承认,我仍然看不见她所说的那个"全局"。

到达公园入口时,凯伊凭公园出入许可证领取了三张门票,我们随后跳上冰原雪车——一种用坦克踏板代替车轮的伊克莱篷车,前面装有类似滑水橇的宽挡板,防止车子陷入雪中。

车上已经坐了几个人,看起来似乎是一伙的。听着我们那位导游一路说个不停,时不时指给大家看几处热泉(整个公园里有一万多处类似的热泉),车上那几个人兴奋得一刻也不安静。"看我们左边"、"请看右边",导游像个大喷枪,不停地向大家介绍鲜为人知的公园历史。

瓦坦听得非常入迷。导游开始津津乐道地告诉我们"老忠诚"喷泉的喷射频率,我发现人们的眼光顿时黯淡下来,凯伊嘴边又露出那副讥诮的模样。导游说,每次喷射两分钟,高度一百二十英尺,意味着距离下次喷射时间为五十五分钟;而每次喷射五分钟,高度一百二十三英尺,就意味着距离下一次喷射时间可能要七十八分钟。

到达"老忠诚"旅馆时,我们从冰原雪车上跳下来,凯伊要从这里提取两辆护林员专用雪地机动车和三双轻便防滑雪鞋,以备机动车抛锚时夹在靴子上前进。

凯伊爬上一辆雪地机动车,让我坐在她身后,瓦坦上了另一辆车子,跟在后头。我们一路向北行去,只听见身后导游和游客大声数着:"十,九,八,七,六……"

开到山头顶上,凯伊将车子停在路旁,指着我们身后。瓦坦挨着我们停下车,向后看。老忠诚喷泉开始喷射,一百多英尺蒸汽腾腾的水柱喷向苍凉高远的天空。

"这么冷的天,也会喷射?"瓦坦惊奇地问凯伊。

"它们在地下几英里深的地方遇热,温度高达六百多度,"凯伊说,"回流到地表的时候,它们不介意外面的天气状况,那感觉就好像是终于又能够出门了。"

"遇到什么热?"瓦坦问。

"哦,这正是问题之所在,"凯伊告诉他,"我们正坐在全球最大的火山上,如果喷发,顷刻之间就能毁掉整个北美大陆。不知道它什么时候会爆发,但我们担心的还不止这个。"

"人们曾经认为,黄石火山是独立火山。可我们现在认为,这个火山很可能一直跨过爱达荷州,与圣海伦火山以及太平洋沿岸大断层——太平洋火环,连为一体。"

瓦坦望着凯伊好一阵子。也许是我多想了,可我觉得他们似乎在心里无声地商谈着什么,似乎在商量某些东西是否该告诉我。

那种表情转瞬即逝。

我们驾着雪地机动车又前进了三十多分钟,凯伊停下来大声说:"咱们现在要到滑雪道外面了。距离不远,还得需要这两辆机动车,我们的朋友和她的东西要上来。"她顿了顿,又说,"如果看到大灰熊,就把车子熄掉,躺在雪地里装死。"

没错,是这样。

凯伊穿过一片美丽的林地,拐上一片烟雾袅袅的喷泉区,继续前进。经过小时候常来的泥浆泉,泥浆泉像巫婆的大汽锅,咕嘟嘟冒着气泡,发出独特的咝咝声。

下方峡谷中有一间常见的林间取暖小屋,屋中常会为滑雪的人和穿雪鞋探险的人提供咖啡和热巧克力,可这间取暖小屋离滑雪道也太远了些。

凯伊掏出护林员专用双声道对讲机,说:"来了,完毕。"

对讲机中分明传来母亲的声音:"什么事耽搁这么久?"

五年没见母亲了。

可她完全还是从前那副模样,就像沐浴过长生不老泉水一般。

对小时候一心扑进象棋世界的我而言,我想,正是母亲身上散发的这种原始力量,使我们生活中的所有男人都愿意听她调遣。而我每次跟母亲在一起,也总会不由得生出一种敬畏之心。

此刻,我被紧紧箍住了。从我们进入小屋的那一刻,母亲就一反常态,不顾瓦坦和凯伊在场,伸出双臂紧紧搂住我,将我包围在她头上散发着的熟悉的檀香和鼠尾草香之中。母亲松开我时,眼角明显挂着泪水。这些天,我了解到一个自己从不知道的母亲,了解了她这些年为保护可怕的蒙特格朗棋,为保护父亲和我,所经历的种种艰险,从而越发觉得这次的突然团聚令人震惊。

"感谢上帝,你一切都好!"母亲说着又抱住我,更加用力,似乎不相信眼前的一切。

"咱们不能在这里待太久,"凯伊说,"得赶紧上路,还有重要事情要处理。"

母亲摇摇头,看样子恢复了理智,她放开我,转向瓦坦和凯伊,轻轻拥抱了他们。"谢谢你们,"她说,"我终于放心了。"

我们帮着从屋里拿出几只小背包,母亲上了凯伊驾的那辆机动车,坐在她身后。母亲笑容灿烂地望着我,朝正在发动雪地车的瓦坦点点头,说道:"很高兴你们能够谈得来。"

我爬上车子,坐在瓦坦身后,随着凯伊穿行在树林间。

确认已无危险后,我们回到大路上。大约半小时后,我们从黄石公园西门进入爱达荷州,那儿立了道栅栏,禁止车辆进入塔尔基国家森林公园。凯伊停下车,爬出来,拿起母亲的所有背包。

"出了什么事?"瓦坦熄掉车子时,我问她们。

"我们跟命运女神有个约会,"凯伊说,"女神开着一部阿斯顿·马丁车。"

再没有什么情景比莉莉和莎莎穿着皮草窝在价值四百万美元的征服车里更不和谐了。她们停在塔尔基国家森林公园停车场,幸亏周围没有人看见她们。可是,森林冬季关闭,禁止通行,她们又是怎么进来的?我暗想,凯伊肯定认识全世界的护林员。

她们俩下车迎接我们,凯伊忙着把母亲的包放到后备箱中。莎莎从莉莉怀里跳过来,舔了我一脸口水,我赶紧用袖子擦掉。莉莉走过去拥抱住我母亲。

"我担心死了,"莉莉说,"我在那家可怕的汽车旅馆等了好几天,一点消息也没有。不过,一切看来都很顺利——至少咱们人马都到齐了。"说着转向凯伊,"咱们大家什么时候动身?"

"'咱们大家动身'去哪儿?"我问莉莉。

我似乎是唯一一个被蒙在鼓里的人。

"我不确定你是不是真想知道,"凯伊对我说,"但还是告诉你算了。我说过,要想协调不容易,但总算都安排好了。我们在丹佛碰头的时候,尽可能周详地制订了计划。后来,我跟瓦坦飞回东部接你。而现在,我们三个人要回到杰克森霍尔镇,装成滑雪归来的样子,在那里吃上一顿丰盛的晚餐。接着,到我那里睡一晚,赶明天早上第一趟航班。你妈妈和莉莉开车去跟我们碰头。我们已经商量过,恐怕最近的碰头地点只能定在安克雷奇——"

"安克雷奇?!"我叫道,"我还以为我们要去找我父亲呢。你不会告诉我他在阿拉斯加吧?"

凯伊又用那种讥诮的表情看着我说:"我刚才都说了,你也许还是不知道为妙。但是,不,我们不去那里。我们回程途中,凯特和莉莉会去那里接你父亲。事实上,为安全起见,只有你母亲和我两个人知道你父亲的确切位置。我之所以知道,是因为我要负责制订接他回来的具体方案。"

我等着她揭开谜底,母亲却接过了她的话头。

"至于那里是什么地方,"凯特说,"我想,就是通常称为'太平洋火环'的地方。"

太平洋火环

没有什么东西比火更具灵性。

——普卢塔克①

〔炼金术〕整个过程始于火,亦终于火。

——伊本·比什伦

照明之火,亦为毁灭之火。

——亨利·弗里德里克·阿米埃尔

万物归于火,火竭复归万物。

——赫拉克利特

在吃开胃小吃和羹汤的间隙,凯伊告诉我们:"阿拉斯加州的阿留申群岛,隔在太平洋与白令海峡之间,凯瑟琳大帝时代曾经属于俄国,

---

① 普卢塔克(约46—119),罗马帝国时期传记作家和伦理学家,所著《希腊罗马名人比较列传》曾被莎士比亚用在他的古罗马戏剧中。

因积聚了世界上最大的活火山群,被称作太平洋火环。我非常熟悉那些活火山——巴甫洛夫火山、什刹丁火山、珀格罗米尼火山、土利克火山、科罗文火山、塔纳加火山、坎那加火山和基斯卡火山,还有一个我发现的小火山,准备命名为'现代米勒火山'。"

她接着又说:"我目前正在撰写的反应热测量论文,主要研究詹姆斯·克拉克·马克斯韦尔、让-巴普蒂斯·约瑟夫·傅里叶《热的解析理论》,等等。不过,你知道,我一直最感兴趣的是观测极度压力下的热行为。"

瓦坦迅速瞥了我一眼,接着低头去看汤,我尽量装作没看见。我禁不住想,他在飞机上接触到我身体时可曾感到有电流涌动?我承认,我很难忘掉那种感觉。

我们之所以选择霍尔镇这家旅馆的私人餐厅就餐,是因为凯伊认识这儿的经理。她解释说,我们不仅可以在这里享受美食,还可以有个地方一起谈谈明天的安排。明天的安排听起来不错,凯伊说她已经安排好,明天拂晓时分包机飞往西雅图和安克雷奇。

"你说过,我父亲不在阿拉斯加,"我提醒她,"那么,这个太平洋火环跟我们真正要去的地方有什么关系?"

"那里是条黄砖路[①],"她告诉我,"等吃的东西上来了,我再解释。"

凯伊和瓦坦决定分享一份香脆烤全鸭,分量很大,足够两个人吃,里面塞着鸭肝,是这家餐馆的特色菜。我点了一份上肋,鲁道夫的素达尔餐厅从来没有这道菜。

饭菜陆续送上来,从汤羹到沙拉,我不禁想到被锁在乔治城酒店房

[①] 黄砖路是《绿野仙踪》中的元素,是从小人国到翡翠城向大魔术师奥兹寻求帮助所要走的路。后来人们认为,一旦踏上绿野之间的黄砖路,一切就转为奇境。

间里的一切:我伯父斯拉瓦、我的老板,也许还有对未来工作的一点希望。

唉,斯佳丽·凯伊·欧哈拉小姐在这种情况下一定会说,哦,明天会是新的一天①。即便我想做点什么,也无能为力。我发现自己只是一枚无关紧要的小卒子,不过是被凯特和凯伊这一对王后推到棋盘中央而已。

我等不及了。

吃得差不多了,我们又点了一瓶威廉梨白兰地,外加一份柠檬蛋奶酥,主要是考虑到等到蛋白发起来,至少可以让服务员忙活二十至三十分钟。

确认周围没有旁人后,凯伊告诉我:"要知道,你妈妈一直想要尽可能让你置身局外,主要是为了你的安全考虑——她认为,无知便是福。"

"但她现在授权给我,让我把所知道的一切都告诉你们,包括咱们明天去哪里,去了之后要干什么。我的故事讲完后,如果有人想退出,随时可以提出。不过我想,你们不可能会想要退出。这件事将我们都卷入其中,连我自己都感到惊讶,稍后你们就知道了。"

她说着把沙拉盘放到一旁,将烤鸭盘子推到瓦坦面前,接着一口饮尽细脚杯里的维蒂奇诺酒,开始讲故事。

白后的故事

十年前,亚历桑德拉的父亲在俄罗斯遇害,当时所有人都以为他死了,凯特由此意识到发生了比失去丈夫更可怕的

---

① 斯佳丽·欧哈拉是《飘》的女主人公,此处用"斯佳丽·凯伊·欧哈拉小姐"借指善用各种隐语的凯伊。

事情:那些年她一直以为已经永远结束的棋局可能已经重新启动。

但怎么可能会那样呢?

棋子被埋藏起来了,只有亚历山大·索拉林知道具体的埋藏地方。三十年前那场棋局中的棋手,已经退出棋局,有的已经死了。

那么,发动棋局的会是谁?不幸的是,没过多久她就查出来了。

扎戈尔斯克的"不幸遇害事件"发生后,美国大使馆为小亚历桑德拉安排了外交保护,护送她从莫斯科返回美国,并安排同机运回他父亲的遗体。

当然,棺材是空的。

我们现在知道,俄罗斯方面负责帮助协调的人是塔拉·彼得罗相,美国大使馆方面负责配合的人是一位隐居的百万富翁,他的名字叫加仑·马奇。

亚历桑德拉跟母亲刚刚平安回到纽约家中,加仑便亲自联系了凯特。他们见面的时候,他立刻告诉她自己是棋局中人,这场棋局实际上从她丈夫去世那一刻就重新启动了。他为凯特带来一个重要信息,但只能让她一个人知道,而她必须保证在他没有结束之前不打断他的话。

凯特同意了,因为他的话印证了她早些时候关于棋局的种种推测。

加仑开门见山地告诉凯特,索拉林没有死,但伤势非常严重,目前生命垂危。

扎戈尔斯克枪击事件发生后,索拉林失血过多,昏迷过去。乘着混乱,在象棋比赛组织者塔拉·彼得罗相的帮助下,他被秘密带离现场,交由象棋比赛的幕后发起人照看,也就是亚历山大·索拉林的母亲,塔提亚娜。

凯特听到这些,自然感到非常震惊。她要求加仑立刻告诉她,他是怎么知道这些事情的。索拉林兄弟俩都认为他们的妈妈早已离世,她是如何设法活下来的?凯特坚持要知道丈夫被带往什么地方。不管有多危险,她要马上去俄罗斯,找到索拉林。

"这些我都同意,也会尽可能为你提供帮助,"加仑·马奇向她保证,"但首先,你必须按照约定,听完我要告诉你的所有事情。"

加仑接着说道,几十年来,塔提亚娜·索拉林一直在等待时机联系失散的儿子。事实上,上一场棋局结束时,莉莉告诉我们,敏妮走下船舱,消失了,只剩下凯特拿着那包棋子,从那个时候起她就一直在等待。

棋局随时可能重新启动,塔提亚娜知道,她需要制订一套周全的战略方案让她的特级大师儿子回到俄罗斯,回到棋局中来。她必须这么做。她想找一个方法,不仅将她和索拉林联系在一起,也将她和索拉林的妻子——黑后凯特联系在一起,这是整个大战略的一部分。

直到柏林墙倒塌、苏联解体后,塔提亚娜才等来她的第一个机会。那时候,发生了一件令她做梦也想不到的事情:亚历山大·索拉林的小女儿亚历桑德拉已经成为一位非常有实力的棋手。即使他不愿意为了自己回到俄罗斯,也一定会愿意为她回来。

出于一个非常重要的原因,加仑·马奇向塔提亚娜保证,会尽自己所能帮她完成这一任务——从某种非常真切的意义上来说,她是被选中担负这一使命的。

塔提亚娜现在是新的白后。

"她真的是亚历桑德拉的祖母吗?"瓦坦吃惊地问。

但是,我们的蛋奶酥正好端上来,凯伊只是微微点点头。

摆放好之后,服务员拿走凯伊的点餐卡结算。凯伊切开蛋奶酥,正准备回答瓦坦,却被我抢先问了问题:

"加仑告诉我你是新的白后,而你也认可了,塔提亚娜怎么可能也是白后呢?再者,这个加仑是什么人?你刚才说他跟我母亲秘密联系了十多年,而我居然不知道?你快别拖泥带水了,全部告诉我们吧。"

"我也想了很久,才琢磨出加仑·马奇话里的意思。"凯伊告诉我,"他似乎一直躲在幕后,我是把他的故事和你妈妈跟我说过的事情结合在一起,才想明白的。但请让我先说完纽约的事情。加仑把这些情况跟凯特一说,她立刻意识到自己的小女儿可能也会有危险。而她准确地知道这危险来自于谁,来自什么地方。宝贝,当然不是来自你祖母。有人在你们位于四角地的祖屋附近买下大片土地——"

"植物学俱乐部。"我说。凯伊点点头,没作声。

现在,我明白了。

我们搬回科罗拉多的原因。

母亲说服尼姆用加仑的名字买下邻近农场的原因。

母亲邀请大家去八角祖屋参加生日聚会的原因。

所有这一切意味着——

棋盘是钥匙。

天哪。

"罗丝玛丽·利文斯顿以前是白方的后,"我说,"但她为了个人恩怨,背叛了自己的团队。当她知道白方计划在扎戈尔斯克见我父亲,就派人杀他。她想要报我母亲害死她父亲艾尔-马拉德的仇,所以他们一定……开除了她,让塔提亚娜取代她。而现在,你成为新的白后,她却仍然蒙在鼓里。因此,她和手下的那帮人才如此大动干戈,想要弄清我是不是新的白后!"

凯伊苦笑着承认了:"朋友,你可真是进步神速,但是,还有很多关于棋手的信息你并不知道,比如,你刚才问到的加仑。二十世纪五十年代的时候,苏联当局抓走了塔提亚娜,他们把她关押在古拉格劳改营,她的小儿子亚历山大被他的'外祖母'——得到永生的敏妮·伦斯拉丝送进孤儿院。塔提亚娜的希腊籍丈夫和她的另一个儿子拉迪斯劳斯,带着几枚棋子逃到美国。加仑发现了塔提亚娜被关押的地方。他让敏妮相信,如果不给克格勃一个大到他们难以拒绝的砝码,他们永远不会释放塔提亚娜,敏妮于是用现在我们手中的那张棋盘图,换回塔提亚娜的自由。但由于塔提亚娜的家人已经带着几枚棋子逃离了,所以很显然,如果她不完全隐蔽起来的话,永远都不会安全。加仑亲自把你在扎戈尔斯克看到的那枚黑后交给她后,把塔提亚娜藏到一个谁也意想不到的地方。除了那次带着黑后冒险回到扎戈尔斯克,她在那里藏了将近五十年。"

凯伊顿了顿,又说:"我们明天去的就是那个地方。你爸爸在那里。"

"可你刚才说是西雅图和阿拉斯加,"我反驳道,"后来又说是太平洋火环的什么地方。那个黄砖路又是怎么一回事?"

"不可能。"瓦坦突然说道,这中间他一直没有说话。

我看了他一眼,却见他的脸像大理石一般刚毅严肃。

"恐怕,明天早上就会变成'可能'。"凯伊说。

"绝对不可能。"瓦坦说,"你说的那个地方长达一千多英里,是世界上最可怕的地方。即便在夏天,也是浓雾不散,积雪不化,风速高达每小时一百二十公里,海浪卷起来有十三米高——四十多英尺呢!"

"人们常说,"凯伊说,"没有坏天气,只有穿错衣。"

"就算是吧。也许你能够飞那么高,"瓦坦告诉她,"但绝不可能像你说的那样飞越它。"

"是哪里?"我问。

"我已经全部考虑过了,我向你保证,"凯伊恼怒地说,"如果不想惊动全体美国海军和海岸守卫部队,不想惊动北极圈下的俄罗斯海军,那是去那个地方的唯一办法。我早就说过,如果现在想要退出,也不晚。"

"那里在哪里?"我再次问道。

瓦坦幽幽地看了我一眼,说:"她建议,咱们明天开一架私人小飞机,非法潜入俄罗斯堪察加半岛,然后,要是我们有幸能够活下来的话,她建议我们把你父亲接回来。"

♟

瓦坦抽出几张票子递给服务员,把一整瓶昂贵的威廉梨白兰地夹在胳膊底下,走出门外。凯伊叫道:"别再灌了,我们留着也许还能派上用场。"

"我们乌克兰人喝酒不如俄罗斯人,"瓦坦告诉她,"尽管如此,我今晚还是决定要一醉方休。"

"好主意!"她跟在后面应道,"太遗憾了,不能跟你一起喝两杯。我明天一早还得赶飞机。"

回到住处,我们快速翻拣衣柜,把所有能找到的轻便防寒服都塞进带来的宿营袋中。

"事后追悔,不如事前稳妥。"凯伊说。

此话非虚。

这个住所不仅由造船工程师设计,里面看起来也像只船:狭长的卫生间装着镜子,活像船上的厨房,不同的是,厨房放炉子的地方,装了一个大大的步入式淋浴房;小单人卧室酷似特等客舱;主屋高墙上交叉挂着摆成鲱鱼骨形状的橡木条,墙上安装着下拉式床。

凯伊说,她要做大量的幕后筹划工作,需要好好睡一夜,希望我们不要介意她安排自己睡单人间大床,让我和瓦坦睡"中舱"的双层床。

看着凯伊进屋睡觉,随手关上卧室门,瓦坦笑了,指着双层床问:"你通常喜欢在上面还是在下面?"

"你难道不觉得我们需要多了解了解,再去问那个问题吗?"我大笑。

"你知道,"他满脸严肃地说,"如果我们明天真要去你朋友诺克米斯说的那个地方,我想,我该告诉你,今晚可能会是你我在一起的最后一个晚上,事实上,是在世上的最后一个晚上。她选了一条世界上最糟糕的线路,她要么是全球最棒的飞行员,要么是疯了。当然,跟她一起去,我们也疯了。"

"我们还有选择吗?"我问。

瓦坦耸耸肩,无奈地摇摇头:"那么,一个不久于人世的男人的最后愿望能够得到满足吗?"语气里听不出一丝开玩笑的意思。

"愿望?"我问。

我心跳加速。凯伊睡在隔壁,而他也非常清楚我们明天早上天亮前都要飞向蓝天,他可能会希望要什么呢?

瓦坦突然拿出那瓶威廉梨白兰地,和一只疑似从餐馆里顺手牵羊拿来的小酒杯。他一手拿着酒瓶和酒杯,一手抓着我的胳膊,朝卫生间走去。他告诉我:"我发现,我突然升起一股强烈的愿望,想多了解一下热的性能,了解在巨大压力下热会如何运动。如果我们把淋浴头打开很长时间,你觉得温度能升到多高?"

他关上身后卫生间的门,斜靠在上面,倒了一杯酒,喝了一小口后递给我,放下酒瓶。接着,他俯身打开淋浴开关,眼睛一直没有从我身上挪开过,我几乎说不出话来。

几乎,但不是完全。

"这里会很热,"我说,"你确信你今晚想了解那么多关于燃烧卡路里的知识吗?我是说,我们面前还有那么重要的任务要完成?"

"我相信,我们现在都已经非常熟悉棋局规则了。"瓦坦说着朝我俯下身子,"最重要的事情,似乎就是了解火的真实属性,没准我们正好可以了解到。"

他把手指放在我端着的酒杯沿上,蘸了点酒抹在我唇边,热辣辣的。接着,他把自己的嘴唇压上来,我顿时感到那股熟悉的热流再次袭过全身。房间里充满蒸汽。

瓦坦望着我,仍然没有笑容。"我相信,我们已经达到可以进行任何实验的合适温度了,"他提醒道,"但请别忘记,在炼金术中,时间就是一切。"

他把我拉过去,我们再度吻在一起。我能感觉到那股热隔着跳伞服透过来,但时间不长。瓦坦拉开聚酯薄膜拉链,帮我脱掉跳伞服。接着,他开始脱我的衣服。他动手脱自己的衣服时,我心跳加速,热血上涌,简直要晕过去了——我必须承认,热血并没有涌到大脑。

"我想给你看样非常漂亮的东西。"瓦坦告诉我说。

天哪。

他拽着我一起来到墙面镜前,站在我身后,擦掉镜子上的一大片热气,指着镜子里面。镜子里的身影旁再次聚拢起蒸汽,我看着镜子里瓦坦的眼睛。

天哪,我简直无法思考!

终于能够发出声时,我说道:"你真的很漂亮。"

他大笑起来:"小榭,我说的是你。我想让你看看我眼中的你。"

我们看着镜中的身影再度消失在蒸汽中。他扳过我的身体,让我面对着他。

"今晚,不管我们接下来做什么,"他说,"即便我们都被火灼伤,也请你相信一件事情——我们一定是在遵循古已有之的原初引导。"

震慑行动

> 但这里我们必须要区分三样东西——军事力量、国家和敌人的意志。军事力量能够被摧毁,国家也能够被征服,但是,即便前两件事情都已实现,只要……敌人的意志仍未屈从,战争就不会结束。
>
> ——卡尔·冯·克劳塞维茨①《战争论》(一八三二年初版)

> 对沙漠游牧民族的战争永远都无法坚持到底:他们面对强大的武装进攻,使用分散战术和游击战术。任何军队想要打垮他们,只能像拳头砸在棉花上。
>
> ——E. W. 博维尔《摩尔人的黄金贸易》

要是继续搭乘诺克米斯的"牛皮号"飞机这么飞下去,恐怕我都要养成睡宿营袋的习惯。飞往安克雷奇的螺旋式"包机",是一种后面没有座位的货运飞机。

---

① 卡尔·冯·克劳塞维茨(1780—1831),德国军事理论家和军事历史学家,主要著作为《战争论》,主张战争是政治的继续,提出总体战概念。

"时间紧促,这已经是最好的条件了。"凯伊对我们说。

脑袋上方吊着一堆用网眼布兜住的盒子,着实令人感到紧促。但愿飞机上的压舱物品不会掉下来。

飞行过程极其漫长而无聊。从杰克森霍尔镇到安克雷奇,三千英里的飞行距离,只在西雅图短暂停留十二小时,下飞机、上飞机、给人和飞机补充能量。我此时无比坚信,任何人做梦都不会愿意跟踪我们做这种无聊的事情。

天刚亮,我们降落在安克雷奇国际机场。我和瓦坦在货物堆中睡得正香,连飞机着陆都没感觉到。凯伊把我们叫醒,告诉我们拿行李。跟她在一起,这种情况简直就是家常便饭。凯伊谢过领航员,我们一起跳上飞机起落跑道上停着的挂有"护德湖"①标牌的货车。

货车哐当哐当驶过停机坪,凯伊说:"我们本来可以在一个更小、更隐蔽一点的机场起飞。之所以选择这里,不仅仅是因为这里是去我们的目的地最方便的出发点——"她说着扬起眉毛看着瓦坦,"更因为护德湖是世界上最大、最繁忙的水上机场。各种类型的飞机,这里应有尽有。早在二十世纪四十年代,人们在战争时期挖通了一条连接护德湖和斯宾纳尔湖的壕沟。七十年代,这里修建了一条两千二百英尺的起落跑道和多条特大停机壕沟,以免飞机被大风吹走。这里可以接待所有停落的机型,不管是轮式飞机、标准飞机还是水陆两用起降飞机,甚至是冬天的滑雪飞机。要知道,若是根据气象台对今天天气状况的报道,很可能马上就要启用滑雪飞机!"

"我已经跟前方联系过,"她补充说道,"让他们把'贝基'给我们装

---

① 靠近美国安克雷奇国际机场的一个湖,湖的沿岸坐落着十八家水上飞机公司,据说是全美国最大的水上飞机场。

备好,要求机翼浮筒到位,做好起飞准备。"

"贝基?"我说,"我还以为你会驾驶奥菲莉娅呢。"

凯伊转身跟瓦坦解释说:"德哈维蓝公司生产的丛林飞机是全世界最棒的。他们喜欢用动物名字为飞机命名,比如花栗鼠、驯鹿——我停在大提顿国家公园的是奥菲莉娅水獭。而你们将要看到的'贝基'是海狸,丛林飞机中的权威。不管到哪家飞机场,尽管跑道上停着利尔小型客机或赛斯纳奖状野马飞机,但飞行员总会走到贝基旁边。"她接着又说,"选择从护德湖起飞的最重要原因是,在那里我们只是'芸芸众生'中的一分子。"

你还能说什么呢,凯伊把所有的情况都考虑到了。

慢着,还有一样东西我压根没有预料到。

"机翼浮筒?"我问,"我还以为,你昨晚是说我们今天是跨岛屿飞行呢。"

"没错。"凯伊严肃地说。整个过程中,瓦坦一直黑着一张脸。"正因如此,人们来这里大多喜欢跨岛屿飞行——飞上一个小时,然后下来,穿着笨重的冻原轮箍咯吱咯吱走在冰原上。我自己也常这么干。但我跟你们说过,这样安排是我们所能想到的最佳方案。只不过,在黄砖路尽头,我们恐怕得采取海上降落方式。"

※

凯伊亲自监督添加燃料,查验飞行仪表和备用燃料箱后,太阳从护德湖面上升起很高了。她让我们穿上救生服,称我们三个人加上所有衣物的重量,进行起飞前燃料计算。

我们终于解除泊定,轻轻驶出航道,等候起飞命令。海浪拍打着机身,泛起泡沫。凯伊终于转过身,解释说道:"很抱歉,添加燃料耽搁了些时间。可这是我们这些小型飞机飞行员的通病,事关生死,不能出一点差错。过去六十年来,人们在我们即将前往的海域的礁石缝中打捞出大量因燃料不足而坠落海中的飞机。尽管这一带有五六个机场或着陆带,却并不是所有地方都能加水,有的位于内陆。这架贝特西(贝基)有三个油箱,外加专供机翼燃料的翼尖油箱,不过,总容积也才一百三十五加仑。四个小时后,我们第二个机翼上的油料就会用光,贝基的腹部就会开始咕咕叫着要吃午餐。"

"然后呢?"瓦坦问,显然极力压抑着一股"我早就提醒过你"的意思。

"然后呢? 有好消息,也有坏消息。考虑到我们也许不能随时随地添加燃料,我尽最大可能带了一百甲烷低铅燃料,装在五加仑的简便油桶中。我出海飞到比较远的地方,都是靠这种方式进行燃料添加。加起来也不难,站在浮筒上就能加。"

"坏消息是什么?"我问。

"当然,"凯伊说,"首先,你得能找到一个足够平静、可以降落的地方。"

尽管过去二十四小时被禁锢在狭小的机身里,遭遇诸多不顺和困顿,当我们升上高空朝南偏西南方向飞去时,我还是非常高兴自己能够在空中做一些事情。我终于克服了乍见母亲时的敬畏和知道父亲仍然活着时的震惊,第一次正式面对我们正在去见他的路上这一激动人心的事实。

也许正是因为如此,我才没有像瓦坦和凯伊那样,觉得这次旅行前途灰暗。事实上,我简直兴高采烈。而且,我的确喜欢乘丛林飞机飞行。它们的外表虽然看起来不怎么样,但一旦飞上云端,这样的飞机比那些大型喷气式客机感觉更安全。

贝基海狸机身内非常通风，采光也非常好。机身后部设计的像个小型货车，可以容纳七个人；凯伊说，只要松动两根螺栓就能移动后排座位。最后面还有一个吊索座位，如有需要，可以吊离地面。凯伊把所有座位都放下来，她不确信如果我们能够顺利返航，接到我父亲，他现在的身体会需要什么样的座位。

穿过雪利科夫海峡，抵达阿留申群岛最南端时，我们已经添加过两次燃料了。飞行的高度很低，能够看见右边海岸线上盘旋着成群的海鸟。远处的海面波光粼粼，像撒着一张钻石渔网。

终于，瓦坦从一起飞就开始研究的地图中抬起头来。他似乎也被下面的美景吸引住了，抓着我的手，似乎终于走出了对于旅途的斯拉夫式悲观情绪。但凯伊可能会说，表象具有欺骗性。

"确实很美。"瓦坦对凯伊说，我听不出他是一种什么样的语气。"我想，我还从没有见过如此苍茫的地方。我们刚刚飞过尤尼马克岛，看来，离俄罗斯海域和堪察加半岛还有一千英里。"

凯伊斜了他一眼。

他接着又说道："依照我的计算，按我们现在这个飞行速度，还需要十个小时，还得再加两到三次燃料。也许我们可以有足够的时间向我们的驾驶员讨教一下，我们到底要去哪里。不过，也不是非问出来不可，因为我和亚历桑德拉都不会开飞机。你要是出了什么事情，我们也到不了那里。"

凯伊深吸一口气，又长长地叹了出去。她俯身拨到奥托档，让飞机自行驾驶，接着转过身面对我们。

"好吧，孩子们，我坦白，"她说，"咱们开着我的私人小飞机去玩耍。艾佐夫特级大师很可能听说过这个地方，叫作——请原谅我的俄语不好——克柳切夫斯克火山。"

"在哪里?"我问。

"亚历桑德拉的父亲在克柳切夫?"瓦坦松开我的手,吃惊地问,"就凭我们自己,怎么可能到得了那里?"

"那里是在哪里?"我又问,简直像只愚蠢的鹦鹉。

"我们不到那里,"凯伊接着说,压根不理会我的问题。"我们只需把飞机停在水上,等待就行。出于工作需要,我和我的同事已经建立了短波联系。他们的营地就在克柳切夫斯克火山脚附近。他们会沿着河流进入水湾,把索拉林送给我们,并且给飞机添加燃料。我希望,你们现在已经明白我们为什么必须采取防范措施了。虽然我们能够,也愿意选择另外的路线,但这却是唯一能够到达那里的办法。"

"太棒了。"瓦坦说着转向我,又补充说道,"对不起。我似乎再次低估了你的朋友诺克米斯。以她的专业知识和她对那里的了解,如果不说比别人好,也应当是非常熟悉的。"

我正想问他到底是什么地方,他却主动跟我说了起来——

"克柳切夫火山群非常著名,"他告诉我,"那里是俄罗斯甚至整个北亚地区,火山活动最集中、最频繁的地方。克柳切夫斯克火山是最高峰,约五千米——超过一万五千英尺。这座火山曾于一九九三年八月爆发过,就在我们那年九月去扎戈尔斯科之前不久。但如果你父亲是那个时候被送去那里的,一定会非常危险,当时火山仍然不停地向外喷着岩浆,向空中抛着岩石。"

"根据凯特提供的消息,"凯伊说,"索拉林最初被藏在堪察加半岛的科里亚克人中,北方来的著名楚科奇萨满治愈了他的伤势。堪察加半岛上的温泉区仅次于黄石公园,是世界第二大温泉。跟黄石公园一样,那里的温泉据说也有非常好的治疗效果。根据我们收到的消息,几个月前,索拉林才被送往北方靠近火山学家营地的地方。那时候,他们相信他已经完全恢复,可以进行长途旅行了。凯特因此才会安排我们三人去那里接他。"

"这么说,"我说,"你的这些消息来自……"

"哦,一个是你祖母塔提亚娜,"凯伊说,似乎明眼人都能看出来。"当然,还有加仑·马奇。"

又是那个名字。加仑·马奇。为什么每个人一提到他,就好像他跟公众领军人物一样出名似的?殊不知,他很可能是这场致命、险象环生的棋局的中心人物。在这场棋局中,真假善恶难辨。

我正准备要再好好盘问一下这位"查理曼先生"所扮演的角色,猛地听到飞机侧翼传来一声可怕的不明闷响。

凯伊立刻锁定奥拓档,亲自驾驶。我担心,我们啰啰嗦嗦扯了这么长时间,没有注意周围的情形,很有可能因此铸成大错。

钢灰色浓雾突然笼罩在飞机四周,十分可怕。"我下去看看。"凯伊说。

"难道不需要飞升到浓雾层上面去吗?"瓦坦问。

"现在飞升的可能性不大,"凯伊说,"我需要降低飞行高度,看看下面水域的情况,确认如果需要,我们有多大把握能够在水上着陆,然后重新起飞。而且,根据我的判断,这种雾能够上升到三四千英尺的高空。如果来了威利瓦飑①,我们可不想被困在那么高的地方当吊死鬼。没准会把我们吹到火山腹地去。"

---

① 尤指见于麦哲伦海峡的一种从山区海岸吹向海域的强冷气流。

"威利瓦飑?"我不解地问。

瓦坦朝我做了一个狰狞的怪相:"这些岛屿中特有的气候现象。是一种变幻无定的强冷气流,就像咱们的朋友刚才说的那样,能够把波音747飞机吹到外太空,也能把航空母舰吹翻,像甩口香糖一样甩到岩石上。人们说,第二次世界大战中阿留申群岛一带毁于威利瓦飑的飞机、战船远远多于毁在日本人手中的数量。"

有趣。

机身外的闷响像有无数卵石在敲击。贝基继续下降,仿佛从陡峭的石阶上突然下跳。

"如果看不见水面怎么办?"瓦坦紧张地问。

"雷达探测器的有效距离为二十英尺,"凯伊说,"但丛林飞机驾驶员最靠得住的定位系统还是眼睛。这是我们此次航行选择贝基的最大优势在于,即便能见度只有三十英尺,我们还可以到帘子下面去看。贝基飞行速度不快——的确,到我们要去的地方也许要花很长时间,但却可以在五十英里的时速下空降。滑雪的时候,我们甚至可以把这小家伙降落在浮冰块或冰川边上。当然,那些地方的表面通常不会移动。"

我们下方浓烟似的雾突然散开,又能够清晰地看见距离我们不足一百英尺的海面,海浪拍击着砾石丛生的海岸,泛着泡沫。

"该死!"凯伊叫道,"恐怕这是我们最后的好机会。我必须开始降落,我可不想冒险让大家掉到大海中去。即便有救生衣和充气橡皮救生筏,我们也坚持不了多久——这个海域的水温只有三十华氏度[①]。希望我能看到点什么,好让它降落。"

瓦坦看着地图问凯伊:"这儿是属于'四山群岛'吗?地图上说其中

---

① 约为摄氏零下一度。

一座有六千英尺高。"

她快速看了一眼卫星定位仪表，点点头，眼睛突然一亮："楚基那达岛。再过去，就是阿留申人的诞生地卡莱尔火山，那里有木乃伊岩洞。"

"如此看来，"瓦坦问，"这条水湾，位于两岛之间，受到大山的保护？"

瓦坦的运动技能大大超乎我的想象。我们穿着防水保暖服，站在齐腰深的水中把贝基推出礁石丛，停到安全的地方，浑身都湿透了。一回到飞机里面，我们赶紧擦干全身，把所有能翻出来的衣服都套上身。

用凯伊的话说，这场"非常温和的风暴"，只持续了六个小时。我们一直躲在机舱里，外面狂风怒号，十五英尺高的海浪，夹杂着卷起的卵石块、砂子、冻原草，嚎叫着向机身袭来。我们借着这个机会重新思考旅行线路。如果折回刚才经过的某个小岛，就可以在水域附近的尼科利斯基机场添加燃料。凯伊不得不同意，在这样一个火山环境中，如果再遇到类似困境，她会考虑泄露我们的行踪——至少通过无线电向火山学家或野生动植物学家寻求帮助。

"我怎么没先想到这个地方？"星期六一早从尼科利斯基机场起飞后，凯伊高声地自言自语道。

通过这次，我和瓦坦才了解到，这儿是《阿拉斯加土著人权利法案》施行后唯一保存完好的村落。凯伊本人是某个部落的后人，黎明时分从云端突然降下，仿佛一种罕见的本地原始鸟重新飞回来，令土著人大为惊讶。

土著人不仅招待我们丰盛的早餐和精美的礼品——油炸鳗鱼馅饼和手工绘制的小图腾柱，上面刻着我们每个人的图腾动物，还送给凯伊一张手绘地图，地图上标出从这里到群岛尽头阿图岛的所有隐蔽水湾。

水湾上的多家私人燃料站,只向当地土著捕猎手、猎人和渔民开放。

凯伊兴高采烈,瓦坦在飞机起飞前给了她一个真诚的拥抱。

飞行了五个小时,我们第二次(最后一次)添加燃料之后,进入整个旅程中最需小心谨慎的一段飞行历程:阿图岛。阿图岛与俄罗斯水域之间隔着国际日期变更线,到处都是海岸警卫、巡航舰和潜艇、移动卫星探测器和雷达,所有这些设备时刻不停地扫射着周围的海面和天空。

不过,凯伊说,就像吊床里的小宙斯,没有人会注意没有碰到地界或航空界限的东西。因此,为了避免被发现,她关闭了卫星定位器和雷达,下降到海拔六十英尺的高度,开始穿越那条划分东西与水天的虚拟分界线。

我们跨过国际日期变更线离开美国时,是四月十二日,星期六下午两点。转眼之间,就变成了四月十三日,星期天中午,置身俄罗斯的天空下。

瓦坦惊异地望着我问:"你知道我们都干了些什么吗?如果他们击落这架飞机,截获我们的话,我会因叛国罪被处死,而你们则会被当成美国间谍抓起来。"

"唉,你怎么老是这种悲观论调?"凯伊说,"我们不是好好的吗?"

她显然还陶醉在今天早上土著人告诉她水陆秘密通道的欣喜中,她接着又问:"他们给你们俩的是什么图腾?我的是乌鸦和海狸,我猜,你们一定会联想到我今天早上驾着贝基海狸在这里降落、起飞的情形:来自月亮的神鸟和最熟悉水中逃跑路线的动物!咱们这位跨国叛徒得到的是什么图腾?"

瓦坦从口袋里掏出他得到的小动物图腾柱,说:"我的是熊和狼。"

"天生象棋大师的勋章。"凯伊点点头说,"熊在岩洞中蛰伏,一半的时间都是在静寂、沉思和内省中度过。狼来自大犬星座中的天狼星,很多文化中都有狼图腾。即便只有一只狼,也能显示出最好的协同作战能力和顽强作战的意志力。"

我看着自己的图腾——用大红、黄、蓝、黑四种颜色雕成的鲸鱼和老鹰。"鹰是雷鸟,对吗?"我问凯伊,"但鲸鱼代表什么呢?"

"雷鸟也叫火鸟,又叫闪电鸟,"凯伊说,"它代表平衡,因为它扶摇直上,通抵伟大的神灵,同时为地球上的人类带来天庭的火和能量。"

瓦坦说:"他们很精通于分配图腾,不是吗?我的狼和亚历桑德拉的火鸟,是我们俄罗斯著名传说中营救伊凡王子、帮助他复活的两种动物。"他笑着望着我,接着又问凯伊:"亚历桑德拉的鲸鱼代表什么?"

"啊,那是所有图腾中最神秘的动物。"凯伊告诉他,眼睛看着前方——我们正飞越浩瀚的太平洋洋面。"鲸鱼是一种古代哺乳类动物,具有惊人的记忆力。没有人知道它独自游了多久,才到达我们现在飞越的大洋下面。它隐藏在大洋底下,像一座巨大的图书馆,存储了古代以来的大量智慧,像萨满的鼓声,像承载了古老智慧的心脏……"

她看了我和瓦坦一眼,诡秘地一笑,似乎看透了我们在想什么。

"像原初引导?"瓦坦笑着问她。

"不管是什么引导,"凯伊说,"似乎很快就要见分晓了。"

她指着我们前方的洋面,但见地平线上是一片绿色的海岸,远处是白茫茫的高山。凯伊说:"我相信,这预示着咱们可以着陆啦!"

王者归来

> 灵魂受制于寓居心灵、智力和自我中的八卦之城,涵盖五种精微感官意识的觉醒。
> ——马克·S. G. 狄什科夫斯基《感官之歌》

> 什么叫中宇宙？就是……世界,是一个完全客观、真实的世界。存在感官世界的一切物质都有其对应物,但并非仅凭感觉就可获知。是〔伊斯兰教〕的第八界。
> ——亨利·考宾①《斯韦登伯格与玄秘伊斯兰教》

> 万物皆为八。
> ——托马斯·泰勒,引自毕达哥拉斯格言

堪察加半岛

河面上,纯白的雪花穿透阳光,簌簌飘落,格外美丽。

---

① 亨利·考宾(1903—1978),法国哲学家、神学家、巴黎大学伊斯兰研究专业教授。

亚历山大·索拉林终于清楚地知道了自己的真实身份；他能够记起一些曾经发生过的事情，也非常清楚即将发生的事情。

他知道，这可能会是他最后一次看到这幅景象：载他来到这里的那条河流从山谷中奔流而下，高山上遍布熠熠发光的黑曜岩，山顶积雪覆盖，危险的玫瑰色烟雾飘荡在高空。

他站在母亲塔提亚娜身旁，登上港湾里停泊着的小船，等待着自己的未来。未来将把他带入另一个世界，母亲不会陪他走入那个世界和未来。他曾经失去过她一次，当时，他还是个孩子，那情景至今仍历历在目。那天夜里，大雨、父亲、哥哥、外婆——三枚棋子……犹如一道巨大的闪电划过，他清晰地记起当时的每一个细节。

他记起了下象棋。他能够感觉到摸着棋子时那种冰凉、光滑的感觉；他看到了棋盘。他记起了自己曾经参加过数不清的比赛。那就是他，那就是他的真实身份：象棋棋手。

可是，还有一场棋局，一场完全不同的棋局——一种秘密棋局，一种类似地图的东西，看不见棋子和棋手，没有棋盘，需要一种特殊的先见之明和惊人的记忆力，才能看清表面之下的真相。他甚至已经开始在脑中辨出了其中的……

有一件事情，他始终不明白。出事当天……只要一想到这事，那种爆炸感就回来了，那种痛楚也一并回来了。

他女儿怎么样了？塔提亚娜告诉过他，他女儿叫亚历桑德拉。他妻子怎么样了？他马上就会见到她们俩。他一会儿就能知道了。

有一件事情，他很清楚。

她们是他痛苦的主要原因。

凯伊总能给我带来惊奇。

从堪察加茨克到我们渡越白令海峡的出发地楚科奇,有将近四百英里的距离。虽然拖捞船锈迹斑斑、破烂不堪,凯伊却说六个小时就可以抵达。

到乌斯季堪察加茨克时,我们发现由拖网渔船改装进行海上观测用的拖捞船,已经将锚定在港口,掩护贝基海狸从降落地噗噗噗进入港内。我们从船上拖渔网的地方直接进入船舱。

"我发现,"凯伊对我说,"你已经开始相信,我最初跟你说的那番话了。我当时说,配合安排这次旅行不知道有多艰难。这些地方也许已彻底摒除苏联政府的开放政策,也许真如人们所说,'贼间无道',我却要告诉你,单只与野生动物研究学者、火山学家和土著人打交道都麻烦极了,更别说这其中遭遇的种种险象。如果我再主动请缨帮助像你们这样的家庭团聚,你就搬起石头砸我的脚算了,好让我清醒清醒头脑,别再干蠢事。"

我承认,马上就要见到父亲了,我却开始变得顾虑重重,心脏像贝基的发动机一样抖个不停。我一点也不了解他的情况,这么久以来他病得有多严重,恢复得怎么样?他还记得我吗?我走上甲板,瓦坦和凯伊似乎明白了我的顾虑,都将手轻轻搭在我肩上。

远处,站着一位金发碧眼的高个子女人,夹杂着几缕银灰色头发。我知道,她就是那位神秘的祖母。她身旁站着的男人,就是我十年来一直认为再也见不到的人。

父亲一直看着我们三人沿甲板走来。隔着三十英尺的距离,我一眼就看出他消瘦了很多。黑敞领厚呢短大衣衬托着他那张轮廓分明的刚毅面庞。我们离他越来越近，我立刻注意到，额前蓬松的浅金色头发遮不住那片疤痕。

我们三人来到他面前，他那双碧绿的眼睛紧紧盯着我。

我放声大哭。

父亲张开双臂，我一句话也没说，扑了进去。

"小榭，"他喃喃叫着，似乎记起失而复得的重要东西，"小榭，小榭，小榭。"

站在楚科奇半岛分隔楚科奇海与白令海的地方朝正西方向望去，会发现白令海峡非常窄，一只猫吐口痰都能到达美国。

负责调查半岛北部和东部海岸鸬鹚数量减少问题的楚科奇海军生物学家，驾乘我们那艘拖捞船出海执行勘察任务，我们五人随船出发。等把我们四人和飞机送到合适的地方，可以神不知鬼不觉地起飞后，塔提亚娜就会跟堪察加人一道返航，与楚科奇萨满团聚。凯伊说，我们一旦进入美国海域，就可以在阿拉斯加的科茨布机场添加燃料，带着我父亲飞回安克雷奇。

每年这个时节，天黑得早。凯伊的朋友在甲板上为我们生好火盆，我们团团围坐，喝着克瓦斯淡啤，吃着当地的主食，即用串肉扦架在炭火上烤的烤土豆和炖驯鹿肉。父亲一直紧紧搂着我的肩膀，时不时低头看看我，确信我还在他身旁——生怕我会像小鸟一样飞进夜空。

漂亮的祖母塔提亚娜，年轻而与众不同，高高的颧骨，穿着周边绣花的驯鹿皮袍，浅金色的头发在火光中闪烁。但她只能够结结巴巴说一点带着浓重斯拉夫口音的英语，瓦坦主动提出为我们当翻译。祖母开始讲述我们期待已久的故事。

"一九五三年秋天的一个夜晚,我在克里木被捕,被用船送往古拉格劳改营。你简直无法想象,没有水,没有食物,也没有暖气,很多人死于途中。如果当时是冬天,我很可能跟其他成千上万人一样被冻死了。劳改营的强迫劳动制度更是夺去了千百万人的性命。

"我不知道自己在古拉格劳改营待了多长时间,吃残羹剩饭,喝脏水,挖永冻土帮助修路,双手磨破了,鲜血直流。不到一年。我很幸运,一笔交易换来我的出逃机会。因为窝藏像我这样的'政治犯',当地堪察加和科里亚克部落的成人和孩子惨遭屠杀。更幸运的是,他们在北方给我找到一个栖身之所。当地人几乎被当局赶尽杀绝,剩下的人主要是妇女,即楚科奇萨满,正是她们救了萨沙的性命。安排救下我们的人,自称'加仑·马奇'。"

瓦坦为我们翻译之后,问塔提亚娜:"自称?"

"如果用盖尔语表示,"我解释道,"就是'查理曼'的首字母缩写。"我接着对塔提亚娜说,"可我还是不明白。我遇见的那位加仑不过三十出头的年纪,他怎么可能在五十年前救过您呢?"

瓦坦为她翻译了我的话。

塔提亚娜转向我,用她有限的英语回答说:"不,他实际年龄要大得多。他的名字不叫查理曼,也不是加仑·马奇。我给你看样东西,你就会明白那个——所有的事情。"

她把手伸进驯鹿皮袍,掏出一只小盒子交给瓦坦,示意他递给我。

"他写给你的手稿。新的黑后——"

我感觉到父亲的手臂箍紧了我,他在发抖。父亲急忙打断她的话,问道:"您是什么意思?"

塔提亚娜摇摇头,用一种我听不懂的语言——也许是乌克兰语,快速对瓦坦说着什么。过了一会儿,瓦坦点点头,回头看我时,脸上带着一种我猜不透的表情。

"小榭,塔提亚娜坚持要我告诉你,"瓦坦说,"加仑给的这只盒子里装着极为重要的东西,我们大家应该立刻拿出来看。这东西对你我而言尤为重要。她说,加仑·马奇是白方的王,但不会再当很久——似乎,他希望由我接替他的位置。她说,最关键的问题是他离任的原因。他之所以离开,是因为他无法完成使命,只有我们俩可以。"

瓦坦望着我们三个人,看上去非常困惑。接着,他转身看着我父亲说:"先生,如果您的记忆还没有完全恢复,也许您不能明白其中的玄奥,但是,您的母亲塔提亚娜说,我们谈论的那位加仑·马奇先生其实是您的先人,他是敏妮·伦斯拉丝——那位叫米勒尔的修女的儿子,他的真实姓名叫夏洛·德·雷米。"

"你母亲肯定早就知道,"凯伊说,"这是她初次见到加仑·马奇就如此信任他的唯一合理解释。因此,她会同意搬回四角地生活,因为如果有需要,可以得到他的援助。我猜,当她得知你父亲能够记起过去的事情时,那需要确实出现了。如果'我们认识的某个人'抢先找到他,你们大家都会有危险。就在那个时候,她决定让加仑住到科罗拉多,发挥缓冲作用,而她也同时决定让我和瓦坦加入进来。也正因为如此,凯特才会决定,对你、你伯父和莉莉·拉德隐瞒她知道的一切和她的计划。他们都是上一场棋局的棋手,而这是一场全新的棋局。再者,你们三位像你父亲一样,都是热衷冒险的棋手。她很可能是担心你们当中的某一个人会像炮弹一样不计后果地冲出去,所以她独自筹划一切行动,她可真是个勇敢的家伙。"

真是没大没小,我暗道。

大家一致认为,最简单的方法就是让我和瓦坦一起阅读加仑盒子里的手稿。如果有需要,我们读完后再告诉大家。我们俩于是离开众人,坐在一旁,就着火盆的微光打开盒子,共同读起夏洛·德·雷米的故事。

白王的故事

我跟我的精神先导沙希恩从埃及回到伦敦时,还不满七岁。从我生下来开始,沙希恩对我而言就不仅仅是父亲——确切地说,他既当父亲又当母亲。预言说,我将是那个解开悬谜的人,我母亲米勒尔相信这种说法。早在我出生之前,棋局就占据了她的全部生活,棋局夺走了她最亲密的伙伴——她挚爱的表妹瓦连廷。

我和沙希恩从埃及回到伦敦后,得知我们不在的这段时间,母亲跟父亲在巴黎生活了几个月。她在我父亲的帮助下从白方那里得到七枚棋子,父亲答应她,一定会设法为她找到更多的棋子。

我父母之间这次难得的见面有了结晶,我们从埃及回来前听说,母亲生下了我的小妹妹夏洛特。四年的时间里,夏洛特一天天长大了,是个非常健康的孩子。母亲、沙希恩和我则在剑桥伊萨克·牛顿家中临莱园的书房里苦苦研究他留下来的手稿。在那里,我有了一个重大发现:几个世纪以来,人们争夺的秘密并不仅仅是贱金属的转化,而是永生的秘密——阿拉伯人称为长生不老药。但我还没能解开全部的秘密。

我们在波旁拉尔尚博矿泉疗养地第一次见到我们的父亲

查理-莫里斯·塔列朗时,我十岁,夏洛特已经四岁了。母亲决定结束这场占据了她一生的棋局,带着我们一起帮助她取回父亲承诺收集的棋子。

自从十岁那年的夜晚在波旁温泉见过父亲,再见到父亲已经是二十年后了。父亲说服母亲由他抚养小夏洛特,对外称是他的养女,母亲同意了,但是母亲不愿意与我分开,她说我是预言中的先知。她说,我在女神目光的注视下出生在沙漠,我是那个能够解开蒙特格朗棋之谜的人。

这一点,她没说错。

差不多二十年的时间里,我们呕心沥血,从伦敦到法国东南部的格勒诺布尔。但除了最初的那点发现,随后好多年里,我们几乎没什么进展。

在格勒诺布尔,我们去了《热的解析理论》一书作者让-巴普蒂斯·约瑟夫·傅里叶创建的戴尔芬纳勒学院。我很小的时候,曾冒险去埃及跟拿破仑的军队会合。那一次,我和沙希恩、傅里叶相处了很长一段时间。我们那次远征从罗塞塔镇带回一块石碑,破解石碑上的文字跟破解蒙特格朗棋之谜一样耗费时间。后来,这两件事情有了极为重要的关联。

一八二二年,傅里叶著书立说,介绍非洲源源不断的科学发现,蜚声世界。他在格勒诺布尔学院出资赞助一位有着古代语言知识天赋的年轻人,此人就是我们后来非常熟悉的让-弗朗索瓦·商博良。

一八二二年九月十四日,让-弗朗索瓦飞速跑过几条街道,来到他弟兄的办公室,大声叫道:"我解出来了!"他几乎从少年时代就开始了这项工作,经过将近二十年的不懈努力,终于成为解开罗塞塔碑文之谜的第一人。破解那个秘密的钥匙是一个单词：索斯。

我的母亲非常兴奋。众所周知，索斯是埃及的大神，相当于罗马人的墨丘利神，希腊人的炼金术之父赫耳墨斯。古代称埃及为艾尔-凯姆①。包括傅里叶本人在内，我们所有人都认为让-弗朗索瓦不仅发现了破解埃及拼写文字的钥匙，也发现了解开所有古代悬谜的钥匙，其中就包括我母亲手中的蒙特格朗棋之谜。

我感觉我们正处在一个伟大发现的边缘，我在其中扮演着极为重要的角色，母亲认为我正是为这一使命而生。但我进行了无数次尝试，始终不得其法。

因此，在母亲的鼓动下，我离开致力于伟大科学突破的傅里叶和商博良，离开专注于破解蒙特格朗棋之谜的母亲和沙希恩，独自一人去了沙漠。我要去出生的地方，寻找更古老的岩石上刻写的文字。

母亲坚信，永远结束棋局的唯一途径就是某一方甚或某一个人，集齐所有的棋子，解开那个秘密，发明配方，喝下去。

她的这个想法大错特错。

事实证明，这个错误将会毁了她一生，也将毁了我的一生。

♟

我跟瓦坦读到这儿的时候，他把手放在我手上，柔声对我说道："我

---

① 埃及的古称，意即"黑色的泥土"，对应英文单词 Alchemy，即"炼金术"。

们过一会儿再看这个故事,可是,我相信,我们俩可能已经知道,他认为毁掉他一生的东西是什么。明白他为什么一定要这么做,明白他为什么给我们写这些。"

映着微红的炭光,我抬头望着瓦坦深邃的眼眸。我知道,他说的没错。

"因为他还活着。"我说。

瓦坦慢慢点点头,说道:"但他所爱的人却不在了。"

火之城

> 世界末日时,它将遭到火的裁定。上帝以万无所生万有,将会被火化为灰烬,灰烬之中,凤凰将会生出小……大火灾之后,将会形成一个新的天和新的地,新的人类经过这番磨炼将更加荣耀。
>
> ——巴斯尔·瓦伦廷《金鼎》

> 上帝给了诺亚彩虹,
> 下一次将是烈火,不再是洪水!
>
> ——詹姆斯·鲍德温①《下一次将是烈火》

> 岩石相击,方能生火。
>
> ——加里·卡斯帕罗夫《棋与人生》

返回那座位于山上的光耀之城,回到那个我称为家的地方,路途遥

---

① 詹姆斯·鲍德温(1924—1987),美国黑人小说家、剧作家,致力于黑人民权运动,主要作品有小说《向苍天呼吁》、《下一次将是烈火》等。

遥，一波三折，但却是一条荣耀之路。

首先，凯伊（跟莉莉这位豪车司机一起）照例预先安排我们所有人在一个比护德湖更隐秘的地方碰头，那是安克雷奇以北不远处的一家小型私人水上飞机场。那儿的人连限量版阿斯顿·马丁旗舰车是什么都不知道，更不会去注意这么一辆车。隔着几千英里的冻土地带，她们是怎么把那车从怀俄明州弄到这里的？

"让我猜猜，"我对莉莉说，"你和妈妈是每周七天、每天二十四小时，沿阿尔坎公路一路高唱《昼与夜》[①]开过来的。不然，你们还能怎么把车弄到这里？"

"老办法喽。"莉莉把玩着雕琢精美的拇指指甲，摆出一贯的权威派头说道，"当然，研究一下咱们预定路线的地形，我就知道水路运输是不二选择。"

突然，周围静了下来。瓦坦扶着我父亲走下飞机，父亲一眼望见母亲。整整十年了。连莎莎女士都安静下来。

当然，我们都知道人来到这个地球上的基本原理：精子与卵子共舞。有人认为，上帝制造的火花，加速了这个进程，还有人认为这只是个化学变化的过程。眼前这一幕完全不同于上述种种，但大家都能明白。我非常高兴，瓦坦曾经拽着我一起站到热气升腾的镜子前，我因此能够看清他眼中的我自己。此刻，看着我的父母十年来第一次彼此对望，我知道我正在见证自己来到人世的初始历程。

不管你怎么看待，生命的缔造都是种奇迹。

父亲的手摩挲着母亲的头发，他们的唇紧贴在一起，彼此的身体似乎融为了一体。我们每个人都久久地望着他们。

[①] 美国当代"喜剧皇后"贝蒂·米勒的新专辑名曲。

凯伊在我身旁低声说:"他们一定读过《原初引导》。"她停下来思索片刻,接着说,"也许,原初引导就是他们撰写的。"

我发现泪水再次涌了出来。要是养成这种习惯的话,恐怕我得随身携带手帕了。

他们久久地拥抱在一起,随后父亲慢慢朝我们伸出手臂。莉莉对我说:"我想,他是要你过去。"

我走到他们身边,他腾出一只胳膊揽住我,母亲也揽住我,我们三个紧紧抱成一团。我还没来得及感觉这么黏糊在一起很尴尬,父亲就已说出了他在飞行途中试图想要跟我说明白的话。"亚历桑德拉,都是我的错。我现在明白过来了。这是我唯一一次没有听从凯特的意见。但是,我想让你知道,我那么做并不是为了你,而是为了我自己。"

虽然是在对我说话,可他的眼睛一刻也没从我母亲的脸上挪开。

"来到美国后,我发现,我必须用自己最爱的两件事情作交换——如果选择和凯特生活在一起,就必须放弃象棋,这对我来说太难了,太困难了。当我知道我女儿会下象棋,她想下象棋,"我发现他转过头,碧绿的眼睛看着我,看着我的眼睛。"我知道,小榭,我的女儿,你可以接替我。从某种意义上来说,我利用了你,就像那些逼着孩子向前走的父母——你们怎么称呼?"

"包办母亲。"母亲说着轻轻地笑了,打破了那种斯拉夫式的凝重气氛。她把手放在父亲头上,抚开他的头发,露出永远无法从我们的生活中消失的暗紫色疤痕。她凄然一笑,对父亲说:"我想,你已经为自己的罪过付出了代价。"

母亲转身面对着我说:"我不想接替你父亲,成为斯文加利式人物①,

---

① 斯文加利系乔·都·莫里亚的小说《特瑞碧》中会催眠术的恶棍,今多指试图恶意摆布别人的人。

但还有一场棋局,我们需要谈一谈,而且恐怕立刻就得谈。我来不及详细了解你都知道多少。可你能够破解我留给你的所有留言,是吗,尤其是第一封?"

"棋盘是钥匙。"我说。

她突然做了个出乎所有人意料的举动,松开父亲,把我紧紧搂到怀中,在我耳边低声说道:"不管发生什么事,那是我留给你的礼物。"

接着,她放开我,招手示意其他人一并加入。

"莉莉在海上有处房子,在温哥华岛上,"她告诉我们,"我们三人都要去那里住一段时间,还有莎莎。"她摸了摸狗的脑袋,莎莎在莉莉怀里扭动着。"诺克米斯同意驾飞机送我们去那里,然后把莉莉的车运回东部。目前,在确定我丈夫身体没有大碍之前,只有你们可以知道我们在哪里。莉莉一回到纽约就会联系尼姆,亲自告诉他这件事。"

说完,母亲看着我和瓦坦:"加仑的手稿,你们读了多少?"

"全部读完了。"瓦坦说,"读过他如何救下那女孩,如何从她那里得到苏非教徒手中那枚真正的黑后,如何用黑后帮助他母亲研制配方,最终,他又如何喝下那些长生不老药。加上莉莉跟我们讲过的夏洛的母亲米勒尔的故事,这简直太可怕了。永远活着,永远处于危险和恐惧之中,知道将会因为自己发现的秘密知识,而永远孤独——"

"还不止这些,"母亲打断他的话,"我刚才给了小榭解余下秘密的钥匙。如果你接替加仑当上白方的王,而亚历桑德拉同意接替我的位置,也许你们俩最终能够解开这个秘密,为那些能够正确使用的人提供答案。"

她对我说道:"宝贝,只要记住一样事情:很早以前,塔提亚娜·索拉林在俄罗斯给你的那张纸卡的一面是自由,另一面是永生,如何选择最为关键。"凯伊安排大家登机,母亲眼睛湿润了,笑着对我们说:"关于那些引导,如果有问题,你们俩知道到哪里找我。"

因为顺风,我们从西部返回东部的飞行时间短得惊人。三个小时飞到西雅图,四个半小时从那里飞到华盛顿。即便加上因时差多出的三个小时,我和瓦坦回到公寓也刚刚到星期一晚饭时间,距离"巴格达事件那天晚上"整整一个星期。

他把装行李的露营包丢在地板上,转身把我搂到怀中。"我不在乎明天发生什么事,"瓦坦偎在我的发畔,喃喃说道,"今晚,我们开始认真按照你父母演示的引导做家庭功课,那才是我真正想学的东西。"

"先吃晚饭,"我告诉他,"不知道这里还有些什么吃的,我可不希望你做家庭功课时饿晕过去。"

我走进厨房,拿出几只罐头和几盒干面食,倚在门边告诉他:"意大利面。"

瓦坦站在客厅里,低头看着橡木圆桌上尼姆摆的棋局。

"那次终局比赛,你后悔过吗?"他抬头望着我问道,"哦,我当然不是指因为你父亲和后来发生的事情而后悔,我是说,你后悔过我们俩没机会厮杀一局吗?"

"后悔过吗?简直是悲痛!"我笑着说,"那场比赛是我把你杀个片甲不留的最后机会。"

"那咱们现在来。"他建议。

"来什么?"

"来杀一局。"瓦坦说,"我知道你久未练习,但只下一局也许对你有利。"

他从棋盘上抓起白后和黑后,把手背到身后,接着又伸出两只拳头,里面分别藏着白后和黑后。

"简直太傻了。"我说。

可我还是拍拍他的右手,自己也跟着激动起来。

他摊开手掌,掌心端坐着白后。把白后递给我后他坐到桌子对面,执黑棋,把黑后放回原处。"你先走。"瓦坦说着示意我在对面椅子上坐下。

我坐下来,将白后放在棋盘上属于它的位置,霎时间感觉到体内某样东西活过来了。我忘记了自己曾经十多年没坐在棋盘前,感到浑身充满力量,思维极度活跃,头脑精准得像凯伊所说的傅里叶光谱转化和麦克斯韦方程式。我能够精确计算出那些无人能够听到或看到的热、光、声音和激光的滚滚波动与高红外震动。

我拿起马,放在 d4 格。

我一直盯着棋盘,好一阵子,才意识到瓦坦还没有走开局。我抬头望着他,发现他正用一种奇怪的表情看着我。

"该你走棋了。"我告诉他。

"也许这是个坏主意。"他对我说。

"不,是个好主意,"我兴奋不已,嚷嚷道,"快点,该你走了。"

"亚历桑德拉,"他说,"你知道,过去十年,我一直参加比赛,我的 ELO 等级分超过 2600 分,你用王翼印度防御赢不了我的。"

王翼印度防御一直是我的最爱,不用他说的我们俩都明白:你上次就没赢。

"我不在乎能不能赢你,也不在乎如何赢你。"我告诉他。其实,我撒谎了。"如果你愿意,就换一种防御好了。"我们不下棋,却在这里讨论走棋法,真叫人难以置信。

"恐怕,我都不知道怎么才能输,"瓦坦似乎突然意识到自己在干什么,歉疚地笑着说道,"更不知道怎么才能输得体面一些。你知道,即便我非常想,我也不能只为了让你感觉好,就这么瞎走棋。"

"很好——我攻杀的时候,你瞎胡闹好了。快下吧。"

他不情愿地拿起马,我们开始了。

实际上,他第二着出其不意地换了一种防御——把兵放在 e6 格!后翼印度防御!我尽量克制,不让自己喜形于色。我在扎戈尔斯克参加比赛,执白子的时候,就曾事先和父亲无数次地计划、期盼、研究,甚至操练过如何应对这一战术!

从童年开始,这一防御的所有可能应对方式都已经深深刻在我脑海中,有人胆敢用这种防御跟我对弈,我立马就会使出杀手锏。在怀俄明的时候,瓦坦告诉我,时间就是一切,不是吗?

好啊,现在机会来了!

生活是一门艺术,人生如棋。

走到第九步的时候,我突然反攻,直捣瓦坦的阵营,将马前兵从 g2 格易位到 g4 格。

瓦坦抬头惊诧地望着我,纵声大笑。他显然忘记了这是一场严肃的比赛。"你怎么能那么走,你以为自己是谁?小卡斯帕罗夫?"

"不,"我一本正经地告诉他,"我是小索拉林。我相信,该你走棋了。"

他摇摇头,还在笑——但现在,他总算把注意力放到棋盘上,而不是只盯着我看。

象棋是一种有趣的比赛,总能为人脑思维模式提供有益的借鉴。比如,我知道瓦坦的优势在于,他脑中装满十年来积攒起来的各色变局方式,那些我闻所未闻的变局方式。十年来,他跟世界上最顶尖的高手过招,很少有失手的时候。

尽管我在这些方面比不上他,但我知道我有奇袭的优势。瓦坦坐到棋盘边的时候,还以为他在跟他爱上的那位十二岁就被迫出局的小姑娘过招,他希望自己尽可能不去伤害她的感情。可一着出其不意的易位,让他突然意识到他正在比赛,如果再不集中精力,很可能真要输了。

这种感觉太棒了。

但我知道不能高兴得太早,否则赢不了这场比赛。毕竟,我敢用脑袋担保(凯伊语),凭着对象棋的"默会致知"——百科全书式的海量记忆和丰富实战经验,瓦坦能够在瞬息之间记起我前一步棋的所有变局,凡此种种。但是,据说象棋高手倾向于从反常规的东西里辨识出常规的东西。所以,我要混淆他的思维,弄乱他久经锤炼的直觉力。

我手中只有一个怪招可以救我出局,那是父亲教给我的独门绝技。我知道,他的这个招式正规象棋培训中从来不会有。多年来,我一直害怕使用这一招,实际上,我常常怀疑是父亲的这一绝招造成我比赛中的盲视,因为这个招数常常通过混淆对方的视听来克敌制胜。

每个人都知道,我小时候,父亲常常对我说,如果一个阵地受到胁迫,那么你可以有两种应对方式:要么防御,要么进攻。可还有一种选择大家都没有想到:遵从棋子的意愿,它们知道合适自己的位置。

这番话对一个孩子来说,影响可想而知。他意思是说,尽管从全局来看,你所处的位置无论是出击还是防御都可能优劣并存,可如果遵从棋子的意愿,情形就大不一样了。对于棋子而言,优势劣势并存是它与生俱来的特点,是它的属性。棋子在看似封闭的黑白世界中运动,各有其道,自由和局限相生相伴。

父亲一指出这一点,我立刻就明白了:比如,当后胁迫到马的时候,马不能对抗后;车攻象,而象不能攻车;即便是棋盘上最有威力的那枚后,挡在兵前行斜位上的时间也不能太长,否则会被钉牢。从棋子自身的局限性来看,每一枚棋子遭围困或进攻时的弱点,也会是它进攻其他棋子时的优势。

父亲喜欢发现可以利用棋子先天属性的局段,展开全线进攻——对一个不知道害怕为何物的六岁孩子来说,不啻醍醐灌顶。我希望今天能够初试牛刀。我一向擅长近战战术,我知道,想要跟瓦坦·艾佐夫杀成平局,就必须使用奇袭招数。

过了不知道多长时间,我抬起头来,发现瓦坦正表情怪异地看着我。

"太不可思议了,"他说,"你怎么从来都没说过?"

"你为什么不动?"我想知道他是怎么考虑的。

"好吧,"他说,"我接下来只能走这步了。"

瓦坦伸出修长的手指,向斜前方挪动王。"你忘记告诉我,你要将死我的王。"

我紧盯着棋盘,足足用了十五秒钟才明白过来。

"你没发现吗?"他诧异地问。

我一阵眩晕:"我猜,我还得加把火候才能出道。"

"你是怎么做到的?"他问。

"我很小的时候,父亲教过我看棋的怪招,可我一用起来,有时会发生逆火现象。"

"不管是什么招数,"瓦坦咧开嘴笑起来,"我想,你得把这个'招数'教给我。我这一辈子还是头一次没看出对手出招。"

"我也看不出来。"我承认,"我在莫斯科输给你的那个终局,也是这样——盲点。我从不想跟人谈那件事,但我承认,那不是第一次发生。"

"小榭,你听我说,"瓦坦绕过桌子,握住我的手把我拉起来,"每一位棋手都知道,每个人随时随地都可能遭遇象棋盲点。只要发生那样的事情,人们就会责备自己。但不应该认为,这是上帝专门针对你的惩罚。你还没有来得及亲自发现这一点,就告别象棋了。"

"现在,"他对我说,"我想让你看着这个棋盘。你刚才下得非常棒,并不全凭运气。也许你是没有周密的战略部署,但事实上,我从没有见过这阵势。这更像是四处乱飞的榴霰弹战术,但却让我完全疏于防范。"他停下来,等到我集中注意力,才接着说道,"你赢了。"

"可我不知道怎么——"我说。

"接下去。"他说,"所以我才让你坐下来仔细研究,重新想一遍你是怎么走到这一步的。否则的话,这就好比从马背上摔下来,不立刻重新爬上去,就会从此害怕骑马。"

由于日复一日的害怕和负罪感,从扎戈尔斯克回来后,也许更早,十多年来我一直害怕骑上去。可我知道瓦坦说的没错:如果我不想明白,就会一直躺在飞马身后的灰尘中。

瓦坦笑了,吻了吻我的鼻尖说:"我去做饭,想出答案时告诉我一声。我不想在关键时刻分散你的注意力。我向你保证,如果想出来了,就会有美妙的回报。特级象棋大师会睡上你的床,夜里把你伺候得舒舒服服。"

他朝厨房走去,走到半路转过身问了一句:"你这里有床,对吗?"

♟

瓦坦一边狼吞虎咽吃着意大利面,一边快速翻看我刚才写下的对弈棋法。我厨房里要啥缺啥,他却丝毫不抱怨,甚至连需要自己动手做饭也不抱怨。

我坐在餐桌对面观察他的表情,他时不时点点头,有一两次忍不住大声笑出来,最后终于抬起头看着我说:"你父亲真是个自创型天才,我敢保证,他小时候在'少年先锋营'的漫长岁月中,肯定没学过你刚才对我用的那一招。你那些闪电战招数真是跟他学的吗?看着倒像菲利多尔①的风格——只用兵以外的棋子。"他顿了顿,又说,"你以前怎么不对我使这招?啊,对了,你的'盲点'。"

说完,他看着我,就好像恍然大悟一般地说道:"也许是因为我们俩都盲了。"

"什么盲了?"我问。

"塔提亚娜在扎戈尔斯克给你的那张纸卡在哪里?"

我从裤兜里掏出纸卡,他快速翻过来翻过去,看着卡片正反两面。突然,他盯着我说:"我解出来了。"感觉就好像商博良终于破解出象形文字之谜似的。"你还不明白吗,这就是为什么卡上说要'小心火'。凤凰是火,是你母亲所说的永生——灰烬与火焰中周而复始的死亡与重生。可是,火鸟不会死于火、灰烬或任何东西,它的神奇羽毛给我们带来永恒的光明。我想,那就是你母亲所说的自由。至于选择。应该是她对于蒙特格朗棋之谜的发现——为什么米勒尔和加仑都不能获悉其中的真谛,就算有了你母亲的帮助,他们两位也依然不能获悉真谛?不管出于什么样的个人目的,他们喝下了长生不老药!他们利用蒙特格朗棋实现个人目的,并不是为了实现创造者的最初目的。"

"你是说,就好像是一种自动防故障装置?"我心中惊异不已。"你是说,贾比尔设计了这么个装置,以确保没有人能够利用棋具获取个人利益,从而使其达到至高无上的威力?"

---

① 菲利多尔(1726—1795),法国作曲家、象棋大师。

太高明了,我心下暗想。可是,那个古老的问题还是没有答案。

"那些至高无上的威力是什么呢?"我问。

"你母亲说,她把余下问题的钥匙交给你了,她跟你说什么了?"

"其实什么也没说,她只是问我是否明白她在科罗拉多给我留的所有信笺——尤其是第一封:棋盘是钥匙。她说那封信是留给我的,是她给我的特殊礼物。"

"我们都看到了那张棋盘图,她也知道我们肯定会看到,那么怎么可能是她给你的特殊礼物?她说的钥匙一定是另外的棋盘。"

我低头盯着餐桌上的棋盘,王仍在被将死的位置,瓦坦顺着我的目光看过去。

"我在科罗拉多母亲的钢琴中找到这张棋盘,"我说,"棋盘上摆着莫斯科那场终局,我们俩的那场比赛,摆在我输棋的地方。凯伊告诉我,是你把阵法寄给母亲的——"

瓦坦已经开始动手挪开餐桌上的面条盘和红酒杯,把所有棋子全部推开。

接着,他转身对我说道:"一定是在这里——没有藏在棋子里。她说的是棋盘。"

我看着瓦坦,心怦怦直跳。他用指尖仔细检查棋盘,就像在科罗拉多检查那张书桌一样。我必须要制止他,我从没有如此害怕过自己的未来。

"瓦坦,"我艰难地说,"如果我们最终也像其他人那样怎么办?毕竟,你我是天生的对手,从小就注定了的。刚才下棋的时候,我一心想要击败你,压根也没有想到过激情或爱。如果棋局将我们卷入,怎么办?如果最终证明我们也会像他们一样无法终止棋局、无法停止彼此对抗,怎么办?"

瓦坦抬头看着我好一阵子，笑了。令我惊讶的是，他笑得无比灿烂。瓦坦伸出手，抓着我的手腕翻转过来，吻着我手腕动脉突突跳动的地方，说："小榭，象棋肯定会是我们唯一彼此对抗的'比赛'，所有其他比赛必须停止。"

"是啊。"我说着把额头垂在他手上。我太累了，无法思考。

他把另一只手搭在我头发上，良久，才推我坐起身面对着他。"至于我们'最终'会怎样，"他说，"我想，很可能会像你父母那样。也就是说，如果我们非常、非常幸运的话。但每一位棋手都知道托马斯·杰弗逊的那句名言：'我是绝对相信运气这回事的。并且我发现，我工作越努力，我的运气就越好。'"

"咱们现在就工作，"他接着说，"希望会有好运。"

他抓起我的手放到棋盘上，接着把他自己的放在上面，推着我的指尖向前。突然，咔哒一声响。他把我的手从棋盘上拿开，棋盘表面弹开一小块地方，里面有一张纸，放在一只没有封口的塑料袋中。瓦坦抽出纸递给我，我们一起研究。

那是一张小型棋盘图。只见很多兵和其他棋子连着细线，延伸到纸边上，每条线上方写着一组不同的数字。我数了一下，共有二十六条线，正是莉莉告诉我们的母亲在上一轮棋局中收集的棋子总数。一些线条交聚在一起，像一捆捆小树枝。

"这些数字，"瓦坦说，"一定是某种测地坐标，也许是棋子埋藏地的地图位标值。这只能说明一件事情：要么你父亲并不是唯一知道棋子埋藏信息的人，要么你父亲最终决定冒险写下来。但这些数字只能给我们提供一个大致方位，并不是具体地方。"

"也许这个除外，"我说，因为我注意到一样东西，"看，这些数字旁边印了一个星号。"

我们沿着那条线,返回棋盘图,查明这些位标值可能对应哪一枚棋子。

线条指向黑后!

瓦坦迅速翻过那张小型棋盘图纸。纸的背面画着看上去非常熟悉的一个地方的小地图,底部有个小箭头,指向北方,似乎暗示"从这里开始"。我听到心脏突突跳动,声音震耳欲聋,不禁抓住了瓦坦的胳膊。

"你是不是认得这个地方?"瓦坦问。

"就在这儿,在华盛顿。"我告诉他,感到吞咽非常困难。"从纸背面线条指向的那枚棋子看来,肯定是在这个地方。母亲把真正的黑后藏在华盛顿!"

房间对面响起一个熟悉的声音:"亲爱的,我不小心偷听到了。"

我顿时浑身毛发直竖!

瓦坦跳起来,手中紧紧抓着棋盘图,低声问我:"那人是谁?"

令我惊恐绝望的是,门口站着我的老板——鲁道夫·布加仑。

"嗨,嗨,"鲁道夫说,"都请坐下来。非常冒昧,二位似乎还没有吃完饭。"

然而,他还是走进屋,朝瓦坦伸出手去:"我是布加仑,亚历桑德拉的老板。"

瓦坦暗中把地图放在我腿上,上前一步跟鲁道夫握手:"瓦坦·艾佐夫,亚历桑德拉儿时的朋友。"

"哦,我敢肯定,现在关系又进了一步。"鲁道夫说,"二位应该知道,我确实无意中听到了二位的谈话。我并不是故意要偷听二位的私人谈话,但是,亚历桑德拉,你上次离开时,恐怕把手机落在沙发坐垫中了吧。加仑和我,还有我们的同胞,只是用这个手机监控那些趁你外出时来这里找东西的人。要知道,只有你母亲知道她把单子藏在哪里了,她只放心把单子交给你一个人。可瞧瞧你过去几天的那些表现——进进出出,忙乱得像个地陀螺,唉,我们都觉得越是在这种最艰难的时候,就越是得细心,我相信二位同意我的说法。"

他走过来,掏出尼姆丢在坐垫中的手机,打开窗户,丢进下面的运河里。

看来,我又一次栽在了手机上。我到底是怎么啦?想到他很可能什么都听到了,我心里非常不舒服。当然,我和瓦坦的那些亲昵念头除外。

我知道,如果这个时候再故作天真地问"单子?什么单子",会非常傻。因此,我问道:"这个'我们'是谁?什么'同胞'?"

"巴斯克庄园的那些人。"鲁道夫告诉我们。他在桌子旁边坐下,示意我们也坐下来。"他们喜欢戴贝雷帽、佩红肩带,作巴斯克人装扮。不过,事实证明,训练有素的托钵僧也能够被训练成霍塔舞高手。"

他突然变戏法似的从口袋里掏出一只细颈瓶,从另一个口袋中掏出几只小酒杯。"巴斯克樱桃白兰地,"他把酒杯斟满,一一递给我们,接着说,"你们会喜欢的。"

我正好想要喝点酒,因此也没拒绝。确实不错,酸甜可口,喝下去,喉咙像着了火似的。"那群巴斯克人真是托钵僧?"我问,尽管似乎已经猜到了答案。

"他们已经等了很久很久,苏非教徒从贾比尔时期就开始等待,"鲁道夫说,"一千二百年来,我的同胞跟他们共同生活在比利牛斯山区。我厨房门上写着那道巴斯克数学题:$4+3=1$。要知道,这些数字加起来也是8,你母亲精通这种数学游戏。十年前,加仑告诉她你父亲之死的真相和白方阵营的裂变后,她直接来找我了。"

"裂变?"瓦坦问,"你是指罗丝玛丽·利文斯顿所制造的分裂?"

"从某种意义上来说,是她触发了那次裂变。"鲁道夫告诉我们,"她父亲死的时候,她还是个孩子。罗丝玛丽小时候第一次见到你母亲时,凯特似乎从玩游戏用的微型棋盘上拿了一枚小白后给她。此举令罗丝玛丽的父亲艾尔-马拉德误以为凯特是白方的成员。当然,他很快就知道真相并非如此。从你开始下棋的那个时候开始,虽然罗丝玛丽并不清楚你属于哪一方,但她开始像食肉动物一样盯着你这只猎物。她非常年轻就成了一个无比残忍的棋手,当然没人知道她到底有多残忍。

"加仑·马奇和他曾经救下的后人塔提亚娜·索拉林意识到,唯一能够将所有棋子聚拢在一起的办法,至少按照贾比尔最初的设想来说,就是将所有棋手聚在一起。他们知道,实现这一目标的最好机会就是将塔提亚娜的儿子亚历山大召回棋局,并通过他把他的妻子凯特也召回棋局。塔拉·彼得罗相是他们实施这一计划的工具。他们一听说象棋比赛终局肯定会在扎戈尔斯克举行,就把黑后带到那里陈列起来。但没有人知道,这也正是罗丝玛丽和巴斯尔一直苦苦寻找的机会。他们在索拉林带着这个消息离开前,命人开枪射击他,夺走了黑后,从而反败为胜。"

"因此,"瓦坦说,"你是说,我继父彼得罗相并不知情?"

"很难说,"鲁道夫说,"我们唯一知道的就是,他把亚历桑德拉的父亲从那里转移,帮忙救下他的命。此后不久,彼得罗相被迫逃离俄罗斯。利文斯顿似乎仍一直支持他的象棋比赛,至少支持过在伦敦举行的那场。"

"那么,"我问鲁道夫,"如果利文斯顿夫妇在扎戈尔斯克偷走了那枚黑后,他们一直把它藏在什么地方?彼得罗相又是怎么得到那枚黑后,并把它交到我母亲手中的?"

"加仑·马奇将黑后偷运出境,交给彼得罗相,让他寄给你母亲,"鲁道夫说,"因此,你母亲一得知彼得罗相遇害的消息,就决定在科罗拉多举办生日聚会。她决定孤注一掷。她决定将所有棋手调离黑后现在的藏身地,除非她能够直接联系上你。但我一个星期前放在你楼梯上的《华盛顿邮报》又是怎么回事呢?巴格达被占领时,你母亲想要我们不动声色地提醒你。她相信,你一定能把这一切联系在一起。但当我们偷听到你和你伯父之间的谈话后,我们意识到忽略了报纸上提到的另外一件事情,就是俄罗斯外交使团离开巴格达时遭机枪射击的报道。利文斯顿夫妇意识到他们被人出卖了,但并不知道具体是谁出卖了他们。我和加仑把那张报纸复印了很多份,分送给那些需要了解这一重要信息的人——"

他停下来,因为他发现我已经找到几乎所有问题的答案。

"当然!"我失声叫道,"罗丝玛丽把黑后藏在巴格达!巴格达机场的那间密室!巴斯尔的俄罗斯关系!上个星期一他们在素达尔餐厅跟那些石油大王的聚会——他们一听说黑后从巴格达失踪,肯定就料到黑后可能被加仑拿走了,很可能已经到我母亲手中。"但想到下面一点我就忍不住想笑。"要是罗丝玛丽料到母亲会在某个地方,以某种方式把那枚抢手的黑后交给我,她这番从华盛顿到科罗拉多,又从科罗拉多赶回这里的急转弯可真够麻利的!"

但我突然意识到,如果真是这样,这一切将意味着——

"如果是罗丝玛丽派人在扎戈尔斯克杀死我父亲,夺走那枚黑后,阻止他将黑后的消息告诉任何人,"我说,"如果十年后也是她一得知彼得罗相的背叛就派人杀死他,那么,准是出于同样的原因,那就是阻止他在她得手之前,利用象棋比赛之机将寄送黑后的地方告诉任何人——"

我看着瓦坦,他表情严峻,我们俩都清楚我手中掌握的这部分秘密——棋盘图和从黑后开始的棋子隐藏地地图——也许,我不说大家也都清楚。

下一个就该轮到我了。

应该说,是鲁道夫救了我的命。"眼下,你很安全。"他平静地说,接着给我们每人又倒了一些白兰地,似乎所有危险都已经过去了。"你那位恶作剧的朋友诺克米斯把我们四个人锁在酒店套房中,尼姆走向门边,拿起电话想呼叫保安,又试图打开门锁,没想到加仑·马奇突然出手抓住他的胳膊,阻止了他的那两个念头。接着,加仑就把一切都告诉了我们。"

"告诉你们?"瓦坦问道。

"他告诉我们,这一切都是亚历桑德拉母亲的安排。"鲁道夫接着说,"他前面说过,凯伊是白方的新后。他说,这是人们所说的新棋局,但规则完全变了。他还说,亚历桑德拉手中有张棋盘图,很快就会知道所有棋子埋藏的地方。"

"他说什么?"我紧张得喘不过气来,眼角余光看见瓦坦也浑身一震。

情况远比我想象的更糟!这位"神圣罗马帝国皇帝"加仑·马奇先生,已经把我隆重推出了。总有什么事情让我心里不踏实。我苦苦回想离开四季酒店时房间里的情形:斯拉瓦伯父、加仑、鲁道夫……

还有赛吉·利文斯顿!

赛吉·利文斯顿坐在那里,玩弄着她的网球手镯。

"赛吉的手镯里有窃听器!"我告诉鲁道夫。

"当然啰。"他依旧泰然自若。"这些年来,如果没有赛吉小姐无意中帮忙,你母亲怎么可能保护你?怎么可能传达她想让利文斯顿一家相信的东西?"

"无意中帮忙?"我问。

简直太可怕了。赛吉的母亲怂恿她接近我,别的且不说,我母亲则利用赛吉介入房产交易,以便让加仑·马奇住到科罗拉多。鲁道夫的"这些年来"是什么意思?赛吉在语法学校时就戴着那个玛塔·哈莉网球手镯了吗?

"因此,加仑刚开始才会非常不安。"鲁道夫继续说道,"你母亲突然失踪,而加仑无法联系上她,他于是跟诺克米斯·凯伊一起商量,准备私下见你和你伯父,向你们坦言一切真相。但赛吉总像粘在鞋底的口香糖那样缠着他不放,他只好找我帮忙。可当他在四季酒店看见你把赛吉拉进更衣室私下盘问时,他非常紧张,便折回通向俱乐部的楼梯。他担心你们俩无意中向对方透露的事情可能会被外人听见,把事情搞砸。最后,诺克米斯来了,看见赛吉在那里,她才出手将事态控制在自己手中。加仑认为,只有这样才能吸引赛吉和无处不在的利文斯顿家保安人员重新关注棋局,从而远离你们家长期以来保护着的那个秘密。"

现在,我终于猜出那些擅长偷听的情报人员为什么总能那么快就盯上我们的原因了。但即便利文斯顿家族只掌握了上述那么些情报,我也已经凶多吉少。

"你为什么说眼下我很安全?"我想起鲁道夫刚才说过的话。"那帮歹人现在在什么地方?"

鲁道夫说:"摆脱赛吉后,加仑跟我们说了索拉林的真实情况。接着,他和尼姆共同制订计划保护你。我奉命在这里守候,等你们俩今晚一回来,立刻将这些情况告诉你们。你伯父已经替你收拾了利文斯顿一家。别忘了,拉迪斯劳斯·尼姆是世界顶尖计算机技术专家。据我所知,他一掌握了情况,立刻就通过联合反恐怖渠道冻结了利文斯顿家族在许多国家的资金账户,着手对其展开犯罪调查;而伦敦已经开始调查前俄罗斯公民在英国国土上被暗杀的事件。当然,由于涉嫌与巴格达前政府部门合谋,政府已经对科罗拉多某石油、铀矿大王签发了拘捕令。"

鲁道夫看了看手表,说道:"至于利文斯顿家族成员此刻的下落——世界上只有一个国家可能会拒绝这样的引渡诉讼合作——如果我猜得不错,他们此刻应该在阿尔汉格尔斯克上空的某个地方,前往圣彼得堡或莫斯科。"

瓦坦苦闷得一拳砸在桌子上。"你们都认为,只要冻结了利文斯顿家的资产,将他们流放到俄罗斯,就能保护亚历桑德拉了?"

"只有一样东西能够保护她,"鲁道夫告诉他,"真理。"

接着,他转向我。

"凯特要实际得多,"他接着说,"她知道怎么才能救你。她送你来我这里,是因为她知道,成为炼金术士需要的是厨房里的知识而非棋盘上的鏖战。她知道,我们需要一位战车驭手似的人物,将各种力量凝聚在一起,像苏格拉底的战马,一匹向天上拉,一匹向地上拉,又像精神与物质之争。你瞧瞧我们周围的世界,有的人驾驶飞机撞击大楼,是因为他们痛恨物质世界,想要跟这个物质世界同归于尽;还有一些人蔑视精神世界,想要用武力恢复他们认为的常态,可这些并不是我们所说的'平衡'。"

我从不知道鲁道夫居然会考虑这一类的问题,不过,我也不知道他这个'对立与统一'理论到底想说明什么。但我猛然回想起,他讲过查理曼大帝和蒙特格朗城堡的故事。

我问:"你因此认为,我和母亲的生日日期非常重要,对吗?因为,四月四日和十月四日在历法上是恰好相对立的?"

鲁道夫冲我和瓦坦笑了一笑,说道:"具体说来是这样的:四月四日居于黄道十二宫之首的白羊宫和金牛宫之间,是炼金术著作中所说的'大作业'①之种待播时节。收获在六个月之后的天秤宫和天蝎宫之间,其标志处于鹰或火鸟的较高点、天蝎的较低点。印度谚语对于这两点之间的说法是:结果是行动之结晶。意即:撒什么种,结什么果。贾比尔·伊本·哈伊扬所著《平衡书》的要旨也在于此:播种与收获意味着寻找平衡。炼金术士将这一过程称为'大作业'。"

鲁道夫接着又说:"我们称为加仑·马奇的那个人,你们读过他的手稿,应该知道,他是一千年来第一个解开秘密前半部分的人。"

我看着他问道:"他在其中扮演了非常重要的角色。加仑现在怎么样了?"

"像你母亲一样,暂时隐退。"鲁道夫说,"他把这个送给你们俩。"

他递给我一只盒子,与塔提亚娜给我们的那只盒子相仿,略微小一些。"今晚我走后,你们可以打开来看。我相信,你们明天或者也许更长时间里的搜寻用得上。"

我有一肚子问题要问,但是,鲁道夫已经站起身,我和瓦坦也只好跟着站起来。

鲁道夫说:"既然凯特已经引导你们发现埋藏的第一枚棋子在华盛顿,不用看你们藏着的地图,我也能猜出你们明天收获的地方在哪里。"他走到门边,又回头对我们说,"你们俩结合,非常完美。要知道,这是秘密。"他告诉我们,"黑白联姻,精神与物质联姻,正是古人所说的'炼

---

① 炼金术术语,炼金术过程中有"小作业"和"大作业"之分,其中"小作业"是将金属变成银或白色石头,而"大作业"则是将黄金变成红色石,即"哲学家之石"。

金术姻缘',这是世界存续的唯一途径。"

我感到脸上火辣辣的,甚至不敢看瓦坦一眼。

鲁道夫出门,走进夜色之中。

我们坐下来,我给自己和瓦坦又倒了一些樱桃白兰地,瓦坦撕开夏洛的信封,大声读给我听。

炼金术士的故事

正如预言中所说的那样,一八三〇年,我发现了制作配方的秘密。

一如往常,巴黎爆发的革命使整个法国再度陷入革命的剧痛,我当时生活在南部的格勒诺布尔市。我们的国家再度陷入混乱之中,跟我印象中很久之前的那次一样。当时,我母亲米勒尔冲破重重围困,跟随波拿巴兄妹逃往科西嘉岛,我父亲莫里斯·塔列朗则先逃往英国,后来辗转去了美国。

事实很快证明,这次革命与以往大不相同。

复辟波旁王朝国王查理十世在位已经六年,其间,他宣布废除了公民的自由权,解散了国民卫队。一八三〇年七月,他又下令驱散地方行政官员、关闭所有独立报纸,终于再次点燃了市民的怒火。那年七月,趁国王离开巴黎前往乡下狩猎之际,巴黎的资产阶级和广大民众拜访那位似乎仍相信有可能恢复公民自由权的旧国民卫队唯一的贵族拉斐特侯爵。他们要他负责以人民的名义重组新国民卫队,去法国乡下地区招募士兵、征集军火。此后不久,人民任命奥尔良公爵担任法国摄政者,宣誓恢复宪法政体,致函查理国王,要求他退位。

我当时在格勒诺布尔过着幸福的生活,这些政治对我没有任何影响。根据我的预见,似乎我的生活刚刚开始。

我时年三十七岁,跟父亲第一次见到母亲时年龄相当。我的生活充满幸福,即将取得成功。我的先见之明,随着法力的增加又重新回来了,在命运之神的推动下,好事情接二连三地发生着。

最令人惊奇的是,我陷入了热恋。海黛已经二十岁,比我第一次见到她时出落得更加动人。我们结婚了,她正怀着我们的第一个孩子。我确信,我们很快就会过上父亲渴盼一生而不得的爱意融融的田园牧歌生活。我有一个巨大的秘密,连海黛也没有告诉,我想给她一个惊喜。如果能完成我生来注定要担负的这一项伟大工作,我和海黛的爱情也许能够超越生死。

一切似乎非常完美。

经过母亲的努力,我们手中拥有了蒙特格朗修道院院长留给我们的棋盘图和那块镶嵌着宝石的棋盘盖布,还有我继母凯瑟琳·格兰德夫人过去拥有的七枚棋子。我们手中还有俄国亚历山大皇帝交给塔列朗的那枚黑后。但从修道院院长给莱蒂齐亚·波拿巴和沙希恩的信中,我们知道那枚黑后是亚历山大大帝的祖母凯瑟琳大帝命人仿造的赝品。我母亲与沙希恩和考瑞外出寻找其他棋子去了,他们已经走了有一段时间。

我也得到了那枚缺失一颗祖母绿宝石的真正黑后。几十年来,这枚黑后一直处在贝克塔什教徒和阿里帕夏的保护之下。拜伦曾将它藏在马伊诺海岸边一座无人的岩石小岛上,在考瑞的帮助下,我和海黛一同取回了这枚棋子。

在格勒诺布尔,我每天下午都与让-巴普蒂斯·约瑟夫·傅里叶一起待在实验室。我小时候在埃及就认识了这位大科学家。他的门生让-弗朗索瓦·商博良,在托斯卡纳公爵的资助下,最近外出游历,参观散落在欧洲各大博物馆的古埃及遗物。去年,商博良第二次埃及之旅结束时,给我们带回了非常重要的信息。

因此,尽管现在我们手中的棋子数量仍然很少,但我预见到,我即将解开那个长久以来一直困扰着我的难题——永生的秘密。

七月下旬,拉斐特将军派了一位年轻人来到格勒诺布尔,以支持巴黎正在筹备中的新政权。派来的特使是已故伟大军事统帅托马斯·仲马将军的儿子。托马斯·仲马曾在拿破仑手下担任过西巴斯克比利牛斯山部队大将军。

他的儿子,现年二十八岁的亚历山大·仲马是巴黎知名剧作家。年轻人有着克利奥尔人的长相,一头浓密的卷发,穿着军装,领间系着极不相配的丝绸飘带,有着拜伦式的浪漫气质。他声称,拉斐特将军派他前来南方带回所有有关枪支、弹药和炮弹的杂志。实际上,他是被派来打探消息的。

科学家傅里叶先生因其所著《热的解析理论》一书,早已举世闻名。多年来,该书一直是指导大炮和其他火药武器设计改良的典范著作。但他的老朋友兼老盟友拉斐特似乎听到风声,知道了他的另一项设计。法国再次迎来共和政体或宪法政体的黎明时分,这位将军看到了法国的另一种希望,与战争或武器无碍的希望,那便是人们自古谈论的伟大发现。

然而,拉斐特的年轻特使亚历山大来格勒诺布尔的时候,并不知道这些。他怎么可能会知道呢?除了我本人,没有人能够知道未来会给我们大家带来什么。

只有一样东西,我的先见之明仍然无法看透。

那就是海黛。

年轻的仲马见到我即将生产的漂亮妻子的一刹那便大声惊呼:"海黛!天哪!多么迷人的名字啊!这么说,还真有女人叫拜伦诗歌中的那个名字?"

简而言之,他像所有人一样,深深迷恋上了她。他不仅仅只是出于对她父亲诗篇的崇拜。几天、几个星期,亚历山大百般讨好我迷人的妻子海黛,认真倾听她的每一句话,她时时刻刻与他在一起,他们开始像朋友一样深深喜欢上了对方。

不知不觉中,亚历山大来这里已经一个多月了。年届六十二岁的革命派傅里叶认为,我们应该把我们的秘密告诉亚历山大,所有的秘密,包括拜伦的事情一并告诉他,让他带回去告诉拉斐特。

我们已无限接近真相了。

我们已经如我十岁以来一直认为的那样,完成了第一阶段,制造出炼金术中的哲学家之石——一种能够催生万物的微红色粉末。它将创造完美的人类,也许是通往以象棋创建完美人类文明的第一步。我们用蜂蜡包裹起这些微红色的粉末,等待一年中的最佳时机收集重水。

我知道时机终于到了。我即将可以把完美的现在变成无限完美的未来。

我取出粉末,喝了下去。

突然,发生了极其可怕的事情。

我抬起头,看到海黛正站在实验室门边上,一只手抓着胸口,清亮的大眼睛里闪动着光芒。站在她身旁紧紧握住她的手的,是我最不愿意见到的人:考瑞。"不!"我妻子失声叫起来。

"太迟了。"考瑞说。

我永远忘不了他痛苦的神情。我望着他们俩穿过房间。不知道过了多久,我才终于能够说出话来。"我干了什么?"我开始意识到自己这一行为的可怕后果,颤抖着声音问道。

"你毁掉了所有的希望。"海黛喃喃地说。

我还没明白她的意思,她就眼睛向后一翻,昏厥过去。考瑞伸出双臂抱住她,把她平放在地上。我冲出实验室去帮助他,可我刚到他身旁,药剂就在我体内发挥作用了。我感到天旋地转,瘫坐在地板上,旁边躺着气息全无的妻子。考瑞穿着长袍,盘腿坐在我们旁边。

"没有人想到你居然会这么做。"他痛心疾首地说,"我父亲还一直认为,你是被预言的那个人。他一直以为,你和你母亲——白王和黑后——能够完成《平衡书》中要求的任务。可现在,恐怕我们只能分散所有棋子——为了保护它们,至少要把我们手中已经得到的棋子再度藏起来,直到有人能够终止这场棋局。你内心的欲望战胜理智,促使你喝下那些粉末,现在,你已经不能够解开这个秘密。解开秘密的人必须是一个愿意永远保护它们的人,必要时刻愿意完全摒弃任何利用棋具谋个人福利的念头。"

"永远?"我困惑不解地问,"你是说,如果海黛跟我一样喝下长生不老药,我们会在这世间永远活下去,保护这些棋子,直到有人能够发现这一秘密的深层答案?"

"海黛不会,"考瑞对我说,"她永远不会喝。她接受这一使命时,我们都还是个孩子,从那一刻起,她就没有为自己,甚至为她所爱的人,采取过任何举措,她所做的一切都是为了象棋最初的宏大使命。"

我看着他,恐惧一点点将我淹没。我眩晕得想要呕吐。我都干了些什么?

考瑞低声问道:"你是希望她像你一样面对着这样的未来,还是愿意将这一切交给真主安拉?"

不管是真主安拉、命运还是天命,我都再也无法选择。得到紧急请求,我母亲和沙希恩不到一个月的时间就赶回来了。

我的儿子亚历山大·仲马·德·雷米出生了。

三天后,海黛死了。

接下来的事,你们都知道了。

读到这里,瓦坦轻轻把信放下,似乎生怕惊动了过去。

他望着我,我仍然没能从震惊中回过神来。

"天哪,太可怕了,"我说,"在最幸福的时刻,却发现自己制造了悲剧配方。他在漫长的人生中一直都在试图弥补那个错误。"

"当然,米勒尔因此才会喝下长生不老药,"瓦坦说,"最初在科罗拉多的时候,莉莉跟我们讲过——敏妮给你母亲的信中说过,说它造成她一生的痛苦与磨难。你母亲称之为魔魇,这东西毁掉了敏妮一生认识或接触过的所有人的生活。最重要的是,毁掉了她的儿子。从他小时候开始,三十年来,她一直在后面推着他去解开那个错误的配方。"

我摇摇头,拥抱住瓦坦。"如果我是你,我会非常谨慎,"我告诉他,"你也许找错了对象——毕竟,我似乎跟这些被魔魇缠身的人有关联,也许我已经遗传了那种魔魇般的冲动。"

"这么说来,我们的孩子也会被遗传啰?"瓦坦笑了,"我建议咱们尽可能早地去发现它。"他一边说一边揉搓着我的头发。

他收拾面条盘,我捡起酒杯送进厨房。清洗完毕,他转向我,脸上带着迷人的微笑。

"结果是行动之结晶,我要牢牢记住这句话。"他说着看看手表,"快夜里十二点了,如果我们要依照你母亲的地图去寻找,天亮前就得起床,现在只剩下六个小时。你觉得我们明天起床开始收获前,能种下多少种子?"

"相当多。"我告诉他,"据我所知,我们要去的地方,下午两点钟才会开门。"

《平衡书》

  使对立之物完美结合,已被奉为寻求完美决策的圭臬。计算和估量、耐心与投机、直觉与分析、风格与客观……战略与战术,规划与应变。成功源自平衡上述诸多对立之物,统配其内在之力。

——加里·卡斯帕罗夫《棋与人生》

  作为实战经验丰富的棋手,我和瓦坦有效利用生物钟和自然时钟给予我们的时间,在赶赴命运之神约会前的十四个小时中,我们遵从鲁道夫的建议,辛勤"耕耘"了七个小时,竞赛似的想要给对方带来更大的欢愉。

  我终于醒来时,太阳已经升起很高了,瓦坦的满头卷发枕在我的胸前。我依然感觉得到昨夜他双手的温度,他的唇吻遍我的全身。我好不容易把他从沉沉睡意中唤醒,我们就像罗密欧和朱丽叶初夜之后一样,不愿见到黎明的来临。他叹了口气,吻吻我的肚子,随我一起翻身下床。

  我们洗完澡,换上衣服,狼吞虎咽地吃了点干燕麦,喝了点酸奶和咖啡。抓起母亲留下的重要棋子埋藏地位标图塞进从衣帽架上拿起的空背包，我们一起下了楼。

很明显，母亲说我们可以联系她寻求"进一步引导"，她所指的并不是交给我的这件层层包裹、如此机密的东西。更不能指望黑后和那帮四处找寻黑后与其他棋子的人，我和瓦坦显然只能依靠自己。

"你说你知道这个地方，"瓦坦问，"那我们该怎么去呢？"

"走着去，"我说，"说来也怪，那地方离这里不远。"

"怎么可能？"他反驳道，"你说是在山上？而我们现在正走在最低的地方——河边上。"

"哦，这个城里的规划不是通常见到的那样。"走在陡峭、蜿蜒、纵横交错的乔治城大街上，我告诉他，"人们总是认为，华盛顿哥伦比亚特区建在什么沼泽地上——很多书上也都这么说，可这附近从来就没有过沼泽地，只有一片香蒲丛生的湿地，已被疏浚建成华盛顿纪念碑。实际上，这里更像加仑和皮斯卡塔韦人所说的'山上之城'——高地、圣坛、圣堂或庙宇。我们正在爬的这座山，是英国人最早让出的土地之一（也可能是第一块），以苏格兰敦巴顿岩之战命名。我们要去的那个地方，即母亲地图上箭头所指的地方，离这里大约十二个街区，叫敦巴顿橡树园。"

"当然，我知道。"瓦坦说。他这话令我心下吃了一惊。他接着说："非常有名。全欧洲乃至全世界的人都知道。二战结束前，美国、英国、苏联、中国在那里首次召开会议，商讨成立联合国的事宜。随后，他们又在你父亲出生地附近的克里木半岛上召开了雅尔塔会议。"

我一脸茫然，瓦坦奇怪地看着我，惊讶于美国人居然不知道发生在自家后院的伟大历史事件。他说："但我们怎么进去？那里戒备不严吗？"

"那里通常在下午两点钟对公众开放。"我告诉他。

我们走到山顶三十一大街转向R大街的地方时，对面敦巴顿橡树园的大铁门已经开了。两旁栽满高大橡树的宽阔车道,直抵山上通往古屋的陡峭阶梯。进大门右手边,我从小售票室取了一份这座十六英亩园林的地图和介绍园中历史名胜的小册子,递给瓦坦。

"你母亲为什么要把东西藏在这么著名的地方?她就不怕被人发现吗?"他低声问我。

"我也不知道确切的地方,"我对他说,"她在地图上只画了个指向大门和里面庭院的箭头,暗示我她留在这里的东西应该是在公园里,而不是在房子或其他什么建筑物中。"

"不见得。"瓦坦接口道,他发现小册子上有样东西。"快看看这幅图吧。"

小册子内折页上是一幅彩色挂毯的插图,图片上的女人被一群头上带着光环、酷似天使的胖娃娃围着。被围在中间的女人似乎在给众人分发圣诞礼物。下面写着一行希腊文字。

"赫斯提·波利奥波斯。"瓦坦说,翻译过来就是:真诚祝福。

"赫斯提?"我问。

"似乎是希腊最古老的女神,"瓦坦说,"司火的女灶神。跟印度神话中的吠陀火神阿格尼一样古老。文字介绍说,这幅挂毯非常珍贵,是公元四世纪埃及的早期拜占庭作品,是同类藏品中的精品;更为珍贵的原因在于几乎没有文字介绍过赫斯提。像耶和华一样,她只作为火的化身出现,代表'中心点'——住宅中心,甚至城市中心。"

他抬起头,意味深长地看了我一眼。

"好吧,"我同意,"那咱们就走进去看一看。"

拜占庭式的古屋中,空无一人。尽管已是下午,可我们还算是早起的鸟儿。

初见之下,羊毛挂毯令人叹为观止。挂毯宽约四英尺,高约六英尺,流淌着一种超现实主义的色彩:红色、蓝色、金色、黄色,还有各种深深浅浅的绿色、橘黄色、橙黄色、凫蓝色和深蓝色。这位美丽的古代女王与我们找寻的女王肯定有关联,可又是怎样的关联呢?

瓦坦大声读出旁边一块大目录牌上的文字:年轻人,赞扬最古老的女神赫斯提吧!显然是写给朝拜者的祷文。似乎是敬神时用的解说牌,就像我们书上看到过的俄罗斯喀山黑玉女朝拜祷文一样。据说,赫斯提是古希腊所有城市公共会堂的守护神。公共会堂相当于每座城市中央的灶膛,里面燃烧着永恒之火。

"这幅挂毯中有八个人物,六个丘比特和两名侧立两旁的侍从,解说牌上说,这种布局风格不属于希腊,应当更古老,源自古巴比伦、埃及和印度的异教徒。这里还有希腊文写着的东西——我再看看。"

我无法将眼睛从那幅巨大挂毯上挪开:鲜花浮动的背景、珠光宝气的美丽灶神——跟蒙特格朗棋中的王后何其相似!可她们之间怎么才能联系在一起?侧立在她两旁的侍从看起来像天使。男侍从手中拿着一卷羊皮纸,右边的女侍从手中拿着一本书,封面上写着一个希腊单词。赫斯提给周围胖娃娃分发的礼物看起来像花环,花环上也写着字。

瓦坦似乎读懂了我的心思,说道:"花环是灶神的礼物,分别代表财富、欢乐、赞誉、富有、荣誉和进步的祈福。人们在公共会堂灶膛旁举行公共宴会,赫斯提是厨师的守护神!在泛雅典娜节上,人们举行火把赛,举着炉中点燃的永恒之火让城市充满活力。可是,等等——她跟赫耳墨斯也有关系。作为灶神,赫斯提代表内部,代表城市的力量;而赫耳墨斯则掌管旅行、陌生人、游牧和财富。"他看着我又说,"她为方,他为圆——物质与精神。"

"别忘了,"我提醒他,"加仑的故事中说,赫耳墨斯神就是埃及的索斯神,也是希腊神话中的炼金术之神。"

"赫斯提作为火的象征,"瓦坦说,"是炼金术中所有转化发生的源泉。解说牌上还说,挂毯中的所有东西都有象征意义。但你母亲所指的象征肯定是只对你一个人有意义的东西。"

"你说的没错,"我告诉他,"母亲所指的钥匙一定藏在这幅挂图的某个地方。"

但如果只对我一个人有特殊意义,鲁道夫为什么说他已经猜出我们可能会去的地方?我仔细看着眼前这幅挂毯,绞尽脑汁,苦苦思索过去一个星期以来我们了解到的跟火有关,而且也会对贾比尔有意义的东西。一千二百年前,贾比尔制作的这副象棋包含了千古智慧——如若用于个人目的,会给自己和他人带来危险;而若用于宏大计划,则可能令所有人受益。

赫斯提望着挂毯外面,直直地盯着我。她的眼睛是一种奇怪的蓝绿色,不是埃及人特有的那种。那双眼睛似乎看进我的心灵深处,似乎在问我一个重要的问题。我凝神静听了一会儿。

突然,我明白过来。

棋盘是钥匙。

撒什么种,结什么果。

我一把抓住瓦坦的手,"咱们走。"说着走出了古屋。

"怎么了?"他跟在我身后压低声音问道。

我拽着他回到进来时的大门边,进来时我就发现这里有条狭窄的石头小路,消失在黄杨树林尽头。我找到那条小路,拽着瓦坦走上那条绕着公园外围的狭长小径。尽管周围非常安静,似乎数里之内没有一个人,我还是拽着他走到确信没人能够偷听到的地方,停下来,对着他说:"瓦坦,我们要弄清楚的不是哪里或什么,而是如何。"

"如何?"他问,满脸疑惑不解。

"那幅赫斯提挂毯让你想起什么了吗?"我问他,"我是说挂毯的布局风格。"

瓦坦快速看了一眼小册子里的图片。

"有八个人围在她身旁。"他看着我说。

"我是说棋盘,"我告诉他,"不是修道院院长画的那张棋盘图,也不是我公寓里的棋盘——一共有三块棋盘,这块尤其重要。如果你取出我背包里母亲的这张小棋盘图,对准了贴到挂毯中央,放在赫斯提的膝盖上,会是什么样?"他盯着我看,似乎没有听明白。于是我又说:"我认为母亲要么挪走了那些棋子,要么从一开始就埋藏了那些棋子,为的是与挂毯主题吻合。我们的地图上有多少束线条?六束。挂毯上有多少个小天使什么的?六个。他们从赫斯提那里得到的礼物是多少份?六份。"

"6-6-6,"瓦坦说,"《圣经·启示录》中邪兽的编号。"

这也是我母亲密码信笺中隐藏着的另一部分信息。

"挂毯上,她送出的第一份礼物,从希腊文翻译过来是'财富',"我接着对瓦坦说,"母亲画着星星和箭头的第一枚棋子是黑后。就好比这里居于中央位置的灶神赫斯提。为了实现更高的使命,还有什么地方比这里更适合藏匿那枚最珍贵的棋子?这里是联合国的诞生地,可谓是国家财富。"

"那么,这个公园里肯定还有一条线索能够帮助我们找到真正的黑后。"瓦坦说。

"对。"我应道,对于我们要寻找的东西,似乎信心陡增。但还会有什么地方呢?

古屋后面,陡峭的石阶通往山下。这片十六英亩的公园,景色迷人,充满神秘气息,宛若一座秘密花园。每一次穿过拱门,绕过高大的灌木墙,或转过路弯,都会迎面遇上一片意想不到的景致,时而是一座高高的喷泉,时而是一片狭长的果园、葡萄园或水塘。最后,我们穿过一道高大的格子架连拱廊,两旁栽种着修剪齐整的无花果树,树枝盘旋而上三十英尺。走出连拱廊的最后一道拱门时,我知道我找到了所要寻找的东西。

面前是一片巨大的水塘,夹杂着砂石的水流打着漩涡,像一条宽阔的溪流潺潺而过。水很浅,不湿脚都能走过去。水面下的水泥地板上铺着千万颗光滑的圆形卵石,镶嵌成波纹状。水塘尽头是一座巨大的喷泉,一匹金属骏马腾空跃出海面,飞溅的水花喷向高空。

我和瓦坦走到小河尽头,隔着宽阔的水面看向喷泉。从这个角度望过去,浅浅的水面下波浪形的石头,如梦似幻地形成我们要寻找的那样东西的图像:微波粼粼的水面下,似乎有一捆麦子,在微风中荡漾。

我和瓦坦站立良久,谁也没有开口说话。后来,他碰碰我的胳膊,示意我向下看。只见在我们脚下,水塘边的岩石上刻着一句格言:

撒什么种,结什么果。

那捆麦子顶部指向水塘那边的海上骏马——正北方向,与皮斯卡塔韦角和弗农山罗盘针指向华盛顿特区最高点的方向一样。

"如何?"瓦坦握着我的手,看着我的眼睛说,"你是说,我们并不仅仅在寻找黑后和她的下落。秘诀在于我们如何播种和收割。也许是他们如何放置,我们如何收集?"

我点点头。

"那么,我想,我已经知道了你母亲用这捆麦子要指引我们去什么地方。"瓦坦掏出一份更详细的哥伦比亚特区地图,指着地图说,"我们沿公园旁小路往下走,非常陡峭,整个敦巴顿橡树园看起来像一大片荒原。"他抬起头看着我笑,"那条小路很长,叫情人巷——无疑,是专门为咱们的炼金术事业设计的。所以,如果我们到了那儿却什么也没有找到,也许可以继续昨天夜里的农业劳作。"

这个时候最好不接茬。我们刚才穿过的果园里弥漫着樱花的气息,我竭力让自己不去想那股浓郁、撩人情欲的香气。

出了大门向左拐,我们走下情人巷。幽幽树影掩映,泥径上仍然盖着一层厚厚的秋叶,石墙远处草地上的一簇簇水仙花丛中,雪莲花和七瓣莲早已探出了脑袋。

山脚下,潺潺的小溪依傍着公路,小路在那里分出三条岔道。

"一条通向华盛顿城最高点——海军天文台,"瓦坦仔细看着华盛顿特区地图,告诉我说,"较低一点的这条,通向一条什么河。在这个地方,叫石溪,也许是最低的地方?"

我们从凯伊的皮斯卡塔韦朋友处和加仑的手稿中得知,石溪与波多马克河、阿那卡斯提亚河一起将华盛顿分隔成一个毕达哥拉斯Y形状。

"如果我们要寻找平衡,"我说,"似乎该选中间那条路。"走了差不多半小时,我们来到一处断崖旁,一切尽收眼底:小溪淙淙流过,山头坐落着海军天文台和副总统官邸;远处,一座巨大的石拱桥跨在河面上,沐浴着午后的阳光,像偏远地方遗落的罗马高架渠。再往前已经没有路了。

我们置身的这块地方,千年断崖上古木参天,盘根错节,争相抢夺岩石土壤中的养分。一切都笼罩在阴影之中,只有身后岩缝中射出一道西沉的阳光,在林间地面上照出一汪光亮。身下水流淙淙,鸟儿在新抽条的树上喞啾鸣唱,尘世离我们似有万里之遥。

我发现瓦坦正低头看着我。突然,他一句话也没说,把我揽入怀中,吻着我。我能感到体内那股热流再次奔涌而过。他放开我,说道:"我不得不再次提醒你,我们的使命跟炼金术和人类有关——而不仅仅关涉拯救文明。"

"此刻，"我应道，"我也希望文明能够自动让开一两个小时，让我好好松口气。"

他揉搓着我的头发。

"只可能是这个地方，"我接着说，"我们既能看到上面，又能看到下面，周围没有别的路。"

我环顾四周，想要再找一条线索，却什么也找不到。

接着，我把眼睛慢慢移向身后耸立的悬崖。严格说来，并不是个悬崖，而是古代巨石的护墙。午后的阳光正渐渐西移到护墙后面，我们仅有的一点光线也将消失。

我突然想到了什么。

"瓦坦，"我快速说道，"贾比尔写的那部《平衡书》中的玄秘、古代之道的钥匙，是藏在象棋里的，是吗？就好像母亲给我们的信息藏在那张挂毯里一样？"

"没错。"瓦坦说。

"在挂毯里，"我说，"女天使拿在手里的那本书，跟赫斯提分发的'礼物'一样，上面也写着字，对吗？"

"那个单词是'光'的意思。"瓦坦说。

我们俩同时看向陡峭的粗削石壁，上面洒满阳光。

"你会爬墙吗？"我问他。

瓦坦摇摇头。

"好吧，我来爬。"我对他说，"因此，我猜想那个信息是专门留给我的。"

♟

一小时不到，我们已经坐在素达尔餐厅楼上餐桌旁，就我和瓦坦两个人,紧挨着落地长窗,俯瞰桥上、河面上洒满落日的余晖。我折断了三根指甲,磨破了一侧膝盖,不过能够爬上那堵峭壁,这点小损失算不了什么。

我们旁边的第三张椅子上,放着我从断崖高处递给瓦坦的背包,里面装着母亲画的棋子埋藏地位标图,和我们下山途经邮局时取回来的邮政纸筒,里面放着修道院院长绘制的棋盘图。

桌上放着一瓶香气四溢的教皇新堡葡萄酒和两只红酒杯,旁边放着一尊六英尺高的沉重人像,全身镶满珠宝,少了一颗祖母绿:黑后。

我在断崖上还发现一样东西,放在一只防水盒子里面。瓦坦坐过来,跟我一起研究。这是一本用拉丁文写的书,显然是本复印件,配有一些有趣的插图。但瓦坦说,这些图片也可能是后来添加上去的。这是中世纪时期翻译的一本古老的阿拉伯文著作。

《平衡书》。

封页里面,书主人题名处赫然写着"夏洛"。

"不要让疑惑牵制自己,"瓦坦翻译给我听,"施用火力需要适度,切忌过度炙烤,否则容易导致器物毁损。只有这样,付诸火工的器物,才能够达到平衡,实现预期目的。"

瓦坦转过来对我说:"贾比尔确实谈到过如何制作长生不老药,但他似乎一直在强调均衡,土、气、水、火四大要素的平衡,我们内心的平衡,我们与自然世界的平衡。我不明白为什么这个观点会很危险。"他接着又说,"你母亲留给你这本书,是希望你不仅要找到棋子,而且还要解决这个难题吗?"

"我确信她是这么希望的,"我一边倒酒一边回答,"可我怎么想得了那么久以后的事情?一个星期前,我跟母亲还非常生分,以为自己的父亲已经死了。那时,我还把你当作不共戴天的仇敌,而我自己只是个二级厨师,过着千篇一律、受制于人的生活。即便象棋是我生命中不可或缺之物,却再也无缘下棋。现在,象棋似乎又成了我生命的焦点。但是,我连十分钟之后会发生什么事情都无法预知。我曾一度认为自己了解的事情却完全变了个样。我不知道自己还能想什么。"

"我知道能想什么,"瓦坦笑着说,"你也知道。"

合上书,他握住我的双手,将唇轻轻埋在我的头发中。他抬起头来对我说:"不解决过去,你又怎么能够面对未来?如果'解决过去',让你发现自己曾信以为真的东西只是错觉,这难道是你的错吗?"

"可是,经历过所有那些事情,我现在还能相信什么?"

瓦坦说:"鲁道夫昨晚告诉我们,说到这个古老智慧,似乎光相信还不够;我们还必须发现真理。我相信那才是你母亲留给你的这本书中的要旨,也是贾比尔一千二百年前藏在象棋里的信息。"

"可那个信息到底是什么?"我心情沮丧。"假设我们已经集齐所有的棋子,将它们聚拢在一起,到时候又能知道哪些目前无人可知的东西呢?"

"咱们把现在手里已经有的东西放在一起试试看吧?"瓦坦建议。说着,他把背包递给我。

我取出寄给自己的那只圆纸筒,抽出修道院院长绘制的棋盘图,递给瓦坦让他打开。接着,我伸手去背包里掏取母亲那张有着地图位标的小塑料图。离开公寓时,我把图塞进了背包。突然,指尖刮过背包底部一样冰冷、坚硬的东西。

我浑身僵住。

我知道那东西是什么。还没有把东西拽出来,我的心就怦怦跳个不停。

钻石网球手镯。

吊着一颗祖母绿宝石。

我坐在那里,任由手镯挂在指尖荡来荡去。瓦坦抬起头,看见手镯。他看了好一会儿,又看看我,我点点头。我心里乱极了。这东西怎么会在这里?在这里多久了?

我现在才意识到,这是五天前跟羽绒大衣一起被我落在四季酒店伯父房间里的那只背包。可这只背包怎么会无声无息地回到我房间的衣帽架上?底部还藏着赛吉·利文斯顿装了窃听器的网球手镯?

那只该死的手镯放在我们身旁多久了?

"啊,"房间对面门边上传来赛吉做作的声音,"我们又见面了。我发现你找到了我的手镯。我一直不知道自己不小心掉哪儿去了呢。"

她走进来,顺手关上门,穿过成排的桌子,伸手想要索回手镯。我任指尖上的手镯跌入杯子里的教皇新堡葡萄酒中。

"那样可不好了。"赛吉看着酒杯底的珠宝说道。

她偷听多长时间了?她都知道了多少?我只能作最坏的打算。即便她不知道我父亲仍然活着,也至少知道这桌子上所有东西的内容和它们的价值。

我站起身,拿正面对着她,瓦坦也迅速起身。

但突然,我朝下一看,赛吉手里不知何时突然多了一把微型珍珠手柄左轮枪。

天哪。我一直以为只有凯伊才喜欢这种危险游戏呢。

"你不会对我们开枪的。"我对赛吉说。

"除非你们自己要坚持。"她说,脸上一副拉什莫尔山总统雕像般的神情。接着,她咔哒一声拉开手枪保险,说道:"如果听见这里响起枪声,我那帮守候在外面的同事可就没我这么克制啰。"

该死的强盗行径。我得赶紧想个办法。可我脑中却反复在想:她来这里到底做什么?

"我原以为你跟家人去了很远的地方呢。"我说。

"他们先走了,"她告诉我,接着又说,"现在不需要他们了。被选中的人是我。要知道,这件事酝酿很久了,几乎从我一出生就开始了。"

她一只手把玩着手枪,一边仔细打量着另一只手的手指甲,仿佛从昨天到今天又长长了许多似的。我等着她把话挑明。终于,她抬起头看着我和瓦坦,继续说道:"你们俩显然还不知道我的真实身份。"

又是这句话。

但这时,我突然明白过来。

恐惧像红酒或血液一样,沿着大脑慢慢向下,我眼前蒙上一层朦胧的纱,模糊了周围的景象、瓦坦,还有站在那里拿着枪随时准备从外面召集警卫特遣队的赛吉。

她根本不需要任何帮助就可以杀了我。我已经遭受过一连串意外打击了,我也不需要被人用枪指着鼻子盘点事情的来龙去脉。

在伯父酒店房间里的时候,难道我还不该想到事情背后另有主谋吗?为什么那个时候,我还看不出来并不是罗丝玛丽或巴斯尔?——是赛吉,一直都是她。

几乎从我一出生就开始了。她是这么说的。

她说的真是太对了。

我们还是孩子的时候,我当时认为对我不友善,只想让我受控于她、受制于她的影响、财富和权力圈子的人,难道不是赛吉吗?

而且,也正是这个赛吉,几乎在我来哥伦比亚特区的同一时间,迅速结束她在丹佛的交际圈,跻身华盛顿名流圈子。虽然这些年来我从没有见过她,可我又怎能知道她不是一直在监视着我?也是这个赛吉,插手天空农场交易的幕后,尽管她压根不懂房产经纪。

她还干过些什么事情？

真要仔细论起来，除了赛吉的外表和长相，似乎没人注意过其他更多的东西。她长期躲藏在社交礼仪和仆从如云的幌子之下。我突然意识到，正像结网的蜘蛛一样，赛吉一直置身所有事件、所有地方和所有人的中央。实际上，并不是那个塞在我背包里的窃听器让她了解到每个人的想法和所有的事情，而是——她根本就是插足所有的秘密会谈。

在四角地，她参加我母亲的秘密聚会。

在丹佛布朗宫酒店里，她与莉莉和瓦坦秘密会面。

在华盛顿四季酒店，她跟尼姆、鲁道夫和加仑会面。

我突然想起她在四季酒店对我和母亲关系的评价：看样子我们是弄错了。

现在，我知道了，就是她的这一副社交名媛做派，使人们疏于留意她的真实身份。现在，我也终于明白，她一出生就要担任的角色是什么。

我说："你确实是块石头。"

她冷笑了一下，扬起一条眉毛，似乎颇为欣赏我的敏锐。

瓦坦迅速看了我一眼。

我转向他，解释道："我说的是'贤者之石'[①]，夏洛的故事里称作'哲学家之石'的东西，那种能制成长生不老药的粉末。赛吉说，她一出生就被选中了，意思是说她一出生就注定要接替她母亲当白后。她父母认为，自他们杀死我父亲，夺得那枚黑后之后，他们已经重新获得了白方队伍的控制权，掌控了棋局。但是，掌控权早已旁落，他们却仍然蒙在鼓里。他们不知道加仑·马奇和塔提亚娜，也不知道你继父早已

[①] 西方炼金术长期以来的圣杯，被认为能将一般非贵重金属变成黄金，或制造能让人长生不老的万能药。称号另有"哲学家之石"、"天上的石头"、"红药液"及"第五元素"等。

弃暗投明。他们从来都没明白蒙特格朗棋的真正目的。"

赛吉像个男人似的闷哼一声,吓了我一跳。我发现那把枪扣得比刚才更紧了,枪口瞄准我身体上仍然希望它继续跳动的部位。

她说:"那副象棋的真正目的是权力。历来如此。不这么想,简直太幼稚,我才不管那帮蠢货跟你说什么,让你信什么。我也许不比二位是象棋高手,但我知道我在说什么。再说了,我一生都在汲取权力的营养——真正的权力,世界权力,你们二位无法想象到的权力,我永远不会放弃这种权力……"

如此等等。

赛吉一直激昂陈词,述说她如何生来就汲取着权力的乳汁成长,我越来越恐惧。我也能感觉到瓦坦的紧张。显然,他跟我一样清楚,这位"哲学家之石"女士已经丧心病狂,撕下了曾经的伪装。可我们俩都不知道如何才能够在十步开外向她扑过去——甚至不知道如何才能打断她的长篇大论。

很显然,对于那些弄权成性的人来说,只要稍微一靠近这副可怕的象棋,就好像吃下了一片速效妄想药。事实上,赛吉来这里之前似乎就是吞下了一整瓶妄想药。

我发现,这位赛吉小姐不再担心拉枪栓会弄坏她的漂亮指甲,早晚会扣动板机。我清楚地意识到,必须离开这里,尽快。必须拿走那份位标图。

怎么办?

我看了瓦坦一眼。他眼睛盯着赛吉,似乎也在盘算着同样的事情。硕大的黑后坐在我们俩中间的桌子上,即使抓起来当武器,投掷的速度也比不上子弹飞过来的速度。即便能够制服她,我们也逃不出外面那帮训练有素的职业杀手和这把珍珠柄小手枪的追杀。我得赶紧想想办法。我不知道是否能够突破赛吉的"乳汁理论",跟她理论一番,但无论如何都得试一试。

"赛吉,"我打断她,"假设你能够收集所有的棋子,你拿着它们做什么呢?要知道,寻找那些棋子的人并非只有你一个。你能去哪里?你能藏到什么地方?"

赛吉一时愣在那里,她似乎从没有想过要去勾勒自己的空中楼阁。我正要说到主题上,大门边领班台上的电话突然响起来。赛吉用枪指着我,从桌子中间退后几步,以使视野更宽一些。

接着,我注意到还有其他声音。很低的声音。一种非常熟悉的声音从附近经过,我花了一会儿工夫才分辨出来。

是溜冰鞋滑过石头地面的飕飕声。

那声音似乎在朝前门滑过去,躲在鲁道夫陈列陶瓷瓶苹果酒的高大酒架子后面。即使有嘈杂的电话铃声作掩护,赛吉听到莉达靠近她的声音又用得了多少时间?

我用眼角余光发现瓦坦开始慢慢向前挪动,赛吉突然用枪指着他,瓦坦只好停下来。

正在这时,用凯伊的话来说,地狱之门突然打开了,所有的苹果酒都砸了下来。

这一切都发生在几秒钟之内。

一加仑装的苹果酒从架子上飞下来,在赛吉脚旁的石板地上炸开,苹果酒流得到处都是。赛吉本能地想去保护脚上那双价值六百美金的鞋,踮起脚尖向后退;瓦坦正想乘机向她扑过去,却再次被她用枪止住。与此同时,又一壶酒从架子顶上飞下来,正对着她的脑袋。赛吉迅速躲到附近桌子后面,酒壶砸下来,在她旁边的地板上炸得粉碎。

苹果酒壶像雪崩一样纷纷砸落。一大瓶苹果西打酒从高处飞下,赛吉躲在桌子后面,胳膊肘绷得像神射手,像瞄准陶土飞靶一样对着空中连连射击。她朝着酒架连开几枪,试图杀死架子背后藏着的敌人。

她开始射击时,瓦坦把我拉到桌子后面,把桌子上所有的东西——书、珍贵手稿、黑后象棋和教皇新堡葡萄酒全部掀翻在地。我们蹲在桌子后面。爆裂声、枪击声不断,房间尽头的电话也一直响个不停。

瓦坦说出了我的担忧:"不知道躲在酒架后面救我们的是什么人,但恐怕拖不住她多长时间。我们必须想办法向她进攻。"

我透过桌布向外看,只见到处弥漫着发酵苹果浆的雾气。

赛吉躲在相对有利的位置,控制着整个局面,正以比安妮·奥克利①还快的速度装子弹。我祈祷在莉达砸光苹果酒之前,让赛吉的子弹先用光。即便真是这样,我们的希望也不大,她的大队人马候在外面,听到这番骚动,随时可能冲进来。

突然,电话铃声停止了。房间里一片死寂。没有爆裂声。没有枪击声。

天哪,一切都结束了?

我和瓦坦从桌子上方伸头向外看,餐厅大门轰然打开,赛吉站起身侧面对着我们,带着洋洋得意的笑容,准备迎接她的同伙;可门外涌进来的却是一群穿白裤子、佩红肩带、戴黑贝雷帽的人,为首的是鲁道夫,辫子在身后一甩一甩雄赳赳地走过来,手里抓着电话机,伊尔曼就跟在他身后。

赛吉大惊,眯起眼睛,迅速将枪一横,对着他们。

---

① 安妮·奥克利(1860—1926),美国"水牛比尔"马戏团明星,著名神枪手。音乐剧《飞燕金枪》即根据安妮与丈夫的真实生活为题材摄制。

在赛吉和门口进来的这群人中间的苹果酒架拐角处，突然滑出一个用轮滑车子装着的大铜汤盆，三英尺大小，就像一块盾牌。那东西在桌子中间横冲直撞，向赛吉冲去。赛吉刚举枪瞄准，莉达便用力一扯，大汤盆砸下来，击中赛吉，她像保龄球瓶一样倒下去。我发现莉达也倒了下去，坐在地上。她被击中了吗？

瓦坦和其他人一起冲过去夺下手枪，缴下赛吉的装备。我爬过去想看看莉达怎么样了，却被伊尔曼抢了先，他非常绅士地扶起莉达，指着房间对面架子上被子弹击中正在渗漏的苹果酒瓶。瓦坦缴手枪的当口，几名巴斯克伙计把赛吉拖起来，扯下身上系着的腰带捆了她的手脚，赛吉愤怒地扭动着，嘴里咆哮个不停，被一众人拖出门外。

看到我们都没出事，鲁道夫如释重负地笑了。我从地上一堆乱糟糟的碎玻璃中捡起那只钻石手镯递给伊尔曼，他却摇摇头，奋力将手镯丢进门外运河里去。

鲁道夫告诉我们："小天鹅来上班的时候，发现有几个鬼鬼祟祟的人躲在凯伊公园紫藤花架下面。她认出是前几天到这里让我带着去你伯父那里找你的利文斯顿小姐，和素达尔餐厅秘密晚宴那天上午的保安人员。小天鹅看见他们一起在你房子附近晃悠，觉得非常可疑，来到餐厅后就给我和伊尔曼打了电话。我们也觉得非常可疑。你们俩到的时候，莉达正在楼下生火，为今天晚上的工作做准备，我们已经出发在路上。当她听见又有人进来时，就偷偷爬上来。发现你们处境危险，就给我打手机，她告诉我们，你的朋友用枪对着你们，还有很多人守在外面。我们迅速制订计划，决定一解除外面那帮人的武装，就拨打餐厅里的电话。里面的小天鹅听到这个信号，就会立刻采取行动转移利文斯顿小姐的注意力，以确保我们进来前她不会对你们开枪。"

"小天鹅'转移'得非常成功，"我紧紧拥抱莉达，表示感谢。"而且，

'转移'得正是时候。赛吉正扣紧了扳机,我生怕她的枪走火。可你们是怎么解除外面那些人的武装的?"

伊尔曼说:"他们遭到霍塔舞的突然袭击。伊尔曼的高踢腿简直没得说。这些人已经被移交给美国政府国土安全局了,将以在这一地区非法携带火器、假扮情报局人员的罪名扣押他们。"

"可是赛吉·利文斯顿怎么办?"瓦坦问鲁道夫,"她好像疯了。似乎跟你昨晚告诉我们俩的那种情况完全相反。像她那种似乎生来就是为了摧毁一切的人,该怎么办?"

莉达说:"我建议把她送到遥远的比利牛斯山某个女同性恋精神静修所去,能不能安排一下?"

"肯定能安排。"鲁道夫说,"但我们认识的某个人非常愿意接手处理赛吉的事情。应该说,某两个人,出于不同的原因。撒什么种,结什么果。我相信,如果想到这一点,你们就会明白他们是谁。现在,你知道开启我保险箱的号码组合,看完之后,别把里面的东西像那样丢在地板上,跟过去一样放好就行。"说完,他挤挤眼。

鲁道夫说完,走出门外,用巴斯克语叽哩呱啦对着左右两边一通发号施令,随后扬长而去,走上步行桥。

伊尔曼跪在地上,一边检查莉达腿上摔出的瘀伤,一边心疼地唏嘘着。他站起来,搂着她的肩膀,扶着她朝地下室走去,说是去"帮着搬重木头"。看来又有炼金术劳作的希望了。

我和瓦坦回到落地窗边,日影西沉,照在河对面的高楼上。我们开始收拾地上那些溅满酒的珍贵而又危险的东西。"他保险箱的号码组合?"瓦坦问道。

"巴斯克数学题。"我告诉他。

我知道鲁道夫没有保险箱,可他在街道边上有个邮箱,跟我的一样。他的号码是431。他是想暗示我,最安全的做法就是像上次一样通过邮局把这些东西寄走,以后再处理。

我正准备把《平衡书》放回盒子里去,瓦坦将手搭在我胳膊上,拿深紫色的眼睛望着我说:"知道吗,我刚才真以为她可能会杀了你。"

"我认为她并不想杀我。"我告诉他,"她在一天之内失去了所有东西,所有她曾经想要得到的东西——财富、关系和唾手可得的权力,所以才会如此丧心病狂。"

"曾经想要?"瓦坦说,"听起来,她简直确信会得到。"

我摇摇头,也许我终于明白了其中的玄秘。

瓦坦说:"按布加仑的说法,会有什么人愿意'负责'像她这号人呢?赛吉从小就认为自己是个女神。谁能想象出还有什么人愿意跟这种人打交道?"

"不需要想象,"我告诉他,"我已经知道了,我母亲和莉莉姨妈会愿意帮助她。"

瓦坦隔着桌子望着我:"为什么?"

"我母亲,不管是出于自卫还是出于保护莉莉·拉德,确实杀死了罗丝玛丽的父亲,而罗丝玛丽相信她亲手杀死了我父亲,这样一来就扯平了。可赛吉似乎被养育成一颗曳光子弹——一颗伺机寻找地方爆炸的热追踪导弹,也许会引发内爆,她刚才差点在这间屋子里上演了这一幕。"

瓦坦说:"这也许能够解释你母亲为什么愿意帮助赛吉,可能是一种补偿心理。可莉莉·拉德呢?她甚至从不知道你母亲和利文斯顿家族的这个过结。"

"可是,"我告诉瓦坦,"莉莉知道她自己的父亲是黑方的王,而她母亲是白方的后,她知道这种事情给她一生造成的灾难性后果,她知道在自己的家里被当作卒子的感觉。"

母亲一直在保护我,让我免于遭受同样的痛苦。

棋局。

现在,我知道自己必须做什么了。

我对瓦坦说:"这本《平衡书》和贾比尔藏在象棋里的秘密,已经等待了一千二百多年,等着合适的人来将它们从魔瓶中释放出来。我想,我们正是它要等待的人。我想,现在就是合适的时候。"

我们站在落地长窗前,看着窗外的运河,河面上洒满玫瑰色的落日余晖,漂亮极了。我打开手中那本溅了酒的书,轻轻翻动书页,瓦坦从后面抱住我,跟我一起看。我们翻到一张小插图,是一个3×3的矩阵图,每个格子里印着一个数字。这些数字看起来非常熟悉。

4	9	2
3	5	7
8	1	6

"矩阵图下面,说的是什么?"我问瓦坦。

他替我翻译道:"此图为最古老的幻方,出现在几千年前的印度和迦勒底巴比伦王国。"他顿了顿接着说,"这似乎是中世纪注释者的话,不是贾比尔本人的看法。"

他继续翻译:"在古代中国,人们用这个方块划分全国的八个州,皇帝位居正中央。此图非常神圣,每一个数字都有秘密含义;此外,幻方行、列与对角线上三个数字之和均为15,该数字数位和为6。"

"6-6-6。"我说着扭头看着瓦坦。

他松开我,我们一起站到窗边。他接着翻译道:"然而,该幻方却是因伊斯兰炼金术之父贾比尔·伊本·哈伊扬在《平衡书》将其作为保持平衡的'正确比例'这一重要属性而广为人知。如果幻方西南角四个方格如图所示切开,其数字之和为17,由此得出毕达哥拉斯和谐音乐比例1∶3∶5∶8,而在贾比尔看来,这是'世上万物存在'的比率。这个幻方中切割后剩下的数字4、9、2、7、6,相加之和为28,既是月球运行轨道上的28区域数,也是阿拉伯字母的总数。这些数字对于贾比尔来说非常重要:17的寡数和为8,以此为内道,生成八阶水星幻方①。这也是周边28方格的棋盘的布局,称为外道。"

"棋盘是钥匙。"我告诉瓦坦,"跟母亲说的完全一样。"

瓦坦点点头:"可下面还有呢。贾比尔将这一古代智慧制作进水星标志。水星是唯一兼具天文学'在上面'和炼金术'在下面'之意的符号,并且蕴含了三个重要魔符:圆代表太阳,月牙代表精神之月,十字或'十'号代表物质的四个方面:四个方向、四个角落、四个要素、四个形态——火、土、水、空气——热、冷、湿、干……"

"将这些结合起来,"我说,"于是就有了巴斯克数学题:4+3=1。四方形的地球,加上三角形的精神,等于'一'。统一。这不正是挂毯上赫斯提送出的第一份礼物吗?"

"财富。"瓦坦说。

"财富。"我说,"就像'弗吉尼亚联邦',不管是财富还是幸福,都意味着'全部'——完整、健康、整体、神圣。都是'统一'的意思。'为了建立一个更完美的联盟',也正是乔治·华盛顿、托马斯·杰弗逊以及本杰明·富兰克林想要的天与地的联姻,是'广袤天空与金黄麦浪'的联

---

① 十六世纪初,德国神秘哲学家安里西·哥内留斯·阿格里帕在其著作《隐秘哲学》中率先用星球依次将从三阶到九阶的幻方命名为:土星幻方、木星幻方、火星幻方、太阳幻方、金星幻方、水星幻方和月球幻方。

姻,也正是贾比尔制作在灵修之道象棋中的秘密。那就是人们孜孜以求的启示:新的山上之城①。不拥有权力,创造平衡。"

瓦坦说:"早些时候,你说知道真谛是什么了,指的就是这个吗?你说关键不是何时、何地,而在于如何?"

"没错。"我说,"它并不是一样东西,一旦拥有它、利用它,就能够制造核武器,驾驭他人,获得永生。贾比尔藏在象棋里的其实是一个过程。因此,他将象棋命名为'灵修之道',意即打开玄道的钥匙。这些就是原初引导,就像苏非教徒、萨满和皮斯卡塔韦人所说的'小径上的路标'。如果我们把所有棋子聚集在一起,遵从那些引导,没有什么是不可能的。我们能够将自己和世界引上一条更好的道路——一条充满光明和快乐的道路。我的父母冒着生命危险保护这副象棋,正是为了实现这一宏大目标。"

我说话的过程中,瓦坦放下书,再一次将我拥入怀里。

"小榭,在我看来,如果我们要寻求真理——我的真理就是,只要你认为正确的事情,我都会去做。真理就是我爱你。"

"我也爱你。"我说道。

我知道,尽管我们一定会去寻找那些棋子,但此时此刻,我不在乎其他人想得到什么;不在乎棋局曾经让人们付出过多大的代价,将来又会给我们所有人带来多大的收益;不在乎其他人可能已经为我和瓦坦选择的角色——黑后和白王。他们授予我们什么样的称号并不重要,我知道,我和瓦坦是真正的炼金术姻缘——过去一千二百年来,每个人都在寻找,但很多人找到后却又常常意识不到。我们就是原初

---

① 《圣经·马太福音》第五章第十三至十四节说:"你们是世上的盐……你们是世上的光。城造在山上,是不能隐藏的。"

引导。

我第一次感到,那些长期束缚着我的绳索被彻底剪断,我像鸟儿一样飞向高空。

一只火鸟,带来光明的火鸟。

致 谢

诚然,文学无坦途。

多年的创作经验令我对此深信不疑。创作途中遭遇的"暗礁"常常会带来丰厚的"收获"。在此,我深深感谢这些不期而遇的"收获",他们对工作的热情、他们的人生奇遇和他们掌握的丰富的传奇知识,为本书的创作提供了丰富的素材。

兹按书中主题字母顺序逐一致谢如下。

阿尔巴尼亚:感谢阿尔巴尼亚国民托管组织董事奥伦·泰尔,五年来,我们常常共同研究、讨论阿里帕夏、瓦希莉姬、海黛、圣者贝克塔什·卫力、贝克塔什苏非教教义,以及拜伦私下为帕夏弄到的秘密武器;感谢奥伦·泰尔的同事伊拉克利·考克拉瑞教授,感谢他为本书写作提供新著《阿里帕夏的秘密警察》的大纲与翻译,该书取材于原始档案材料;感谢全国步枪协会下属国家军事博物馆馆长道格·威克朗,为我们查证肯塔基连发步枪的信息,该枪很可能就是拜伦当年送给阿里的"秘密武器"。

阿留申群岛飞行:感谢相交三十年的挚友芭芭拉·费依,她是探险家俱乐部和银翼联谊会成员(会员资格需要至少五十年的飞行经验)。她曾单独飞越北大西洋、非洲、中美洲和中东地区,还曾驾驶直升机飞越喜马拉雅山脉。感谢她为我带来有关这些地区的丰富第一手资料和体验,感谢她为我找到杰出丛林飞行员、美国国家户外领导学校教练德鲁·施媞娅(其母琼曾以六十六岁高龄参加过全世界规模最大的雪橇比赛)。德鲁告诉我,飞越阿留申群岛只能用贝基海狸机,不能用奥特飞机,教给我凯伊非常熟悉的那一套添加燃料、补给燃料、飞行和着陆等的相关技术知识;感谢在阿图岛工作的库伯·赖特为我提供阿留申群岛的详细地图和飞行情况介绍,感谢他提供详尽描述二战时阿留申群岛气候状况的布赖恩·加菲尔德名著《千里决战》。

巴格达:特别感谢美国财政部部长吉姆·威尔金斯,正当我认为本书撰写即将杀青之际,午餐会上他偶然提起,二〇〇三年三月,他在伊拉克先遣部队服役时,在巴格达学会下国际象棋。这一意外收获令我如获至宝。吉姆的这一重要信息成为本书女主人公际遇和本书创作的重要转折点。感谢吉姆和我之间的邮件往来。

巴斯克省:感谢世界音乐治疗大会前任主席帕池·德·坎普,让我真正了解到巴斯克比利牛斯山,并深入了解到那个我知之甚少的民族;感谢著名画家奥古斯丁·伊瓦罗拉绘制奥马地区的"彩色树林";感谢埃茨柏尔·勒伽扎为我们提供食宿方便;感谢已故老友卡门·瓦雷拉使我在西班牙北部度过美好时光。

国际象棋:感谢加拿大国际象棋联合会前任主席内森·德文斯基博士,他帮助查询作为本书主要素材的那场棋局的相关信息(棋手为年仅十四岁的俄罗斯少年,后来成为世界冠军),并为我的另一本著作《预计风险》查找此前罗斯柴尔德参与的棋赛信息;感谢玛丽琳·亚隆与我一同讨论她的著作《象棋王后的诞生》;感谢丹·海斯曼为我提供当今国际象棋界的最新动态,并且当"写作盲点"致使我对书中角色把握不准时,向我推荐时年十二岁的阿丽莎·梅利基娜,帮助我了解儿童象棋选手对参加国际象棋竞赛的感受。

烹饪：感谢已故老友金·杨为我提供她参观英国布莱顿到库拉索岛（西印度群岛中荷属安的列斯群岛的主岛）所有历史名胜美食厨房的见闻。她在一次慈善拍卖会上有幸成为"塔列朗厨房"主厨。感谢伊恩·凯利与我讨论他的大作《为国王们烹饪》和关于塔列朗的厨师长卡莱姆的精彩独角戏；感谢威廉·鲁贝尔在哥伦比亚特区法国大使馆所做的精彩讲座，还有他关于平炉烹饪的建议，以及他的佳作《炉火魔力》，此书堪称英语世界同类题材作品之典范；感谢好友安东尼·拉尼尔在乔治城卡迪小巷精心打造一家酷似素达尔地下餐厅的饭店和娱乐会所。

印第安人（美国土著居民）：感谢部落理事会前任负责人亚当·弗彻尼特·伊戈尔，我们相识近二十年，他引领我进入印第安土著居民的生活世界；感谢美国国立印第安人博物馆创始人里克·韦斯特馆长及夫人玛丽·贝丝，他们介绍我认识居住在华盛顿特区的土著印第安人；感谢凯瑞恩·伍德主编《弗吉尼亚印第安遗产寻踪》一书，详尽介绍欧洲人抵达之前弗吉尼亚地区的万年历史；感谢嘉比里拉·泰亚克（火骑士泰亚克之女，特基·泰亚克的孙女），她带我参观皮斯卡塔韦角的古代藏骨堂，她的作品和讲解使我了解到马修·金，《高贵的印第安人》和"原初引导"。

伊斯兰教、中东和远东：感谢乔治敦（乔治城）大学心理学教授法萨利·穆加达姆的敏锐识见，他与我分享尚未发表的著述，一同讨论9·11恐怖袭击事件前后上述地区恐怖分子的心理；感谢我的同行兼朋友——国会图书馆中东与非洲分部负责人玛丽·简·蒂伯，她为我办理国会图书馆借阅卡，帮我搜寻拜伦信札资料和大量其他重要资料；感谢萨布哈什·卡克，他在克什米尔人研究，特别是《梨俱吠陀天文历法揭秘》、印度宇宙学和"火贡"祭祀方面的造诣多年来令我受益匪浅。

数学、神话学和原型学：感谢米歇尔·施耐德所著《宇宙构建入门指南》及系列丛书（如果孩提时代读到过这些书，我现在可能会成为数学家），特别感谢他在伊朗帮我找到伊斯兰凤凰，匹配印有"上帝气息"字样的盖瓦；感谢玛格达·凯瑞尼依长期以来给予我"神话学方面的帮助"，她对先夫——著名神话作家卡尔·凯瑞尼依创作思想的诠释给我以启迪；感谢《易经》英译者史蒂芬·卡彻为我提供东西方占卜研究知识；感谢薇姬·诺布尔为我提供她三年游历所收集的女萨满巫师相关信息，东俄罗斯地区的数据对我而言尤为重要；感谢田纳西州大学布鲁斯·麦克伦南教授，二十年来，他总能帮助我解决创作中遇到的数学难题，将晦涩、深奥的数学问题成功植入我的文学创作，将其变成易于识记的文字；特别感谢我的朋友——《神之太阳耶稣基督》一书的作者戴维·弗德勒，感谢他多年前告诉我，我最喜欢的数字组合888是希腊语字母密码，代指耶稣，正如666组合是人类的字母密码；感谢我的朋友恩斯特·麦克兰，他在大作《毕达哥拉斯信徒之柏拉图》和《永恒的神话》中，借助古埃及、古希腊诸神的名义探究这些数字的谐函数。

记忆与感知：首先，感谢荷兰学者比尤拉·麦克纳布博士，一九九六年给我寄来迄今仍属权威研究的《国际象棋记忆与感知》（德·格鲁特与格贝特合著），使我了解到象棋棋手与普通人思维方式的差异；感谢享有崇高国际声誉的已故户外登山摄影家盖伦·罗威尔，一九九九年八月他在给我的私人信函中提到攀岩过程中的类似直觉感知；尤其要感谢我的丈夫卡尔·普里布兰博士为我解答（常常迫于无奈）关于人脑研究中衔联过去、未来的记忆和感知过程。

俄罗斯：感谢伊琳娜·艾高尼斯帮助我们这些美国人避开扎戈尔斯克修道院的僧侣，她还在突降寒潮时借毛衣给我们；感谢理查德·普里茨克选择那家莫斯科餐厅,使我们有幸在品玛格丽塔酒时,亲眼看到一场下层暴民的凶杀。感谢艺术家尤里·戈尔巴乔夫为我绘制神奇的《天堂鸟》画作,同时也感谢他的经销商丹尼斯·伊斯特赠送俄罗斯圣像和戴维·科姆勒著作《俄罗斯圣像》。非常感谢已故亚历山大·洛马诺维奇·鲁利亚和尤金·索科洛夫教授,一九五五年,他们俩带卡尔·普里布兰参加在莫斯科举办的首届苏联帕列赫艺术展,送给他一盒套装的亮漆艺术品,因此才会有本书开场的那一幕。

火山和间歇泉:感谢黄石公园合作协会,感谢公园护林员和历史学家及时更新从泥浆热泉到火山的所有信息;感谢间歇泉观察和研究协会(GOSA)与弗瑞斯·迈尔所做的研究和拍摄的堪察加半岛喷泉影片;特别感谢斯蒂芬·J.派恩,感谢他关于火的历史的系列权威著作一直激发着本书的创作;感谢二十年的老友、圣何塞州立大学斯科特·瑞斯教授介绍我与斯蒂芬相识。

其他致谢:如果我餐盘中装多了饭菜吃不完,诺克米斯·凯伊准会说我"眼睛大,胃口小"。

多年来,人们慷慨地为我提供精彩素材,却因情节发展需要,常常不幸被删减,这部书中也存在相同情况。

托马斯·杰斐逊的白杨林庄园:感谢园长琳恩·毕比、考古学家特拉维斯·麦克唐纳和芭芭拉·希斯数十年来的研究。

杰弗逊蒙提萨罗庄园:感谢基金会主席丹尼尔·P.乔丹;感谢威廉·L.贝斯万格和庄园修缮部主任罗伯特·H.史密斯;感谢园林部主任彼得·J.海奇,还有罗伯特·H.史密斯;感谢国际杰斐逊研究中心桑德斯主任安德鲁·J.奥肖尼斯;感谢园林部副主任加布里埃·豪斯;感谢基金会图书管理员杰克·S.罗伯逊;感谢成人项目部主任玛丽·斯科特·弗莱明;感谢非裔美国人研究历史学者雷尼·索伦森;感谢博物馆馆长苏珊·R.斯泰因与副馆长理查德·吉尔德；特别感谢多年来一直默默奉献、协助研究的高级香农历史学者露西娅·斯坦顿。

美国国会大厦历史协会：感谢基金会全体工作人员多年来的帮助，史蒂芬·利文古德为本书提供丰富的国会山背景知识，领我参观国会大厦，在此表示由衷的感谢。

弗吉尼亚人文研究基金会：感谢基金会主席罗伯特·沃恩；感谢弗吉尼亚图书中心主任苏珊·科尔曼及工作人员南希·科博尔·达蒙与凯文·麦克法登。

密宗建筑学、占星学、共济会与哥伦比亚特区规划设计：感谢罗伯特·洛马斯和克里斯托弗·纳特的著述；感谢占星学家史蒂夫·尼尔森、凯利·亨特和卡洛琳·凯西；感谢密宗建筑学专家阿尔文·赫尔姆和雷切尔·弗莱彻。

敦巴顿橡树园：感谢拜占庭艺术品收藏馆助理馆长斯蒂芬·茨沃恩；感谢保罗·弗里德兰德为我找到关于赫斯提挂毯的《濒临消亡的异教徒卷宗》。

感谢独立大厅协会历史学家小爱德华·劳勒，源于他为保护费城总统府旧址所做的巨大努力，华盛顿总统的私人厨师何克勒斯、昂妮·贾基和其他黑奴的住处才得以保存下来。

出版絮语

二十世纪八十年代，我住在加利福尼亚州西部索萨利托市一栋六百平方英尺的树屋中。树屋下面是大片大片的金合欢林，整个旧金山湾区和远处的蒂伯隆（旧金山海湾地区最富裕住宅区之一）、天使岛尽收眼底。高大的桉树枝条抚触着屋前的长廊；屋后小丘上是房东家依山势而建的兰园；陡峭的车道旁栽种着三十英尺高的夜来香树篱。彼时，我仍在美国银行供职，每到晚上和周末，我就坐在古旧的IBM电动打字机前（至今仍收放在纪念品橱柜中）进行《棋之谜》的创作。

当时，我常问周围的朋友："你们难道不认为这里是热卖畅销书的绝佳诞生地吗？"但他们似乎更愿意相信，在这种环境里写出的书可能会无人问津。

但是，我最初的文稿代理人弗雷德里克·希尔第一次阅读，就发现《棋之谜》书稿的独到之处。《棋之谜》将间隔两个世纪的人物故事交织在一起，刻画了六十四个角色，将所有棋子编织成故事情节，故事之中包孕着故事，是一种福尔摩斯式的悬疑、矩阵博士风格的魔幻难题。作为一部小说，《棋之谜》似乎更像一幅刻画着宇宙星系关联的图谱。弗雷德碰巧获悉，美国头号纸皮书集团——巴兰坦图书出版公司正在准备推出第一套精装文学作品丛书。他们希望搜罗到有特色的文稿——

既非纯粹"文学作品",也非纯粹"畅销书",最好是一种游弋于各类文体之外的作品。

巴兰坦图书出版公司总裁苏珊·彼得森、销售副总裁克莱尔·弗拉罗和罗伯特·约特主编都持有这一想法。一九八七年,他们接受刚刚完成一半的《棋之谜》书稿。一九八八年三月十五日,我和编辑安·拉法格共同完成该书的全部辑订工作。同年五月,《棋之谜》亮相美国书商协会展销会。该书刚一推出便获得认可,每一位读者都如获至宝,这一情况令我们大家始料不及。旋即,十一个国家申请该书的翻译版权;每月一书俱乐部也相中此书,《出版家周刊》和《每日秀》相继推出作者访谈节目。尽管此际,《棋之谜》尚未在美国公开发行。

但却没有人知道如何定位这本书。各家评论不一,《棋之谜》于是被贴上各种标签,诸如推理小说、科幻小说、传奇文学、惊悚小说、探险小说、文艺小说、悬谜小说,甚或是历史小说等。作为该书的作者,我也获得多项称誉,如女翁贝托·埃科、女大仲马、女查尔斯·狄更斯或女史蒂芬·斯皮尔伯格等。目前,《棋之谜》畅销全球四五十个国家,拥有超过三十种语言的译本。之所以如此,据读者反应,主要是"因为"该书卓尔不凡。

常有读者问我何时会写续集。但鉴于书中情节交错叠套,加之书中对于人物和棋局的种种展示与揭秘,我私下认为若要使书永远保持"卓尔不凡",唯一的做法就是不再续写,以免狗尾续貂。然而,这本书似乎有它自己的想法,似乎故事尚未完结。

二〇〇一年,现实生活中发生的那件大事,跟我第一部小说中的诸多元素相关——石油、中东地区、恐怖主义、阿拉伯人、柏柏尔人、俄罗斯人、前苏联国家安全委员会克格勃、国际象棋。我明白,我必须再次走访《棋之谜》中贾比尔最初"发明"蒙特格朗象棋的地方——巴格达。

二〇〇六年,我的美国文稿代理人西蒙·里普斯卡和海外文稿代理人安德鲁·纽伦堡共同说服我完成曾向他们透露过的《棋之谜》续集前三章。巴兰坦图书出版公司也"推波助澜",极力促成《播火者》的问世。其中,兰登书屋出版集团总裁吉娜·森德鲁、发行人利比·麦奎尔和金伯利·霍维功不可没。二十年前,金伯利负责《棋之谜》的策划与宣传,后来担任我在巴兰坦图书集团所有其他作品的宣传总监。如今,他担任巴兰坦集团销售主管。

最后,我要特别感谢我的编辑马克·塔瓦尼。二〇〇七年七月,他一语惊醒梦中人,告诫我不应一味停留在表面,而应深入挖掘,才能再创辉煌。

我照做了。